中华文化经典通识课

宋词导读

高峰 编著

国家级一流专业建设教材

「十三五」江苏省高等学校重点教材（编号：2019-2-142）

南京师范大学出版社
NANJING NORMAL UNIVERSITY PRESS

图书在版编目(CIP)数据

宋词导读 / 高峰编著. — 南京 ：南京师范大学出版社，2020.9
（中华文化经典通识课）
ISBN 978-7-5651-4499-8

Ⅰ. ①宋… Ⅱ. ①高… Ⅲ. ①宋词-诗词研究 Ⅳ. ①I207.23

中国版本图书馆 CIP 数据核字(2020)第 183998 号

丛 书 名 中华文化经典通识课
书　　名 宋词导读
编　　著 高　峰
策划编辑 张　春
责任编辑 项雷达
出版发行 南京师范大学出版社
地　　址 江苏省南京市玄武区后宰门西村 9 号(邮编:210016)
电　　话 (025)83598919(总编办)　83598412(营销部)　83373872(邮购部)
网　　址 http://press.njnu.edu.cn
电子信箱 nspzbb@njnu.edu.cn
照　　排 南京凯建文化发展有限公司
印　　刷 盐城市华光印刷厂
开　　本 710 毫米×1000 毫米　1/16
印　　张 16
字　　数 270 千
版　　次 2020 年 9 月第 1 版　2020 年 9 月第 1 次印刷
书　　号 ISBN 978-7-5651-4499-8
定　　价 50.00 元

出 版 人 张志刚

总　序

党的十八大以来，党中央高度重视中华优秀传统文化的弘扬与传播，以期与社会主义核心价值观教育有机结合，作为凝聚民族精神、体现文化自信的强大理论和实践基础。高等学校，尤其是中文学科如何通过传承中华优秀传统文化来立德树人，在传统文化创造性转化和创新性发展方面做出突出贡献？这是需要认真思考和谋划的重大任务。

南京师范大学文学院作为东南学术重镇，素有“江南文枢”的美誉，秉承章黄学术的优良传统，具有深厚的学术积淀和广泛的学术影响，在“文化中国”“江苏文脉”等重大文化工程以及南京“世界文学之都”的建设中发挥了重大作用。近年来，我们积极整合和发挥优质学术资源，按照“顶天立地”的建设方针，积极做好中华优秀传统文化的普及、推广工作，着力构建中华优秀传统文化育人体系，真正肩负起高等学校服务社会、传播文明的使命。中国古典文学是中华优秀传统文化的重要载体，在弘扬国学、传承文化和培养人文精神方面具有不可或缺的重要作用。为此，我们组建了以著名学者、教授领衔的强大编撰团队，与南京师范大学出版社共同打造了这套“中华文化经典通识课”丛书。该丛书既立足于中华传统文化经典，紧扣“经典与文化”展开作品导读；又结合特定时代的社会文化解读作家作品，从而优美生动地诠释中华优秀传统文化经典，使其既能有效地契合大学生的认识能力和学习兴趣，又能更好地提高大学生的人文素养和文学鉴赏能力。它是中华优秀传统文化育人体系建设的有机组成部分，既可作为高校人文素质教育的通识课程教材，又可作为高校文学课程的教材，亦可为一般的文学爱好者阅读使用。

当今的中国教育取得了丰硕成就，但是在其多年发展过程中，也存在着诸多积弊。其中之一是从基础教育开始，不少学生往往受填鸭式的应试教育影响，忙于应付各种形式的考试，记诵各类公式、图表和必背课文，阅读课外书籍反而被视为不务正业，长此以往就容易变成只会机械做题而缺乏真情实感、难以深刻领悟的“考试机器”。与此同时，现在的学生很少能够真正沉下心来，逐字逐句地精读文化经典，往往只是满足于死记硬背各种“条条框框”，却对知识背后的深刻内涵茫然无知；能够按照标准答案，将经典书籍的思想内涵、艺术特色回答得头头是道，却可能根本没有翻看过一页书。这与整个社会功利浮躁的风气不无关系，长此以往，将会催生出许多缺乏思想、缺乏深度、人云亦云、随波逐流的泡沫。面对这一严峻的现实，我们深刻认识到必须切实改革现有的教育理念、课程体系和结构，适当增设经典导读类课程，让大学生真正亲近经典、走进经典、精读经典、领悟经典，并使其成为他们必须具有的专业基本素养。

这套丛书有别于现行的《中国古代文学史》《中国古代文学作品选》，其特色在于更加注重文本细读，通过对中华文化经典的宏观描述和代表性作品的细致赏读，由表及里，点面结合，见微知著，帮助学生切实提高人文素养和文学鉴赏能力，有效改变目前学生只注重书本知识的记诵，却不能亲近文学经典的浮而不实的状况。它有别于市场上大量诗词文赏析类书籍，在于它倾注了编选者多年学术研究和教学实践的积淀，既富含学术含量，又做到深入浅出，语言明白晓畅、优美生动，能够激发阅读美感，拉近与学生及一般大众读者的距离，进而为中华优秀传统文化的传承和推广发挥重要作用。

我们坚信，经过各位专家、教授的精心编撰，一定能够奉献出中华文化经典精品的优秀通识教材，提高广大同学和文学爱好者的文学解读和品鉴能力，同时帮助广大读者熏陶文化气息，提升人格境界，培育家国情怀，传承文明之光，使得我们中华优秀文化传统薪火相继、熠熠生辉！

高　峰

2020 年 6 月

目　录

导 论

一、什么是词

词是在隋唐燕乐的基础上产生的一种可以合乐歌唱的新颖的诗歌形式。唐代称当时流行的杂曲歌词为“曲子”，后来简称为词。关于词，历来都有许多别称，如乐府、诗余、长短句等等，这些名称都反映了它在某些方面的性质特征。

通过词与诗的若干比较，我们可以看清词体的体裁特征。

第一，在句式上，它打破了近体诗歌五、七言的基本句式，长短错落，参差不齐，故而称为“长短句”。

第二，在调式上，词牌来源极其广泛。有的本来是乐曲的名称，例如《菩萨蛮》，据说唐代大中初年，女蛮国进贡，她们梳着高髻，戴着金冠，满身璎珞，形态如同菩萨，当时教坊因此谱成《菩萨蛮曲》。唐宣宗爱唱《菩萨蛮》词，可见是当时风靡的曲调。有的摘取一首词中的几个字作为词牌，例如“忆秦娥”，因为依照其体式写出的最初一首词开头两句是“箫声咽，秦娥梦断秦楼月”，所以词牌就叫“忆秦娥”，又叫“秦楼月”。有的本身就是词的题目，例如《踏歌词》咏的是舞蹈，《渔歌子》咏的是打鱼，《抛球乐》咏的是抛绣球，等等。也有来自文人的创造，如《暗香》《疏影》等。

第三，在格律上，比较繁密，讲究“调有定句，句有定字，字有定声”，押韵和平仄都有严格的规定。有些词调还须分辨四声、阴阳和清浊，以求协律和美听。

第四，在篇章结构上，一般分为上、下两阕，称为上阕、下阕，或上片、下片。不分片的词叫作单调；分成三片、四片的词叫作三叠、四叠。词体按照字数的多少又可以分为小令（58 字以内）、中调（59～90 字）和长调（90 字以上）。《莺啼序》是词中最长的词调，字数多达 240 字。

第五，在音乐上，唐宋词所赖以产生的音乐是隋唐燕乐，这是西北少数民族的胡乐(胡夷之曲)、魏晋以来的清商乐、民间流行的俚曲俗调(里巷之曲)以及宗教法曲等各种音乐融合的产物。且燕乐又叫宴乐,大都是当时宴会演奏的音乐。在那种倚红偎翠、浅斟低唱的酒宴歌席之上,绵软柔靡的曲调更能迎合欣赏者的口味。这决定了曲子词成了当时表现享乐生活的流行音乐、靡靡之音。宴乐实质上是时代风尚的形象展示,充满了媚俗性、香艳性。这种音乐特质、这种演唱者以及表演的环境,也就决定了词的主要描写对象为女性,表达的情感多为绮怨之情,审美情趣"儿女情多,风云气少",以及形式技巧等方面的特征。

第六,在情调上,诗的境界阔大浑厚,词的境界则尖新细窄,更加注重表现刹那间的官能感受。诗是在心为志,发言为诗,多表达人们向外在世界的开拓和追求;而写词又叫填词,常常是为文造情,多采用代言体的形式,"男子而作闺音"。男性词人体贴女性的心理,以类似女性的温柔细腻去观察女性形象,体验其情感经历,再以纤柔的笔触婉约地描摹、表达出来。词体以悲为美,以艳为美,以柔为美,努力地向着抒情的纵深处开掘,所以它能够在更深的层面揭示出蕴藏在人类心底的某些情感内容,能够在更为细腻和幽深的意境当中显示出人类长期形成的心理积淀,因而它的艺术魅力也就愈加感人。所以清人陈廷焯说:"后人之感,感于文不若感于诗,感于诗不若感于词。"(《白雨斋词话·自序》)

二、唐五代词的流变

关于词的起源,学术界历来众说纷纭。我们认为词体在隋唐之际产生,到了中唐时期得以发展,至晚唐五代真正成熟。

中国的文学体裁大多起源于民间,词也不例外。在敦煌发现的曲子词共有一百六十多首,绝大多数是民间的作品。敦煌曲子词主题丰富,题材广阔,"有边客游子之呻吟,忠臣义士之壮语,隐君子之怡情悦志,少年学子之热望与失望,以及佛子之赞颂,医生之歌诀,莫不入调。其言闺情与花柳者,尚不及半"(王重民《敦煌曲子词集·叙录》)。从艺术风格来看,敦煌曲子词朴实自然,清新活泼,富于表演性和故事性,带有浓厚的生活气息,反映出词体在其产生之初的天真状态。

中唐前后,伴随着民间词的广泛流传,文人也开始了词的创作。"烟波钓徒"张志和的《渔父》词描写富有江南特色的精美画面,渗透着淡泊闲逸的情怀,表达出词人幽远旷达的人生情趣。白居易的《忆江南》词留恋江南美景,风格明丽动人;《长相思》(汴水流)词以绵绵不绝的流水比喻缠绵深长的离情别绪,突显无言的落寞和愁苦。刘禹锡的《潇湘神》(斑竹枝)词将带有凄婉悲凉情感气息的意象组接在一起,表达刻骨铭心的相思之情;《忆江南》(春去也)词以拟人化的笔调,流露出缠绵、怅惘的惜春心情。韦应物和戴叔伦的两首《调笑令》则是最早的描写边塞题材的文人词,通过凄凉、孤寂的景象,烘托出边塞征人迷惘、忧虑的复杂心绪。

五代时,后蜀文人赵崇祚选录了温庭筠、皇甫松、韦庄、孙光宪等十八家词人的作品五百首,编成《花间集》。其中除了少数几位词人以外,大多是西蜀时期的词人。他们在词作风格上大体一致,因此后世称其为"花间词派"或"西蜀词派",这是中国词史上第一个流派。

花间词派的代表词人分别是温庭筠和韦庄。温庭筠被称为"花间鼻祖"。他的词几乎全是描写男女爱情、相思,又多用女子的口吻,作品色彩浓艳,充满了浓郁的脂粉气息,表现出绮怨之美。他能够把握住感情中极细微的波澜,用极其艳丽、精美的辞藻表现出来。温庭筠词物象华艳而且非常稠密,往往浓得化不开,艳丽得令人目眩,王国维在《人间词话》里用温庭筠自己的一句词"画屏金鹧鸪"来概括温词的风格,就是指出他艳丽而不生动的弱点。

韦庄与温庭筠的浓艳相反,具有"春水碧于天"的清丽风格,显露出自然、明快的本色。他的词情真意深,语言清新自然,具有"初日芙蓉春月柳"的淡妆的美。他的词注重白描,表现典型情境中的典型神态,产生出激荡人心的抒情魅力。其词较之温词,更加直露,更加生动,往往给人以极强的情感刺激。

在战乱频仍的五代,偏安于江南的南唐经济比较繁荣。有不少中原文人士大夫都避乱于此,统治者又非常爱好文学,因此南唐成为五代词的另一个创作中心。

冯延巳是唐五代词人中创作数量最多的作家。他官至南唐中主李璟朝的宰相,创作有《阳春集》。他不像花间词人那样醉心于描摹女性的容貌、装饰,而是着力表现人物内心的哀愁。他比较注重心理的体验,善于用清新的语言,通过自然景物的描摹来展现心理的微妙变化,从而显得委婉幽深。在五代词人中,他的创作对北宋词人晏殊、张先、欧阳修等人都有着更为直接的影响,正如清人刘熙载《艺概·词曲概》中所说:"晏同叔得其俊,欧阳永叔得其深。"王国维《人间词话》也认为:"冯正中词,虽不失五代风格,而堂庑特大,开北宋一代风气。"

南唐后主李煜在政治上碌碌无为,却是一位文学大家,被后人赞誉为"一代词宗"。他的词作内容以公元975年南唐灭亡为界,分为前后两个阶段,表现出不同的描写内容和情感境界。前期词主要描写南唐皇宫内歌舞宴乐的场景,但是深湛的文化修养和脱俗的审美趣味,令其词彰显出精致高雅的情调;在亡国之后的囚禁生活里，李煜有了足够的时间进行人生的反思，填词几乎成为他仅有的排遣方式，他“痴人说梦”，通过填词回忆往日的美好生活，表达对于故国的深切思念，同时也增添了人生哲理的意蕴，在艺术上更加精练，达到了新的境界，这些作品完全不以供人娱宾遣兴为目的，而是非常真切地流露出李煜作为亡国之君凄楚感人的内心世界。所以王国维《人间词话》对李煜的词做出了著名的论断：“词至李后主而眼界始大，感慨遂深。遂变伶工之词为士大夫之词。”

唐五代词人在词体产生之初，对词的创作进行了多方面的探索和尝试，形成了有别于诗的以艳为美、以悲为美、以婉为美的词体特色，对词学的发展特别是婉约词风的定型起到了题材规范、审美规范、体式规范的作用，为宋词的繁荣奠定了基础，指明了方向。

三、 宋词兴盛的原因

“词萌于唐，而大盛于宋。”（《四库全书总目提要·钦定词谱》）根据唐圭璋《全宋词》的统计，宋词作者一共有一千三百余人，遍及社会各个阶层；作品两万余首，内容丰富，体裁完备，出现了豪放、婉约、清雅等风格倾向，以及“柳永体”“东坡体”“易安体”“稼轩体”“白石体”等各具个性的创作特色，被后人尊奉为能与“楚之骚、汉之赋、六代之骈语、唐之诗、元之曲”并驾齐驱的“一代之文学”（王国维《宋元戏曲史序》）。

宋词兴盛的原因是多方面的。首先，宋代城市经济的发展和繁荣，为宋词的兴盛提供了物质基础。由唐入宋，中国封建社会经历了一次深刻的社会结构和文化形态的转折，城市的大量涌现和商业的发达，标志着近世市民文化时代的到来。宋代城市经济的繁荣，为商业的迅速发展提供了有利的环境，全民娱乐活动随之兴起，从北宋的“新声巧笑于柳陌花衢，按管调弦于茶坊酒肆”（孟元老《东京梦华录序》）到南宋的“脆管清吭，新声交奏”（周密《武林旧事》卷二），都真实地记载了宋代都城内歌舞喧阗的热闹繁华景象。曲子词作为宴乐场合供伶工歌女演唱的文学形式，也必然伴随着娱乐需求的膨胀而大量涌现。一些士大夫文人更是直接为歌女填词，因而声名大噪，例如柳永常常出入于秦楼楚馆，“多游狭邪，善为歌辞。教坊乐工每得新腔，必求永为辞，始行于世。于是声传一时”（叶梦得《避暑录话》卷下）。

其次，宋词的兴盛也离不开君主的欣赏和提倡。宋代的君主如真宗、仁宗、神宗、徽宗、高宗、孝宗、光宗、宁宗等，既精通音律，能按谱填词，又刻意提倡、奖赏这方面的人才。君主的喜好，自然引导广大文人参与创作，填制曲子词蔚然成风。而且因为宋朝统治者采取重文轻武的统治政策，大量的财富集中用来为广大文臣提供优厚的俸禄待遇，使得纵情享乐之风盛行一时。许多士大夫文人在家里蓄养声伎，他们经常邀请宾客前来纵欢宴饮，轻歌曼舞，浅斟低唱，将满心的意趣尽付与花间樽前、舞榭歌台；他们也填制出大量声情婉丽的词作，交由女伶歌唱，逞示自己的过人才情。

再次，宋词的兴盛又是诗歌发展内在规律的必然结果。近体诗在唐朝，无论形式音律还是内容风格，都已经发展到了精致至极、完备无余的地步。安史之乱以后，唐朝的社会、经济、文化都已发生了根本性的转变，人们的审美心理、文学创作的价值取向等也都产生了巨大变化。中唐以来，士大夫文人积极进取的豪迈精神蜕变成及时行乐、纵情声色的狂放欲求。曲子词的兴盛正是迎合了时代文化中的声色欲求，从而加重其“艳情”的成分，走上了都市化、俗艳化的道路。广大文人沉溺于身心的放纵，本能地开始了对于浅淡情思和轻柔爱意的吟唱，通过缥缈软媚的词作，传达出婉约细腻的心曲。中唐以来，大量诗人歌咏真挚细腻的情爱心理，但是近体诗发展至此，在言情方面的“力不从心”也逐渐显露了出来。这一方面是创作观念上对温柔敦厚诗教传统的顾忌，另一方面则是近体诗四平八稳、整齐划一的体制形态，束缚着诗人自由地表达内心情感的波澜起伏，形式与内容的矛盾已非唐诗本身所能解决。“情有文不能达，诗不能道者，而独于长短句中可以委宛形容之”（查礼《铜鼓书堂遗稿》卷三十二）。长短句这种富有新鲜活力的文体形式，则打破了近体诗整齐、单一、呆板的格局，具有灵巧多变、音律和谐、富于张力和弹性的特质，契合了人们内心深处的情感涟漪。跟诗相比，词体的语言更加细腻精美。对此，缪钺在《论词》中加以形象的分析：“古人谓五言律诗四十字，譬如士大夫延客，着一个屠沽儿不得。余谓此词如名姝淑女，雅集园亭，非但不能着屠沽儿，即处士山人，间厕其中，犹嫌粗疏。惟其如此，故能达人生芬馨要眇不能自言之情”，故而“一句一字，均极幽细精美之能事”。于是，词体以其题材的香艳性、情调的柔媚性、风格的婉约性，以及自身体式的种种优势，取代了近体诗抒情的功能，成为那个时代表达缠绵细腻的情感世界最为“惬意”的文学形式。

“词代诗兴”的一个直接结果，即是文人观念当中诗词创作功能的截然分疆：近体诗展现士大夫文人端庄正大的志向和胸襟，词体则主要偏重于抒写绮美婉约的情思。“诗词分疆”的状态在宋朝表现得更加明显，并且形成了诗、词、散文、小说等不同等级。据欧阳修《归田录》卷二记载，钱惟演“平生惟好读书，坐则读经史，卧则读小说，上厕则阅小辞”，可见“小辞（词）”在当时确实属于等而下之的文学样式。南宋人胡寅《向芗林酒边集后序》也说：“文章豪放之士，鲜不寄意于此者，随亦自扫其迹，曰谑浪游戏而已。”宋朝士大夫文人普遍戴着双重的人格面具：他们立身朝廷，讲究光明正大，并以诗文议论时政，努力避免淫靡的腔调，“言理而不言情”，显得庄重严肃；然而于燕集欢畅之际，又不免风流放荡，填制小词，花前月下，情意绵绵，把自己私人化的娱情悦性的内容安排进词里。钱锺书在《宋诗选注序》中指出：“宋人在恋爱生活里的悲欢离合不反映在他们的诗里，而常常出现在他们的词里。如范仲淹的诗里一字不涉及儿女私情，而他的《御街行》词就有‘残灯明灭枕头欹，谙尽孤眠滋味；都来此事，眉间心上，无计相回避’这样悱恻缠绵的情调……据唐宋两代的诗词看来，也许可以说，爱情，尤其是在封建礼教眼开眼闭的监视之下那种公然走私的爱情，从古体诗里差不多全部撤退到近体诗里，又从近体诗里大部分迁移到词里。”他们恰恰是在“词为艳科”的挡箭牌下，宣泄出人性中的本真情感，呈现出言情而绮靡的特色，这样也就形成了“诗庄词媚”的风格差异。正如王国维所云：“词之为体，要眇宜修，能言诗之所不能言，而不能尽言诗之所能言。诗之境阔，词之言长。”（《人间词话》卷下）词体虽然不像诗体那样表现广阔的社会生活内容，而是局限于花前月下、儿女情思、春恨秋怨等题材范围内，但是它努力地向着抒情的纵深处挖掘，展现出人性当中更加丰富细腻、优美深婉的艺术审美境界，因而也就生发出更加激荡人心的情感魅力。

伴随着宋词的广受欢迎，大批新创词调也纷纷涌现。适合人们欣赏口味的“流行歌曲”，不断取代唐朝已有的词调曲子，呈现为“新声交奏”“竞赌新声”的繁盛局面；并且产生了引、序、令、近、犯、歌头、摊破、转踏、转调、偷声、减字等等灵活的词作形式。长调慢曲也应运而生，辞章文字随之增加，这就势必扩大了词体的容量，带来篇幅结构、意境创造、表现手法、语言修辞诸多方面的创新和突破。

概而言之，宋朝城市经济的发展和繁荣，为词体的兴盛提供了坚实的物质保障；市民阶层的壮大、世俗文化的兴起，促使新曲的填制轻浅俗艳；统治者大力提倡，广大士大夫文人参与其间，在词作中注入了更多华美富贵的气息；文士人格的双重性，导致了诗词功能出现明显的分工，最终确立了“诗庄词媚”的审美规范，词体成为文士抒写艳婉情思的绝佳载体；北宋新声词调的涌现、慢曲的流行，又带来了宋词体裁的拓展，为它的兴盛提供了形式创新的保障。

四、宋词的魅力与价值

宋词，是中国古代文学皇冠上光辉夺目的明珠，是芬芳绚丽、美不胜收的一方园圃，也是宋代文学中最有时代特色、最富于审美个性的一株奇葩，它以其姹紫嫣红、千姿百态的秀美神韵，与宋诗携手，与唐诗争奇，与元曲斗艳。唐诗与宋词，成为古代诗歌体系中并峙争雄的双峰。

宋词具有婉约、豪放、清雅等不同风格，展示出异彩纷呈的艺术魅力。

婉约词以男女情事、伤春怨别为主要题材，以柔婉、缠绵的心绪为基本情结，往往通过情景交融的意境含蓄地表现耐人寻味的情思，创造出柔婉深约的艺术境界。词论家向来把晚唐五代时期以温庭筠为代表的花间词尊为婉约词风的鼻祖。宋初的晏殊、欧阳修、柳永，以及此后的晏几道、秦观、周邦彦、李清照等人，虽然在题材表现和艺术手法上各具特色，但是仍以婉约风格为主，由此汇聚成宋词艺术风貌的基本格调。

苏轼向来被认为是豪放词风的始创者和代表。他秉持诗词同源的理念，着力提升词体的地位，扩大词的题材，开拓词的境界，抒发自我的真实性情和独特的人生感受；以诗为词，充分表露出具有个性魅力的心灵、情绪、气质、胸怀，创造出抒写士大夫情志的豪放词风。靖康之难后，岳飞的壮怀激烈，张元幹的清壮顿挫，张孝祥的慷慨悲凉，辛弃疾的雄深雅健，陈亮的横放恣肆，刘克庄的痛快淋漓，等等，都是宋词豪放词风的典型代表。

清雅词严守词体音律，讲求字法、句法、章法的精雕细琢，注重咏物寄托，崇尚清雅格调，给人以野云孤飞、去留无迹的审美感受。南宋中后期词人姜夔善于以清空诗笔写骚雅之词，是清雅词风的典型代表。吴文英、史达祖、周密、王沂孙、张炎等人词作也体现出此类风格特征。

宋词作为一种音乐性很强的诗歌体裁，具备了完全成熟的体制特征。无论是大量词调的创制，各类章法、句法、字法的推敲，音韵的重视和讲求，还是令、引、近、慢等音乐分类，小令、中调、长调等字数分类，添声、摊破、减字等变体的衍生，都令人眼花缭乱；有别于近体诗而构建的语汇系统，更令其展现出细腻、婉约、精美、雅致的艺术风貌，成为宋代精神文化的绝佳载体，在中国文学史上具有独特而永恒的魅力与价值。

北宋词导读

一、北宋前期词

北宋建国之初，统治者忙于东征西讨，稳固国家基础，词坛一度呈现出冷寂的状态。南宋词论家王灼曾经不无感慨地说："国初平一宇内，法度礼乐，浸复全盛，而士大夫乐章顿衰于前日，此尤可怪。"(《碧鸡漫志》卷二)这一时期也出现了少数几篇优秀的词作，例如江湖浪子潘阆追忆钱塘江观潮景象的《酒泉子》(长忆观潮)，上片分别从视觉和听觉角度，渲染钱塘江潮的来势迅猛、涛声雄壮；下片又描写弄潮儿手持红旗、翻腾跳荡的飒爽英姿，充满着奔腾豪壮之气。林逋的《长相思》(吴山青)借女子的口吻，倾吐了与恋人江上离别时难分难舍的缱绻情怀，最后以景结情，富有神韵。

到了十一世纪初期，大宋帝国经过数十年的休养生息，社会经济日趋繁荣，一批文学青年也逐渐成熟，创造出独特的艺术风貌。

北宋前期词坛，沿袭唐五代余风而有所发展，大体可分两种情况。一种是继承"花间"、南唐的遗风，以反映达官贵人生活情趣为主要内容的侧艳词，代表人物有晏殊、欧阳修、张先等，主要创作形式是小令；另一种是学习敦煌民间词风，以反映市民阶层生活情趣为主体格局的歌馆风情词，代表人物为柳永，作品中较多为长调。前者风格比较典雅、清丽、含蓄，与花间词轻浮、秾丽的作风稍有不同；后者风格比较通俗、平易、直露，但是同敦煌民间词的面貌并不完全雷同。尽管就其主要倾向而言，以上两种词风语言有雅俗之分，题材有广狭之别，但内容大都侧重描写男女柔情，并没有超越"艳科"的藩篱。

北宋前期的晏殊、欧阳修、张先、宋祁等人，构成了一个以高官显贵为主体、活跃在都城亭台楼阁之间的词人群。他们往往通过填词来流露个人隐私，表达闲情逸致，以达到娱宾遣兴的效果。“宋初诸家，靡不祖述二主（指南唐李璟、李煜）、宪章正中（指冯延巳）”（冯煦《蒿庵论词》）。晏殊等人词作内容不外相思离别，风格也都绮艳柔靡，形式几乎都是小令短制，缺乏独特的个性，他们的作品常常与南唐词人相混同。

晏殊的《珠玉词》以温润秀洁、神清气远的笔触，表现出“太平宰相”雍容华贵的气派、闲雅沉静的风度，具备富贵气象，风格和婉明丽、珠圆玉润，成为达官贵人词的典型代表。他也将一缕半淡、轻烟薄雾般的闲愁写进《浣溪沙》（一曲新词酒一杯）等词作中，具有幽怨动人的情调，其中也渗透着宋代士大夫文人在华美富贵的生活背后，潜藏着的幽约细腻的人生无奈和感伤。所以说，晏殊词写富贵而不鄙俗，写艳情而不轻佻，其精美圆熟的艺术表现和淡雅含蓄的审美倾向，展示出宋词风格的新特色。因此，清人冯煦评析说：“晏同叔去五代未远，馨烈所扇，得之最先，故左宫右徵，和婉而明丽，为北宋倚声家初祖。”（《蒿庵论词》）

欧阳修作为北宋前期的文坛盟主，以诗文成就著称。他对填词并不十分着意，“聊佐清欢”（欧阳修《西湖念语》）而已，但是所写出来的作品却深受南唐词“思深辞丽”风格的影响，表现出更加深婉幽远、风流蕴藉的情调。欧词中有的题材内容突破了传统的范围，如歌咏自然风光，叙写仕途遭遇，抒发人生感慨和表现豪迈性格等，进一步加强了词的抒情言志功能，使其成为更能表现个性、更向诗靠拢的体裁。清人刘熙载《艺概·词曲概》评论道：“冯延巳词，晏同叔得其俊，欧阳永叔得其深。”欧阳修词虽然多以婉约的笔触描写缠绵之情，但是他不像晏殊词更多淡雅的富贵气象，而是更多豪宕的力度、深挚的情韵，从而创造出更加隽永的意境。

张先、宋祁等人善于炼字炼句，也有不少锤炼精工的佳作。张先具有十分敏锐的艺术感知力，他的词往往能够捕捉刹那的感受，营造出特别细腻而又耐人咀嚼的韵味，因词中有“云破月来花弄影”“娇柔懒起，帘压卷花影”“柳径无人，堕风絮无影”等名句，被人称为“张三影”。宋祁《木兰花》词中的名句是“绿杨烟外晓寒轻，红杏枝头春意闹”，一个“闹”字，化静为动，化虚为实，将蓬勃的春意、烂漫的春光以及杏花所蕴含的无限生机与活力渲染得淋漓尽致。

北宋多情公子晏几道，是“太平宰相”晏殊的第七子。他自幼生活在钟鸣鼎食之家，养就一身天真烂漫的贵族习气，青年时期喜与歌儿舞女亲密相处。他的友人沈廉叔、陈君龙家有不少歌女，晏几道擅长填词，经常将这些词作交付歌女演唱，久而久之，就跟歌女小莲、小鸿、小蘋、小云等产生了感情。可是好景不长，父亲晏殊去世后，从此家道中落；朋友家也纷纷败落，那些歌儿舞女随之风流云散。晏几道人生失意之后的词作可以用法国文学家普鲁斯特所写长篇小说的名称来概括:追忆逝水年华。他的《临江仙》(梦后楼台高锁)等词作,大多通过梦境的形式,追忆往日的缱绻情事,表露出对美好爱情的执着追求,以及往事如烟、旧情不再的深重惆怅。与其父富贵雍容、闲雅沉静的风格相比,晏几道的词更多地表现出凄迷感伤的艺术境界,更能传递“古之伤心人”的悲楚情愫。

在晏殊、欧阳修等人的绮美婉丽风格之外,北宋前期也出现了一些展示文人性情的豪放旷达词作。

范仲淹存词仅五首,皆为即景抒情的佳作,颇能开拓词的意境,兼具豪放、婉约的风格。其《渔家傲》(塞下秋来风景异)通过对深秋边陲苍凉辽阔景象的描绘,抒写出守边将士悲壮的情怀,意境极其开阔豪迈,开北宋豪放词的先声。《苏幕遮》(碧云天)不同于一般纤柔词人的平弱浮泛,而是把苍茫的秋景与深挚的羁旅之情统一起来,表现得更为高远、壮大,这也是范仲淹的刚直个性对词风的一种自然牵引。因此,龙榆生《唐五代宋词选》说范仲淹词“激壮沉雄,虽写离情,亦变大笔振迅,不作一软媚语,自是英雄本色,亦苏、辛派之先河也”。

王安石努力摆脱音乐的束缚,强调词体的文学特性,着力抒写自我的性情怀抱,并且融入了对历史的深刻反思和对现实社会的深切忧患。他的《桂枝香·金陵怀古》追怀六朝旧事,在金陵盛衰兴替的历史变迁中,寄寓了对统治者逸乐亡国的批评,字里行间又暗含着对宋朝现实政治的忧患之感,体现出政治家之词的鲜明特色。

范仲淹、王安石等人豪放劲健的词作,一改晚唐五代以来剪红刻翠的流靡之风,给词坛吹进了更符合士大夫文人品格、意趣的清新气息,为此后苏轼进一步的革新创造起到了先导和示范的作用。与此同时,在词坛上产生更大影响的当属盛行的“柳七郎风味”,它代表了广大市民阶层俚俗的审美情调和追求。

柳永凭着高超的填词技艺受到妓女、乐工的推誉,成为当时最负盛名的通俗歌曲作家。但是,柳永放荡不羁的行为,遭到了统治阶层的鄙薄和厌恶,这就带来了他科举和仕途中的坎坷挫折。以晏殊、欧阳修等人为代表的正统士大夫文人与柳永之间存在着雅俗迥异的艺术趣味,这是上层社会与市民阶层审美情趣的鲜明分野。后代的许多士大夫词人都对“柳七郎词”的俚俗风味给予批评,然而柳词却更加得到广大民众的欣赏,流传极广,远播四方,真正达到了“凡有井水饮处,即能歌柳词”(叶梦得《避暑录话》卷下)的地步。

柳永在词史上做出了很大贡献。首先,他扩大了词固有的题材范围,向着更广阔的社会空间拓展。在词中大量描写羁旅行役的感受和城市风光，柳永可谓首开风气。他的《八声甘州》（对潇潇暮雨洒江天）备述漂转四方、颠沛流离的慨叹。其中“霜风凄紧，关河冷落，残照当楼”三句写景凄清，气象苍茫，被苏轼赞道：“此语于诗句，不减唐人高处。”（赵令畤《侯鲭录》卷七引）其《望海潮》（东南形胜）对北宋都市杭州的自然美景以及杭州人和平繁华的生活进行了全面、生动的描绘，体现出由总到分、由景到人的结构特点，形象展现了北宋仁宗时期的太平气象。

柳永的爱情词作也体现着深化和创新。晚唐以来的词人填制花前月下的恋情词篇，多为“逢场作戏”的伶工之作，并无多少内心真情的流露，体现了士大夫文人含蓄雅致的审美情趣。柳永则带着科举失意、仕途坎坷的郁闷和失望，长期混迹于秦楼楚馆，在偎红倚翠的生活中，深切地了解到风尘女子的不幸遭遇，渐渐地对她们产生了同情，甚至萌生了恋情。他将妓女悲苦的命运与自己的不幸遭遇融为一体，引发出“同是天涯沦落人”的悲叹。

其次，柳永发展、完善了慢词的体制和表现手法，从根本上改变了唐五代以来词坛上小令一统天下的格局，使慢词与小令这两种体式平分秋色、齐头并进。柳永是两宋词坛上创制词调最多的词人，在宋词880多个词调中，有100多调是柳永首创或首次使用。词的体制到了柳永手里，才开始真正走向完备，令、引、近、慢，单调、双调、三叠、四叠，均由此而大量出现。所以说，柳永对词体、词调的开拓创造，为宋词在表现功能和艺术风格方面的进一步拓展，提供了基本的文本范式。

伴随着慢词体式的创制、篇幅字数的增加，柳永创造性地运用了铺叙和白描的手法。他将“敷陈其事而直言之”的赋法移植入词，情景衬融，点染得法，叙事写情务求朗畅直露，与文人小令讲究精工雅炼、蕴藉含蓄迥然异趣。他还善于巧妙利用时空的转换来叙事、写景、言情，而自创出回环往复式的多重时空结构方式，使得布局完整，层次清晰而有波澜。这对此后周邦彦和吴文英影响至深。柳永还精通音律，注意字声与音声的配合，善于运用去声字领起数句，造成起伏顿挫、声情并沛的表达效果。

概括地讲，虽然柳永词多有歌咏轻俗艳情之作，因而多遭文人雅士的指责，但他以新鲜、通俗的语言，铺叙白描的手法，创制出慢词长调的词体形式，仍然具有很高的艺术价值，也预示着词体发展、创新的方向。

二、北宋中期词

北宋中期词坛以苏轼为代表。他对词体的全面革新做出了比柳永等人更为突出的贡献。

首先,提高了词的地位。苏轼在理论上破除了唐五代以来普遍存在的诗尊词卑的观念。他认为诗词同源,本属一体,它们的艺术本质和表现功能应该是一致的,这样就把词体提高到与诗同等的地位。在具体创作中,他不满柳永俗词的柔媚风格,提出了词"自是一家"的观念,即追求壮美的风格和阔大的意境,词品与人品相一致,填词应当像写诗一样,抒发自我的真实性情和独特的人生感受。苏轼所要建立的,是有别于"柳七郎风味"的,展露主体情志、品格的诗人之词的规范。

其次,扩大了词的题材,开拓了词的境界。苏轼不把词当作逢场作戏的应歌、调笑之作,而是在词中表露出具有个性魅力的心灵、情绪、气质、胸怀。他将表现女性柔情绮思的传统伶工之词,扩展为表现文士复杂内在情感的士大夫之词,将只表现花前月下的爱情之词变革为表现包蕴丰富的性情之词。因此,胡适在《词选序》中指出:"苏东坡以前,是教坊乐工与娼家妓女歌唱的词;东坡到稼轩、后村,是诗人的词;白石以后,直到宋末元初,是词匠的词。"苏轼用自己的创作实践表明:词是无意不可入,无事不可言的;词与诗一样,具有充分表现社会生活和现实人生的功能。因此苏轼拓展了词的表现空间,丰富了词的情感内涵,从而提高了词的艺术品位,使它从"艳科""小道"上升为一种与诗具有同等地位的抒情文体。

再次,把近体诗歌的表现手法移植到词中,具体表现在题序和用典两个方面。题序的使用,交代了填词的写作时间、地点和创作动机及缘起,加强了情感抒发的确定性,有助于表明词人真实的生活感受和情感状态。在词中大量用典,往往可以收到以少总多的功效,使得短小的词作当中包孕着丰富的思想内涵;同时也能令词人的抒情言志带有历史的深度,越发显得厚重浓烈。

最后,开创了豪放词风。豪放和婉约的明确区分,最早出现在明人张綖《诗余图谱》当中:"词体大略有二:一体婉约,一体豪放。婉约者欲其词情蕴藉,豪放者欲其气象恢弘。然亦存乎其人,如秦少游之作,多是婉约;苏子瞻之作,多是豪放。"清人刘熙载《艺概·词曲概》也说:"东坡词颇似老杜诗,以其无意不可入,无事不可言也。若其豪放之致,则时与太白为近。"苏轼填词,主要是供人阅读,而不求人演唱,往往突破固有音律对词体的制约和束缚,把词从音乐的附属品变为一种独立的抒情诗体。苏轼曾经自谦平生有三样东西不如人:下棋、喝酒、唱曲。其实他并非不懂音律,正如陆游所说:“公非不能歌,但豪放不喜剪裁以就声律耳。”(《老学庵笔记》卷五)他更加注重的是利用长短句的错落形式,造成节奏上的起伏变化,更为真切、自然地表达自己丰富的内心感受。苏轼的词注重抒情言志的自由放达,写得挥洒自如、不拘格套,表现出充沛的激情、丰富的想象力和多姿多彩的语言风格。

纪昀在《四库全书总目提要》中指出:“词自晚唐、五代以来,以清切婉丽为宗。至柳永而一变,如诗家之有白居易;至轼而又一变,如诗家之有韩愈,遂开南宋辛弃疾等一派。”历代词论家多以苏辛并称。苏轼与辛弃疾的词在题材的开拓、意境的壮大、风格的豪放诸方面固然有其相近之处,不过他们的区别也是非常明显的。王国维在《人间词话》中说:“东坡之词旷,稼轩之词豪。”概而言之,苏轼是文人,是达士,其词重在表达人生意义上的清旷超远;辛弃疾则为战士,为英雄豪杰,其词重在彰显社会意义上的忠肝义胆。

在两宋词风演变的过程中,苏轼是一个极其重要的关键人物。正如南宋初年胡寅《向芗林酒边集后序》所评:“眉山苏氏一洗绮罗香泽之态,摆脱绸缪宛转之度,使人登高望远,举首高歌,而逸怀浩气,超然乎尘垢之外。于是《花间》为皂隶,而柳氏为舆台矣。”王灼在《碧鸡漫志》卷二里也指出:“东坡先生非心醉于音律者,偶尔作歌,指出向上一路,新天下耳目,弄笔者始知自振。”强化词的文学功能,弱化词对音乐的迎合和依附,是苏轼为人们所指出的“向上一路”。他以自己的理论主张和创作实绩,扭转了俗艳词风,也为后代词学的进一步发展提供了无限法门。

三、北宋后期词

在苏轼的推动下,北宋后期词坛呈现出繁兴的局面,涌现了黄庭坚、秦观、贺铸和周邦彦等著名词人。

黄庭坚的词多描写流连诗酒的士大夫生活和感受,兼具豪放、旷达、婉丽的风格,词句冷隽瘦健、别开生面,隐现出作者兀傲倔强的个性色彩。

清人冯煦在《蒿庵论词》中指出:“淮海、小山,真古之伤心人也。”然而与晏几道借男女伤离词作抒发个人、家世的悲绪不同,秦观的“伤心”词作更多地融入社会性的内容,抒发了词人身陷北宋新旧党争之祸、横遭贬谪打击的深沉复杂的感伤。冯煦在《蒿庵论词》中异常精到地指出秦观词的精神实质:“他人之词,词才也;少游,词心也。”他人的词作,大多是用来逞弄才情,炫耀技巧,很少有人将自己真实的人生感受投注到艳科小词当中;然而秦观则是用整个心灵来填词,将自己坎坷的人生遭遇、痛苦的情感体验,通过词体的艺术形式表现出来,因而具有特别真切、感人的抒情效果。

在意象选择和意境创造上,秦观的《踏莎行》(雾失楼台)等词作擅长描摹清幽冷寂的自然风景意象,抒发迁客骚人的深悲巨痛,营造出萧瑟凄厉的"有我之境"。在章法结构方面,秦观受到柳永的影响,创作了大量慢词。但是他能把令词中含蓄缜密的韵味带进慢词长调,从而弥补了柳永以赋法填词所造成的发露有余、浅白单调的不足,显得跌宕有致,包蕴层深。在字法运用方面,秦观词作具有含蓄隐丽的特征,追求意象的精致幽美。他以柔婉的笔触,对词中的字句多加推敲和修饰,用精美凝练的辞藻,创造出凄迷朦胧的意境。

孙兢《竹坡老人词序》云:"苏东坡辞胜乎情,柳耆卿情胜乎辞,辞情兼称者,唯秦少游而已。"《四库全书总目提要》也称秦词"情韵兼胜,在苏、黄之上"。所谓"辞情兼称""情韵兼胜",即是指秦观善于运用流畅清晰的章法、婉丽蕴藉的字法以及悦耳动听的音韵,情景交融,意境相谐,将内心积郁的感伤情怀淋漓尽致地表达出来。秦观用疏朗流畅的章法,连接精致典雅的词句,使得词句既较之柳永高雅,又不像周邦彦那样凝涩晦昧、难以索解,而是融入技艺又不逞弄技艺,这是恰如其分、恰到好处的艺术佳境,得到了欣赏者的普遍喜爱,取得了词史上突出的地位,李调元《雨村词话》卷一甚至推誉其"首首珠玑,为宋一代词人之冠"。

在北宋词坛里,贺铸是一位个性耿直傲岸、极富大丈夫气概的人物。他具有文武兼备的才能,既深于儿女之情,又富有豪侠之气。其词也是情调丰富,风格多样,刚柔相济。张耒称其"盛丽如游金、张之堂,而妖冶如揽嫱、施之袂,幽洁如屈、宋,悲壮如苏、李"(《东山词序》)。陈廷焯也说"方回词,儿女、英雄兼而有之"(《云韶集》卷三)。他的盛丽、妖冶之词,多与温庭筠、李商隐、柳永堪称同调。贺铸的幽洁之词多继承屈原、宋玉以来香草美人、比兴寄托的传统,于描形绘景之中暗含着自己的身世之感。贺铸的悲壮、豪放之词,气度豪迈,奇思壮采,尽显少年侠客的勃发英气,字里行间又充斥着词人壮志难酬的抑郁悲愤。此类词风实质上开启了南宋爱国词派的先声,正如夏敬观所说:"细读东山词,知其为稼轩所师也。世但言苏、辛为一派,不知方回,亦不知稼轩。"(《手批东山词》)贺铸词多用典故,多从唐人诗句中吸取精华。他曾说:"吾笔端驱使李商隐、温庭筠,常奔命不暇。"(《宋史·贺铸传》)他的词用韵繁密,参差错落,富有节奏感和音乐美,由此便形成了深婉密丽的语言风格,深刻影响到南宋吴文英等人的创作。

周邦彦一向被视作北宋词坛的集大成者，被赞誉为“词家之冠”“词中老杜”。陈廷焯说：“词至美成，乃有大宗。前收苏、秦之终，复开姜、史之始。自有词人以来，不得不推为巨擘。后之为词者，亦难出其范围。”（《白雨斋词话》卷一）

周邦彦的词作内容多写男女离别相思。他在当时及后代都赢得了巨大的声誉，主要取决于其词的艺术成就。他吸取了温庭筠的秾艳，韦庄的清丽，冯延巳的缠绵，李后主的深婉，晏殊的蕴藉，欧阳修的秀逸，特别是柳永的绵密和冶艳，最终形成了“富艳精工”（刘熙载《艺概・词曲概》）的“清真体”的独特风格。

周邦彦词的富艳精工，首先表现在构思精巧而顿挫有致的章法结构。他避免了柳永慢词的平铺直叙、直露无余，而是力求曲折变化、回环往复，写景、叙事、抒情、时空交错，造成感慨万端、低回欲绝的表达效果，增加了一唱三叹的摇曳之美。周词顿挫有致的章法结构，使得感情的表达更加凝练浑成，富有含蓄蕴藉的韵味和厚度。不过如此有意为之的组接安排，也令词作丧失了北宋词原有的质朴清新的直感力量，带有人工雕琢的痕迹。这种倾向进一步影响到南宋词人，形成了北宋词与南宋词鲜明的风格差异。

周邦彦词的富艳精工，还表现在词语的雕琢上。他极其重视锤炼字句，力求“语意精新”，又极其善于融化前人诗句入词，并且能够做到浑然天成、如同己出。正如宋人沈义父所说：“凡作词，当以清真为主。盖清真最为知音，且无一点市井气，下字运意，皆有法度，往往自唐宋诸贤诗句中来，而不用经史中生硬字面，此所以为冠绝也。”（《乐府指迷》）

周邦彦词的富艳精工，还表现在声律方面的突出贡献。他精通音律，并且以古代精通音乐的周瑜自比。他在提举大晟府时自度新曲五十多调，为宋词的发展开辟了更为广阔的天地。其词尤其能够将汉语四声的安排与所配音乐有机结合，从而产生和婉动听的表达效果。

总之，周邦彦无疑可称为宋代词史上极为关键的大家。他在章法、语言、音律等方面的不断精研雕琢，促使词体走上了典雅化、格律化的道路，在结构、技巧、词调、辞藻、用典等各个方面，对南宋姜夔、吴文英等骚雅一派的创作具有直接而深远的影响。与此同时，周词典雅化、格律化的倾向，也越来越明显地代表着士大夫文人的审美情趣，而与广大民众逐渐疏离。这就预示着词体创作开始走上了自足发展、自我封闭的道路。

北宋词作选讲

酒泉子

潘　阆

长忆观潮，满郭人争江上望，来疑沧海尽成空，万面鼓声中。　　弄潮儿向涛头立，手把红旗旗不湿。别来几向梦中看，梦觉尚心寒。

潘阆(？—1010)，字逍遥，自号逍遥子，大名(今河北大名东)人。早年自负才高，汲汲于功名，多次参加科考，却屡屡失败，由此踏上求仙访道之路。唐宋以来，最高统治者普遍崇尚道教。道教著名人士颇受朝廷优遇，甚至得以参与政治决策、执掌重要权柄。许多下层文士凭借"终南捷径"，一步登天，跻身仕途。潘阆与魏野、林逋、释慧思、惠崇等僧道名士交往密切，与道士冯德之更是生死之交，在自作诗文中也喜以"野人""闲人""野夫"自居，然而他并不追求宁静淡远的精神境界，而是毫不掩饰自己潇洒旷逸的放达情怀。他的修道隐逸，仅仅是为自己求取功名热望而另辟蹊径。潘阆科举无望、终南乏径，虽然自比为才华横溢的司马相如，却又因怀才不遇而深自嗟叹："莫言不及相如赋，谁敢高吟汉帝前。"(《书诗卷末》)人生的失意，最终促使他踏上了江湖游士血雨腥风的政治一途。太宗至道元年(995)，潘阆为宦官王继恩举荐召对，赐进士及第，授国子四门助教。曾向太宗献烧丹方书，及太宗死，惧而亡匿。真宗时释其罪，为滁州参军。

由此可见，潘阆是北宋初期一位富有传奇经历和狂傲个性的文人，兼有儒士、隐士、游士三种身份，身在江湖，心存魏阙，逍遥不羁为其表，功名追逐为其里，构成了他标新立异、热闹非凡的一生。著有《逍遥集》，词有后人辑本《逍遥词》。

潘阆作为宋初著名词人，歌咏杭州风光的十首《酒泉子》词，展现了风雅江南烟霞缥缈的神韵，开北宋城市风情组词创作的先河。对于江南风物的歌咏，唐人张志和《渔父》(西塞山前白鹭飞)词展现了江南春江垂钓图，流露出自由隐逸的情怀。白居易的三首《忆江南》词歌咏江南美景，起首皆用“江南忆”，先后总写江南，分写杭州和苏州，结末反复咏叹“能不忆江南”“何日更重游”“早晚复相逢”，表达了身在洛阳的诗人神驰江南的无限深情。受到白氏《忆江南》词的影响，潘阆的十首《酒泉子》词则借鉴民间联章体的形式，全面歌咏杭州的城市风情。起首一阕(长忆钱塘)，总体概括杭州风景如画、万家掩映的美好景象，“不是人寰是天上”，成为“上有天堂、下有苏杭”定评的滥觞。此后的篇章分别歌咏西湖、孤山、西山、吴山、龙山、观潮等风光，如此全景式的联章结构，扩大了单篇词作的表现空间，将杭州城的山水美景全方位地描绘出来，对此后宋代风景组词的创作产生了很大影响。其中第四首歌咏西湖的美景：

长忆西湖，尽日凭栏楼上望。三三两两钓鱼舟，岛屿正清秋。　　笛声依约芦花里，白鸟成行忽惊起。别来闲整钓鱼竿，思入水云寒。

该词描绘作者凭栏所见的西湖景象：清秋萧瑟，钓舟三三两两，闲靠湖边；芦花深处，笛声悠悠吹起，白鹭成行，逐浪而飞。最后表现词人闲逸自在的生活情状：“思入水云寒”，“潇洒出尘，结更清高闲远”(陈廷焯《词则·别调集》卷一)。此词一时盛传，“石曼卿见此词，使画工绘之作图”(杨湜《古今词话》)；“钱希白爱之，自写于玉堂后壁”(释文莹《湘山野录》卷下)；“东坡公爱之，书于玉堂屏风”(杨慎《词品》卷三)。这组《酒泉子》词一洗五代以来的绮罗香泽之气，沉醉于杭州湖光山色之美，充溢着清新自然之风，设色淡雅，句法清古，开创了词体创作的另一番天地。稍后于潘阆的柳永创作了歌咏杭州风光的慢词名作《望海潮》(东南形胜)，其中写西湖之美、钱塘江潮之壮和杭州人生活的宁静和美，以赋填词，铺叙展衍，备足无余。这些景致在潘阆的组词中，均以单篇词作分别言之，更加真切细致，历历如绘。但是它们又不是词人即目实景而作，而是经历了多年思念和酝酿之后的营构，把对此一景观最有特色的体认突显出来，画面之间“翛然自远，不愧语带烟霞之目”(许昂霄《词综偶评》)，彰显出鲜明的印象写意的效果，体现了逍遥词人特有的浪漫气质。

潘阆《酒泉子》其十描写杭州观潮的情状，尤其脍炙人口。

此词采取叙事手法，首先描述潮来之前杭州百姓倾城而出的观潮盛况：

长忆观潮，满郭人争江上望

这里描绘倾城出动、万人空巷的热闹场面，一个“望”字表现出人们争先恐后往前拥挤的动态场景和气氛，为潮水的到来烘托环境，做好铺垫。接着，描写潮来涌来，汹涌澎湃、声音震耳欲聋的强大阵势：

来疑沧海尽成空，万面鼓声中。

这里一句写视觉，一句写听觉，皆极尽壮观之势，摹写潮水到来时的巨大声势和无穷威力。一个“疑”字写出了人们在自然伟力面前瞬间的错愕，怀疑海水倒尽，想出尘外，力重千钧。

下片笔锋由观潮人转向弄潮儿，突显他们于惊涛骇浪中手把红旗、健壮勇敢的飒爽英姿，令人惊心动魄、叹为观止：

弄潮儿向涛头立，手把红旗旗不湿。

据南宋人周密《武林旧事》记载，当地吴儿当潮涨之时，披发文身，手持彩旗出没于鲸波万仞中，以旗尾不沾湿为能。这里就使得那些敢于在风口浪尖上腾挪跳荡的弄潮儿的飒爽英姿跃然纸上。如此雄伟壮阔的景象，即使是别后梦中重演，依然心有余悸：

别来几向梦中看，梦觉尚心寒。

多少年以后，词人回忆起钱塘观潮的景状，仍是历历在目，胆战心寒，由此更加淋漓尽致地烘托出钱塘江潮声容俱壮的气势，使全词主题进一步深化。

整首词作从观潮前到涨潮时，写到弄潮儿涛头出没，再到别后追忆仍然刻骨铭心，结构谨严，有声有色，虚实相生，带给读者强烈的身临其境之感；成功地使用适度的夸张，把钱塘江潮描绘得栩栩如生，给人留下了难以磨灭的印象。此词在当时广为流传，太子中舍李允为之作《潘阆咏潮图》，复请吴县知县罗思纯为序、长洲知县王禹偁为赞。《潘阆咏潮图赞并序》有云：“处士潘阆……总角之岁，天与诗性，故亲族骇其语焉。弱冠之年，世有诗名，故贤英服其才焉。……言念吴越，跨江而来，钱塘、会稽卖药自给，因赋浙江观涛之什，称为冠绝。”既揭示出潘氏诗性浪漫的气质，也表彰了其卓尔不凡的文学才华。

【拓展阅读】

钱塘江潮

钱塘江潮是世界三大涌潮之一，是天体引力和地球自转的离心作用，加上杭州湾喇叭口的特殊地形所造成的特大涌潮。中国历史上最著名的涌潮地有三处：山东青州涌潮、广陵涛和钱塘潮。而印度恒河潮、巴西亚马孙潮与中国钱塘潮又并称为世界三大涌潮。李斗《扬州画舫录》卷九引清人费锡璜观点指出：“春秋时，潮盛于山东，汉及六朝盛于广陵。唐、宋以后，潮盛于浙江，此地气自北而南。”每年农历八月十五，钱塘江涌潮最大。潮头初临时，江面闪现出一条白线，伴之以隆隆的声响；潮头由远而近，飞驰而来，潮头推拥，鸣声如雷，顷刻间潮峰耸起一面三四米高的水墙直立于江面，喷珠溅玉，势如万马奔腾。

钱塘江观潮，从宋代以来就是一大景观。南宋吴自牧《梦粱录》卷四记载：

> 临安风俗，四时奢侈，赏玩殆无虚日。西有湖光可爱，东有江潮堪观，皆绝景也。每岁八月内，潮怒胜于常时。都人自十一日起便有观者，至十六、十八日倾城而出，车马纷纷。十八日最为繁盛，二十日则稍稀矣。十八日盖因帅座出郊，教习节制水军。自庙子头直至六和塔，家家楼屋，尽为贵戚内侍等雇赁作看位观潮。

每年八月钱塘江潮最为繁盛壮观，杭州百姓倾城出动，争睹奇观，其时水军也于此举行阅兵式。

【阅读思考】

理解此词采用夸张手法的艺术表达效果。

长 相 思

林 逋

吴山青，越山青。两岸青山相送迎。谁知离别情？　　君泪盈，妾泪盈。罗带同心结未成，江头潮已平。

林逋(968—1028)，字君复，钱塘(今浙江杭州)人。少孤力学，性恬淡，不慕荣利，初游于江淮间，后归隐杭州西湖孤山，二十年足不及城市。终身未婚娶，所居种梅养鹤，人称“梅妻鹤子”。真宗闻其名，卒谥“和靖先生”。著有《和靖诗集》四卷。《全宋词》录其词三首，风格清逸神俊。

林逋终身未娶，但并不意味着他没有经历过男女情爱。这首词即以女子的口吻，描写与情人江上送别的场面，抒发深切感人的离愁别绪。上片开头三句描绘钱塘江两岸郁郁葱葱的自然风光，吴山、越山默默相对，千百年迎来送往无数江上的行客。但是它们哪里知道眼前这对情人内心的离别之情呢？这是青年女子触景生情而抒发出来的无理而妙的怨叹，其中充满着不忍分别的难言凄楚。

◎ (宋)李嵩 《月夜看潮图》 台北故宫博物院藏

下片交代分别的时刻终于到来，正面刻画青年男女离别之际无语凝噎的伤心泪水。“罗带”句又以一个生动具体的意象，含蓄地表达出他们伤心欲绝的深层原因。古代男女定情时，往往用罗带打成心形的结，赠送给对方，以示彼此“同心”，至死不渝。而今“罗带同心结未成”，则暗示他们的爱情横遭不幸，心心相印的恋人难成眷属，只得满怀悲痛，分袂泪别。末句又以景结情，营造出空茫渺远的境界，如同李白的“唯见长江天际流”(《黄鹤楼送孟浩然之广陵》)和冷朝阳的“碧天无际水空流”(《送红线》)，令人想见女主人公目送情人乘舟远去，直到帆影消失在碧空尽头的情形。南宋沈义父《乐府指迷》指出：“结句须要放开，含有余不尽之意，以景结情最好。”此词末句“江头潮已平”即创造出意蕴深远、耐人寻味的妙境。

林逋这首《长相思》构思新颖、节奏舒缓，颇具民歌风韵。它与中唐白居易脍炙人口的同调词作具有一脉相承的风格特质：“汴水流，泗水流。流到瓜洲古渡头。吴山点点愁。　　思悠悠，恨悠悠。恨到归时方始休。月明人倚楼。”此词影响深远，清人彭孙遹《金粟词话》云：“林处士妻梅鹤子，可称千古高风矣。乃其惜别词，如‘吴山青，越山青’一阕，何等风致！《闲情》一赋，讵必玉瑕珠类耶？”

【拓展阅读】

“梅妻鹤子”

林逋是北宋初年一位才华出众的文人。他一生不仕、不商、不娶，而情愿与梅、鹤相伴终生，时人称之为“梅妻鹤子”。他“性恬淡，好古，弗趋荣利”(《宋史·林逋传》)，早年曾“放游江淮间”。不久，回到西湖，在孤山建造了草庐，作为自己的隐居之地。他在草庐周围种植了大量花草，并饲养白鹤，常常吟诗题字，描绘自己的隐居生活。林逋酷爱梅花，神清骨秀的梅花与他超然的品格相契合。他共有咏梅诗八首，其中著名的是《山园小梅》：

众芳摇落独暄妍，占尽风情向小园。
疏影横斜水清浅，暗香浮动月黄昏。
霜禽欲下先偷眼，粉蝶如知合断魂。
幸有微吟可相狎，不须檀板共金尊。

诗中“疏影横斜水清浅，暗香浮动月黄昏”两句尤其传写出梅花的幽姿和风神，被后人称为咏梅绝调。南宋词人姜夔据此创制了两首新词，取调名曰《暗香》《疏影》。

【阅读思考】

理解此词浅语深情的风格特征。

苏幕遮

范仲淹

碧云天，黄叶地。秋色连波，波上寒烟翠。山映斜阳天接水，芳草无情，更在斜阳外。　　黯乡魂，追旅思。夜夜除非、好梦留人睡。明月楼高休独倚，酒入愁肠，化作相思泪。

范仲淹(989—1052)，字希文，吴县(今江苏苏州)人。北宋前期政治家、军事家、文学家。少年时期家境贫寒，但是他志向远大，学习刻苦，于真宗大中祥符八年(1015)考中进士。仁宗时，任秘阁校理，后任右司谏、知开封府等职，直言敢谏，因上《百官图》讥刺宰相吕夷简不能任用贤德之人，被贬放到饶州(今江西波阳)。庆历元年(1041)，被任命为陕西经略安抚使等职务，镇守西北边境，抵御西夏的侵扰。庆历三年(1043)被召还朝，出任枢密院副使，后擢升为参知政事。范仲淹上《答手诏条陈十事》《再进前所陈十事》，与朝中大臣富弼、韩琦等人共同推行“庆历新政”，提出十项改革主张；但遭到守旧派阻挠和反对，不到一年，新政失败。次年，出为河东陕西宣抚使，历知邓州、杭州、青州。皇祐四年(1052)，徙知颍州，行次徐州，卒，赠兵部尚书楚国公，谥“文正”。著有《范文正公集》。《彊村丛书》收《范文正公诗余》一卷，《全宋词》据《中吴纪闻》卷五补辑一首。

此词抒写“乡魂”“旅思”，却能不同凡响。上片写景，景中含情。

碧云天，黄叶地。秋色连波，波上寒烟翠。

起首四句描绘出一幅苍茫、寥廓的秋天图景。碧云，碧空中的云，这里暗用了江淹《休上人怨别》诗中的名句“日暮碧云合，佳人殊未来”，渗透着怀乡思人的惆怅之意。“碧云天”与“黄叶地”，一天一地，一个是碧云满天，一个是黄叶遍地，苍远萧瑟的浓浓秋意扑面而来。词人的视线不断向前延展，写到远方的水波，秋色与秋水连成一片，水面上氤氲着绿色的寒烟。“波上寒烟翠”，愈发增添了一股迷离凄清的寒意。这几句由上而下、由近及远、层层推衍、一气浑然，呈现出一派俊爽空灵、寥廓渺远的境界。

山映斜阳天接水，芳草无情，更在斜阳外。

画面镜头再向前延展，采取翻进一层的写法，造成了一种远境，把词人的思乡之情表达得更加深远。清人沈祥龙《论词随笔》指出：“词之妙，在透过，在翻转，在折进。‘自是春心缭乱，非关春梦无凭’，透过也。‘若说愁随春至，可怜冤煞东风’，翻转也。‘山映斜阳天接水，芳草无情，更在斜阳外’，折进也。三者不外用意深而用笔曲。”它从汉乐府民歌《饮马长城窟行》“青青河畔草，绵绵思远道”、李煜《清平乐》“离恨恰如春草，更行更远还生”中化出，但是画面更加丰富，抒情更加含蓄，与欧阳修《踏莎行》“平芜尽处是春山，行人更在春山外”、贺铸《捣练子》“寄到玉关应万里，戍人犹在玉关西”等，具有异曲同工之妙。元人王实甫《西厢记・长亭送别》开头崔莺莺【正宫・端正好】所咏：“碧云天，黄花地，西风紧，北雁南飞。晓来谁染霜林醉，总是离人泪。”也由范仲淹此词点化而成。

◎ （宋）马远 《青峰夕霞图》

下片直接抒情:他黯然销魂,愁思缠绕,不堪登楼远眺,触发起格外形单影只、孤独难耐的愁绪,只得借酒浇愁,却又更增一番愁苦。郁积在胸的乡思旅愁通过相思之泪形象地表达了出来,与其《御街行》(纷纷坠叶飘香砌)词中所写“愁肠已断无由醉,酒未到,先成泪”一样,都是极写愁思难遣的苦闷。清人许昂霄不由感慨道:“铁石心肠人,亦作此销魂语。”(《词综偶评》)彭孙遹《金粟词话》分析此词“前段多入丽语,后段纯写柔情,遂成绝唱”。

不过,这首词的情调不同于一般纤柔词人的平弱浮泛,而是把苍茫的秋景与深挚的羁旅之情统一起来,表现得更为高远、壮大,充溢着沉雄清刚之气,这也是范仲淹的刚直个性对词风的一种自然牵引。因此,龙榆生《唐五代宋词选》说范仲淹词“激壮沉雄,虽写离情,亦变大笔振迅,不作一软媚语,自是英雄本色,亦苏、辛派之先河也”。

【拓展阅读】

“先天下之忧而忧,后天下之乐而乐”

这句话是范仲淹在庆历新政失败后,被贬为邓州(今属河南)知州时,应朋友滕宗谅之邀而作的《岳阳楼记》中的名句。《岳阳楼记》不是一般的写景文字,而是通过对洞庭湖和岳阳楼的景物描写,展现迁客骚人面对客观环境的不同感受,进而抒发了作者高远的人格理想和宽广的政治胸怀。文章最后写道:

> 不以物喜,不以己悲。居庙堂之高则忧其民,处江湖之远则忧其君。是进亦忧,退亦忧,然则何时而乐耶?其必曰:先天下之忧而忧,后天下之乐而乐乎。噫!微斯人,吾谁与归?

这既是范仲淹身处“江湖之远”时的自励,也是对朋友滕宗谅的规劝和勉励;它不仅是范仲淹伟大人格的真实写照,也成为后代仁人志士的道德准绳。

【阅读思考】

理解此词以健笔写柔情的独特风格。

渔家傲

范仲淹

塞下秋来风景异，衡阳雁去无留意。四面边声连角起。千嶂里，长烟落日孤城闭。　　浊酒一杯家万里，燕然未勒归无计。羌管悠悠霜满地。人不寐，将军白发征夫泪。

宋仁宗宝元元年(1038)，西夏国主元昊称帝，进攻宋朝边境。宋朝国防非常松懈，因此宋军屡战屡败，丧师失地。在如此的危急关头，范仲淹被朝廷任命为陕西经略安抚副使兼知延州(治所在今陕西延安)，后来又知庆州(今甘肃庆阳)。他率领士卒修筑城池，加强训练，严明纪律，屡挫敌兵。他在西北边疆严厉打击了西夏的嚣张气焰，致使西夏人对他十分忌惮，称"小范老子腹中有数万甲兵"。范仲淹与韩琦一起抵御西夏的侵略，取得卓越的功绩。当时边境上流传着这样的民谣："军中有一韩，西贼闻之心骨寒；军中有一范，西贼闻之惊破胆。"(孔平仲《谈苑》卷三)他的《渔家傲》词即创作于这个时期。作品描绘戍守边陲的情景，通过景物的苍凉辽阔，抒写出守边将士悲壮的情怀，意境极其开阔豪迈，开北宋豪放词的先声。据宋人魏泰《东轩笔录》卷十一记载："范文正公守边日，作《渔家傲》乐歌数阕，皆以'塞下秋来'为首句，颇述边镇之劳苦。欧阳公尝呼为'穷塞主之词'。"

塞下秋来风景异，衡阳雁去无留意。

上片着重写景。起句"塞下"点明了作者当时所在延州的地理位置，是防范西夏进攻的军事重镇；"秋来"点明季节；"风景异"，概括地写出了延州秋季与内地大不相同的风光。范仲淹是吴县(今江苏苏州)人，他对这个地方的季节变换，远较北方人来得更加敏感，所以用一个"异"字概括，这中间包含有惊异的意思。那么，塞下秋来的风景到底"异"在哪里呢？"衡阳雁去无留意"，意思是说这里的大雁到了秋季即向南展翅高飞，离开边塞，毫不留恋地向南方飞去。衡阳，今属湖南。境内南岳衡山有回雁峰，相传大雁南飞至此而止。宋人王象之《舆地纪胜》卷五五《荆湖南路·衡州·景物下》记载："回雁峰：在州城南，或曰雁不过衡阳，或曰峰势如雁之回。"这里描写大雁南飞，反映了秋季的边塞寒风萧瑟，满目荒凉。

四面边声连角起。千嶂里，长烟落日孤城闭。

“四面”句从听觉的角度描写延州傍晚时分的战地景象。所谓“边声”，如《文选》所载李陵《答苏武书》所述，“凉秋九月，塞外草衰，夜不能寐，侧耳远听，胡笳互动，牧马悲鸣，吟啸成群，边声四起，晨坐听之，不觉泪下”，总体泛指一切带有边地特色的声响。这些声音伴随着军中的号角声而起，烘托出浓厚的悲凉气氛。

“千嶂里，长烟落日孤城闭”则是从视觉的角度描写宋朝军队所驻守的城池以及周围苍茫的地理环境，很容易让人联想起唐代大诗人王维《使至塞上》诗歌中的名句：“大漠孤烟直，长河落日圆。”但是在这首词中，修筑在层层山岭之间的一座紧闭的孤城，自然给予广大读者孤寂凄冷的强烈的情感体验。

词的上片着重写景，展现了边塞战地在秋季黄昏之际一派荒凉景象，其中隐含着宋与西夏两军对垒的肃杀气氛。与唐五代词多写宫闱闺阁和细致柔美的景象事物不同，本篇将视野扩展到塞下孤城、千嶂万壑，以悲凉苍茫的意境体现出崇高的壮美，开宋代豪放词的先声。

浊酒一杯家万里，燕然未勒归无计。

燕然，山名，即今蒙古国境内的杭爱山。据《后汉书·窦宪传》记载，东汉和帝永元元年(89)，车骑将军窦宪率军大破北匈奴，“登燕然山，去塞三千余里，刻石勒功，纪汉威德”。作者希望仿效东汉窦宪追逐匈奴至燕然山勒石纪功，一举平定西夏凯旋。但是，由于北宋统治者采取重内轻外、崇文抑武的既定国策，致使整个国家军事呈现疲弱的局面，这并不是依靠一个范仲淹就能够扭转乾坤的。因此，这里的“未勒”，也就表明抗击西夏的战争并没有取得决定性胜利，宋朝将士只能旷日持久地修筑城池，却无法实现回归故乡的心愿，字里行间充满着悲壮而无奈的感情。

下片着重抒情，表现了在“卫国”与“思家”的矛盾中守边将士的真情实感。一方面，作者以守边御敌、保家卫国为己任。作为边庭主帅的范仲淹，重任在肩，虽然难免乡关之思，但是敌人未除、战功未立，当然丝毫不敢懈怠。

羌管悠悠霜满地。人不寐，将军白发征夫泪。

最后三句突显军营之内萧瑟悲凉的景象，抒发出浓烈沉重的思乡之情。年迈的将军和年轻的士卒因为思念家乡亲人而伤心落泪。夜空当中悠悠的羌笛，大地之上惨白的秋霜，共同渲染出一种悲怆苍凉的艺术氛围。清人贺裳《皱水轩词筌》指出："按宋以小词为乐府，被之管弦，往往传于宫掖。范词如'长烟落日孤城闭''羌管悠悠霜满地''将军白发征夫泪'，令'绿树碧檐相掩映，无人知道外边寒'者听之，知边庭之苦如是，庶有所警触。此深得《采薇》、《出车》、'杨柳'、'雨雪'之意。"

这首边塞词，表现了作者御敌守边、建功立业的气概和抱负，同时也反映了边地之苦和思乡之情。整首词作以作者主观的所感、所见、所闻、所思来统摄全篇，写景阔大，风格悲壮苍凉，感情细腻而深沉。清朝词论家陈廷焯《云韶集》卷二评论此词，指出："塞外秋景，一一绘出，笔力横绝古今，悲壮沉雄，唐人塞外诸曲无此沉着痛快也。悲而壮，一腔热血，满纸忠爱，想见文正生平。"深刻地揭示出这首《渔家傲》词悲而壮的风格特征，同时也体现了范仲淹这样一位杰出政治家的宽广襟怀和超凡气度。

这首词作在艺术上也有值得称道之处。首先在写法上将视觉感受与听觉感受相结合。既写眼中所见，又写耳中所闻；视听结合，表现出边塞风光的荒寒与悲凉。其次是"一"与"万"的对照。"浊酒一杯"，极言其少；"家万里"，极言其远，两者的悬殊对比，蕴含着浓重的思乡之情。

【拓展阅读】

庆历新政

庆历新政是北宋仁宗庆历年间(1041—1048)进行的改革。宋仁宗时，官僚队伍庞大，行政效率低下，人民生活困苦，辽和西夏威胁着北方和西北边疆，社会危机日益严重。

庆历三年(1043)，范仲淹、富弼、韩琦同时执政，欧阳修、蔡襄、王素、余靖同为谏官。范仲淹向仁宗上《答手诏条陈十事疏》，提出"明黜陟、抑侥幸、精贡举、择官长、均公田、厚农桑、修武备、减徭役、覃恩信、重命令"等十项以整顿吏治为中心的改革主张。欧阳修等人也纷纷上疏言事。仁宗采纳了大部分意见，施行新政。诏中书、枢密院同选诸路转运使和提点刑狱；规定官员必须按时考核政绩，以其政绩优劣分别升降。变更荫补法，规定除长子外，其余子孙须年满十五岁、弟侄年满二十岁才得恩荫，而恩荫出身必须经过一定的考试，才得补官。又规定地方官职田之数。庆历四年(1044),更定科举法。另外,还颁布减徭役、废并县、减役人等诏令。

由于新政触犯了贵族官僚的利益,因而遭到他们的阻挠。次年(1045)初,范仲淹、韩琦、富弼、欧阳修等人相继被排斥出朝廷,各项改革也被废止,新政彻底失败。这次改革虽然失败,却为后来的王安石变法拉开了序幕。

【阅读思考】

理解此词视听结合和对比手法运用所取得的艺术效果。

雨霖铃

柳 永

寒蝉凄切。对长亭晚,骤雨初歇。都门帐饮无绪,留恋处、兰舟催发。执手相看泪眼,竟无语凝噎。念去去、千里烟波,暮霭沉沉楚天阔。　多情自古伤离别,更那堪冷落清秋节!今宵酒醒何处?杨柳岸、晓风残月。此去经年,应是良辰好景虚设。便纵有、千种风情,更与何人说?

柳永(987?—1053),原名三变,字景庄,排行第七,俗称柳七;又改名永,字耆卿,崇安(今属福建)人。出身于书香门第、官宦之家,从小受到良好的文化熏陶,后来随家人来到都城汴京(今河南开封),准备参加科举考试,但是受到京城繁华绮丽环境的影响,柳永凭借其洞晓音律的专长,为歌妓填制大量艳曲,一时之间,声名鹊起,成为当时最负盛名的通俗歌曲作家。科举落榜后,尝填《鹤冲天》词云:"忍把浮名,换了浅斟低唱!"由此触怒了宋仁宗。等到他再次应举,本已通过考试,仁宗"临轩放榜,特落之,曰:'且去浅斟低唱,何要浮名!'"(吴曾《能改斋漫录》卷十六)后虽"有荐其才者,上曰:'得非填词柳三变乎?'曰:'然。'上曰:'且去填词。'由是不得志"(胡仔《苕溪渔隐丛话》后集引《艺苑雌黄》)。他索性挂起"奉旨填词柳三变"的招牌,流连于汴京、扬州、苏州、杭州等地。改名为柳永后,方于景祐元年(1034)考中进士,历任余杭令、盐场大使,官至屯田员外郎,世称柳屯田。

柳永目睹都市繁华,熟悉偎红倚翠的生活,颇多描绘北宋都市太平景象的词作，但因长期漂转四方，遍尝颠沛流离之苦，亦多羁旅行役之悲。他精通音律，创制了大量词调，以新鲜、通俗的语言，铺叙、白描的手法，发展完善了长调慢词的体制和表现手法，预示着词体发展、创新的方向，影响广泛，甚至在西夏也达到了“凡有井水饮处，即能歌柳词”的地步。著有《乐章集》。

晚唐以来的词人填制花前月下的恋情词篇，多为“逢场作戏”的伶工之作，并无多少内心真情的流露，展现出士大夫文人含蓄雅致的审美情趣。柳永则带着科举失意、仕途坎坷的郁闷和失望，长期混迹于秦楼楚馆，在偎红倚翠的生活中，深切地了解到风尘女子的不幸遭遇，渐渐地对她们产生了同情，甚至萌生了恋情。他将妓女悲苦的命运与自己的不幸遭遇融为一体，引发出“同是天涯沦落人”的悲叹。柳永对她们的感情是平等、真挚的，如此的深情表现在“衣带渐宽终不悔，为伊消得人憔悴”（《蝶恋花》）的绵绵思念中，也表现在与歌妓的依依惜别里。

◎ （清）任预 《残月晓风图》 ［日］桥本末吉藏

这首《雨霖铃》就是柳永从汴京南下时与一位恋人的惜别之作。上片描写别时情景。开头交代离别前的环境、季节、天气，寒蝉凄切，长亭日暮，骤雨初歇，由此为眼前的离别渲染了一种悲苦凄凉的气氛。

接着正面刻画离别的场景：从留恋、催发、执手、相看、泪眼、无语凝噎到念千里烟波，逐层写来，视角由近到远，而离别之情则越发深重。尤其是“执手相看泪眼，竟无语凝噎”，在彼此执手凝视之中，无限情怀压抑在胸内，更加突显出离别的悲郁、难言的凄楚。

念去去、千里烟波，暮霭沉沉楚天阔。

歇拍两句由眼前实景宕开，虚写别后景状，词境由此而显得幽远无尽。词人想到此去一路上烟波浩渺、楚天辽阔，自然会产生孤身一人、四顾苍茫的无限怅惘之情。

下片设想别后的思念。首先直接抒情："多情自古伤离别，更那堪冷落清秋节！"自古以来多情的人都感伤别离，早在楚辞中就有"悲莫悲兮生别离"的感叹，江淹在《别赋》中也说："黯然销魂者，惟别而已矣。"中国文化中又有伤春悲秋的传统，宋玉《九辩》即云："悲哉，秋之为气也。萧瑟兮草木摇落而变衰。"离别与悲秋叠加在一起，则倍增感伤。

今宵酒醒何处？杨柳岸、晓风残月。

根据"多情"两句的抒情，词人又着意点染，映衬无限的愁绪，"今宵"两句写来荡气回肠。清人刘熙载《艺概·词曲概》指出："词有点，有染。柳耆卿《雨霖铃》云：'多情自古伤离别，更那堪冷落清秋节！今宵酒醒何处？杨柳岸、晓风残月。'上二句点出离别冷落，'今宵'二句乃就上二句意染之。点染之间，不得有他语相隔，隔则警句亦成死灰矣。"词人酒醒梦回时分，只见凄寒的秋风吹拂着疏柳，一钩残月斜挂在杨柳梢头，如此凄清冷寂的境界，令人哀惋欲绝。俞陛云评析道："客情之凄凉，风景之清幽，怀人之绵邈，皆在'杨柳岸'七字之中，宜二八女郎红牙按拍，都唱屯田也。此七字已探骊得珠。"(《唐五代两宋词选释》)词人就在这舒缓而又哀怨的声调中，传递出抑郁惆怅的凄情和烟水迷离的凄美。这种"绮怨"的风格正是最典型的婉约词的风味。

最后四句做更深一层的推想，由"今宵"想到别后长久的寂寞，彼此天各一方，即使面对良辰美景，也了无兴味；纵然有许多风月情怀也无人共语了。结以问句，意味悠长。

此词的妙处在于情景交融，虚实相生，结构井然。作品从别前、别时写到别后，层次清晰，章法灵活多变，恰如冯煦《蒿庵论词》所评述的那样："曲处能直，密处能疏，奡处能平，状难状之景，达难达之情，而出之以自然，自是北宋巨手。"

【拓展阅读】

1.《雨霖铃》

词牌名，也写作《雨淋铃》。唐朝安史之乱中，唐玄宗带着杨贵妃逃亡西蜀。途经马嵬驿，爆发了禁军兵变，杨贵妃被缢死。在平定叛乱之后，玄宗北还，一路戚雨沥沥，风雨吹打在皇銮的金铃上，玄宗因悼念杨贵妃而作《雨霖铃》曲。唐人郑处诲《明皇杂录补遗》载："明皇既幸蜀，西南行，初入斜谷，属霖雨涉旬，于栈道雨中闻铃，音与山相应。上既悼念贵妃，采其声为《雨霖铃》曲，以寄恨焉。时梨园子弟善吹觱篥者，张野狐为第一。此人从至蜀，上因以其曲授野狐。洎至德中，车驾复幸华清宫，从官嫔御多非旧人。上于望京楼中命野狐奏《雨霖铃》，曲未半，上四顾凄凉，不觉流涕。左右感动，与之嘘唏。其曲今传于法部。"这也就是词牌《雨霖铃》的来历。而其中尤以柳永所作最为著名。

2. 柳永词名满天下

柳永词以其内容的艳俗和形式的浅俗，得到广大民众的欣赏。南宋人黄昇指出："（柳永）长于纤艳之词，然多近俚俗，故市井之人悦之。"（《唐宋诸贤绝妙词选》卷五）就连出家的和尚都喜爱柳永的词作。当时邢州开元寺有一个名叫法明的和尚，生性放浪，不守寺规，喝醉酒后特别喜欢大唱柳永词。有一天，他忽然对身边的和尚说："吾明日当逝，汝等无出，观吾往焉。"这些和尚笑道："岂有是哉！"到了次日凌晨，果然看见法明正襟危坐，大声说道："吾往矣，当留一颂而去。"说罢，又念了下面四句："平生醉里颠蹶，醉里却有分别。今宵酒醒何处？杨柳岸、晓风残月。"说完，果真坐化而逝。从这段小故事，可知柳永词在当时已到了无人不晓的地步。无独有偶，北方金国的道士王喆（法号全真道士）也深受柳永此词影响，所作《解佩令》词写道："词中味，与道相谒。一句分明、便悟彻，耆卿言曲：杨柳岸、晓风残月。"可见柳永词在北方异域，也享有很高的声誉。

【阅读思考】

理解此词点染结合的艺术手法。

蝶恋花

柳　永

伫倚危楼风细细，望极春愁，黯黯生天际。草色烟光残照里，无言谁会凭阑意。　　拟把疏狂图一醉，对酒当歌，强乐还无味。衣带渐宽终不悔，为伊消得人憔悴。

这首词描写柳永远望天际的春愁和对情人无法排遣的眷恋。上片写景，却已经点出了“春愁”。词人伫倚高楼、望极天际、无言凭阑，显示出一副魂不守舍的情状。他眼中的景色是怎样的呢？是细细凉风、草色烟光、黯淡斜阳，一切的景象都烘托出春愁的主题。上片最后一句“无言谁会凭阑意”，突显出词人无人会得凭栏之意的孤寂，悲伤凄苦的形象跃然纸上；同时，他伫倚危楼究竟所为何意？这就引起了一种悬念。

下片抒情，词人没有直接回答上片“凭阑意”的问题，而是说自己想要大醉一场，强求刺激，姑且来发泄一下。但是一说到“对酒当歌”，又陡然一转：“强乐还无味”，这就表明作者的“春愁”是无法排遣的。

衣带渐宽终不悔，为伊消得人憔悴。

最后两句，词人进一步说这“春愁”也无须去排遣，他不打算放弃这段备受煎熬的感情，即使是衣带渐宽、身形憔悴，也决不后悔。而“为伊”两字，才最后捅破了“春愁”这层窗户纸，原来他一直在执着地思念着一位佳人。作者为了伊人，可以不惜一切代价，大有“春蚕到死丝方尽，蜡炬成灰泪始干”（李商隐《无题》）那样的执着深情。这两句实际上化用自《古诗十九首·行行重行行》中的“相去日已远，衣带日已缓”；但是柳永词中的感情表现则更加浓烈，态度也更加坚决，充分表达了词人对爱情矢志不渝、锲而不舍的执着与痴狂。这样的语句同冯延巳《鹊踏枝》（谁道闲情抛弃久）中的“不辞镜里朱颜瘦”一样，皆蕴含着屈原《离骚》“虽九死其犹未悔”的执着精神。据清人王又华《古今词论》记载，贺裳将此两句与韦庄《少年游》中的“妾拟将身嫁与，一生休。纵被无情弃，不能羞”并提，皆为“作决绝语而妙者”的成功范例。

这篇作品由对景生愁而借酒排遣，再到直抒胸臆，极跌宕之至，歌咏出爱的备受煎熬和爱的无怨无悔，充满着一往情深、执着感人的力量。

【拓展阅读】

王国维《人间词话》“三境界”说

王国维在《人间词话》中谈到古今成大事业、大学问必须经历的三种境界。其一，即如晏殊《鹊踏枝》词所云：“昨夜西风凋碧树。独上高楼，望尽天涯路。”意谓观望寻觅远大的目标。其二，即如柳永《蝶恋花》词所云：“衣带渐宽终不悔，为伊消得人憔悴。”意谓废寝忘食，消瘦痛苦，为刻骨铭心的追求，不惜付出最大的努力。其三，即如辛弃疾《青玉案》词所云：“众里寻他千百度。蓦然回首，那人却在、灯火阑珊处。”意谓上下求索，百转千回，终于在偶然之际发现真理。

【阅读思考】

理解此词名句“衣带渐宽终不悔，为伊消得人憔悴”的抒情魅力。

望海潮

柳 永

东南形胜，三吴都会，钱塘自古繁华。烟柳画桥，风帘翠幕，参差十万人家。云树绕堤沙。怒涛卷霜雪，天堑无涯。市列珠玑，户盈罗绮竞豪奢。
重湖叠巘清嘉，有三秋桂子，十里荷花。羌管弄晴，菱歌泛夜，嬉嬉钓叟莲娃。千骑拥高牙。乘醉听箫鼓，吟赏烟霞。异日图将好景，归去凤池夸。

宋人黄裳说：“予观柳氏《乐章》，喜其能道熹祐中太平气象”，“想见其风俗，欢声和气，洋溢道路之间”，令人“歌柳词，闻其声，听其词，如丁斯时”。（《书乐章集后》）柳永挂着“奉旨填词柳三变”的招牌，足迹遍及汴京、扬州、苏州、杭州等富庶、繁华的都市，写了大量歌咏北宋都市风光的佳作。这一首《望海潮》词，对杭州的自然美景及和平繁华的生活进行了全面、生动的描绘。

东南形胜，三吴都会，钱塘自古繁华。

形胜，是地理位置重要、地形险要、山川美丽、物产富饶的地方。杭州在北宋时为两浙路治所，下辖十二州府，当东南要冲。三吴，吴郡、吴会、会稽（分别相当于今天的江苏苏州，浙江湖州、绍兴一带）；一说为吴郡、吴兴、丹阳（分别相当于今天的苏州、湖州、南京一带），泛指今江浙地区。都会，大城市，区域性政治、经济中心。钱塘，杭州的别称。上片起首三句，一说地理，一说都会，一说历史，总体概括杭州的自然环境、人文条件以及自古繁华的状况。

接下来，"烟柳画桥，风帘翠幕，参差十万人家"，这三句赋写杭州城内的居民住宅，杨柳如烟，掩映画桥，风帘飘拂，翠幕人家，整座城市人烟稠密，房屋鳞次栉比，即如宋代西湖老人所撰《西湖繁胜录》所载："回头看城内山上，人家层层叠叠，观宇楼台参差如花落仙宫。"这里的景物描摹是对开头"三吴都会"一句的铺叙。

"云树绕堤沙。怒涛卷霜雪，天堑无涯。"这三句着重描写钱塘江潮。钱塘江边环绕着树林，远远望去，似乎与云天相接。钱塘江潮涌来的时候，波涛奔腾激荡，翻卷着白色的浪花。江海相接，望不到海的尽头。宋人周密《武林旧事》写道：钱塘涌潮初来时，"仅如银线，既而渐近，则玉城雪岭，际天而来，大声如雷霆，震撼激射，吞天沃日，势极雄豪"。这里的景象是对开头"东南形胜"一句的铺叙。

"市列珠玑，户盈罗绮，竞豪奢。"这三句描写杭州商业繁荣，百姓生活殷富，竞相追求豪奢的生活，是对开头的"繁华"做进一步的描述。

下片转写西湖，从环境写到生活，从风景写到人事。

重湖叠巘清嘉。有三秋桂子，十里荷花。

杭州西湖以湖光山色、名胜古迹闻名于世，苏轼《饮湖上初晴后雨》诗中即咏道："水光潋滟晴方好，山色空濛雨亦奇。欲把西湖比西子，淡妆浓抹总相宜。"一条白堤将西湖截为里湖和外湖，故称"重湖"。西湖三面环山，周围的山峦重嶂叠翠。湖光山色，风景如画，清秀嘉丽。接下来，"三秋桂子"上承"叠巘"，描写山中的桂花。三秋，夏历七月为孟秋，八月为仲秋，九月为季秋，合称"三秋"，此处泛指秋天。杭州的桂花自古有名，据说为月中的桂树所生。宋人钱易《南部新书》卷七记载："杭州灵隐山多桂，寺僧曰'此月中种也'。至今中秋望夜，往往子坠，寺僧亦尝拾得。"故而白居易《忆江南》词中有云："山寺月中寻桂子。""十里荷花"上承"重湖"，描写西湖当中的荷花。西湖的莲荷多且秀美，白居易《余杭形胜》即云："绕郭荷花三十里，拂城松树一千株。"南宋人杨万里《晓出净慈寺送林子方》诗中更加形象地描摹出西湖荷花的秀姿："接天莲叶无穷碧，映日荷花别样红。"这里，既写了湖（重湖），也写了山（叠巘）；既交代了时间（三秋），也交代了空间（十里），多种因素融合在一起，概括了西湖一年四季的秀美风光。据南宋人罗大经《鹤林玉露》卷一记载："此词流播，金主亮闻歌，欣然有慕于'三秋桂子，十里荷花'，遂起投鞭渡江之志。"南宋诗人谢处厚还为此写诗说："谁把杭州曲子讴？荷花十里桂三秋。那知卉木无情物，牵动长江万里愁。"

◎ （宋）王诜 《莲塘泛艇图》 故宫博物院藏

羌管弄晴，菱歌泛夜，嬉嬉钓叟莲娃。

此三句由景到人，先描摹杭州百姓在西湖游乐的画面。周密《武林旧事》卷三记载："西湖天下景，朝昏晴雨，四序总宜，杭人亦无时而不游。"白天，悠扬的笛声在晴空中荡漾；夜晚，采菱少女美妙的歌声在宁静的湖面上飘扬。垂钓的老人和采莲的姑娘一个个春风满面、嬉戏笑乐。"千骑拥高牙。乘醉听箫鼓，吟赏烟霞"三句，描写州官的游乐。杭州官员前来西湖游览，前呼后拥，仪仗极盛。他们在湖上画舫内饮酒作乐，欣赏音乐，吟咏湖光山色，兴味盎然，风韵雅致。

最后称颂州郡长官："异日图将好景，归去凤池夸。"凤池，魏晋时设中书省，其长官掌管朝廷机要，为事实上的宰相，多得皇帝的宠任，因此这一职位有"凤凰池"的美称。这两句其实是称颂州郡长官在杭州政绩突出，定能升任宰相，那时便可以将杭州的美景画成图册，带回到朝廷中去夸耀。这虽是应酬话，但仍然离不开对杭州胜景的赞美，在结构上可谓首尾呼应。

整首词作以铺叙见长，体现出由总到分、从景到人的结构特点，开端、换头和结尾等处，皆见勾勒之功。柳永以都市风光入词，以骈赋句格为词，无论是在词的题材还是技法方面，都富有开拓意义。因此，在朝廷为官多年的范镇赞赏柳词："仁宗四十二年太平，镇在翰苑十余载，不能出一语歌咏，乃于耆卿词见之！"（祝穆《方舆胜览》卷十一引）

【拓展阅读】

柳永《望海潮》创作本事之辨

关于这首词的本事，一般人都认为是柳永送给当时两浙转运使孙何的。据宋人杨湜《古今词话》记载，柳永年轻时与孙何是关系亲密的布衣之交。后来柳永科举失意，漂泊江南；孙何却官运亨通，并且在杭州做了最高军政长官。柳永特去进谒，谁知门卫森严，他被拒之衙外。无奈之下，柳永创作了这首《望海潮》，托杭城名妓楚楚在孙何开宴时演唱，孙何即刻将柳永迎入府内。所以此词最后几句"异日图将好景，归去凤池夸"，实际上是夸赞孙何，并且预祝他到京城做大官。罗大经《鹤林玉露》卷一也说："孙何帅钱塘，柳耆卿作《望海潮》词赠之。"但是即便宋朝人的词话、笔记也不完全可信。因为孙何卒于真宗景德元年(1004)，《宋史》当中有他的传记。而那一年柳永还不到二十岁，不太可能创作出这样的作品。根据吴熊和先生《柳永与孙沔的交游及柳永卒年新证》所述，此词当作于仁宗至和二年(1055)，柳永赠予资政殿学士、知杭州孙沔，后来以讹传讹，就造成了长期的误会。

【阅读思考】

理解此词由总到分、由景到人的结构特点。

八声甘州

柳　永

对潇潇暮雨洒江天，一番洗清秋。渐霜风凄紧，关河冷落，残照当楼。是处红衰翠减，苒苒物华休。惟有长江水，无语东流。　不忍登高临远，望故乡渺邈，归思难收。叹年来踪迹，何事苦淹留！想佳人、妆楼颙望，误几回、天际识归舟。争知我、倚阑干处，正恁凝愁。

柳永满怀科举失意的苦闷，长期漂泊于江湖，遍尝颠沛流离之苦，填制了羁旅行役之词，往往通过孤冷凄凉的外在景象，渲染、抒发浪迹天涯的愁绪，代表作就是这首《八声甘州》。

八声甘州，简称甘州，源自唐边塞曲。因全词前后片共八韵，故名“八声”。晚清词人郑文焯赞赏柳词格调“高浑”，称誉其长调“尤能以沉雄之魄，清劲之气，写奇丽之情，作挥绰之声”（《郑大鹤先生论词手简》）。此词乃客里思家之作，于萧瑟寥廓的秋景之中，寄寓着深浓悲郁的羁旅愁情。

对潇潇暮雨洒江天，一番洗清秋。

整首词作通篇贯串着一个“望”字。上片开头由“对”字领起，直贯下面的“潇潇暮雨洒江天”和“一番洗清秋”，十三个字一气呵成，概括了眼前所见的清秋景象。“洗”字似从韩愈诗句“长安雨洗新秋出，极目寒镜开尘函”（《酬司门卢四兄云夫院长望秋作》）化出，颇具神韵。

渐霜风凄紧，关河冷落，残照当楼。

以“渐”字领起以下十二字，描写了日复一日正在转变中的景象。这里以清秋雨后的寥廓江天，霜风残照里的冷落关河，万物凋零中的东流江水，渲染了一派萧瑟凄凉的景象，透露出时光流逝的深沉感叹。这三句从李白《忆秦娥》“西风残照，汉家陵阙”脱化而来，写景苍茫辽阔，气象高远雄浑，被苏轼赞道：“此语于诗句，不减唐人高处。”（赵令畤《侯鲭录》卷七引）

上片最后四句，描写世事无常，红衰翠减，无可阻挡；流水永恒，无语东流。这里暗用了高蟾《秋日北固晚望》“何事满江惆怅水，年年无语向东流”的诗意，在自然永恒与世事无常的对照中，词人人生短暂、岁月易逝的惆怅越发深浓。

下片由写景转入抒情。“不忍登高临远，望故乡渺邈，归思难收”，流露出缱绻思乡之情。“叹年来踪迹，何事苦淹留”，慨叹自己为了追逐功名，四处漂泊，滞留异乡，却一事无成。

想佳人、妆楼颙望，误几回、天际识归舟。

词人于此宕开一笔，采取“从对面着笔”的手法，转而想象此时此刻，身在故乡的情人正在妆楼之上痴情地眺望自己归去的身影。南朝齐代诗人谢朓《之宣城郡出新林浦向板桥》诗写道：“天际识归舟，云中辨江树。”唐人刘采春《啰唝曲六首》其三亦云：“朝朝江口望，错认几人船。”花间词人温庭筠《梦江南》词写得更加真切：“梳洗罢，独倚望江楼。过尽千帆皆不是，斜晖脉脉水悠悠。肠断白蘋洲。”柳永化用上述诗意，抒写佳人遭遇多次错认的无限失落和悲楚。“从对面着笔”的手法，在古典诗歌中屡见不鲜，例如王维《九月九日忆山东兄弟》“遥知兄弟登高处，遍插茱萸少一人”、杜甫《月夜》“香雾云鬟湿，清辉玉臂寒”、韦庄《浣溪沙》“夜夜相思更漏残，伤心明月凭阑干，想君思我锦衾寒”等。这里柳永由我思妻子幻出妻子思我，透过一层去写，所包孕的内容与情感就比直接抒发自己单方面的思念要丰厚得多，取得了加倍的抒情效果。最后的“争知我”，又从对方回到自己，表明词人同样也在异乡倚靠着栏干，愁思百结，深情凝望。下片的整体结构回环往复，收放自如，将词人怀归之情和欲归不得之苦表现得真切感人。

整首词作有铺垫，有呼应，结构严密浑成，骨韵俱高，无起伏之痕，有生动之趣。陈廷焯称之为“古今杰构”，是“耆卿集中仅见之作”（《词则·大雅集》卷二）。王国维更以此与苏轼《水调歌头》（明月几时有）相媲美，认为此二作皆“格高千古，不能以常调论也”（《人间词话》），由此可见它在词史上的独特地位。

【拓展阅读】

晏殊与柳永词的雅俗之辨

晏殊在宋仁宗时期，官至中书门下平章事、集贤殿大学士，兼枢密使，有“太平宰相”之称。他的词和婉明丽、珠圆玉润，饶有富贵气象，艺术技巧精美圆熟，审美倾向淡雅含蓄，被称为“北宋倚声家初祖”（冯煦《蒿庵论词》）。柳永则带着科举失意、仕途坎坷的郁闷和失望，长期混迹于秦楼楚馆。他善以浅俗的语言、铺叙的手法，酣畅淋漓地绘尽俗情俗趣，展现出市民生活中实实在在的平俗意识，因而多遭文人雅士的指责。据宋人张舜民《画墁录》记载：“（柳永）诣政府。晏（殊）公曰：‘贤俊作曲子么？’三变曰：‘只如相公亦作曲子。’公曰：‘殊虽作曲子，不曾道“彩线慵拈伴伊坐”。’柳遂退。”晏殊鄙视柳永词，表明以他为代表的正统士大夫文人与柳永之间，存在着雅俗迥异的艺术趣味，显示出上层社会与市民阶层审美情趣的鲜明分野。

【阅读思考】

1. 分析此词以寂寥秋景抒写怀乡之情的表达效果。
2. 分析此词“从对面着笔”的抒情表达方式。

一丛花令

张　先

伤高怀远几时穷？无物似情浓。离愁正引千丝乱，更东陌、飞絮蒙蒙。嘶骑渐遥，征尘不断，何处认郎踪？　双鸳池沼水溶溶，南北小桡通。梯横画阁黄昏后，又还是、斜月帘栊。沉恨细思，不如桃杏，犹解嫁东风。

张先（990—1078），字子野，乌程（今浙江湖州）人。仁宗天圣八年（1030）进士，历官宿州掾、吴江知县、嘉禾判官等。皇祐二年（1050），晏殊知永兴军，辟为通判。后以屯田员外郎知渝州、安州，以都官郎中致仕。晚年优游于杭州、湖州一带，与苏轼、蔡襄等时有酬唱。因其《行香子》词有“心中事，眼中泪，意中人”之句，人称为“张三中”。著有《张子野词》。

张先是宋代可以确考生卒年的词人中最长寿的作家。他前与晏殊、欧阳修、柳永并驾，后与苏轼、秦观齐驱，其词作反映出北宋词的演变轨迹。清人陈廷焯指出：“张子野词，古今一大转移也。前此则为晏、欧，为温、韦，体段虽具，声色未开；后此则为秦、柳，为苏、辛，为美成、白石，发扬蹈厉，气局一新，而古意渐失。子野适得其中，有含蓄处，亦有发越处，但含蓄不似温、韦，发越亦不似豪苏、腻柳，规模虽隘，气格却近古。"(《白雨斋词话》卷一)吴梅也认为："子野上结晏、欧之局，下开苏、秦之先，在北宋诸家中适得其平。"(《词学通论》)

张先性情豁达，游戏人生，喜欢美女歌妓，八十五岁时竟然还纳了一个小妾，晚辈诗人苏轼写诗跟他打趣，说："诗人老去莺莺在，公子归来燕燕忙。"(《张子野年八十五尚闻买妾，述古今作诗》)关于这首《一丛花令》，有一则相关本事的记载。据宋人杨湜《古今词话》载："(张先)尝与一尼私约。其老尼性严。每卧于池岛中一小阁上，俟夜深人静，其尼潜下梯，俾子野登阁相遇。临别，子野不胜惓惓，作《一丛花》词以道其怀。"(《绿窗新话》卷上引)此词借托女子口吻，表现了伤高怀远的绵绵离愁。

伤高怀远几时穷？无物似情浓。

上片开头首先发问，起笔突兀有力，喻示着伤高怀远的难以穷尽，随后直揭出"无物似情浓"的主旨。钱锺书指出："《招魂》：'目极千里兮伤春心。'……以合之《高唐赋》：'长吏隳官，贤士失志，愁思无已，太息垂泪，登高远望，诗人心瘁。'二节为吾国词章增辟意境，即张先《一丛花令》所谓'伤高怀远几时穷'是也。"(《管锥编》)

接着，词人移情入景，描写登高所见的春景：千万柳丝牵动着离愁，蒙蒙飞絮恰似心中的纷乱。女子追忆当初情郎马嘶声杳、扬尘而去的离别场景，伴随着情郎的身影渐行渐远，何处才能寻觅他的踪迹？无奈而失落的意绪愈显悲郁。

下片继续写景：池上鸳鸯成双嬉戏，南北之水还有小船可通，热恋之人却孤身独处、音信杳然。"梯横画阁黄昏后，又还是、斜月帘栊。"黄昏后，女子登上小楼画阁，只能看到一弯斜月当空。这里化用了李商隐《代赠》诗句"楼上黄昏欲望休，玉梯横绝月中钩"，渲染出格外凄婉的情致。

沉恨细思，不如桃杏，犹解嫁东风。

深受离愁折磨的女子思量至此，禁不住发出怨叹：与其独自忍受相思煎熬，还不如做桃花、杏花，尚可以抓住时机，嫁给东风了。这里的想象极为痴绝，感喟极为沉痛，映衬出女子孤寂无助的凄楚。《古诗十九首·青青河畔草》咏道："荡子行不归，空床难独守。"唐人李益《江南词》亦云："嫁得瞿塘贾，朝朝误妾期。早知潮有信，嫁与弄潮儿。"都表达出无理而妙的深厚情意。张先因此被欧阳修戏称为"'桃杏嫁东风'郎中"（范公偁《过庭录》）。

◎ （宋）佚名 《桃花山鸟图》

【拓展阅读】

"桃杏嫁东风"郎中

据宋人范公偁《过庭录》记载，张先和欧阳修是同榜进士，由于官职的原因，两人虽互相倾慕，却无缘相见。张先路经京城，抽空特意拜访欧阳修。当时欧阳修担任龙图阁直学士，他一听说是张先来访，立刻迎接而出，口里念叨说："真是'桃杏嫁东风'郎中吗？快请进！快请进！"由于他太激动，慌乱中连鞋子都穿倒了。

【阅读思考】

理解此词情景交融的艺术表现手法。

木兰花

张先

龙头舴艋吴儿竞，笋柱秋千游女并。芳洲拾翠暮忘归，秀野踏青来不定。

行云去后遥山暝，已放笙歌池院静。中庭月色正清明，无数杨花过无影。

这首词创作于宋神宗熙宁八年(1075)寒食节。当时，居住在吴兴(今浙江湖州)的词人已是八十六岁高龄。词中描绘出一幅欢乐的寒食春游图景，同时又巧妙地表现了老人澄澈恬淡的心境。

词的上片，描写白天春游的各种活动——赛龙舟、荡秋千、采百草、郊原踏青。寒食节在清明节前两天，古人有禁烟、插柳、踏青、扫墓等风俗，在宋朝时民间还有赛龙舟的活动。周密《武林旧事》卷三就记载了寒食节西湖赛船的情景："龙舟十余，彩旗叠鼓，交舞曼衍，粲如织锦……京尹为立赏格，竞渡争标。内珰贵客，赏犒无算。都人士女，两堤骈集，几于无置足地。""龙头舴艋"是江南水乡常见的一种形体扁窄的轻便小船，划起来速度飞快，或许就给人以草上"蚱蜢"的联想。"笋柱秋千"，用粗竹竿为立柱架设而成的秋千。"拾翠"，原本是指拾取翠鸟的羽毛用以装饰，语出曹植《洛神赋》"或采明珠，或拾翠羽"，这里泛指采集各种花草。古代诗词中常以踏青和拾翠并提，例如吴融《闲居有作》："踏青堤上烟多绿，拾翠江边月更明。"上片四句为我们展现出四幅美丽的春天画面：和煦阳光下，矫健的男儿们擂鼓挥桨在赛龙舟，龙腾虎跃，争先恐后；活泼的女儿们两人一组在荡秋千，风中轻飏，飘飘欲仙。更多的人们散布在芬芳的河边草地，采红拾翠，斗草比花；景色秀丽的郊野，沉醉于春光的游人追逐游戏，流连忘返。这四句写景如同行云流水，一气呵成。开头两句对仗，描绘寒食节最引人注目的两种游戏：赛龙舟和荡秋千，并且突出两个具有强烈动态的"竞"字和"并"字，渲染了热烈的气氛。后面两句空间视野拓展，整体概括游春人群的活动，而且一个"暮"字暗示时间的延展，既强调了游人沉迷于此的欢乐程度，也为下片描写夜晚景象提供了自然过渡。

◎ （宋）吴炳 《嘉禾草虫图》

下片转而描写月夜庭院中的景色。“行云”，语意双关，既指天上的浮云，也化用了宋玉《高唐赋》的典故，比喻游春的女子。天上浮云飘逝，人间游女散去，远山渐渐沉入夜色。“已放笙歌池院静”，词人从郊野返回庭院，宴会笙歌已经结束，歌儿舞女都已散去。夜深时分，池院一片静谧，这就跟上片的热闹喧阗形成了鲜明对比。

中庭月色正清明，无数杨花过无影。

最后两句描写如此静谧的夜色中杨花柳絮随风飘舞的绝妙景象：庭院之中月色溶溶，清澈如水，杨花飘舞其中，无声无影。此情此景，清幽宁静，静中有动，又从动中更见其静，体现出词人一片澄澈明净的心境。

整首词作上下片气氛、画面对比强烈。上片热闹活泼，下片宁静清幽。但两者又有机结合，统一于词人的特殊心态：既雅兴不减当年，又毕竟不似当年那般青春躁动；既有心寻觅生命的欢愉，又终归于心境的寂静。阅读上片，我们可以体会到词人对寒食民俗的赞美和欣赏；阅读下片，我们可以体会到他在寒食月色中的陶醉和闲适。相比而言，下片的宁静写得更为细致、幽渺，用上片的喧闹作为衬托，显得格外幽美动人，生动地体现了年老词人恬淡闲适的心境。

张先填词善用“影”字，自称生平所得意者有三：《天仙子》词中的“云破月来花弄影”、《归朝欢》词中的“娇柔懒起，帘压卷花影”、《剪牡丹》词中的“柳径无人，堕风絮无影”，因此人称“张三影”。其实，这首词中“中庭月色正清明，无数杨花过无影”通过月色的衬托，使“杨花过无影”的意境更加具有梦幻般朦胧的诗意，显得更为出色。如果说“云破月来花弄影”显示出炼字的技巧，那么“无数杨花过无影”则以境界天然空灵取胜。因此清代著名词人朱彝尊“叹其工绝，在世所传‘三影’之上”（《静志居诗话》卷十六）。当然，张先擅长写“影”本身，就说明他有“捕风捉影”的嗜好和才能，能够从非常虚幻缥缈的景象中创造出细腻幽美的意境，恰恰显示出张先词心细如发的艺术感知所产生的独特的艺术魅力。

【拓展阅读】

张先、宋祁以词互谑

据宋人胡仔《苕溪渔隐丛话前集》卷三十七所引《遁斋闲览》记载，北宋前期著名文人宋祁慕名前去拜访张先，到门口让人通报说：“尚书欲见‘云破月来花弄影’郎中。”张先正好在屏风后面听到了，随即应声呼出：“得非‘红杏枝头春意闹’尚书邪？”两人相见，把酒言欢，豪饮畅谈，好不惬意。他们以词交往的故事更成为词坛佳话。

【阅读思考】

体会张先词擅长写影的细腻的艺术个性。

浣溪沙

晏　殊

一曲新词酒一杯，去年天气旧亭台。夕阳西下几时回？　无可奈何花落去，似曾相识燕归来。小园香径独徘徊。

晏殊（991—1055），字同叔，抚州临川（今江西抚州）人。七岁能属文。景德二年（1005）以“神童”身份应召，与一千余名进士一起参加殿试。晏殊气定神闲，下笔千言，深得真宗皇帝赞许，特赐同进士出身。历任翰林学士、给事中、礼部侍郎、枢密副使等职。庆历三年(1043)加同中书门下平章事、集贤殿学士，兼枢密使。卒谥文献。晏殊一生历居显宦要职，有“太平宰相”之称，但并不具备卓越政治家的才干和政绩。他死后，门生欧阳修的挽词有“富贵优游五十年，始终明哲保身全”二句，可以说是对其政治生涯的盖棺定论。晏殊平生善于发现和举荐人才，范仲淹、欧阳修、富弼、宋祁、梅尧臣、张先等人，有的是他的门生，有的得到了他的培养和提拔。

晏殊为文赡丽，“尤工诗，闲雅有情思”(《宋史·晏殊传》)。著有《珠玉词》。其词深受南唐冯延巳的影响，即如清人刘熙载《艺概·词曲概》所云：“冯延巳词，晏同叔得其俊，欧阳永叔得其深。”多咏富贵气象和闲雅情思，风格温润秀洁，咏富贵而不鄙俗，写艳情而不轻佻，其精美圆熟的艺术表现和淡雅含蓄的审美倾向，展示出宋词风格的新特色。因此，清人冯煦评析说：“晏同叔去五代未远，馨烈所扇，得之最先。故左宫右徵，和婉而明丽，为北宋倚声家初祖。”(《蒿庵论词》)

宋人叶梦得《避暑录话》卷上记载：“晏元宪公虽早富贵，而奉养极约，惟喜宾客，未尝一日不燕饮。……亦必以歌乐相佐，谈笑杂出。……稍阑，即罢遣歌乐曰：‘汝曹呈艺已遍，吾当呈艺。’乃具笔札，相与赋诗，率以为常。前辈风流，未之有比。”晏殊的府邸，就是当时众多风雅文士神往的“文艺沙龙”。然而，晏殊虽然官居高位、富贵优游，但是其家庭、婚姻和仕途中仍然充满着种种不幸和缺憾，使得他的内心始终潜藏着“好花不常开，好景不常在”的淡淡隐忧，蕴含着对时光流逝、富贵如云的惆怅。他将这一缕半淡、轻烟薄雾般的闲愁写进词里，也便具有了幽怨动人的情调。这首《浣溪沙》词即抒写某次宴饮歌乐之后，油然而生的一种深沉的人生感慨。

一曲新词酒一杯，去年天气旧亭台。

上片，词人面对亭台楼阁、清歌美酒，陡然产生了时光流逝的怅惘。开头两句化用了晚唐诗人郑谷的诗句“流水歌声共不回，去年天气旧亭台”(《和知己秋日伤怀》)。词人面对着春天美好的景象，心绪是比较安闲的。他一边欣赏歌女唱词，一边悠闲地饮酒。然而，此刻一股莫名的惆怅涌上心头。去年的今天，同样的亭台楼阁，同样的清歌美酒，而人已经改变了。所以他接下来感叹道：“夕阳西下几时回？”这是对美好景象的流连，对时光流逝的怅惘。也就类同于刘希夷《代悲白头吟》里所感叹的那样:“年年岁岁花相似,岁岁年年人不同。”中唐诗人戴叔伦《对月答袁明府》诗也写道:“明年此夕游何处?纵有清光知对谁。”王洛宾的《青春舞曲》里面又唱道:“太阳下山明早依旧爬上来,花儿谢了明年还是一样开;美丽小鸟飞去无影踪,我的青春从此一去不回来。”晏殊的《珠玉词》中也颇多对于岁月无情的感触,例如《木兰花》“长于春梦几多时,散似秋云无觅处”、《踏莎行》“绿树归莺,雕梁别燕,春光一去如流电”、《渔家傲》“画鼓声中昏又晓,时光只解催人老”等等。但是词人在这里是在痴情地发问,也就仍然存在着对“昔日重来”、美好事物重现的渺茫的希望。

无可奈何花落去,似曾相识燕归来。

下片“无可奈何花落去”,是对时光流逝的一种沉重的失落和惆怅。但是就在此刻,一只燕子翩翩飞来,它是去年曾经在这里筑巢的旧时相识吗?这里的燕子其实是一种寄托、一种象征,表明词人在渺茫失落之中还殷切地保存着希望。这两句在惋惜与欣慰的交织中,蕴含着深刻的生活哲理:一切必然要逝去的美好事物都无法阻止它的消逝(“无可奈何花落去”),但在它消逝的同时仍然有美好事物的重现(“燕归来”),生活中不会因某件事物的逝去而变得一片灰暗,它总是给人以某种希望;只不过这样的重现毕竟不等于美好事物原封不动的再现,它只是“似曾相识”罢了,人生也就是在这希望与彷徨中度过了。这两句就是表现消逝中的重现,重现中的变化,情景交融,自然天成,含蕴丰富,历来被人推崇。明人王世贞赞曰:“非律诗俊语乎?然是天成一段词也,著诗不得。”(《艺苑卮言》)清人张宗橚评之“情致缠绵,音调谐婉,的是倚声家语”(《词林纪事》卷三)。叶嘉莹《论晏殊词》一文认为晏殊“独能将理性之思致,融入抒情之叙写中,在伤春怨别之情绪内,表现出一种理性之反省及操持,在柔情锐感之中,透露出一种圆融旷达之理性的观照”;并且认为“无可奈何”二句词“在‘自其变者而观之’的哀感以外,也隐然有着‘自其不变者而观之’的一种哲思的体悟。这实在是晏殊词最值得注意的一种特美”(《灵谿词说》)。

最后,词人在小园落英缤纷的曲折香径上独自徘徊,对人生进行着深沉的反思和体悟。其中也渗透着宋代士大夫文人在优渥富贵的生活背后,潜藏着的幽约细腻的人生无奈和感伤。

【拓展阅读】

晏殊词的“富贵气象”

晏殊的《珠玉词》以温润秀洁、神清气远的笔触，表现出“太平宰相”雍容华贵的气派、闲雅沉静的风度，成为达官贵人词的典型代表。他批评李庆孙《富贵曲》“轴装曲谱金书字，树记花名玉篆牌”不离金玉锦绣这些字眼，认为这些都是穷人夸富，是“乞儿相”。真正的富贵到底是怎样的呢？他说：“余每吟咏富贵，不言金玉锦绣，而唯说其气象。若‘楼台侧畔杨花过，帘幕中间燕子飞’‘梨花院落溶溶月，柳絮池塘淡淡风’之类是也。”他拿这些句子问别人：“穷儿家有这景致也无？”（吴处厚《青箱杂记》卷五）欧阳修《归田录》卷二还记载了晏殊的话说：“‘老觉腰金重，慵便枕玉凉’，未是富贵语；不如‘笙歌归院落，灯火下楼台’，此善言富贵者也。”

【阅读思考】

理解此词名句“无可奈何花落去，似曾相识燕归来”的丰富内涵和审美意境。

鹊踏枝

晏　殊

槛菊愁烟兰泣露。罗幕轻寒，燕子双飞去。明月不谙离恨苦，斜光到晓穿朱户。　　昨夜西风凋碧树。独上高楼，望尽天涯路。欲寄彩笺兼尺素，山长水阔知何处？

此词抒写闺中思妇苦涩而无法解脱的离愁别恨，时间由夜写到晓，地点由室内、室外而到楼上。

上片侧重描写思妇在清晨时分对于室内、室外景物的心理感受，由此衬托出长夜相思之苦。首句写景：槛菊笼烟有似凝愁，兰花带露也似含泪。这样的景致不仅交代秋天的时令，也渲染出环境的幽美，同时透过“愁”“泣”两字，给自然景致涂抹上了深浓的悲郁，蕴含着思妇内心的凄楚。“罗幕轻寒，燕子双飞去”，描写清晨燕子从帘幕中间飞了出去。这里的“寒”，不仅是生理感官的寒冷，更是指内心感受的凄寒；“双飞去”，又反衬和暗示了思妇的孤苦。

◎ （宋）佚名 《丛菊图》 故宫博物院藏

明月不谙离恨苦，斜光到晓穿朱户。

天亮以后，还有残月的余晖斜射房内，因而回想起昨夜的月光，竟是这样地整整照了一夜，使人无法入梦，直到现在，它还不肯罢休。这样的写法无理而妙，形象展现出思妇彻夜难眠、孤寂难耐的深切别怨，与此前张若虚的“可怜楼上月徘徊，应照离人妆镜台。玉户帘中卷不去，捣衣砧上拂还来”（《春江花月夜》）、此后苏轼的“转朱阁，低绮户，照无眠。不应有恨，何事长向别时圆”（《水调歌头》），具有异曲同工之妙。

下片偏重于直抒胸臆。一夜西风劲吹、碧树凋零之后，思妇清晨登楼远眺，盼望远在天涯的丈夫能够早日归来。

昨夜西风凋碧树，独上高楼，望尽天涯路。

此情此景，何等凄清、何等孤独，却又何等执着、何等热烈，气象阔大，境界高远。这三句被王国维《人间词话》赞誉为自古成大事业、大学问的第一重境界。他还指出："《诗·蒹葭》一篇，最得风人深致，晏同叔之'昨夜西风凋碧树。独上高楼，望尽天涯路'意颇近之。但一洒落，一悲壮耳。"

"欲寄彩笺兼尺素，山长水阔知何处？"思妇的相思之情只有托之于书信。然而，要写信，却没有信纸；即使有，山长水阔，杳无踪迹，又何以传递热切的思念呢？女子的热切渴望和无情现实的羁绊形成强烈的反差，令其黯然神伤、濒临绝望。

此词表现出一位思妇由愁而盼，又由盼而复归于更深失落的心理变化过程，时空交错，细腻曲折。陈廷焯《词则·大雅集》卷二指出，晏殊此词"缠绵悱恻，雅近正中"。这首词的意蕴、格调与冯延巳《鹊踏枝》（几日行云何处去）具有内在的共通性。

【拓展阅读】

晏殊待婿有别

宋人高晦叟《珍席放谈》卷下记载，晏殊有两位女婿，一为富弼，二为杨察。晏殊担任宰相、枢密使的时候，这两位女婿也官居高位，但是晏殊对待他们的态度迥然不同。每逢富弼来访，晏殊都在书房中接见，两人竟日清谈，简单用膳后随即告辞。杨察来访，晏殊就请他坐在画堂之上，派歌妓伺候，奏弦管美乐，以酒色歌舞相款待，竭尽宾主欢娱。明眼人一看便知，晏殊其实是器重富弼而轻慢杨察，遂以清谈善待雅士，以俗礼应付俗客。

【阅读思考】

理解此词名句"昨夜西风凋碧树。独上高楼，望尽天涯路"的高远意境。

踏莎行

晏　殊

小径红稀，芳郊绿遍。高台树色阴阴见。春风不解禁杨花，蒙蒙乱扑行人面。　　翠叶藏莺，朱帘隔燕。炉香静逐游丝转。一场愁梦酒醒时，斜阳却照深深院。

晏殊这首《踏莎行》，通过对暮春景物的描绘，抒发出节序如流的感伤和人生苦短的愁闷。

上片描写春末夏初景物的多重“渐变”，富有诗情画意。开头三句写陌上春归，春花凋谢，树梢上残留着少许红色的花瓣；夏草茂盛，呈现出一片碧绿的色泽；高台绿树，其色阴郁。“红稀”“绿遍”“阴阴”极其精要地点出此一时节的景物特征。

春风不解禁杨花，蒙蒙乱扑行人面。

这两句通过暮春之际柳絮飘拂、纷纷扬扬的景状，进一步渲染季节流转、触景伤情的意绪。它脱胎于唐人韩愈《晚春》诗：“草树知春不久归，百般红紫斗芳菲。杨花榆荚无才思，惟解漫天作雪飞。”唐代武昌妓与韦蟾联句亦作“武昌无限新栽柳，不见杨花扑面飞”。这里通过柳絮杨花漫天飞舞、扑面而来的迷蒙情状，展现出暮春时节的迷人景象；同时将春风人格化，出以嗔怪的语气，却又无理而妙。

下片由远而近，转而抒写深院闲愁。“翠叶藏莺，朱帘隔燕”，一“藏”一“隔”，点出初夏季节景物的幽深。“炉香静逐游丝转”，更见词人体物之心入于幽微。人在春困中入眠，室内异常安静，只有那轻灵淡薄的炉香袅袅上升，缕缕不绝。闲里的光阴正一点点地逝去，词人于此深切感受到丝缕般的人生消逝之感。

一场愁梦酒醒时，斜阳却照深深院。

作者在愁梦酒醒之际，只见庭空院静，一抹夕阳正映照着这深宅大院，一天的光阴就这样悄悄地溜走了。词境最终“定格”于斜阳深院的画面，情思袅袅，不绝如缕，既显出深远之岑寂，又蕴含初夏日长难消的意味，同时也寄寓着对时序流逝的忧惧和对个体生命的无限眷恋。明人沈际飞称：“景物不殊，运掉能离奇夭矫。结句‘深深’妙，着不得实字。”（《草堂诗余正集》）清人沈谦亦云：“‘夕阳如有意，偏傍小窗明’不若晏同叔‘一场愁梦酒醒时，斜阳却照深深院’更自神到。”（《填词杂说》）

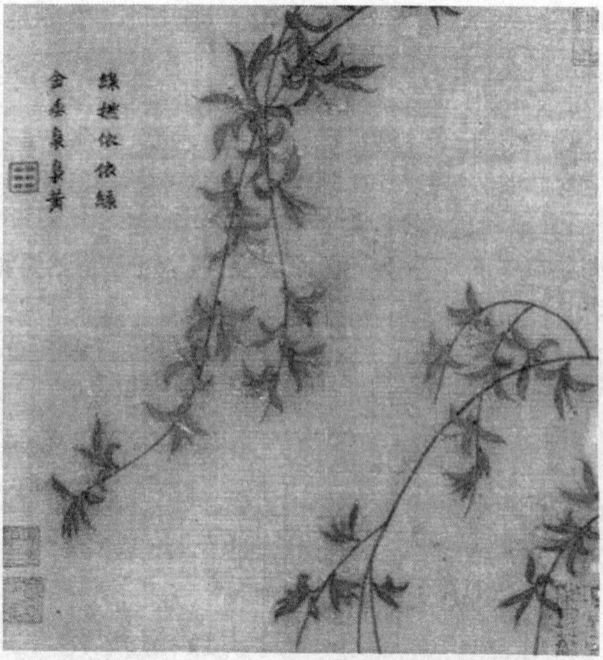

◎ （宋）佚名 《垂杨飞絮图》（局部） 故宫博物院藏

这首词着意描写多重"渐变"，不仅描写出春夏之交季节的变换，而且暗示了一天之内光阴的推移，即从早晨所见的景致，依次写来，直至"斜阳却照深深院"的黄昏。通过对这两层"渐变"细腻而优美的描绘，词中主人公无可奈何的闲愁以及对于春光消逝的惋惜，就像蜘蛛织网一般被精细地"编织"了出来。

【拓展阅读】

晏殊的人生缺憾

晏殊贵为"太平宰相"，但是一生中却充满着诸多缺憾。

首先，他的家庭充满着不幸。据杨海明《唐宋词与人生》记载，晏殊有一个弟弟名叫晏颖，也是一位十分聪明的神童。他与晏殊一起被推荐到朝廷，进入秘阁读书。曾因赋《宫沼瑞莲》而受到宋真宗的赏识，赐他同进士出身，并且授予奉礼郎的官职。但就在获得喜讯那天，晏颖回书房安寝，第二天早上家僮敲门，却发现他已遽然病逝，年仅十八岁。当时晏殊只有二十一岁，受到惊吓和刺激，内心留下了浓重的阴影。紧接着，他的父亲在第二年病故，母亲也在他二十六岁时归天。所以说，就在晏殊刚刚步入仕途之初，老天爷接连给了他沉重的打击，这就不由得让这位异常聪慧敏感的年轻人感受到生命的脆弱和人生的无常。

其次，晏殊的婚姻生活也充满着不幸。他一生经历了三次婚姻，曾经遭受过青年亡妻、中年丧偶的两次沉重打击，心理的创伤非常深重。

再次，在官场之上，晏殊也曾历经仕途的风波，产生过忧谗畏讥的惶惑。天圣五年（1027），晏殊因上疏忤旨，罢枢密副使，贬官出京；明道二年（1033），因撰志文惹祸，罢参知政事，出知亳州。庆历四年（1044）被言官论列，罢相改知颍州；八年（1048），又自颍州移知陈州。皇祐五年（1053），年届六十三岁的晏殊再由知永兴军（今西安）改徙河南。直到临终前一年才因病返回汴京。由此可见，晏殊这位"太平宰相"的人生其实并不太平。

【阅读思考】

理解此词描写多重"渐变"景物的写作特点。

玉楼春

宋祁

东城渐觉风光好，縠绉波纹迎客棹。绿杨烟外晓寒轻，红杏枝头春意闹。

浮生长恨欢娱少，肯爱千金轻一笑？为君持酒劝斜阳，且向花间留晚照。

宋祁（998—1071），字子京，开封雍丘（今河南杞县）人。曾随父侨居安陆（今属湖北）。天圣二年（1024）与兄庠同举进士，俱以文名，时号"大小宋"。历任大理寺丞、国子监直讲、史馆修撰。预修《唐书》，成列传一百五十卷。官至翰林学士承旨。卒谥景文。著有《宋景文集》《宋景文公长短句》等。宋人李之仪《跋吴思道小词》评其词"风流闲雅，超出意表"。清人刘熙载《艺概·词曲概》则认为："宋子京词是宋初体，张子野始创瘦硬之体，虽以佳句互相称美，其实趣尚不同。"

此词描绘绚丽多彩的春色，流露人生如梦、及时行乐的思想，也表达出惜春之意。

上片开头两句，描写在东城春风骀荡的湖面上划船游玩的闲适之乐。"东城"，为日照之初，最得地气之先，是游人踏春的首选，唐人耿沣《寄司空曙李端联句》即云："南陌东城路，春风几度过。"宋人晏殊《诉衷情》词亦曰："东城南陌花下，逢着意中人。”北宋汴京的东城有禹王台、兴慈塔等胜迹，更能引发寻春者的游兴。“渐觉”，动态地写出了词人出游渐入佳境、游兴越来越浓的过程。“縠绉波纹”，像丝绸一般轻柔水面泛起阵阵涟漪；“迎客棹”，又将其拟人化，更显得春波亲切可爱。

◎ （宋）佚名 《柳阁风帆图》

绿杨烟外晓寒轻，红杏枝头春意闹。

这两句实写春天景色的纷繁绚丽，犹如一幅浓墨重彩的油画。两岸的杨柳刚刚吐绿，远远望去，仿佛一片淡淡的绿云，与缕缕轻烟有机交融，营造出轻柔迷离的意境。红杏在枝头嫣然绽放，鲜艳的色泽渲染出盎然的春意。这里着一“闹”字，化静为动，化虚为实，将蓬勃的春意、烂漫的春光以及杏花所蕴含的无限生机与活力渲染得淋漓尽致。钱锺书评析道：“‘闹’字是把事物无声的姿态说成好像有声音的波动，仿佛在视觉里获得了听觉的感受。”（《旧文四篇·通感》）王国维说得更加简练：“著一‘闹’字，而境界全出。”（《人间词话》）宋祁也因词句，而被称为“红杏枝头春意闹尚书”。

下片收束风光，转出感慨，抒写惜春之情，融入了浮生若梦、为欢几何的人生感喟。

浮生长恨欢娱少，肯爱千金轻一笑？

浮生,形容人生在世,虚浮无定。《庄子·刻意》云:“其生若浮,其死若休。”李白《春夜宴从弟桃花园序》亦称:“浮生若梦,为欢几何?”据宋人陆游《老学庵笔记》记载,宋祁生活豪奢,常邀请宾客会饮于广厦中,歌舞相继,通宵达旦,时人谓之“不晓天”。所以,这两句既因人生如寄、欢娱难得而叹惋,又披露出珍惜春光、及时行乐的真实心声。

为君持酒劝斜阳,且向花间留晚照。

最后两句从李商隐《写意》诗“日向花间留返照,云从城上结层阴”化出。词人恳求斜阳在花间多作逗留,表达出渴望与良辰美景长相厮守的意愿,字里行间渗透着北宋闲适文人普遍存在的人生若梦、好景难留的纤悲幽绪。

这首词上片描绘色彩绚烂的春色,充满盎然生机;下片抒写人生感慨,意绪转为低沉,真实记录了北宋达官文士的生活状态和情感世界。

【拓展阅读】

关于“闹”字的争论

宋祁《玉楼春》词“红杏枝头春意闹”中着一“闹”字,传写出姹紫嫣红、春意盎然的盛景,得到了历代词论家的夸赞,例如清人刘体仁说:“‘红杏枝头春意闹’,一‘闹’字卓绝千古。”(《七颂堂词绎》)王士禛在《花草蒙拾》中也指出词句“实本花间‘暖觉杏梢红’,特有青蓝冰水之妙耳”。

但是李渔对此却有不同看法。他对以名句论词,而将张先、宋祁并提非常不满,认为宋祁比不上张先。他在《窥词管见》中说:“琢句炼字,虽贵新奇,亦须新而妥,奇而确。妥与确,总不越一理字。欲望句之惊人,先求理之服众。时贤勿论,吾论古人。古人多工于此技,有最服予心者,‘云破月来花弄影郎中’是也;有蜚声千载上下,而不能服强项之笠翁者,‘红杏枝头春意闹尚书’是也。‘云破月来’句,词极尖新,而实为理之所有;若红杏之在枝头,忽然加一‘闹’字,此语殊难着解。争斗有声之谓‘闹’,桃李争春则有之,红杏闹春,予实未之见也。‘闹’字可用,则‘吵’字、‘斗’字、‘打’字皆可用矣。……予谓‘闹’字极粗极俗,且听不入耳,非但不可加于此句,并不当见之诗词。近日词中争尚此字,皆子京一人之流毒也。”应该讲,李渔并未明了宋祁词中以有声写无声的意境之妙。恰如王国维所云:“‘红杏枝头春意闹’,着一‘闹’字,而境界全出。”(《人间词话》)直到当代学者钱锺书以“通感”的修辞技法解读此句，方才真正解决了这一理论问题。

【阅读思考】

理解此词名句“绿杨烟外晓寒轻，红杏枝头春意闹”的写景特色。

踏莎行

欧阳修

候馆梅残，溪桥柳细，草薰风暖摇征辔。离愁渐远渐无穷，迢迢不断如春水。　寸寸柔肠，盈盈粉泪，楼高莫近危阑倚。平芜尽处是春山，行人更在春山外。

欧阳修（1007—1072），字永叔，号醉翁，晚号六一居士，吉州庐陵（今江西吉安）人。幼年丧父，家贫力学，天圣八年（1030）登进士第，为西京（今河南洛阳）留守推官，与钱惟演、梅尧臣、苏舜钦等诗酒唱和。景祐元年（1034）充馆阁校勘。三年（1036），因直言为范仲淹辩护，贬夷陵令。康定元年（1040），奉诏复职。庆历三年（1043）充太常丞知谏院，参与范仲淹、韩琦、富弼等推行的新政。失败后，出知滁州。后移知扬州、颍州、应天府。至和元年（1054），召还与宋祁同修《唐书》。累迁礼部侍郎、枢密副使、参知政事等职。卒谥文忠。

欧阳修是北宋诗文革新运动的领袖，“唐宋八大家”之一。著有《欧阳文忠公集》一百五十三卷。其词集有《欧阳文忠公近体乐府》《醉翁琴趣外编》《六一词》等不同版本。其词深受南唐词“思深辞丽”风格的影响，表现出更加深婉幽远、风流蕴藉的情调。清人刘熙载《艺概·词曲概》评论道：“冯延巳词，晏同叔得其俊，欧阳永叔得其深。”欧阳修词虽然多以婉约的笔触描写缠绵之情，但是他没有晏殊词中淡雅的富贵气象，而是更多豪宕的力度、深挚的情韵，从而创造出格外隽永的意境。欧阳修的词“疏隽开子瞻，深婉开少游”（冯煦《蒿庵论词》），在词史上起到了承前启后的重要作用。

这首《踏莎行》词抒写离情，但笔法别致，意境深远。上片以早春的美景衬托行人的别绪，以迢迢不断的春水形容游子绵绵不尽的愁思。开头两句交代时间、地点和环境。候馆，迎候、接待宾客的馆舍。《周礼·地官·遗人》云：“五十里有市，市有候馆。”旅店旁边树枝上的梅花快要凋零，溪边成行的柳树细条飘拂，营造出早春季节的景物氛围。第三句化用江淹《别赋》名句“闺中风暖，陌上草薰”，展现游子的形象。在暖洋洋的春风里，散发出一阵阵青草的芳香，游子在如此美好的环境中，摇动着马缰绳，踏上了漫漫征程。也许刚刚离家的时候，他的心情还是比较轻快的，满怀着闯荡天下的雄心壮志，以及“外面的世界很精彩”的美好憧憬。

离愁渐远渐无穷，迢迢不断如春水。

但是，伴随着旅途的不断延伸，游子真正感受到离别亲人的痛苦，而且这份愁苦随着空间和时间的延展而不断加深。“离愁”本身是抽象的，这里却加以具象化，说：“迢迢不断如春水”。这种写法类同于李煜《虞美人》词中的“问君能有几多愁？恰似一江春水向东流。”秦观《江城子》词中的“便做春江都是泪，流不尽，许多愁。”贺铸《青玉案》词中的“试问闲愁都几许？一川烟草，满城风絮，梅子黄时雨。”

下片同样写离愁，却变换了笔法，远行的游子遥想闺中妻子在如何思念自己，她凭栏远眺，泪眼盈盈，柔肠寸断……妻子眼前展现的是茫茫的原野，原野的尽头是隐隐的春山，而思念的人儿却远在春山之外。这里采用了“从对面着笔”的写法，越发真切而细腻地刻画出词人内心的柔婉情思。这种写法类同于杜甫《月夜》诗中的“香雾云鬟湿，清辉玉臂寒”，正因为他如此地多情，才会遥想他的妻子对自己的脉脉思念，他的想象越真切，彼此的感情也就越深挚。他设想妻子“寸寸柔肠，盈盈粉泪”的感人情态，非常动情地嘱咐妻子“楼高莫近危阑倚”。为什么让她不要凭栏远眺呢？因为每一次深情凝望的结果，都只能是更深的失望。恰如温庭筠《忆江南》所云：“梳洗罢，独倚望江楼。过尽千帆皆不是，斜晖脉脉水悠悠。肠断白蘋洲。”柳永《八声甘州》也说：“想佳人、妆楼颙望，误几回、天际识归舟。”

平芜尽处是春山，行人更在春山外。

最后两句写得更加深情，是说妻子在高楼之上极目远眺所见到的景致。这里运用了翻叠加倍的表现手法，春山已是闺中少妇能够望见的最远的景物，也是她所能想象到的极限，而行人更在春山外。这样的写法类同于范仲淹《苏幕遮》：“山映斜阳天接水，芳草无情，更在斜阳外。”贺铸《捣练子》：“寄到玉关应万里，戍人犹在玉关西。”这样就创造出了更为深挚幽远的韵味和情境。明人沈际飞《草堂诗余正集》评之云：“春水春山走对妙。望断江南山色，远人不见草连空，一望无际矣。尽处是春山，更在春山外，转望转远矣。当取以合看。”

整首词作综合运用新颖比喻、“从对面着笔”以及翻叠加倍的艺术手法，虚实结合，层层递进，将离愁别绪抒写得淋漓尽致、韵味无穷。

【拓展阅读】

欧阳修《临江仙》词本事

欧阳修在政治生活中刚劲正直，作为北宋诗文革新运动的领袖，他在古文、诗歌创作中也表现得非常端庄严肃，但是在日常私生活，尤其是年轻时的生活，则颇为风流放任。他自已坦陈：“三十年前，尚好文华，嗜酒歌呼，知以为乐，而不知其非也。”(《答孙正之第二书》)

欧阳修年轻时在洛阳担任西京留守推官，曾经眷恋一位歌妓，两人感情很好。一次，上司钱惟演在后花园设宴，别的宾客都准时前往，唯独欧阳修和那位歌妓姗姗来迟。钱惟演不便责备欧阳修，于是斥责歌妓：“你为什么到现在才来？好大的架子！”歌妓回答道：“我因为天热，中午在凉堂小睡，没想到醒来后发现丢掉了一支金钗，到处寻找也没有找到。因此迟到，还望恕罪！”钱惟演明知她的迟到是因为与欧阳修缠绵贪睡所致，所以说道：“你若能请得动欧阳官人为你写一首词，我定当偿还你一支金钗。”歌妓当即央求欧阳修作词，欧阳修也不推辞，写道：“柳外轻雷池上雨，雨声滴碎荷声。小楼西角断虹明。栏干倚处，待得月华生。　燕子飞来窥画栋，玉钩垂下帘旌。凉波不动簟纹平。水精双枕，旁有堕钗横。”(《临江仙》)这首词其实已经“招供”了他与歌妓因贪睡而丢失金钗的事情，从词中的“水精双枕”可知两人并枕而眠，但又写得十分优美清雅。钱惟演非常高兴，命令歌妓斟满一杯美酒酬谢欧阳修，并拿出银两交给歌妓去购买金钗。这则本事真伪今已难考，很多以为不足为信，但姑备一说。

【阅读思考】

这首词是如何抒写游子离愁的？

南歌子

欧阳修

凤髻金泥带,龙纹玉掌梳。走来窗下笑相扶,爱道画眉深浅入时无?

弄笔偎人久,描花试手初。等闲妨了绣工夫,笑问双鸳鸯字怎生书?

欧阳修作为北宋名臣、文坛领袖,所作诗文庄重正大,然而在填制小词的时候,却能融入自己内心的一片柔情,细腻逼真地体会和模仿女性的口吻和心态。正如清人陈廷焯《词坛丛话》所云:“欧阳公词,飞卿之流亚也。其香艳之作,大率皆年少时笔墨,亦非尽后人伪作也。但家数近小,未尽脱五代风气。”指出欧词对以温庭筠以来五代旖旎词风的继承。

这首《南歌子》词似乎深得温庭筠同调词末句“不如从嫁与、作鸳鸯”的神髓,用极其生动细腻的笔触,描绘夫妻之间的温馨缠绵,表达出白头偕老的美好愿望。

上片描摹女子的装束和体态。新娘的发髻梳成凤凰式,再用金泥带把头发扎起来;头上又插着一把玉掌形状的梳子,梳背上雕刻着龙的花纹。新娘轻快地走到新郎书房的窗下,正在读书的新郎连忙起身,迎上前去,两人如胶似漆地偎依在一起。这个时候,经过精心装扮的新娘情不自禁地向新郎问道:“你看看我眉毛画得合乎时髦的样式吗?”这句问话并非欧阳修的原创,而是来自唐朝诗人朱庆余的《闺意上张水部》:“洞房昨夜停红烛,待晓堂前拜舅姑。妆罢低声问夫婿:画眉深浅入时无?”唐朝流行行卷之风,应考的举子将自己的诗作献给主考官或者跟主考官关系密切的官员,希望得到他们的赏识。朱庆余此诗即是献给水部员外郎张籍,他所说的“画眉深浅入时无”,其实是在询问自己的诗才能否符合主考官的口味,字里行间蕴含着忐忑、试探之意。欧阳修在这里化用此句,则是新娘自我的夸耀:你看我长得很漂亮吧,由此显示出新娘生动活泼的个性。

下片叙写夫妻亲密的生活情趣。新娘倚靠在新郎的怀里,摆弄着新郎手中的毛笔,初次尝试着用它来描摹花枝花叶,可是毛笔老是不听她的使唤。摆弄的结果,白白耽误了她本该绣花的时间。这时候,顺理成章的情节应该是新娘立刻放下毛笔,拿起针线活。但是她却突然满脸娇媚地问新郎:“‘鸳鸯’这两个字怎么写呵?”原来这个心思机敏的新娘,拿起毛笔、描花描叶是假,她在这里磨蹭时间的真正目的，却是要借学写“鸳鸯”两个字，来吐露自己与新郎恩恩爱爱、白头偕老的美好心愿。一位娇憨、痴情、充满机趣的新娘形象跃然纸上。

◎（宋）黄筌《鸳鸯双栖图》

关于这些被视作“浅近”“浮艳”的词作，宋人曾慥《乐府雅词》和陈振孙《直斋书录解题》等纷纷替欧阳修辩白，认为这些香艳之词和鄙亵之语，都是“仇人无名子所为”，目的是诋毁欧阳修。这些辩护者似乎以此来维护欧阳修“一代儒宗”的道德君子形象。其实，在那个歌舞喧阗的时代，欧阳修以游戏之笔填制小词，沉醉在轻柔妩媚的艳曲之中，流露出某些俗艳的生活和艺术情趣，这本身并不奇怪。它正反映出宋代士大夫文人人格的两面性，体现了欧阳修在经济学问的外表下真实的情欲萌动。

【拓展阅读】

“从对面着笔”

古代诗人在抒写思乡怀人之情时，经常采取“从对面着笔”的写法，不说自己如何思念亲人，却设想此时此刻亲人正在如何思念自己，反而更加曲折深婉地表达出自己的思念之情。例如王维《九月九日忆山东兄弟》中的最后两句：“遥知兄弟登高处，遍插茱萸少一人。”遥想故乡的兄弟在今天重阳佳节登高之时，每人身上都佩戴了辟邪的茱萸，忽然发现少了一位兄弟——就是诗人自己不在其中。他们一定会因为我独在异乡，不能与亲人共度佳节而倍感惆怅、遗憾。这里不说自己思念亲人，却能透过一层，设想故乡亲人在如何思念自己，如此新颖别致的构思，就起到了加倍抒情的效果。再如杜甫在安史之乱当中独居在都城长安，与远在鄜州的妻子儿女不得团聚，他创作了五言律诗《月夜》，抒发对亲人的热切思念："今夜鄜州月，闺中只独看。遥怜小儿女，未解忆长安。香雾云鬟湿，清辉玉臂寒。何时倚虚幌，双照泪阑干？"诗歌的颔联说自己的儿女年纪还小，不懂得思念远在长安的父亲。接下来四句则具体设想自己的爱妻如何在今夜月光之下，独自倚靠着门框，思念丈夫的情状。由于她伫立的时间很久，以致夜晚的香雾打湿了她如同乌云一般的秀发，明月的清辉映照在她那洁白如玉的臂膀之上。这样的画面非常优美，也非常凄凉，渗透着诗人清苦的心境和愁思，所以他们远隔千里，共对明月，都洒下了相思的热泪。此外，南朝诗人徐陵《关山月》"思妇高楼上，当窗应未眠"、唐人白居易《邯郸冬至夜思家》"想得家中夜深坐，还应说着远行人"、宋人胡朝颖《旅夜书怀》"遥怜儿女寒窗底，指点灯花语夜深"等，也都是采用此类写法寄寓思乡怀亲之情的佳句。

【阅读思考】

这首词两个问句分别表达了新娘怎样的情意？

采桑子

欧阳修

群芳过后西湖好，狼藉残红。飞絮蒙蒙。垂柳阑干尽日风。　笙歌散尽游人去，始觉春空。垂下帘栊，双燕归来细雨中。

北宋仁宗皇祐元年(1049)，欧阳修曾移知颍州(今安徽阜阳)，"爱其民淳讼简而物产美，土厚水甘而风气和，于时慨然已有终焉之意也"(《思颍诗后序》)。熙宁四年(1071)，他致仕后即定居颍州。他在《西湖念语》中写道："况西湖之胜概，擅东颍之佳名。虽美景良辰，固多于高会；而清风明月，幸属于闲人。并游或结于良朋，乘兴有时而独往。鸣蛙暂听，安问属官而属私；曲水临流，自可一觞而一咏。至欢然而会意，亦旁若于无人。乃知偶来常胜于特来，前言可信；所有虽非于己有，其得已多。”在此期间，欧阳修创作了《采桑子》十三首。其中前十首为联章鼓子词，歌咏颍州一年四季的景物，后三首述身世之感，情感苍凉沉郁。

这里选录的是第四首，描写颍州西湖暮春时节群芳凋谢后的景象，表现了作者闲对残红的悠然心态。上片赋写狼藉残红、飞絮蒙蒙、风吹竟日、垂柳拂栏的暮春景致，下片转而渲染笙歌散尽、游人离去后西湖的岑寂，令人不由得产生繁华消歇的感慨和惋惜。这首词创作于欧阳修逝世前不久退居颍州期间。经历了政坛当中的风风雨雨之后，他也在这“群芳过后”的人生晚年，独自感受着“笙歌散尽游人去”的清静，流露出超脱喧嚣尘俗之后的恬淡心境。欧阳修晚年心境颇为闲适，曾撰《六一居士传》自云：家有金石一千卷，藏书一万册，琴一张，棋一局，常置酒一壶，以自身一翁“老于此五物之间”，故号“六一居士”。

垂下帘栊，双燕归来细雨中。

◎ （元）夏叔文 《柳汀聚禽图》 辽宁省博物馆藏

最后两句化用自唐人陆龟蒙《病中秋怀寄袭美》“双燕辞来始下帘”、南唐冯延巳《采桑子》“日暮疏钟，双燕归栖画阁中”，但是这里的写景是宁静的、闲淡的，真正做到了“写难状之景如在目前，含不尽之意见于言外”（欧阳修《六一诗话》引梅尧臣语）。作者虽然怀有一缕逝者如斯的惆怅，但是又能以清旷自适的态度享受这一份远离尘嚣的幽寂，他所追求的正是“豪华落尽见真淳”的人生境界。因此，刘永济《唐五代两宋词简析》评价道：“此词虽意在写暮春景物，而作者胸怀恬适之趣，同时表达出之。作者此词皆从世俗繁华生活之中渗透一层着眼。盖世俗之人多在群芳正盛之时游观西湖；作者却于飞花、飞絮之外，得出寂静之境。世俗之游人皆随笙歌散去;作者却于人散、春空之后,领略自然之趣。其后苏轼作词,皆直写胸怀,因而将词体提升与诗同等。此种风气,欧阳修已开其端,特至东坡方大加发展,遂令词风为之一变。”

【拓展阅读】

关于平山堂的文坛佳话

北宋著名文学家欧阳修、苏轼、秦观,都和扬州风景名胜平山堂有着千丝万缕的因缘。平山堂位于扬州西郊瘦西湖的北面,站在堂内向远处眺望,江南诸多丘陵小山,列列在目,山的高度都与堂的栏杆相平,所以称作“平山堂”。它是北宋庆历八年(1048)由郡守欧阳修所建。据叶梦得《避暑录话》卷上记载:“欧阳文忠公在扬州作平山堂,壮丽为淮南第一。堂据蜀冈,下临江南数百里,真、润、金陵三州,隐隐若可见。”仁宗嘉祐元年(1056),欧阳修离开扬州后,写下了词作《朝中措》。词里蕴含着作者对扬州的深情依恋,也表达出“文章太守”当年纵情畅饮、挥斥方遒的豪迈之气,“现身说法,神采奕奕动人”(黄苏《蓼园词选》)。后来苏轼担任扬州太守,也经常在平山堂流连忘返,其词作《西江月·平山堂》即云:“三过平山堂下,半生弹指声中。十年不见老仙翁,壁上龙蛇飞动。”这里的“老仙翁”当指欧阳修。因为平山堂地势较高,凭栏远望,视野开阔,而欧阳修词里却说“山色有无中”,于是有人就嘲笑欧阳修“短视”。为此苏轼还替欧阳修辩解:“东坡笑之,因赋《快哉亭》道其事云:‘长记平山堂上,攲枕江南烟雨,杳杳没孤鸿。认取醉翁语,山色有无中。’盖‘山色有无中’,非烟雨不能然也。”(胡仔《苕溪渔隐丛话后集》卷二十三引《艺苑雌黄》)其实欧词这里乃是化用了王维诗《汉江临泛》中的名句“江流天地外,山色有无中”。扬州高邮才子秦观于神宗元丰三年(1080)自会稽返回家乡,也前往平山堂游览,并且创作了《望海潮》词,上片极写扬州城风景秀美,扬州人冶游之乐;下片大量用典,追忆隋宫旧事,最后点到平山堂,化用欧阳修词句,“最好挥毫万字,一饮拼千钟”,流露出对于前辈词人的崇仰。同一景点由三位文学家完成创作的“接力”,堪称文坛佳话。

【阅读思考】

分析此词中面对暮春衰残寂静景象时,作者闲旷恬然的心境。

桂枝香

王安石

登临送目，正故国晚秋，天气初肃。千里澄江似练，翠峰如簇。征帆去棹残阳里，背西风、酒旗斜矗。彩舟云淡，星河鹭起，画图难足。　念往昔、繁华竞逐。叹门外楼头，悲恨相续。千古凭高对此，漫嗟荣辱。六朝旧事随流水，但寒烟、芳草凝绿。至今商女，时时犹唱，《后庭》遗曲。

王安石(1021—1086)，字介甫，晚号半山老人；曾封荆国公，人称王荆公。抚州临川(今江西抚州)人，出身于中下层官吏家庭。庆历二年(1042)考取进士，授签书判淮南判官。嘉祐三年(1058)提点江东刑狱，上仁宗"万言书"，主张"改易更革"，但未被采纳。神宗熙宁二年(1069)拜参知政事，设制置三司条例司，颁布新法。次年，拜同中书门下平章事。后因新法遭到权贵的强烈反对，以观文殿大学士出知江宁府。八年(1075)再相，但是在保守派的合力围攻下，于次年再度罢相。晚年退居江宁。卒谥文，故人又称"王文公"。王安石工诗擅文，是"唐宋八大家"之一，散文以议论说理见长，表现出鲜明的政治倾向，风格峭刻，笔力雄健。晚年诗风深婉华妙，表现技巧、语言运用更加精湛圆熟，人称"王荆公体"，又称"半山体"。

王安石对当日词坛"先撰曲子后填词"的做法深致不满，认为它违背了古之歌者"先有词后有声"的创作流程，也有悖于《尚书·尧典》中"诗言志，歌永言，声依永，律和声"的规则，所以他努力摆脱音乐的束缚，强调词体的文学特性。他的词虽仅存二十九首，却已脱离了晚唐五代以来柔情软媚的陈规，着力抒写自我的性情怀抱，并且融入了对于历史的深刻反思和对于现实社会的深切忧患。宋人王灼《碧鸡漫志》卷二云："王荆公长短句不多，合绳墨处，自雍容奇特。"清人刘熙载说："王半山词瘦削雅素，一洗五代旧习。"(《艺概·词曲概》)丁丙《善本书室藏书志》卷四十亦云："半山词清约婉丽，核以为人之折拗，迥然两辙。"

据叶梦得《避暑录话》卷上记载，王安石"晚卜居钟山谢公墩，……畜一驴，每食罢，必日一至钟山。纵步山间，倦则即定林而睡，往往至日昃乃归，率以为常"。他晚年在金陵创作了大量寄怀山水、咏史怀古的诗词佳作。这首《桂枝香·金陵怀古》将以史为鉴的题材引入词中，抒发出怀古伤今的深沉感慨，隐曲地揭示出北宋王朝潜伏着的现实危机。

上片描写金陵的深秋景色，山川如画，气象开阔。开头一句“登临送目”总揽全词，交代词人站在写景抒怀的地理制高点，显得高屋建瓴、沉雄壮阔。“故国晚秋，天气初肃。”肃，萧瑟、肃杀。《汉书·礼乐志》云：“秋气肃杀。”这里点明晚秋时节肃杀的天气，本身就蕴含着才士悲秋的伤感；并且由“故国”二字，联系金陵作为六朝故都的兴衰历史，越发涂抹上深沉的沧桑意味。

◎ （宋）佚名 《澄江碧岫图》 上海博物馆藏

“千里澄江似练，翠峰如簇”描写极目所见的山水景象。这里化用了谢朓《晚登三山还望京邑》中的名句“余霞散成绮，澄江静如练”，由此渲染金陵山川之雄丽与地势之险要，确有“钟山龙蟠，石城虎踞”的气象。接下来，视角转到江上，“征帆去棹残阳里，背西风、酒旗斜矗”，绵延千里的江面上，片片征帆在夕阳余晖中离岸而去；酒楼上的酒旗在秋风中飘荡。

彩舟云淡，星河鹭起，画图难足。

彩舟，彩绘的船，对应“征帆”，它们游弋在江上，张起白帆，如同白云在空中飘移。星河，指银河，这里借指长江。江面之上白鹭振翅飞起，营造出闲适悠然的氛围。同时，这里又是一石二鸟，暗用化用了金陵白鹭洲的风景名胜，即如李白《登金陵凤凰台》所云：“三山半落青天外，二水中分白鹭洲。”如此的美景就连绘画都难以表现出雄奇壮美的意境。王安石晚年在金陵所作《江上》诗，同样以凝练精巧的形式，描摹江上壮伟美景，表现出萧散恬淡的心绪：“江北秋阴一半开，晚云含雨却低回。青山缭绕疑无路，忽见千帆隐映来。”诗人在对景物的观照之中，蕴含着深邃的人生哲理。

下片站在历史的制高点上，追怀六朝旧事。首先“念往昔、繁华竞逐”，感慨当年的六朝帝王多以豪华相尚，愈演愈烈，由此造成了连续不断的历史悲剧。

“叹门外楼头，悲恨相续。”词人采取以点带面的手法，选择六朝最为奢靡的陈代灭亡的故事，揭示盛衰兴亡的历史教训。唐人杜牧《台城曲》歌咏道：“门外韩擒虎，楼头张丽华。”是说隋朝军队攻灭南朝陈代之日，隋军将领韩擒虎已经杀到宫门外，陈后主还在高楼上与爱妃张丽华寻欢作乐。这样的王朝岂有不亡之理？然而六朝每个朝代推翻前朝后，又纷纷走上了繁华奢靡的老路，最终导致亡国的悲剧，这样的历史教训确实引人浩叹。“千古凭高对此，漫嗟荣辱。”词人凭栏远眺，思接千古，回想六朝的盛衰兴亡，徒然感怀嗟叹。

“六朝旧事随流水，但寒烟、芳草凝绿。”六朝往事尽随流水悄然远逝，只剩下缕缕寒烟笼罩下的晚秋衰草。唐人窦巩《南游感兴》写道：“伤心欲问前朝事，惟见江流去不回。日暮东风春草绿，鹧鸪飞上越王台。”词人用其诗意而略加变化，寄慨遥深，通过眼前凄凉衰败的景象，渲染出沉郁悲怆的沧桑感慨。

至今商女，时时犹唱，《后庭》遗曲。

结末三句化用自杜牧《泊秦淮》“商女不知亡国恨，隔江犹唱《后庭花》”。陈后主时创制宫廷歌曲《玉树后庭花》，旨在赞美贵妃张丽华等人的姿色，辞藻华靡艳丽。伴随着南朝的灭亡，《玉树后庭花》也就成为典型的“亡国之音”。这里显然是词人怀古伤今，谴责北宋朝廷的统治者们已经完全忘记了历史的教训，依然沉浸在醉生梦死的奢靡享乐之中。王安石对此现实怀着深深的忧虑。陈廷焯《云韶集》卷二评析此词：“诗情画境，风韵自胜。凭吊流连，笔力苍秀。结亦呜咽。”

此词立足金陵废都，俯仰千载兴亡，将历史与现实、社会政治与自然山水相互叠合，在金陵盛衰兴替的历史变迁中，寄寓了对统治者逸乐亡国的批评，字里行间又暗含着对宋朝现实政治的忧患，立意高远雄旷，格调悲壮苍凉，充分体现出政治家之词雄健、冷峭的个性、格调，在意趣和识度上均表现出高人之处。据宋人杨湜《古今词话》说：“金陵怀古，诸公寄词于《桂枝香》，凡三十余首，独介甫最为绝唱。东坡见之，不觉叹息曰：‘此老乃野狐精也。’”梁启超《饮冰室评词》亦云：“李易安谓介甫文章似西汉，然以作歌词，则人必绝倒。但此作却颉颃清真、稼轩，未可谩诋也。”

【拓展阅读】

王安石变法

王安石变法是宋神宗时期王安石发动的旨在改变北宋建国以来积贫积弱局面的一场社会改革运动。变法自熙宁二年(1069)开始，至元丰八年(1085)宋神宗去世结束，故亦称熙宁变法、熙丰变法。

王安石变法以发展生产、富国强兵、挽救宋朝政治危机为目的，以“理财”“整军”为中心，涉及政治、经济、军事、社会、文化各个方面，是中国古代史上继商鞅变法之后又一次规模巨大的社会变革运动。变法一定程度上改变了北宋积贫积弱的局面，充实了政府财政，巩固了国防力量，对封建地主阶级和大商人非法渔利也进行了打击和限制。但是，变法在推行过程中由于部分举措的不合时宜和实际执行中的不良运作，也造成了百姓利益受到不同程度的损害(如保马法和青苗法)，加之新法触动了大地主阶级的根本利益，所以遭到他们的强烈反对，元丰八年(1085)，变法因宋神宗去世而告终。

【阅读思考】

分析此词借古喻今的深刻主题。

临江仙

晏几道

梦后楼台高锁，酒醒帘幕低垂。去年春恨却来时。落花人独立，微雨燕双飞。　记得小蘋初见，两重心字罗衣。琵琶弦上说相思。当时明月在，曾照彩云归。

晏几道(1038—1110)，字叔原，号小山，抚州临川(今江西抚州)人。晏殊第七子。他自小在绮罗丛中长大，养就天真烂漫的脾性，才华早露，十五六岁时即因奉旨填词而受到宋仁宗的赏识，曾任太常寺太祝。熙宁七年(1074)，因郑侠上书请罢王安石新法，受牵连下狱。元丰五年(1082)，为颍昌府许田镇监官，后去职退居京城赐第，不践权贵之门，寂寂无闻地度过了一生。

晏几道潜心六艺，文章翰墨，自立规模，所著词集为《小山词》。黄庭坚称许其词"可谓狎邪之大雅，豪士之鼓吹。其合者《高唐》《洛神》之流，其下者岂减'桃叶''团扇'哉"(《小山词序》)。晏几道自称所作词"期以自娱，不独叙其所怀，兼写一时杯酒间闻见，所同游者意中事"(《小山词自序》)而已。所作词与乃父齐名，并称"二晏"。晏几道工于言情，与其父晏殊词富贵雍容、闲雅沉静的风格相比，晏几道的词更多凄迷感伤的艺术境界，更能传递出"古之伤心人"的悲楚情愫。其词"淡语皆有味，浅语皆有致"(冯煦《蒿庵论词》)，饱含着深挚感人的情思，"秀气胜韵，得之天然"(王灼《碧鸡漫志》卷二)。

晏几道词擅长言情，青年时期喜与歌儿舞女亲密相处。他的友人沈廉叔、陈君龙家有不少歌女，晏几道擅长填词，经常将这些词作交给歌女演唱，久而久之，就跟这些歌女产生了感情，比较有名的是小莲、小鸿、小蘋、小云。晏几道常常在词中直接嵌入这些歌女的芳名，例如"小莲风韵出瑶池"(《鹧鸪天》)、"赚得小鸿眉黛也低颦"(《虞美人》)、"记得小蘋初见"(《临江仙》)、"说与小云新恨也低眉"(《虞美人》)。可是父亲去世、家道中落后，友人家也纷纷败落，这些歌儿舞女亦随之风流云散。晏几道的词作大多通过梦境的形式，追忆往日的缱绻情事，表露出对美好爱情的执着追求，以及往事如烟、旧情不再的深重惆怅。其中的代表作就是《临江仙》。

此词抒写相思相忆，寓情于景，含蓄深沉。上片写今日的相思。开头两句描写眼前的实景，意兴极为阑珊。词人写"梦"、写"酒"，本已深蕴着惆怅的意绪；而梦后、酒醒时分所见的闭锁楼台、低垂帘幕这些寂静冷落的景象，对应作者禁闭的心灵、失落的意绪，越发增添了一层孤独和凄凉。词人带着再度袭来的春愁春恨观照周围景物，就更加把满怀深情投射到外在景物之上：

落花人独立，微雨燕双飞。

五代诗人翁宏《春残》诗有云："又是春残也，如何出翠帏？落花人独立，微雨燕双飞。"这里袭用了后两句，但是浑化无迹，极其形象贴切。在伤心人的眼中，这暮春清丽的景物烘托着词人内心的冷寂，又以燕子的"双飞"越发反衬出"人独立"的惆怅，字里行间蕴含着深挚的怀人之意。这两句被清人谭献称誉为"名句千古，不能有二”(《谭评词辨》)。

下片转入对往日情事的回忆。多少年过去了,词人总是念念不忘与小蘋邂逅的一刹那她那动人的情态。晏几道《小山词自序》介绍:“始时沈十二廉叔、陈十君龙家有莲、鸿、蘋、云,品清讴娱客。每得一解,即以草授诸儿。吾三人持酒听之,为一笑乐。已而君龙疾废卧家,廉叔下世,昔之狂篇醉句,遂与两家歌儿酒使俱流转于人间。”作者回忆当年初遇小蘋时的装束、打扮:“两重心字罗衣。”明人杨慎《词品》卷二指出:“所谓心字香者,以香末萦篆成心字也。‘心字罗衣’则谓心字香熏之尔。或谓女人衣曲领如心字,又与此别。”这里其实是隐喻词人与小蘋一见钟情、心心相印。从晏几道后来词中屡屡言及“小蘋微笑尽妖娆,浅注轻匀长淡净”“小蘋若解愁春暮,一笑留春春也住”(《玉楼春》)来看,他确实曾经沉醉于小蘋的娇娆风情。小蘋“琵琶弦上说相思”,借助琵琶美妙的音乐传递胸中的千般柔情,弹者脉脉含情,听者为之沉醉。

◎ (宋)马远 《楼台夜月图》

当时明月在,曾照彩云归。

两句化用自唐人李白《宫中行乐词八首》之一:“只愁歌舞散,化作彩云飞。”这里彩云喻指小蘋。宴会结束之后,一对情人即将分离。晏几道回忆小蘋在溶溶月色之下,像一朵彩云那样飘然归去、越走越远。在当时,这样的背影是多么美好,它充满着对未来重逢的憧憬和遐想。但是多少年过去了，曾照小蘋归去的明月还在，却早已是人去楼空、惘然如梦了！这段深情追忆的往日情事之中，寄寓着词人无限痴迷的愁绪、感伤怀旧的叹息，意境凄迷，情韵柔厚。清人陈廷焯《白雨斋词话》卷一评此词云："既闲婉，又沉着，当时更无敌手。"

【拓展阅读】

晏几道痴情孤傲

晏几道禀性非常孤高耿介，不愿依附权贵，遭遇变故后，对于旧日奔走于晏府的达官贵人的善意帮助也懒得接受，甚至大文豪苏轼打算通过黄庭坚的介绍，希望与他见上一面，他也一口回绝，说："今政事半吾家旧客，亦未暇见也。"(陆友仁《研北杂志》卷上)意即现在朝廷上的政客，一般都是我家的旧客，我哪里有空见你苏东坡呢？他晚景非常凄凉，经常弄得衣食无靠，但是却始终保持贵族的精神气质。因此他的好友黄庭坚称其有"四痴"："余尝论叔原，固人英也，其痴亦自绝人。爱叔原者，皆愠而问其目，曰：仕宦连蹇，而不能一傍贵人之门，是一痴也；论文自有体，不肯一作新进士语，此又一痴也；费资千百万，家人寒饥，而面有孺子之色，此又一痴也；人百负之而不恨，己信人终不疑其欺己，此又一痴也。"(《小山词序》)

【阅读思考】

为什么此词中的"落花人独立，微雨燕双飞"被称誉为"名句千古，不能有二"？

鹧鸪天

晏几道

彩袖殷勤捧玉钟，当年拼却醉颜红。舞低杨柳楼心月，歌尽桃花扇底风。

从别后，忆相逢，几回魂梦与君同。今宵剩把银𫓧照，犹恐相逢是梦中。

宋人王铚《默记》曾经评价晏几道："叔原妙在得于妇人。"晏几道虽然个性清高孤傲，但是对曾经爱恋过的歌妓却始终痴心不改。他的《小山词》尽管不无"如幻如电，如昨梦前尘”(《小山词自序》)的怅惘，却蕴蓄着词人的一往深情。这首《鹧鸪天》词即描写与所思慕的女子久别重逢的情景。

上片回忆当年离别之际痴心如醉的情态：“彩袖殷勤捧玉钟，当年拚却醉颜红。”彩袖，缀有彩线绣花的衣袖，借指舞衣，这里则借指身着华美舞衣的歌妓。玉钟，玉制的酒杯。拚，不惜、甘愿。美貌歌妓深情劝酒，作者不惜喝得酩酊大醉。

舞低杨柳楼心月，歌尽桃花扇底风。

伊人为作者整夜翩然献舞，一直表演到明月西沉，落到杨柳楼下。桃花扇，古时歌者用的纨扇，上面画有花卉，可作歌舞时的障面之用，以增添朦胧之感。女子一支接着一支曲子地演唱，直到桃花扇后已经难以传出歌声。这是为了爱情声嘶力竭的绝唱，表现出深情离别的难舍悲怨。宋人晁补之评析这两句：“知此人不生在三家村中也。”(赵令畤《侯鲭录》卷七引)清人黄苏《蓼园词选》则称此二句，“比白香山‘笙歌归院落，灯火下楼台’更觉浓至。惟愈浓情愈深，今昔之感，更觉凄然。”

下片描写他们的别后相思以及重逢时的悲喜交集之情，陈廷焯评之曰：“曲折深婉，自有艳词，更不得不让伊独步。”(《白雨斋词话》卷一)自从他们离别之后，彼此充满着思念，期盼着重逢之日。但是由于种种因素，这种相逢只能停留在梦中。这就为最后两句的久别重逢蓄势，产生更加强烈的爆发力。

今宵剩把银釭照，犹恐相逢是梦中。

剩，只管，再三。银釭，银质灯盏。经过漫长的等待，今宵终于与情人相见。词人在昏暗的夜晚，擎着灯盏，反复映照美人的妆面，他不敢相信梦中相逢的场面会真的实现，一切美好来得真是太过突然！最后两句明显化用了杜甫《羌村三首》其一中的“夜阑更秉烛，相对如梦寐”之意，写出了久别重逢的激动和惊喜。“犹恐相逢是梦中”，营造出虚实相生、惝恍迷离的抒情意境。陈匪石《宋词举》评析道：“笔特夭矫，语特含蓄。其聪明处固非笨人所能梦见，其细腻处亦非粗人所能领会，其蕴藉处更非凡夫所能跂望。”不过，杜诗采用古朴浑厚的五言，表现安史之乱中夫妻离别的伤心悲愁；晏词则以流利疏朗的七言，抒写才子佳人的相思愁怨，两者的情感深度和艺术魅力迥然相异，正如清人刘体仁所云：“此诗与词之分疆也。”(《七颂堂词绎》)

这篇作品词情婉丽，音韵谐美，具有极强的艺术感染力，当时广为传唱。

【拓展阅读】

宋代歌妓制度

宋代歌妓根据其妓籍和服务对象的不同，大致可以分为官妓、家妓和市井妓三大类。

宋代官妓，包括朝廷教坊妓、军中歌妓和地方州郡歌妓。苏轼曾途经京口（今江苏镇江），两位官妓郑容、高莹恳请他向当地官员提出准予落籍（即脱离官妓的户籍，恢复自由之身）的请求。苏轼提笔写了一首小词《减字木兰花》："郑庄好客，容我尊前时堕帻。落笔生风，籍甚声名独我公。　高山白早，莹雪肌肤那解老？从此南徐，良夜清风月满湖。"他其实是采用了"平头格"的写法，在八个句子的句首正好嵌藏着"郑容落籍，高莹从良"八个大字，巧妙地替她们向知州说情。此外，南宋台州营妓严蕊的《卜算子》（不是爱风尘）词则以不卑不亢的口吻展现出人格的高贵与尊严。

宋代士大夫在家中蓄养家妓，每逢私人聚会或自娱自乐时，便由这些精心调教的家妓来唱词助兴。这也成为宋代士大夫私人生活中最为流行的一种娱乐方式。晏殊府第蓄养着许多家妓，经常宴请宾客，必以歌乐相佐，谈笑杂出。据周密《齐东野语》卷二十记载，南宋贵胄张镃生活豪奢，尝于别墅举办牡丹会，"群妓以酒肴、丝竹，次第而至。别有名姬十辈皆衣白，凡首饰衣领皆牡丹，首带照殿红一枝，执板奏歌侑觞，歌罢乐作乃退。复垂帘谈论自如。良久，香起，卷帘如前。别十姬，易服与花而出。大抵簪白花则衣紫，紫花则衣鹅黄，黄花则衣红，如是十杯，衣与花凡十易。所讴者皆前辈牡丹名词。酒竟，歌者、乐者，无虑数百十人，列行送客。烛光香雾，歌吹杂作，客皆恍然如仙游也"。

宋代歌妓阶层中人数最多的是市井妓，其中包括入籍的市井妓和不入籍的私妓。柳永流连青楼妓馆，与许多市井妓女建立起平等、深厚的感情，抒写出"衣带渐宽终不悔，为伊消得人憔悴"（《蝶恋花》）、"系我一生心，负你千行泪"（《忆帝京》）的真挚痴情。

宋代歌妓所扮演的角色多姿多彩。她们对宋代文化的发展与繁荣，尤其是音乐文艺的创作与传播，做出了独特的贡献。

【阅读思考】

比较杜甫《羌村三首》其一"夜阑更秉烛，相对如梦寐"与晏几道《鹧鸪天》"今宵剩把银釭照，犹恐相逢是梦中"在情感内涵和艺术表达上的异同。

思远人

晏几道

红叶黄花秋意晚，千里念行客。飞云过尽，归鸿无信，何处寄书得？

泪弹不尽临窗滴，就砚旋研墨。渐写到别来，此情深处，红笺为无色。

《思远人》词调是作者晏几道的首创，调名本身就显示出作品的主题。远人，指抒情女主人公的出远门的夫婿。这首代言体思妇词，通篇只有一个情节——妻子给远方的丈夫写信。

此词内容比较简单，就是抒发思妇怀人之情，但是结构新颖，直笔朴语，不事藻饰，在小山词中别具机杼，宛然《古诗十九首》的情韵。上片开头触景生情，思念之心随秋意而生：红叶黄花，已有晚秋之意，自然让闺中的思妇想起远在千里之外、至今未归的夫君。天上的飞云都已飘走，南归的大雁迟迟未到，它们都不能充当信使，叫我到哪里去寄信呢？整个上片由景起兴，转入相思，又因相思无凭而转入空落，情绪趋于低沉。

下片描摹思妇的动作和情态，深情痴态，神行纸上。她泪挥不尽，临窗频滴，就用泪水在砚池中磨墨吧。她明知书不得寄，仍然要写，一片痴情，用意深厚。陈匪石《宋词举》评析道："幽闺动作，幽闺心事，极旖旎，极凄断，看其只从'和泪濡墨'四字化出，而深婉如许，已令人叫绝矣。"

渐写到别来，此情深处，红笺为无色。

最后三句进一步表现思妇的伤心泪水沾湿了信笺，写得极其痴迷感人，寓无形于有形，化抽象为具体，真是神来之笔！陈匪石精辟地评析道："'渐'字极宛转，却激切。'写到别来，此情深处'，墨中纸上，情与泪粘合为一，不辨何者为泪，何者为情，故不谓笺色之红因泪而淡，却谓'红笺'之色因情深而无。语似无理，而实则有此想法，体会入微，神妙达秋毫巅矣。"（《宋词举》）唐圭璋《唐宋词简释》也评价这样的写法为"痴人痴事""慧心妙语"。

【拓展阅读】

晏几道《乐府补亡自序》

晏几道的词集原名《乐府补亡》。宋人王灼《碧鸡漫志》卷二即云："晏叔原歌词，初号《乐府补亡》。"后改称为《小山词》。晏几道在《乐府补亡》(即《小山词》)的自序中追忆自己的人生轨迹，流露出今昔盛衰的深沉感慨：

《补亡》一编，补乐府之亡也。叔原往者浮沉酒中，病世之歌词，不足以析酲解愠，试续南部诸贤绪余，作五、七字语，期以自娱。不独叙其所怀，兼写一时杯酒间闻见，所同游者意中事。尝思感物之情，古今不易。窃以谓篇中之意，昔人所不遗，第于今无传尔。故今所制，通以"补亡"名之。始时沈十二廉叔、陈十君龙家，有莲、鸿、蘋、云，品清讴娱客。每得一解，即以草授诸儿。吾三人持酒听之，为一笑乐。已而君龙疾废卧家，廉叔下世，昔之狂篇醉句，遂与两家歌儿酒使俱流转于人间。自尔邮传滋多，积有窜易。七月己巳，为高平公缀辑成编。追惟往昔过从饮酒之人，或垅木已长，或病不偶。考其篇中所记悲欢离合之事，如幻如电，如昨梦前尘，但能掩卷怃然，感光阴之易迁，叹境缘之无实也！

【阅读思考】

分析此词名句"渐写到别来，此情深处，红笺为无色"的感人之处。

卜算子

王　观

水是眼波横，山是眉峰聚。欲问行人去那边？眉眼盈盈处。　　才始送春归，又送君归去。若到江南赶上春，千万和春住！

王观(生卒年不详),字通叟,如皋(今属江苏)人,一说高邮(今属江苏)人。仁宗嘉祐二年(1057)进士,任大理寺丞,知江都县。撰《扬州赋》进献朝廷,大蒙褒赏,累官翰林学士。恃才狂放,以词名家,著有《冠柳集》,或有与柳永相颉颃之意。

宋人王灼《碧鸡漫志》卷二指出:“今少年妄谓东坡移诗律作长短句。十有八九不学柳耆卿,则学曹元宠。”在北宋中期词坛柳七郎词风靡天下的时候,王观有意识地与之争胜,力图摆脱绮靡华艳的词风,呈现出令人耳目一新的清丽格调。

这首《卜算子》词送别友人鲍浩然前往浙东,明白晓畅,清新隽永。

水是眼波横,山是眉峰聚。

上片开头两句是假想友人将要前往的浙东山水,那里山清水秀,水像美人的眼波流转,山像美人的眉峰蹙聚。古代文学作品中常用水的澄澈来形容女子的目光,用山的黛绿来形容美女的眉色。例如托名刘歆的《西京杂记》卷二:“文君姣好,眉色如望远山”;李白的《长相思》:“昔时横波目,今作流泪泉”;白居易的《筝》:“双眸剪秋水,十指剥春葱”;等等。而作者此处则反用其意,妙在推陈出新;同时又寓情于景,使得山水景物也渲染上泪眼盈盈、眉峰攒蹙的离别之悲。

欲问行人去那边?眉眼盈盈处。

这两句交代友人所行的方向,赞美浙东山水的清秀美丽。“眉眼盈盈处”,形容女性的美好神态,这里则喻指浙东山水的妩媚,用笔灵动,造语新奇;同时,这里的“眉眼盈盈处”,又很自然地让人联想到女子倚栏盼归的情态。妙语双关,情味深长。

下片转而抒写词人自己的离情别绪,刚刚遭受春归的怅惘,现在又要与挚友相别,内心的凄苦可想而知。最后二句再发奇想,叮嘱友人如能赶上江南春光,千万与春光同住,既饱含着对友人的美好祝愿,又洋溢着浓郁的惜春之意。明人俞弁评之云:“有余不尽之意,蔼然于言外。”(《逸老堂诗话》卷下)

王灼曾评说王观词“新丽处与轻狂处皆足惊人”(《碧鸡漫志》卷二)。这首词语言灵动,想象奇特,虚实结合,比喻新鲜活泼,既饶有语意回环、情真意切的民歌风味,同时又融入了作者精巧细致的意境创造,具有很高的艺术价值。

【拓展阅读】

王观因词遭逐

北宋神宗朝，翰林学士王观权直内阁，恰逢宫娥新得幸，他即应制赋作《清平乐》(黄金殿里)词。此类创作颇似李白在沉香亭应制作《清平调》，完全是为了讨“官家”(皇帝)的欢心，歌颂天子的恩泽降及嫔妃。谁知这首应制之作却为作者引来了灾祸：“翌旦，宣仁太后闻之，语宰相曰：‘岂有馆阁儒臣应制作狎词耶？’既而弹章罢。”(陈鹄《西塘集耆旧续闻》卷九)北宋时期，“词为艳科”已成共识，王观填制风情艳词本无可厚非，但是问题出在他所描写的乃是皇宫内的生活，泄露了威严皇室的“家事”。待到词作传唱出去，势必会有损皇家的威仪和声誉。吴曾《能改斋漫录》卷十七记载，“高太后以为(王观)媟渎神宗，翌日罢职，世遂有‘逐客’之号”。

【阅读思考】

分析此词以山水喻离情的独特艺术手法。

水调歌头

苏　轼

明月几时有？把酒问青天。不知天上宫阙，今夕是何年。我欲乘风归去，又恐琼楼玉宇，高处不胜寒。起舞弄清影，何似在人间！　　转朱阁，低绮户，照无眠。不应有恨，何事长向别时圆？人有悲欢离合，月有阴晴圆缺，此事古难全。但愿人长久，千里共婵娟。

苏轼(1037—1101)，字子瞻，一字和仲，号东坡居士，眉州眉山(今属四川)人。苏洵之子。仁宗嘉祐初与父洵、弟辙同至京师，时号“三苏”。嘉祐二年(1057)与弟辙同登进士第，为主考欧阳修所赏识；六年(1061)经欧阳修推荐，召试秘阁，中才识兼茂明于体用科，授大理评事，签书凤翔府判官。神宗熙宁间通判杭州，历知密(今山东诸城)、徐(今属江苏)、湖(今属浙江)三州。元丰三年(1080),御史劾以作诗讪谤朝廷,贬谪黄州(今属湖北)团练副使。哲宗元祐间累迁中书舍人、翰林学士、礼部尚书,出知杭州、颍州(今安徽阜阳)等地。绍圣初年(1094),以"讥斥先朝"的罪名,贬谪惠州(今属广东),再贬儋州(今属海南)。徽宗即位,赦还内地,途中染病。建中靖国元年(1101)卒于常州。南宋高宗朝赠太师,谥文忠。

◎ (宋)苏轼 《潇湘竹石图》 大英博物馆藏

苏轼的思想非常丰富复杂,他将儒、释、道三家思想兼融贯通,主张儒家思想而能融通、不迂腐,吸收佛老思想却又能不沉溺于虚无、悲观的境界。儒家忠君爱民的思想,道家任自然、同死生、轻去就的思想,还有佛家自我解脱的思想,都有机统一地体现在他的文学创作当中。苏轼在《跋君谟飞白》中指出:"物一理也,通其意,则无适而不可。"这句话可以借来表明他的基本的人生态度和文艺观念。他的文艺思想是一个完整的体系,统统体现出"无适而不可"的精神。他认为不同类别、不同体裁的文艺作品,都是创作主体抒写、表现情性的创造物,其本质是一样的。正是由于苏轼将各家思想融会贯通,又能打破各类艺术形式之间的种种拘限,从而在文学创作中能够信手拈来,左右逢源,触处成春,成功地运用各种文学形式表达自己真挚丰沛的情志。其古文与欧阳修并称"欧苏",成为北宋诗文革新运动两大代表人物;诗与黄庭坚并称"苏黄",代表有宋一代诗歌成就;词与辛弃疾并称"苏辛",一扫晚唐以来绮艳柔靡积习,开创"以诗为词"、清雅豪放的新风气,对后世影响巨大。著有《东坡集》《东坡乐府》等。

这首《水调歌头》是苏轼对月抒怀兼怀人的中秋词,作于神宗熙宁九年(1076),岁次丙辰。作者因与当权者政见不合,自请外任,此时任密州知州,年已四十一岁。

这时，他与胞弟苏辙已分别六载，心中十分想念，于是创作了这首词，前有序曰："丙辰中秋，欢饮达旦。大醉，作此篇。兼怀子由。"

隋炀帝巡游江都时，制《水调歌》。唐大曲中也有《水调歌》。宋人裁截其歌头，制为新声，即《水调歌头》。

此词上片描写中秋之夜欢饮达旦。开头四句从唐人张若虚《春江花月夜》"江畔何人初见月，江月何年初照人"、李白《把酒问月》"青天有月来几时，我今停杯一问之"、戴叔伦《二灵寺守岁》"已悟化城非乐界，不知今夕是何年"以及唐人韦瓘小说《周秦行纪》所载诗"香风引到大罗天，月地云阶拜洞仙。共道人间惆怅事，不知今夕是何年"化出，体现出词人苏轼类似屈原《天问》一般对于神秘宇宙的探索精神，一下子就为整篇作品增添了高妙的哲理意味。"我欲乘风归去"三句，给人以飘飘欲仙的感觉，实则隐含着作者面对现实社会的黑暗，内心感到无比失落无奈，想要远离尘嚣，寻求精神解脱的愿望。

起舞弄清影，何似在人间！

但是，苏轼终究无法忘怀现实人生的美好，没有一味地堕入消极避世当中，仍然对人间世界充满着热忱，所以他说："起舞弄清影，何似在人间。"他本想回到天上去，又怕受不了月宫的寒冷；还不如留在人间，月下起舞，与自己的影子相戏耍，多么悠闲自在！此番情态让人自然联想到李白《月下独酌四首》其一中所咏："举杯邀明月，对影成三人。月既不解饮，影徒随我身。暂伴月将影，行乐须及春。我歌月徘徊，我舞影零乱。"词人在这里显然是浪漫地以谪仙人自居。据宋人蔡絛《铁围山丛谈》卷三记载："东坡公昔与客游金山，适中秋夕，天宇四垂，一碧无际，加江流澒涌。俄月色如昼，遂共登金山山顶之妙高台，命(袁)绹歌其《水调歌头》曰'明月几时有，把酒问青天'。歌罢，坡为起舞，而顾问曰：'此便是神仙矣。'"由此也就很自然地流露放达的胸襟和情怀，尽显其"坡仙"品格。

下片转入对胞弟苏辙的怀念。"转朱阁，低绮户，照无眠。"无眠，不眠之人，词人自指。苏轼兄弟情谊甚笃，他与苏辙熙宁四年(1071)颍州分手后已有六年不见了。苏轼原任杭州通判，因苏辙在济南任掌书记，特地请求北徙。到了密州，还是无缘相会，他在《颍州初别子由》诗中写道："咫尺不相见，实与千里同。人生无离别，谁知恩爱重。"在苦闷的现实人生中，词人越发感到亲情的可贵，所以带着满腔热忱，在中秋明月之下，表达出对于亲人的深切思念。他虽然在"不应有恨，何事长向别时圆”两句中发出责怨:明月为什么偏偏在人们离别孤独时团圆,但是“人有悲欢离合”三句又代替明月对自己所发出的责怨做出宽解:人生免不了有聚有散、有悲有喜,就像月亮免不了有阴有晴、有圆有缺,世上本来就找不到永恒的完满,这些都是自古而然的,那就不必去为天上人间的圆缺聚散而黯然伤神了。

但愿人长久,千里共婵娟。

婵娟,形容阴柔之美,这里指月亮。南朝宋谢庄《月赋》:“美人迈兮音尘阙,隔千里兮共明月。”唐人孟郊《婵娟篇》诗:“月婵娟,真可怜。”唐人许浑《怀江南同志》诗:“唯应洞庭月,万里共婵娟。”皆为苏词所本。最后两句进一步表现出词人通达的人生观:现实人生尽管存在着缺憾,却依然使人留恋,还是让我们以对亲朋好友的良好祝愿来弥补这一缺憾吧。词人驰骋丰富的想象,在人月对话、天人交融中体味人世间的真情。

整首词写得非常空灵,使人“直觉有仙气缥缈于毫端”(李佳《左庵词话》卷下)。宋人胡仔称:“中秋词自东坡《水调歌头》一出,余词尽废。”(《苕溪渔隐丛话》后集卷三十九)

【拓展阅读】

苏轼善读书、善用书

北宋仁宗嘉祐二年(1057),苏轼参加进士考试。这一年的主考官是文坛领袖欧阳修。欧阳修极为欣赏苏轼所作的应试文章《刑赏忠厚之至论》,本想把它判为第一名,但又怀疑它可能是自己的门人曾巩所写,为避嫌疑,故列为第二。及至撕开糊名,方知是苏轼所作。之所以列为第二,还有一个原因,就是苏轼文章当中使用了一则典故,说是上古时代有人犯了大罪,大法官皋陶将他判为死罪,三次说道:“杀之。”而国君尧却主张赦免他死罪,以观后效,故而三次说道:“宥(赦免)之。”这个典故既能让老百姓“畏皋陶执法之坚”,又能“乐尧用刑之宽”,从而达到使人民心悦诚服、自觉守法的目的。尽管欧阳修和另外几位考官饱读诗书,却谁也不清楚这个典故出自何书。等到苏轼考中进士,前来拜谒座主时,欧阳修当面询问他这个典故的来历。苏轼当即笑着答道:“此典出于《三国志·孔融传》的注解中。”欧阳修找来《三国志》反复阅读,却仍然没有找到这则故事。他日再问苏轼,苏轼答道:“当年曹操消灭了袁熙,即将袁的妻子赏赐给自己的儿子曹丕为妻。曹操手下的谋士孔融揶揄道：‘往昔周武王灭了商纣王，曾将纣王的宠妃妲己赐给了自己的弟弟周公。’（按：这完全是孔融的杜撰）曹操听后，以为自己所做的事情有了依据，忙问：‘此事见于哪部经典？’孔融笑道：‘从今天所发生的事来推想，古代恐怕也应该如此。’因此，我在文章中所写的这段尧与皋陶的争议，虽然不见于前代典籍，但依我推测，想来应该是这样。”欧阳修非但没有怪罪苏轼编造典故，反而更加钦佩苏轼善读书、善用书的机智，曾经兴奋地写信给好友梅尧臣说：“快哉！快哉！老夫当避路，放他出一头地也。可喜，可喜！”（《与梅圣俞书》）并且预言苏轼“他日文章必独步天下”（杨万里《诚斋诗话》）。

【阅读思考】

分析此词融理于情、清空奇逸的艺术风格。

江城子

乙卯正月二十日夜记梦

苏轼

十年生死两茫茫。不思量，自难忘。千里孤坟，无处话凄凉。纵使相逢应不识，尘满面，鬓如霜。　　夜来幽梦忽还乡，小轩窗，正梳妆。相顾无言，惟有泪千行。料得年年肠断处，明月夜，短松冈。

苏轼这首悼亡词，是神宗熙宁八年（1075）苏轼徙知山东密州时所作。仁宗至和元年（1054），苏轼与王弗结为夫妻。王弗温柔貌美，聪颖贤惠，婚后每见苏轼读书，则终日不去；苏轼有所忘，王弗反能提示。她又很有见识，苏轼任陕西凤翔府判官时，每与来客交谈，王弗都在屏风后细听。事后会告诉丈夫：某人应慎交，某人不可交，所言日后皆验。她成了苏轼仕途生活中形影难离的贤内助，夫妻感情十分深笃。英宗治平二年（1065），年仅二十七岁的王弗不幸在汴京病逝，给予苏轼沉重的精神打击。王弗次年归葬于故乡四川眉山的祖茔，苏轼曾在她的坟前无限悲痛地长叹道：“呜呼哀哉！余永无所依怙！”（《亡妻王氏墓志铭》）经过十年宦海沉浮的苏轼，在这首词中表达了对亡妻深挚的思念之情。

词人感叹道：十年来，活着的人和死去的人两无消息，不再思量，却永远难忘。妻子的坟茔远在千里之外，连到坟头诉说自己凄凉的心境也不可能办到。生前的相聚既不可能，今后的"相逢"更是空想。可叹我仕途奔波、风尘仆仆，头发白了，人也老了，纵使我们夫妻有重逢之日，恐怕她也不认识自己如霜的鬓丝了。

今夜做梦，忽然回到了故乡，仿佛看到妻子正在小轩窗里梳妆打扮；夫妻相望，没有言语，只有热泪千行。梦醒之后想：她为什么会伤心流泪呢？想必是在那故乡的短松冈上，月明之夜，孤坟一座，倍感凄凉吧。每每想到这里，不由得肝肠寸断、无限悲苦。唐人孟棨《本事诗·征异》记载，幽州牙将张某妻孔氏，死后忽出墓中，题诗赠张云："欲知肠断处，明月照孤坟。"此似为苏词末三句所本，却能浑化无迹，摇荡人心。

这首词由思而入梦，梦中的相遇情真意切，醒后的哀思更添凄凉，在这凄清冷寂的梦境当中寄托着作者无限悲怆之情。唐圭璋评之云："真情郁勃，句句沉痛，而音响凄厉，诚后山所谓'有声当彻天，有泪当彻泉'也。"（《唐宋词简释》）

【拓展阅读】

苏轼《亡妻王氏墓志铭》

苏轼《亡妻王氏墓志铭》记载，王弗十六岁即与苏轼成婚，"既嫁，事吾先君先夫人，皆以谨肃闻"。苏轼在墓志铭中记录了她的三件小事，显示她的娴静有识。其一，她虽是眉州青神乡贡进士王方之女，知书达理，但是她初嫁苏家，未曾说自己读过书。"见轼读书，则终日不去，亦不知其能通也。其后轼有所忘，君辄能记之。问其他书，则皆略知之。由是始知其敏而静也。"其二，是对苏轼的所作所为十分关注。"从轼官于凤翔，轼有所为于外，君未尝不问知其详"；并以君子当慎之语，时加嘱告。其三，是对苏轼交往的人注意观察、分辨良莠。对于那些"言辄持两端，惟子意之所向"的人和那些"求与轼亲厚甚者"，她都规劝丈夫不要妄与之交，以免为人所利用。而王弗的这些分析也都陆续得到证实。所以苏轼在其墓志铭中深有感慨地说："（王弗）将死之岁，其言多可听，类有识者。"正因为如此，苏轼在王弗去世多年后，仍然念念不能忘怀，以心血写出了这篇让人唏嘘不已的深情之文。

【阅读思考】

分析此词以白描取胜的艺术特征。

江城子

密州出猎

苏 轼

老夫聊发少年狂，左牵黄，右擎苍，锦帽貂裘，千骑卷平冈。为报倾城随太守，亲射虎，看孙郎。 酒酣胸胆尚开张，鬓微霜，又何妨？持节云中，何日遣冯唐？会挽雕弓如满月，西北望，射天狼。

这首词创作于熙宁八年(1075)冬，当时苏轼正在密州任知州。据《东坡纪年录》记载："乙卯冬，祭常山回，与同官习射放鹰作。"其集中另有《祭常山回小猎》诗云："青盖前头点皂旗，黄茅冈下出长围。弄风骄马跑空立，趁兔苍鹰掠地飞。回望白云生翠巘，归来红叶满征衣。圣明若用西凉簿，白羽犹能效一挥。"与苏轼的这首《江城子》一样，诗作不仅描写了出猎的壮观场面，也抒写了诗人报效朝廷、捍卫国家的豪情壮志，洋溢着英武杀敌的阳刚之气。

此词上片描写出猎的盛况，气势恢宏，意兴飞扬。"老夫聊发少年狂"，当时苏轼三十九岁，接近中年，朝廷内部的明争暗斗使他被迫外任。他深察仕途的艰险，故而产生了迟暮之感。他面对难得的出猎场面，姑且抛却平日的苦闷和烦恼，发一发少年时期的狂劲。一个"狂"字点出了苏轼深藏于心的豪迈情怀，就像他在《十拍子》词中所讲的那样："强染霜髭扶翠袖，莫道狂夫不解狂。狂夫老更狂。"

接下来，词人紧扣"狂"字，描写气吞山河的围猎景象："左牵黄，右擎苍。"他左手牵着黄狗，右臂举着苍鹰，威风凛凛，气度不凡。这是古人出猎时的一般装束，化用自《梁书·张充传》"值充出猎，左手臂鹰，右手牵狗"。"锦帽貂裘，千骑卷平冈。"随猎的将士们一个个锦帽貂裘，全副武装，精神抖擞。一个"卷"字，不由让人联想到唐人王维《观猎》所写："忽过新丰市，还归细柳营。"着力刻画出猎队伍如疾风骤雨般席卷平冈的迅猛气势。

为报倾城随太守，亲射虎，看孙郎。

孙郎，即三国吴大帝孙权。《三国志·吴书·吴主传》记载，汉献帝建安二十三年(218)十月，“权将如吴，亲乘马射虎于庱亭(按:地在今江苏武进西)。马为虎所伤，权投以双戟，虎却废，常从张世击以戈，获之”。这里苏轼是以孙权自比。歇拍三句可以作两种理解，关键在于怎么看待“倾城”这两个字。既可以理解为:为了报答倾城出动随太守(即苏轼)的热情，苏轼也要像当年孙权乘马射虎一样，亲自射杀老虎，以显示自己的孔武豪壮。同时，苏轼又非常擅长用典，在这里可能巧妙地暗用了《汉书·外戚传》的典故，将“倾城”喻指美人。汉武帝宫廷内的伶人李延年曾歌:“北方有佳人，绝世而独立。一顾倾人城，再顾倾人国。宁不知倾城与倾国，佳人难再得。”宋时，各州府设有官妓，开宴会时演出歌舞，侑酒陪欢。如果将此次苏轼出猎，理解为身边有美人相随，词人使出浑身解数，展现出英武豪情，这样就为原本粗犷雄劲的画面增添了一层旖旎风情。

下片从猎后饮酒高歌写起，抒发了作者一腔报国之志。“酒酣胸胆尚开张，鬓微霜，又何妨?”酒酣之际，豪情万丈，虽然两鬓染霜，又有什么妨碍呢?这里就隐含着苏轼积极向上的人生态度、一股旺盛的生命激情。

持节云中，何日遣冯唐?

节，符节。古代使者所持，作为证明身份的凭据。云中，汉代郡名，在今内蒙古托克托县一带。冯唐，西汉安陵(今陕西咸阳东北)人。汉文帝时任中郎署长，敢于直言。《史记·冯唐列传》记载，云中郡守魏尚治军有方，“是以匈奴远避，不近云中之塞”。在一次抵抗匈奴的战斗中，魏尚率军所杀甚众，但因报功时的统计数字与实际战果稍有出入(多报了六人)，被汉文帝削去爵位，罚作劳役。文帝前元十四年(前166)，匈奴大举入侵，冯唐乘机进谏，认为文帝赏轻罚重，对魏尚的处分不当。文帝接受意见，即日派他持节赦免魏尚，恢复原职;同时任命冯唐为车骑都尉。这两句的字面意思是:朝廷何时才会派遣冯唐持节到云中郡去呢?实际上，苏轼在这里是以当年遭受厄运的魏尚自比，希望在受到政治打击后能够重新受到重用，报国之志尤为炽烈。

会挽雕弓如满月，西北望，射天狼。

会，定将。西北望，当时西北方的西夏党项族政权经常派军队侵入宋境，掳掠人口财物，构成对北宋的主要军事威胁。天狼，天狼星，古人用之比喻贪婪的掠夺者，这里实指西夏。从熙宁三年到七年（1070—1074），辽和西夏屡屡南侵，北宋朝廷割地赔银，丧权辱国，令广大文士义愤填膺。词人希望能够远赴边塞，保家卫国，实现自己的人生理想。他定将拉满弓箭，奋勇抗击侵犯大宋领土的西夏残贼，慷慨激昂的志士形象跃然纸上。

这样的词作突破了晚唐五代以来“词为艳科”的藩篱，一扫绮丽柔靡的传统词风，产生了“指出向上一路，新天下耳目”（王灼《碧鸡漫志》卷二）的艺术效果。

【拓展阅读】

“自是一家”

《江城子》是苏轼早期的一首豪放词。他对这首词颇为得意，并在数日后写给好友鲜于侁的信中说：“近却颇作小词，虽无柳七郎风味，亦自是一家。呵呵。数日前，猎于郊外，所获颇多。作得一阕，令东州壮士抵掌顿足而歌之，吹笛击鼓以为节，颇壮观也。”（《与鲜于子骏书》）从这则文献可以看出，苏轼对柳永词的态度还是比较辨证的，并不存在一味指责、贬斥之意，而是首先充分承认柳词在当时社会当中势力很大，影响很广；不过自己所作“自是一家”，与“柳七郎风味”迥然相异。苏轼所不满的，是柳词当中那些柔媚俗艳之作，因此要在“柳七郎风味”之外，建立一种符合文士清刚之气的风格，直接用词来抒写自己的人生感慨，改变伶工之词的传统，将词从狭窄的男女恋情的题材范围里解放出来，“一洗绮罗香泽之态”，注入阳刚豪放之气，使词成为独立的抒情诗体。

【阅读思考】

分析此词化用典故对于抒写情志的重要作用。

念奴娇

赤壁怀古

苏 轼

大江东去，浪淘尽、千古风流人物。故垒西边，人道是、三国周郎赤壁。乱石崩云，惊涛裂岸，卷起千堆雪。江山如画，一时多少豪杰！　遥想公瑾当年，小乔初嫁了，雄姿英发。羽扇纶巾，谈笑间、樯橹灰飞烟灭。故国神游，多情应笑我、早生华发。人间如梦，一尊还酹江月。

《念奴娇》，又名《百字令》。念奴是唐玄宗天宝年间的著名歌妓，调名由此而来。这首词创作于神宗元丰五年(1082)苏轼因乌台诗案被贬黄州期间。黄州城外的赤壁(一名赤鼻矶)风景壮美，是文人游赏之地。该年七月，故友李委秀才相访，“因以小舟载酒，饮于赤壁下。李善吹笛，酒酣，作数弄。风起水涌，大鱼皆出，山上有栖鹘，亦惊起。坐念孟德、公瑾，如昨日耳”(胡仔《苕溪渔隐丛话》后集卷二十八)。苏轼游览赤壁之际，缅怀周瑜少年得志，建立千秋伟业的历史，对照自己仕途坎坷、老大无成的现状，颇多感慨，故发为此词。词题“赤壁怀古”，是否当年三国时的“赤壁”，学界颇多争议。三国时赤壁之战的古战场究竟在何处，历来众说纷纭。其中比较可信的是今湖北武昌西、蒲圻西两说。俗传也有认为就在黄州赤壁的，早在唐代就已见诸诗人吟咏，如杜牧《齐安郡(按：即黄州)晚秋》诗：“可怜赤壁争雄渡，唯有蓑翁坐钓鱼。”但是宋人陆游《入蜀记》说赤壁矶“亦茅冈尔，略无草木”。范成大《吴船录》卷下也说：“过赤壁，泊黄州临皋亭下，赤土山也，未见所谓‘乱石穿空’及‘蒙茸巉岩’之境，东坡词赋微夸焉。”胡仔《苕溪渔隐丛话》后集卷二十八引苏轼语云：“黄州西山麓，斗入江中，石色如丹，传云曹公败处所谓赤壁者。或曰非也。曹公败归，由华容路。路多泥泞，使老弱先行践之而过，曰：‘刘备智过人而见事迟，华容夹道皆葭苇，若使纵火，吾无遗类矣。’今赤壁少西对岸即华容镇，庶几是也。然岳州复有华容县，竟不知孰是。”苏轼精通历史，他对于赤壁所在，其实是心有疑惑的。但正如清人黄苏《蓼园词选》所言，此词“题是怀古，意谓自己消磨壮心殆尽也”，至于它是否就是当年的赤壁真迹，本身并不重要。

上片描写赤壁风起浪涌的江山雄奇之景，气象壮阔。

大江东去，浪淘尽、千古风流人物。

起笔凌云健举，总揽江山和人物。大江浩荡，滚滚东流，古往今来无数有作为、有影响的英雄人物都被这莽莽大江巨浪淘洗而尽。由此就寄寓着自然永恒而人生无常的深刻矛盾，流露出词人深切的历史感慨。接下来，引入对三国赤壁的追述："故垒西边，人道是、三国周郎赤壁。""人道是"三字写得很有分寸，表明词人对于赤壁真迹所在的审慎态度。周郎，指周瑜。《三国志·吴书·周瑜传》记载，周瑜二十四岁时被江东军阀孙策授为建威中郎将，"吴中皆呼为周郎"。他辅佐孙策创立了孙氏政权。孙策死后，又辅佐其弟孙权。汉献帝建安十三年(208)，曹操夺得荆州后，率二十余万大军沿江东下，打算一举吞灭东吴。周瑜率三万精兵迎敌，与刘备的军队合力，在赤壁用火攻之计大破曹军。

乱石崩云，惊涛裂岸，卷起千堆雪。江山如画，一时多少豪杰！

这五句描写赤壁乱石直插云霄、惊涛腾涌、雪浪滔天的壮观景象。词人面对如此壮伟如画的风光，壮怀激烈，不由得怀想当年在此古战场上的无数英雄豪杰。

下片开头五句集中追述当年的赤壁之战："遥想公瑾当年，小乔初嫁了，雄姿英发。羽扇纶巾，谈笑间、樯橹灰飞烟灭。"这里只选取其中的关键人物周瑜，举重若轻地出以闲笔，表现他儒将风流的姿态和镇定自若的风度。周瑜字公瑾。小乔，周瑜的妻子。《三国志·吴书·周瑜传》记载，周瑜随孙策攻打皖(今安徽潜山一带)，当时乔公二女，皆有国色。孙策自纳大乔，周瑜纳小乔。初嫁了，赤壁之战时，小乔嫁给周瑜已有十年之久。此处说"初嫁"，意在突显周瑜的风流倜傥、年轻有为。他英俊魁梧，才华外露，手持白羽扇，头戴丝织巾，完全是一副洒脱儒雅的装束，虽然面临强敌却毫无惧色，在与宾客的谈笑间即巧施妙计，毫不费力地将曹军战舰烧得灰飞烟灭。南宋人戴复古《赤壁》诗即歌咏周瑜的飒爽英姿："千载周公瑾，如其在目前。英风挥羽扇，烈火破楼船。"

◎ （宋）佚名 《赤壁图》 故宫博物院藏

苏轼怀想三国往事，追慕周瑜风采，自己的神思在昔日的古战场上遨游："故国神游，多情应笑我，早生华发"。周瑜破曹之时年方三十四岁，而苏轼写作此词时已四十七岁。孔子曾说："四十五十而无闻焉，斯亦不足畏也已。"（《论语·子罕》）苏轼对周瑜的年轻有为、儒雅风流、建立不朽功业而羡慕不已，返观自己的命运，不由得抒发出仕途坎坷、怀才不遇的悲叹。《东坡志林》卷二记李邦直语："周瑜二十四经略中原，今吾四十，但多睡善饭，贤愚相远如此。"苏轼对此深有同感。因此，金人元好问指出："夏口之战，古今喜称道之。东坡赤壁词殆戏以'周郎'自况也。"（《题闲闲书赤壁赋后》）最后，苏轼感慨道："人间如梦，一尊还酹江月。"觉得人生如同梦一样虚幻，什么也不要多想了，还是以江水、明月为伴，喝一杯酒吧。苏轼在许多诗词当中，都共同抒写出"人生如梦"的感慨，例如《和子由渑池怀旧》"人生到处知何似，应似飞鸿踏雪泥。泥上偶然留指爪，鸿飞那复计东西"、《永遇乐》"古今如梦，何曾梦觉，但有旧欢新怨"、《西江月》"世事一场大梦，人生几度秋凉"等。据宋人赵令畤《侯鲭录》卷七记载："东坡老人在昌化（在今海南），尝负大瓢行歌于田间。有老妇年七十，谓坡云：'内翰（指苏轼）昔日富贵，一场春梦。'坡然之。里人呼此媪为'春梦婆'。"苏轼确实看透了滚滚红尘、一切的荣华富贵，到头来就只不过是一场春梦,从而能够超脱世俗的烦恼,追求心灵的豁达和自由;面对命运的打击和人生的忧患,他总是一笑置之,享受着人生的分分秒秒,所以人们赞誉他为"坡仙"。不过,需要指出的是,苏轼一生当中对于"人生如梦"的感慨是有前后变化的。他在被贬黄州期间所抒发的"人间如梦",确实蕴含着人生失意的悲凉。

此词问世后,产生了广泛的社会影响,因为它呈现出与传统花前月下的婉约词迥然相异的情志格调。据宋人俞文豹《吹剑续录》记载:"东坡在玉堂,有幕士善讴。因问:'我词比柳词何如?'对曰:'柳郎中词,只好十七八女孩儿,执红牙拍板,唱"杨柳岸,晓风残月";学士词,须关西大汉,执铁板,唱"大江东去"。'公为之绝倒。"苏轼所提倡的"自是一家"的词,就是要追求壮美的风格和阔大的意境,词品与人品相一致,填词应当像写诗一样,抒发自我的真实性情和独特的人生感受。因此胡仔《苕溪渔隐丛话》前集卷五十九称其"语意高妙,真古今绝唱",明人王世贞夸赞道:"学士此词亦自雄壮,感慨千古,果令铜将军于大江奏之,必能使江波鼎沸。"(《艺苑卮言》)元朝关汉卿杂剧《单刀会》中关羽的唱词《新水令》"大江东去浪千叠,引着这数十人驾着这小舟一叶。又不比九重龙凤阙,可正是万丈虎狼穴。大丈夫心烈。我觑这单刀会似赛村社"、《驻马听》"水涌山叠,年少周郎何处也?不觉的灰飞烟灭。可怜黄盖转伤嗟,破曹的樯橹一时绝,鏖兵的江水犹然热。好教我情惨切。(白)这也不是江水,(唱)二十年流不尽的英雄血",以及毛泽东《沁园春》词中的"江山如此多娇,引无数英雄竞折腰",都明显化自此词。

【拓展阅读】

苏轼在黄州

在黄州四年的贬斥生活中,苏轼形同流放,内心非常郁苦。一开始,他很少说话,也不和人往来。他在写给好友王巩的信中说:"所云出入,盖时往村寺沐浴及寻溪傍谷钓鱼采药,聊以自娱耳。"(《与王定国帖》)所以,黄州的百姓经常看到一个孤独的异乡人,在山间水畔毫无目的地闲逛,有时候站在花下发呆,有时候又喃喃自语,却听不懂他究竟说些什么。有一次夜里,他喝了酒归来,站在家门前,面对茫茫的长江,作了一首《临江仙》词,最后写道:"小舟从此逝,江海寄余生。"这首词第二天就传遍了黄州城,大家都说东坡先生昨天夜里驾着一叶扁舟飘然离去了。太守徐君猷知道这件事后,非常惊慌,连声惊呼"州失罪人",急忙赶到苏轼家,却看到他正鼾声如雷。这个消息竟然传到了朝廷,连神宗皇帝也将信将疑。这个小小的插曲,可见苏轼在黄州不自由的生活遭遇。苏轼在黄州期间,薪水很少,难以养活一大家子，只好处处节衣缩食，每天全家的日用开支不超过一百五十钱。他每月初一，领回俸禄四千五百钱，分成三十份，用绳子串好挂在屋梁上。每天天一亮就用叉子挑取一份下来，然后将叉子藏起来。用剩下来的钱，便储藏到别的大竹筒里面，用来招待客人。他在城东一块荒地上开垦种田，“与田父野老相从溪谷之间”（苏辙《亡兄子瞻端明墓志铭》），从此自号为东坡居士。在此期间，他登山临水，咏物抒怀，文学创作提升到一个新的境界，写下了《念奴娇·赤壁怀古》《赤壁赋》《后赤壁赋》等代表性作品。

【阅读思考】

分析此词如画壮景、历史咏怀和人生感慨有机结合的创作特点。

卜算子

黄州定惠院寓居作

苏轼

缺月挂疏桐，漏断人初静。谁见幽人独往来，缥缈孤鸿影。　　惊起却回头，有恨无人省。拣尽寒枝不肯栖，寂寞沙洲冷。

这首《卜算子》词创作于元丰三年(1080)二月苏轼初到寓居定惠院时。定惠院，在今湖北黄冈东南。苏轼《记游定惠院》有云：“黄州定惠院东小山上，有海棠一株，特繁茂。每岁盛开，必携客置酒，已五醉其下矣。”他对这里的修洁环境、竹林花圃非常欣赏，“醉卧小板阁上，稍醒，闻坐客崔成老弹雷氏琴，作悲风晓月，铮铮然，意非人间也”。他在定惠院饮酒、赏花、醉卧、听琴，得到超尘脱俗的精神享受。这首词表面上看，是一首咏物词，实则寄寓着词人横遭政治打击却能坚守孤高品节的高尚格调和情怀。

上片开头两句描写幽静的夜景：一钩残月斜挂在疏桐之上，夜深时分万籁寂静，由此渲染出萧索清冷的氛围。就在这时，“谁见幽人独往来，缥缈孤鸿影”。幽人，《周易·履卦》有云“履道坦坦，幽人贞吉”。原指幽囚之人，引申为含冤之人或幽居之人，例如唐人孟浩然《夜归鹿门歌》"岩扉松径长寂寥，惟有幽人自来去"。这里则是苏轼自指，切合他谪人的身份。苏轼遭受乌台诗案打击后，谪居黄州，"亲友至于绝交，疾病连年"（《谢量移汝州表》），"平生亲友，无一字见及"（《答李端叔书》），独自忍受着横遭弃绝的寂寞和痛苦。这里将"幽人"与"孤鸿"对举，孤光自照，互为见证，二者孤独的处境、高傲的心境深相契合，都在寂静的暗夜里忍受着无边的寂寞。

◎ （宋）李迪 《古木寒禽图》 故宫博物院藏

下片转而将人、鸿合写。"惊起却回头，有恨无人省"，作者以独来独往的孤鸿自喻，孤鸿在深夜里惊起回首，一肚子的幽怨心事无人可以理解，这正表现出作者贬谪在黄州的寂寞处境以及内心的郁苦。

拣尽寒枝不肯栖，寂寞沙洲冷。

古语有云："良禽择木而栖。"孤鸿拣尽寒枝，不肯栖息，宁愿在冷清、寂寞的沙洲上，独自品尝缥缈无依的滋味，恰如词人在深沉的孤独凄苦中，坚守着自己决不苟合流俗、随波逐流的清高孤傲的品节。一个"冷"字收煞全篇，更加强了凄寒冷峭的意蕴格调。

此词写幽人与孤鸿的兀傲，运笔空灵，格奇语隽，"极虚极活，极沉极郁，若远若近，可喻不可喻”（陈廷焯《白雨斋词话》卷六）；“通首空中传恨，一气呵成，亦具有‘缥缈孤鸿’之象”（陈匪石《宋词举》）。黄庭坚在《山谷题跋》中评价这首词：“语意高妙，似非吃烟火食人语，非胸中有数万卷书，笔下无一点尘俗气，孰能至此！”苏轼的咏物词将所咏之物与神理浑然融合，咏物以寄托，奠定了咏物词的体制特色。

【拓展阅读】

咏物词的阐释边界

古代咏物诗词继承香草美人、比兴寄托的传统，借物抒怀，寄寓作者的人生感遇和深厚情怀。历代词论家对于苏轼《卜算子》（缺月挂疏桐）的解读，大多能够结合词人贬谪黄州的不幸经历，揭示他以孤鸿自喻，表达出孤苦无依的生活状态，以及孤傲不群的精神境界。不过，有些阐释则显得穿凿附会。例如《类编草堂诗馀》卷一引鲖阳居士《复雅歌词》云：“‘缺月’，刺明微也；‘漏断’，暗时也；‘幽人’，不得志也；‘独往来’，无助也；‘惊鸿’，贤人不安也；‘回头’，爱君不忘也；‘无人省’，君不察也；‘拣尽寒枝不肯栖’，不偷安于高位也；‘寂寞吴江冷’，非所安也。此词与《考槃》诗极相似。”

对于如此琐屑、牵强的解读，清人王士禛斥之云：“村夫子强作解事，令人欲呕。”（《花草蒙拾》）沈祖棻在《清代词论家的比兴说》一文中指出：“这种方法，固然有时可以发明词意，但其弊病也很大。因为对古代作品求之过深，就不免穿凿附会，甚至捕风捉影，曲解前作，厚诬古人，结果自然不免引起异议。”（《宋词赏析》）

【阅读思考】

分析这首咏物词托物抒情、寄意深远的特点。

卜 算 子

李之仪

我住长江头，君住长江尾。日日思君不见君，共饮长江水。　　此水几时休？此恨何时已？只愿君心似我心，定不负相思意。

李之仪(1048—1127?),字端叔,号姑溪居士,沧州无棣(今属山东)人,后徙楚州山阳(今江苏淮安)。英宗治平四年(1067)进士。曾从军西北,出使高丽。元祐中,为枢密院编修官,与苏轼兄弟游。元祐八年(1093)九月,苏轼出任定州安抚使,邀李之仪佐幕,掌机宜文字。次年四月,苏轼被贬至岭南,李之仪为原州(今甘肃镇原)通判。徽宗崇宁元年(1102)奉召入京,提举河东常平,坐为范纯仁草遗表作行状,遭蔡京等新党当权者构陷诬告,下御史狱。出狱后,编管太平州,居姑熟(今属安徽当涂)。政和三年(1113)被除名勒停,六年(1116)遇赦复官,再领成都玉局观,过着退隐姑溪、优游山水的生活,直至生命结束。著有《姑溪居士集》,内含《姑溪词》。

李之仪在北宋词史上是一位风格独特、别具魅力的词人。其词"长调近柳,短调近秦"(冯煦《蒿庵论词》),小令清婉俏丽。其《跋吴思道小词》一文提出词"自有一种风格"的重要论断,并且对词体的体性特征、正变源流和创作方法等问题进行了系统阐述。李之仪"自有一种风格"的主张,正是对苏轼"自是一家"论的反驳。他更加注重词体自身的体式特性,彰显其有别于诗体的艺术风格。此后李清照的《词论》提出词"别是一家"的理论,对词体做出更多审美特性的规定,即是对李之仪"自有一种风格"主张的延续、拓展和深化。

李之仪的词作不事雕琢,语言流丽畅达。最典型的代表作当属这首《卜算子》词。此词抒写男女相思之情,明白如话,复叠回环,深得民歌的神情风味。明人毛晋《姑溪词跋》中曾说李之仪词"长于淡语、景语、情语",并且盛赞此词"直是古乐府俊语"。

开头即采取对话的语态,揭示"我"与"君"相隔遥远,也暗寓相思之情的悠长。借水寄情,始于建安诗人徐幹的《室思》"思君如流水,何有穷已时"。李词当中,两人虽然共饮一条长江水,却朝思暮想,音讯杳然,这样的情态正如《古诗十九首·行行重行行》中所咏叹的"相去万余里,各在天一涯;道路阻且长,会面安可知",共同表达出因距离遥远所生发出来的相思之苦。

下片女主人公突发奇想,希望茫茫长江不要再阻隔彼此的距离,其情态就像是汉乐府民歌《上邪》:"山无陵,江水为竭,冬雷震震夏雨雪,天地合,乃敢与君绝。"敦煌曲子词《菩萨蛮》也说:"要休且待青山烂,水面上秤锤浮,直待黄河彻底枯,白日参辰现,北斗回南面。"都通过一系列不可能发生的现象来强调爱情的牢不可破。李词这里的"恨",恰如温庭筠《梦江南》中的"千万恨,恨极在天涯"一样,以恨之切,衬爱之深、思之极。作者用对江水的怨恼,表明彼此的离愁别恨难以停歇,更显沉痛激切，正如李煜《虞美人》所云："问君能有几多愁？恰似一江春水向东流。"欧阳修《踏莎行》亦曰："离愁渐远渐无穷，迢迢不断如春水。"

但是即便如此，女主人公仍然对爱情充满希望，只要我们心无旁骛、守情不移，心里珍爱着对方，一定会使得两人的情感天长地久。词人化用了顾敻《诉衷情》"换我心，为你心，始知相忆深"，表现了女子无怨无悔的一片痴情；一个"定"字越发突显出她对于真挚爱情的坚贞不渝。

李之仪在《跋吴思道小词》中指出，作词的最高境界是"语尽而意不尽，意尽而情不尽"。此词以长江贯穿首尾，作为抒情主线，兼有叙述、问答、设想、祈愿，用真语写真情，意新语妙，回环往复，自然浑成，既有民歌的质朴情调，又见文人词的精巧构思，将隽永绵邈的情致表达得格调清雅、淋漓尽致。

【拓展阅读】

李之仪与西园雅集

元祐年间，担任枢密院编修的李之仪与苏轼等人过从甚密，曾与苏轼等十六人雅集于驸马王诜西园，李公麟绘有《西园雅集图》。米芾《西园雅集图记》云："捉椅而视者为李端叔。"李公麟又曾为李之仪画像，苏轼作《李端叔传神赞》曰："须发之拳然，眉宇之渊然，披胸腹之掀然。以为可得而见欤？则漠乎其无言。以为不可得而见欤？则已见画于龙眠矣。"这是说李之仪长得胡须浓密，令人难见其全貌；而且平时沉默寡言，性格比较内向。不过他能为文，尤工于尺牍，喜欢给朋友写文字简练、韵味隽永的书信，令人爱不释手，也为他赢得了广泛的声誉。宋人吴芾《姑溪集序》称："李公端叔，以词翰著名元祐间。余始得其尺牍，颇爱其言思清婉，有晋宋人风味。"王明清《挥麈后录》卷六亦载："元祐间，端叔于尺牍尤工，东坡先生称之，以为得发遣三昧。"

【阅读思考】

理解此词以淡语抒浓情的艺术魅力。

念奴娇

黄庭坚

断虹霁雨，净秋空，山染修眉新绿。桂影扶疏，谁便道，今夕清辉不足？万里青天，姮娥何处，驾此一轮玉？寒光零乱，为谁偏照醽醁？　年少从我追游，晚凉幽径，绕张园森木。共倒金荷家万里，难得尊前相属。老子平生，江南江北，最爱临风笛。孙郎微笑，坐来声喷霜竹。

黄庭坚(1045—1105)，字鲁直，号山谷道人，晚号涪翁，洪州分宁(今江西修水)人。英宗治平四年(1067)进士，授叶县(今属河南)尉，后为大名府(今河北大名)国子监教授。元祐初召为秘书省校书郎、《神宗实录》检讨官。哲宗绍圣二年(1095)，新党章惇、蔡卞等人掌权，指控他修撰《神宗实录》诬妄，责贬涪州(今重庆涪陵)别驾、黔州(今重庆彭水)安置，移戎州(今四川宜宾)。徽宗朝一度起复，不久又被除名，羁管宜州(今广西宜山)。崇宁四年(1105)卒于贬所。

黄庭坚在元祐年间以诗文受知于苏轼，与秦观、张耒、晁补之并称为"苏门四学士"。其诗与苏轼齐名，并称"苏黄"，为江西诗派的领袖。其词与秦观齐名，时称"秦七黄九"。书法则与苏轼、米芾、蔡襄并称为"宋四家"。著有《豫章黄先生文集》《山谷琴趣外编》等。黄庭坚的词情趣多样，雅俗杂陈，在当时独标异帜，"佳者迥出慧心，妙脱蹊径；诨者用字至为字书所无；亵者则法秀诃为当入犁舌地狱"(饶宗颐《词集考·山谷词》)。

根据陆游《老学庵笔记》卷二考订，这首《念奴娇》词创作于黄庭坚谪居戎州期间。词人在西南地区度过五年的贬谪生活，仍然保持兀傲坚强的个性精神，积极讲学。据《宋史》本传记载，黄庭坚"泊然不以迁谪介意，蜀士慕从之游，讲学不倦。凡经指授，下笔皆可观"。此词小序介绍了创作背景："八月十七日，同诸甥步自永安城楼，过张宽夫园待月。偶有名酒，因以金荷酌众客。客有孙彦立，善吹笛。援笔作乐府长短句，文不加点。"由此可见当日与蜀地诸生同游、饮酒、赏乐、填词的快乐。作品写景叙事，字里行间又充溢着词人身遭贬谪的身世之悲以及豪迈达观的精神意志。据胡仔《苕溪渔隐丛话》后集卷三十一载，黄庭坚对这首词非常偏爱，并说"或以为可继东坡赤壁之歌"。两词虽然题材不同、意旨各异，但是雄豪之气却颇为一致。

上片以写景为主，时间从傍晚延至清夜。开头三句描绘雨后开阔壮丽的远景："断虹霁雨，净秋空，山染修眉新绿。"雨后天晴，彩虹乍现乍消，秋空一碧如洗，远山新绿如染、状如修眉。如此景象，写出了秋高气爽的季节特征，令人有身临其境之感。接下来写赏月："桂影扶疏，谁便道，今夕清辉不足？万里青天，姮娥何处，驾此一轮玉？"传说当中，月宫里的桂树枝叶繁茂，投下浓密的阴影。姮娥，即嫦娥，相传为月宫里的仙女；因避汉文帝刘恒讳，改称嫦娥。这里的"桂影扶疏""姮娥何处"，是词人根据眼前的景象，联系美好的传说，发挥艺术的想象，这样就给现实的景物描写染上了神奇浪漫的色彩。"寒光零乱，为谁偏照醽醁？"醽醁，美酒名。因取酃湖和渌水之水酿成，故名。这里由写赏月转到饮酒，为下片所写巧作过渡。上片写景，使用三个设问句，想落天外，无理而妙，然而"清辉不足""姮娥何处""寒光零乱"之语，又隐含着自我身世落寞的失意之悲。

◎ （宋）马麟 《秉烛夜游图》

下片由写景、想象转入当夜的游园、畅饮、赏曲之乐。"年少从我追游，晚凉幽径，绕张园森木。"具体交代黄庭坚在张宽夫园中与诸生欢聚游乐，与词序所写正相印证。"共倒金荷家万里，难得尊前相属。"在与蜀地后生开怀畅饮之际，词人陡然想到自己一生陷于党争、屡遭贬谪，与远在万里的家人遥相阻隔，不禁悲从中来。

老子平生，江南江北，最爱临风笛。孙郎微笑，坐来声喷霜竹。

面对远谪西南的艰难和困顿，黄庭坚并没有被愁苦的情绪压垮，变得一味消极颓唐，反而努力地寻找排遣愁绪的方法，获得身心的解脱。他耳中听到孙彦立吹起悠扬的笛声，精神意志一下子得以激发，漂泊万里的落寞和惆怅一扫而空。“声喷霜竹”，用语拙重而粗豪，尽显词人豪旷不羁的精神力度。清人陈维崧《夜游宫》词中“耿耿秋情欲动，早喷入、霜桥笛孔”，当是受到了黄词的影响。

整首词作抑郁深悲与豪迈旷达有机交融，景物壮大，格调苍劲。因此，清人刘熙载《艺概·词曲概》云：“黄山谷词用意深至，自非小才所能办。”夏敬观《手批山谷词》也说：“山谷重拙。”也都指出了其兀傲倔强、沉雄豪迈的精神内蕴。

【拓展阅读】

黄庭坚词的两副面孔

黄庭坚的词，明显有着两副面孔。一种是雅正的士大夫词风，例如《水调歌头》（瑶草一何碧）、《念奴娇》（断虹霁雨）等，与苏轼词风堪称同调。另一种则是鄙俗词风。例如《归田乐》“对景还销瘦。被个人、把人调戏，我也心儿有”、《两同心》“自从官不容针，直至而今。你共人女边着子（注：即‘好’也），争知我门里挑心（注：即‘闷’也）”等。这些词作被后人称为“山谷恶道”或“蒜酪体”（刘体仁《七颂堂词绎》）。黄庭坚自幼学佛，曾作《发愿文》：“今日对佛发大誓，愿从今日尽未来世，不复淫欲饮酒食肉；设复为之，当堕地狱，为一切众生代受其苦。”可谓信誓旦旦。可是“其后悉毁禁戒，无一能行之，于诗句中可见矣”（胡仔《苕溪渔隐丛话》后集卷三十一）。因此，当时名僧法秀曾当面劝诫他少作此类“荡天下淫心”的艳语，以免日后会堕“犁舌之狱”（胡仔《苕溪渔隐丛话》前集卷五十七）。

【阅读思考】

理解此词写景、叙事、抒情有机融合的艺术特征。

定风波

次高左藏使君韵

黄庭坚

万里黔中一漏天，屋居终日似乘船。及至重阳天也霁，催醉，鬼门关外蜀江前。　　莫笑老翁犹气岸，君看，几人黄菊上华颠？戏马台南追两谢，驰射，风流犹拍古人肩。

哲宗绍圣二年（1095），黄庭坚坐修《神宗实录》不实的罪名，贬为涪州别驾、黔州安置。这是他生平最艰难困苦的一段时光，当时其弟黄叔达有诗云："问君底事向前去，要试平生铁石心"（《戏答刘文学》），写出他在穷困险恶的处境中，不向命运屈服的倔强性格。这首《定风波》词即创作于谪居黔州期间，为我们刻画了一位风流拍肩、气骨傲岸的老翁形象，展现出其不畏艰险、老而弥坚的精神意志。

上片描写黔州气候以及作者的生活环境。"万里黔中一漏天，屋居终日似乘船。""万里"喻黔中之广远，也暗示了词人去国怀乡之悲；"一漏天"，是说这里天无三日晴，成天阴雨连绵，就像天漏了一般。房屋四周到处都是积水，人终日困居屋中，好似舟行水上。这样的比喻新颖而贴切，且喻示着作者漂泊无定的艰辛人生。

接下来三句笔势上扬，抒写重阳天霁之后登高痛饮的快乐："及至重阳天也霁，催醉，鬼门关外蜀江前。"鬼门关，即石门关，在今重庆奉节东。两山相夹如门，至为险峻。经历了漫长的雨季后，天气终于在重阳节放晴，作者久困雨幕的憋闷随之消释。他登上险峻的鬼门关，俯视滔滔奔涌的江水，一醉方休的兴致油然而生。

下片由"催醉"二字生发，抒写醉后赏菊的豪情。"莫笑老翁犹气岸，君看，几人黄菊上华颠？"古人在重阳节有簪菊的风俗，唐人杜牧《九日齐山登高》即云："尘世难逢开口笑，菊花须插满头归。"少年郎头簪菊花，尽显青春风情；华颠（白发）老翁插花则终属不宜，即所谓"几人黄菊上华颠"。但是豪气干云的词人不顾流俗之见，反觉黄菊插上华颠，更添潇洒风流，这就是一种"气岸遥凌豪士前，风流肯落他人后"（李白《流夜郎赠辛判官》）的不服老的气概。

戏马台南追两谢，驰射，风流犹拍古人肩。

戏马台，在今江苏铜山，为项羽所筑，相传项羽曾戏马于此，又称掠马台。两谢，指南朝诗人谢瞻、谢灵运。东晋义熙十二年(416)，刘裕北征路经戏马台，曾大会宾僚赋诗于此。当时诗人谢瞻和谢灵运均与会，并各赋《九日送宋公戏马台集送孔令诗》纪其盛。黄庭坚在重阳节不但饮酒赏菊，还要骑马射箭，吟诗填词，其倜傥豪情直追古时谢瞻、谢灵运那样的风流才士。“拍古人肩”出于郭璞《游仙诗》“左挹浮丘袖，右拍洪崖肩”，浮丘、洪崖皆为古仙人名，这里用来表现诗人对于超凡脱俗的旷达人生的向往和追求，豪情胜慨，溢于言表。

整首作品通过恶劣天气环境的渲染，展现了词人艰苦的贬谪生活。但是他能够用强健的意趣超越现实的困苦，体现出不为宦海浮沉、名利得失所动，矢志不渝、老当益壮的可贵的精神意志，淋漓尽致地抒写出词人的豪迈气概。

【拓展阅读】

黄庭坚笑逝雨中

宋人陆游《老学庵笔记》卷三记载，黄庭坚晚年至宜州(今广西宜山)，州无亭驿，又没有民居可以租住，只得寓居在僧房，后来因为法规不允许，被迫迁居到一座城楼上。这里窄小逼仄，暑气闷热，环境极其恶劣。一日，忽然下了一场小雨，微醉的黄庭坚坐在胡床上，把脚从栏杆间伸到户外淋雨，并对身边的朋友范寥说：“吾平生无此快也。”不久便溘然长逝。

【阅读思考】

分析此词中意气岸然、风流拍肩的抒情主人公形象。

满庭芳

秦　观

山抹微云，天粘衰草，画角声断谯门。暂停征棹，聊共引离尊。多少蓬莱旧事，空回首、烟霭纷纷。斜阳外，寒鸦数点，流水绕孤村。　销魂。当此际，香囊暗解，罗带轻分。谩赢得、青楼薄倖名存。此去何时见也？襟袖上、空惹啼痕。伤情处，高城望断，灯火已黄昏。

秦观(1049—1100),字少游,一字太虚,号邗沟居士,学者称淮海先生,扬州高邮(今属江苏)人。神宗元丰八年(1085)进士,授定海主簿。哲宗元祐元年(1086),苏轼以贤良方正荐之于朝,任秘书省正字兼国史院编修。绍圣元年(1094)坐元祐党籍,出为杭州通判,复贬处州(今浙江丽水)茶盐酒税,又徙郴州(今属湖南),继而编管横州(今广西横县),复编管雷州(今属广东)。徽宗即位,迁臣内移,秦观被命复宣德郎,后于放还归途中卒于滕州(今广西藤县)。

秦观少年时期性情慷慨豪迈,熙宁十年(1077)往谒苏轼于徐州,次年作《黄楼赋》,苏轼以为有屈、宋之才。元祐年间,与黄庭坚、张耒、晁补之同游苏轼之门,时称"苏门四学士"。秦观以词名世,内容多写男女柔情,也有感慨身世之作,风格清丽婉约,情韵兼胜。清人李调元《雨村词话》称之为"宋一代词人之冠"。著有《淮海词》。

词牌《满庭芳》,因唐人柳宗元"偶地即安居,满庭芳草积"(《赠江华长老》)以及吴融"满庭芳草易黄昏"(《废宅》)等诗句而得名。秦观于哲宗元丰元年(1078)举进士不第,次年五月至越州(今浙江绍兴),岁暮离越返乡,词即作于此时。这首《满庭芳》词描写的是一个别离的场面,细致刻画了一对情侣的生活环境和内心活动。上片开头两句"山抹微云,天粘衰草",作者用"抹"字形容那轻轻飘浮在山上的一层薄云,用"粘"字表现那一望无际、与远处的苍天逐渐衔接而又已经枯萎的秋草,就好像云是液体流质,可以抹在山上;草有黏性,可以胶住天体。这两句非常凝练、自然,又极其传神地通过苍凉的景象,渲染出人生沧桑之感。此词当时传唱以后,立即引起了热烈的反响。秦观的女婿范温,在一次朋友聚会上还自我介绍为"山抹微云女婿",引得满座发笑,可见名头很响。苏轼也特别赞赏开头两句,称他是"山抹微云君"(胡仔《苕溪渔隐丛话》后集卷三十三),还送给他一顶"山抹微云秦学士"的桂冠,当然是跟"露花倒影柳屯田"相对应的。"画角声断谯门",描写离别之人耳中所听到的凄厉的画角之声,更加渲染出伤别之际的感伤氛围。接下来描摹别离之前的饮酒饯行,回忆"多少蓬莱旧事",往事是美好的,同时也是短暂、虚幻的,"空回首、烟霭纷纷",面对着眼前的离别,更加令人黯然销魂。蓬莱阁,旧址在今浙江绍兴龙山下。宋人胡仔《苕溪渔隐丛话》后集卷三十三引严有翼《艺苑雌黄》云:"程公辟守会稽,少游客焉,馆之蓬莱阁。一日,席上有所悦,自尔眷眷不能忘情,因赋长短句,所谓'多少蓬莱旧事,空回首、烟霭纷纷'也。"

斜阳外,寒鸦数点,流水绕孤村。

上片最后又以景结情。这里化用了隋炀帝《野望》诗句："寒鸦飞数点，流水绕孤村。斜阳欲落处，一望黯销魂。"但是少游"用长短句错落，与'斜阳外'三景合为一景，遂为一幅佳图"（贺贻孙《诗筏》）。一片烟水迷离的景象，更加烘托出冷落酸楚的离愁别绪。与秦观同为"苏门四学士"的晁补之评价道："比来作者，皆不及秦少游。如'斜阳外，寒鸦数点，流水绕孤村'，虽不识字人亦知是天生好言语也。"（赵令畤《侯鲭录》卷八引）

下片换头又回到离别歌妓的描写：香囊暗解、罗带轻分，襟袖啼痕，极其近似于柳永《雨霖铃》词中的"执手相看泪眼，竟无语凝噎"。销魂，因悲伤而心神恍惚，出自南朝梁代江淹《别赋》："黯然销魂者，唯别而已矣。""谩赢得、青楼薄倖名存。"谩，空，徒然。薄倖，薄情。化用自杜牧的《遣怀》诗："十年一觉扬州梦，赢得青楼薄倖名。"据宋人黄昇《花庵词选》记载："秦少游自会稽入京，见东坡，坡曰：'久别当作文甚胜，都下盛唱公'山抹微云'之词。秦逊谢。坡遽云：'不意别后，公却学柳七作词。'秦答曰：'某虽无识，亦不至是，先生之言，无乃过乎！'坡云：'销魂，当此际'，非柳词句法乎？'秦惭服，然已流传，不复可改矣。""此去何时见也？襟袖上、空惹啼痕。"情人探问何日能够重逢，词人只能慨叹身世飘蓬，只落得泪洒襟袖。最后，词人的行舟已经离岸，在悲悲切切之际回望暮色中的高城，唯见稀疏朦胧的灯火，意中的情人早已是人去楼空，字里行间充满着凄楚、怅惘的情味。

【拓展阅读】

琴操改词

据吴曾《能改斋漫录》、叶申芗《本事词》等书记载，北宋时杭州西湖有一位著名的歌妓琴操，听人将秦观《满庭芳》词的第一韵误记为"画角声断斜阳"，于是把整首词都改为"阳"韵：

> 山抹微云，天连衰草，画角声断斜阳。暂停征辔，聊共饮离觞。多少蓬莱旧侣，空回首、烟霭茫茫。孤村里，寒鸦万点，流水绕低墙。　　魂伤。当此际，轻分罗带，暗解香囊。谩赢得、青楼薄倖名狂。此去何时见也？襟袖上、空有余香。伤情处，长城望断，灯火已昏黄。

据说苏轼听了琴操的演唱，十分称赏。原来的秦观词作，押"文"韵，口型小而声韵细，属于柔和级，表情凄楚、沉痛。改作"阳"韵，口型大而声韵响，属于洪亮级，表情转为悲凉、苍莽，显然更符合苏轼的口味，而非秦观的本色。

【阅读思考】

分析此词情景交融的艺术表现手法。

鹊桥仙

秦　观

纤云弄巧，飞星传恨，银汉迢迢暗度。金风玉露一相逢，便胜却、人间无数。　　柔情似水，佳期如梦，忍顾鹊桥归路？两情若是久长时，又岂在、朝朝暮暮。

“鹊桥仙”，唐人韩鄂《岁华纪丽》卷三引汉应劭《风俗通》云：“织女七夕当渡河，使鹊为桥。”宋人陈元靓《岁时广记》卷二十六引《淮南子》云：“乌鹊填河成桥而渡织女。”调名本此。在中国，关于牛郎和织女的民间故事起源很早。《诗经·小雅·大东》已经写到了牵牛与织女，但还只是作为两颗星星来写的。到了《淮南子》里面，开始说织女是神女。吟咏牛郎织女故事的诗篇以汉代《古诗十九首》中的《迢迢牵牛星》为最早，自此下迄北宋，同题材的作品不可胜数，但大都沿袭汉诗古意，以伤离恨别为主题。秦观此词打破了陈陈相因的传统模式，歌颂忠贞不渝、历久弥坚的爱情，令人耳目一新。

这首词上片写聚会。“纤云弄巧，飞星传恨，银汉迢迢暗度。”七夕是牛郎织女一年一度相会的日子，被称为中国古代的“情人节”。民间习俗于当晚在庭前陈列瓜果，年轻女子则要拜新月。传说织女善织云锦，故而民间女子有七夕月下穿针引线、向织女“乞巧”的风俗。飞星，夏秋之际，夜空中多见流星。银汉，银河，传说每年七夕牛郎织女渡河相会。曹植《九咏》说：“牵牛为夫，织女为妇。织女、牵牛之星各处河鼓之旁，七月七日，乃得一会。”南朝吴均《续齐谐记》亦载：“桂阳成武丁有仙道，常在人间，忽谓其弟曰：‘七月七日，织女渡河，诸仙系还宫，吾向已被召，不得暂停，与尔别矣。后三千年当复还。’弟问曰：‘织女何事渡河？兄何当还？’答曰：‘织女暂诣牵牛，一去后三千年当还。'明旦果失武丁所在。世人至今犹云：七月七日，织女嫁牵牛。"这三句叙述牛郎织女相会：纤柔的云彩作弄出许多巧妙的花样，流星为牛郎织女传递着彼此间的离愁别恨，织女星在人们不知不觉中渡过了银河，赶来与牛郎相会。这就为牛郎织女每年一度的聚会渲染环境气氛，笔触轻盈而空灵。

金风玉露一相逢，便胜却、人间无数。

金风，秋风或西风。古人常以五行、五方和四季相配，秋天于五行属金，五方属西。玉露，白色的露珠。古代诗人常以金风、玉露作对，以形容秋天，例如唐太宗李世民《秋日》"菊散金风起，荷疏玉露圆"、李密《淮阳感怀》"金风荡初节，玉露凋晚林"、李商隐《辛未七夕》"由来碧落银河畔，可要金风玉露时"。这二句由叙述转为议论，表达作者的爱情理想：他们虽然难得见面，却心心相印、息息相通，而一旦得以聚会，在那清凉的秋风白露中，他们对诉衷肠，互吐心曲，是那样富有诗情画意！这岂不远远胜过尘世间那些长相厮守却貌合神离的夫妻？

下片写离别。"柔情似水"，就眼前取景，形容牛郎织女缠绵之情犹如天河中的悠悠流水。"佳期如梦"，既点出欢会的短暂，又真实地揭示了他们久别重逢后那种如梦似幻的心境。"忍顾鹊桥归路"，意即织女怎么忍心回过头去看那条返回的鹊桥路呢？由此表现出牛郎织女临别之际的依恋与怅惘。

两情若是久长时，又岂在、朝朝暮暮。

"朝朝暮暮"，语出宋玉《高唐赋》：楚怀王梦遇巫山神女，神女自称"旦为朝云，暮为行雨，朝朝暮暮，阳台之下"。最后两句意在对牛郎织女致以深情的慰勉：双方的爱情如果天长地久，又何必定要朝夕相守？意即真正的爱情并不取决于能否在一起生活，更要看是否经得起长期离别的磨难。这一惊世骇俗、振聋发聩之笔，使全词升华到新的思想高度。明人李攀龙称之为"破格之谈"(《草堂诗余隽》卷三)，清人陈廷焯亦称："情至语，却说得隽绝。"(《云韶集》卷三)虽然同时代也有词人流露出类似的看法，例如张先《菩萨蛮》"牛星织女年年别，分明不及人间物"、苏轼《渔家傲》"相逢虽草草，长共天难老。终不羡人间，人间夜似年"，但是终究不如秦词这样深得人心且广为流传。

作品一反传统七夕诗歌抒发相思离别的缠绵感伤，转而歌颂牛郎、织女的坚贞爱情，立意颇为新颖，特别是最后两句以议论入词，淡化了离别的惆怅，实现了精神和情感的净化与升华。正如明人沈际飞《草堂诗余正集》卷二所说："七夕以双星会少别多为恨，独谓情长不在朝暮，化臭腐为神奇。"

【拓展阅读】

《古诗十九首·迢迢牵牛星》赏析

迢迢牵牛星，皎皎河汉女。纤纤擢素手，札札弄机杼。终日不成章，泣涕零如雨。河汉清且浅，相去复几许。盈盈一水间，脉脉不得语。

这首诗表现牵牛和织女夫妻之间的离别之苦。"迢迢牵牛星，皎皎河汉女"，分别写牵牛星和织女星。"牵牛星"前面加上"迢迢"，很容易让人联想到远在他乡的游子，踏过漫漫旅途，显得风尘仆仆。而写织女用"皎皎"，则很容易让人联想到女子的恬静优美、冰清玉洁。写织女叫"河汉女"，好像她是银河边上一位娴静美丽的女子，这就赋予了织女人性的情感魅力。

"纤纤擢素手"四句专写织女。说她虽然整天在织布，却织不成匹，因为她的心里一直在挂念着牵牛，从而悲伤不已。织女虽然伸出纤纤的素手，却无心于劳作，只是抚弄着机杼，泪如雨下。

最后四句是诗人的慨叹：那阻隔了牵牛和织女的银河既清且浅，牵牛与织女相去也并不遥远，虽然只有一水之隔，却相视而不得语。他们就这样被银河阻隔着，脉脉相视中寄托着无限哀怨。

这首诗通篇都是写景，而情融于景，意蕴深沉。诗中运用大量叠字描写物态，表达情思十分贴切生动；而且首尾叠字的互相呼应，增强了全诗和谐回荡的音乐美，使其节奏舒缓，产生情意缠绵不尽的效果。

【阅读思考】

理解此词名句"两情若是久长时，又岂在朝朝暮暮"的高远立意。

踏莎行

秦 观

雾失楼台，月迷津渡，桃源望断无寻处。可堪孤馆闭春寒，杜鹃声里斜阳暮。　　驿寄梅花，鱼传尺素，砌成此恨无重数。郴江幸自绕郴山，为谁流下潇湘去？

清人冯煦在《蒿庵论词》中称秦观为“古之伤心人”，并且在《宋六十一家词选例言》中准确概括其生平遭际及创作风格：“少游以绝尘之才，早与胜流，不可一世；而一谪南荒，遽丧灵宝。故所为词，寄慨身世，闲雅有情思，酒边花下，一往而深，而怨悱不乱，悄乎得《小雅》之遗；后主而后，一人而已。”

秦观自绍圣元年(1094)坐党籍外谪，先任杭州通判，再贬为监处州茶盐酒税。在处州，他为了消愁解闷，经常到佛寺中与僧人谈禅论道，为寺内的僧侣抄录佛经，并写有诗句“因循移病依香火，写得弥陀七万言”(《题法海平阇黎》)。岂料恰恰因为这两句诗，被政敌罗织成“谒告写佛书”的罪名，削职流放到偏远的郴州。此词创作于绍圣四年(1097)徙居郴州期间。秦观的词作擅长描摹清幽冷寂的自然风景意象，抒发迁客骚人的深悲巨痛，营造出萧瑟凄厉的“有我之境”，代表作品就是这首《踏莎行》。

此词非常深切地抒写出词人遭受流放、前途渺茫、怀乡思亲的愁绪。这些愁绪，都是通过富有特色的景物描摹显现出来，而且在写景之中，运用一系列拙重的字眼，更加真切地表达出难以抑止的愁怨。

“雾失楼台，月迷津渡，桃源望断无寻处。”上片开头首先营造出一派凄冷迷蒙的景象：雾气弥漫，月色朦胧，词人无法看清眼前的楼台和津渡。桃源，即桃花源，典出自陶渊明《桃花源记》，喻指词人在苦难人生中努力探寻的精神家园。这三句当中“失”字、“迷”字表面写景，实则蕴含着作者人生前途的迷茫和怅惘；“望断”二字更显示出急切期盼而终至失落的处境。

可堪孤馆闭春寒，杜鹃声里斜阳暮。

这两句描写现实生活的艰难和苦闷，深为王国维所推赏，他认为“少游词境最为凄惋，至‘可堪孤馆闭春寒，杜鹃声里斜阳暮’，则变而凄厉矣”(《人间词话》)。秦观尤其善于因情而设景，借景以抒情。他将“孤馆”“春寒”“杜鹃声”“斜阳暮”这些具有浓郁凄清情味的典型意象，巧妙地组接在一起，并且用“可堪”“闭”这类滞塞、拙重的词，进一步强化了愁绪的抒发，恰如陈匪石《宋词举》所析：“于是只闻‘杜鹃’之‘声’，而于其声中又俄而‘斜阳’焉，俄而‘暮’焉，则日坐愁城可知，不必写情而情自见矣。”

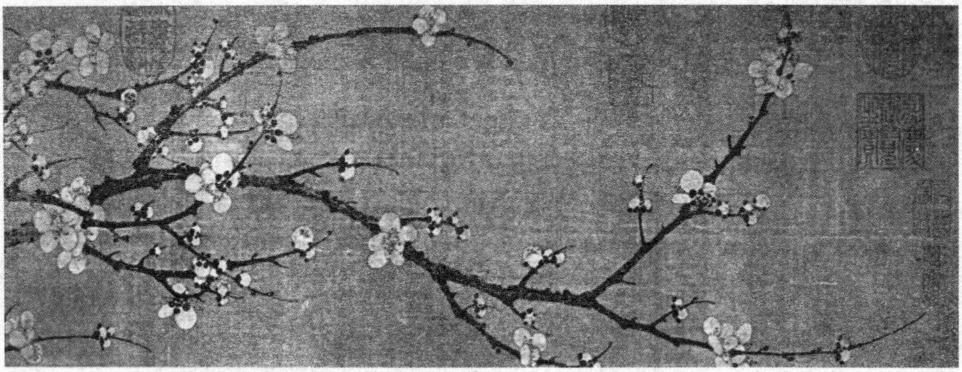

◎ (元)岩叟 《梅花诗意图》(局部)

下片开头表达对远方亲友的深切思念。“驿寄梅花”，典出《荆州记》：“吴陆凯与范晔善，自江南寄梅花诣长安与晔，并赠诗曰：‘折梅逢驿使，寄与陇头人。江南无所有，聊赠一枝春。’”这里秦观用来表达对远方挚友的思念。“鱼传尺素”，语出古乐府诗《饮马长城窟行》：“客从远方来，遗我双鲤鱼。呼儿烹鲤鱼，中有尺素书。长跪读素书，书中竟何如？上言加餐食，下言长相忆。”尺素，指书信。古人书写多用素绢，长约一尺，故名。这里用来寄托对远方亲人的思念。接下来的“砌”字下得极其悲楚，那一封封书信，一束束梅花，仿佛成了一块块饱含离别之恨的岩石，层层垒起，压抑在词人的心头。

郴江幸自绕郴山，为谁流下潇湘去？

最后两句深情发问：郴江啊，你本来应该生活在自己的故土上，与郴山互相环绕，欢聚在一起，可是究竟为了谁而偏偏要背井离乡，流到遥远的潇湘呢？这样的问话情极而痴，流露出词人难以排遣的精神苦闷，慨叹自己不幸的命运：可叹我好端端一个读书人，本想为朝廷做一番事业，谁曾想竟会卷入一场无情的政治风波，被迫远离家乡亲人，流放到这里，字里行间潜藏着一股怨悔之意。这两句中的“幸自”“为谁”虚词加以连接，倾诉出历尽政治打击、饱受人世沧桑后的无限悲凉和绝望，尤其沉痛地表达出自己远离朝廷、流放天涯的无奈和悲愤。秦观病逝之后，苏轼特别将这两句词书写在自己的扇面之上，并且深情地感叹道：“少游已矣，虽万人何赎！”（胡仔《苕溪渔隐丛话》前集卷五十）

概括地讲，这首词通过外在清冷凄迷的景物，折射内心哀伤愁苦的情致，从而创造出凄美感人的艺术境界。冯煦在《蒿庵论词》中异常精到地指出秦观词的精神实质：“他人之词，词才也；少游，词心也。”秦观用整个心灵来填词，将自己坎坷的人生遭遇、痛苦的情感体验，通过词体的艺术形式表现出来，因而具有特别真切、格外感人的抒情效果。

【拓展阅读】

秦观的桃源情结

秦观在痛苦的贬谪、流放生涯中，不断追寻精神解脱的道路，具体表现在词作中，即是对于“桃源”境界的向往。在远谪郴州期间，他时常用“桃源望断无寻处”（《踏莎行》）、“桃源路、欲回双桨”（《鼓笛慢》）等语句来悲叹人生前途的渺茫，精神的解脱始终难以实现。尽管如此，他总是在词中极力描摹“桃源”的境界，例如《好事近・梦中作》上片所写：“春路雨添花，花动一山春色。行到小溪深处，有黄鹂千百。”词人梦境里所展现的，非常类似于陶渊明《桃花源记》开头描写的景象。另如《点绛唇・桃源》：“醉漾轻舟，信流引到花深处。尘缘相误。无计花间住。　烟水茫茫，千里斜阳暮。山无数。乱红如雨。不记来时路。”同样大量檃栝了《桃花源记》中的内容。不过，秦观虽然追慕陶渊明静穆平远的高妙境界，但是他骨子里，却始终充溢着柳宗元式的迁客骚人的满腹不平和愁绪。他对于“桃源”境界的向往和追寻，是要在冷酷的现实世界里，寻觅幽远宁静的精神家园，最终获得心灵的慰藉和平衡。

【阅读思考】

理解此词借物象征的表现手法。

浣溪沙

秦观

漠漠轻寒上小楼，晓阴无赖似穷秋。淡烟流水画屏幽。　　自在飞花轻似梦，无边丝雨细如愁。宝帘闲挂小银钩。

清人周济评价秦观、周邦彦词法之异，指出："少游最和婉醇正，稍逊清真者，辣耳。少游意在含蓄，如花初胎，故少重笔。"(《宋四家词选目录序论》)况周颐也说：秦观词可比"初日芙蓉，晓风杨柳"(《蕙风词话》卷二)。秦观词在字法运用方面，具有含蓄隐丽的特征，追求意象的精致幽美。他描绘自然景观，多为飞燕、寒鸦、垂杨、芳草、斜阳、残月、远村、烟渚等；描摹建筑器物，则是驿亭、孤馆、画屏、银烛之类。他以柔婉的笔触，对词中的字句多加推敲和修饰，用精美凝练的辞藻创造出凄迷朦胧的意境。

这首《浣溪沙》词作描写的都是淡淡的景、悠悠的情。"漠漠轻寒上小楼"，漠漠，弥漫的样子。无边的薄薄春寒无声无息地浸入了小楼。这其实是居住在小楼之上人的感觉：微微地感到寒气逼人。但是这里说"轻寒上小楼"，采用了拟人修辞手法，好像轻寒自己慢慢地爬到了楼上，由此造成了似有似无的缓缓的动态之美。

"晓阴无赖似穷秋"，无赖，即无奈、讨厌。如徐陵《乌栖曲》："唯憎无赖汝南鸡，天河未落犹争啼。"穷秋，晚秋。鲍照《代白纻曲》云："穷秋九月荷叶黄，北风驱雁天雨霜。"一个人独自居住在小楼之上，感受着丝丝凉意，本身就会产生清冷孤寂的感触。更何况今天一早起来，天气阴沉沉的，人的心里更加郁闷。在他的眼里，这时的景物、这样的季节，非常令人讨厌，好像晚秋一样萧瑟肃杀，由此也就衬托出人物内心的凄凉。

"淡烟流水画屏幽"，转而写室内的景象，一幅绘有淡烟流水的屏风摆放在房间里面。屏风上的画面非常淡远迷蒙，于是一股淡淡的如烟如雾的春愁油然而生。词的上片，无论是楼外的"轻寒""晓阴"，还是室内那扇烟雨迷蒙的屏风，它们所传递出来的感受都是清淡、孤寂和凄凉的。

下片写倚窗所见。明人沈际飞《草堂诗余续集》评曰："后叠精研，夺南唐席。"首先，秦观写出了千古传诵的名句：

自在飞花轻似梦，无边丝雨细如愁。

这两句真是妙不可言。沈祖棻《宋词赏析》分析说：“它的奇，可以分两层说。第一，‘飞花’和‘梦’，‘丝雨’和‘愁’，本来不相类似，无从类比。但词人却发现了它们之间有‘轻’和‘细’这两个共同点，就将四样原来毫不相干的东西联成两组，构成了既恰当又新奇的比喻。第二，一般的比喻，都是以具体的事物去形容抽象的事物，或者说，以容易捉摸的事物去比譬难以捉摸的事物。……但词人在这里却反其道而行之。他不说梦似飞花，愁如丝雨，而说飞花似梦，丝雨如愁，也同样很新奇。”这样的比喻就产生出幽眇凄迷的审美意蕴，是写景，更是写情。

◎ （宋）王诜 《玉楼春思图》 辽宁博物馆藏

最后“宝帘闲挂小银钩”，他的目光凝视着珠帘随意地闲挂在美丽精巧的银钩之上，显得是那样雍容闲雅；但是这凝视动作的本身，却又带着闲雅恬淡之中的淡淡的哀伤。这样的意境非常类似于杜牧的小诗《秋夕》：“银烛秋光冷画屏，轻罗小扇扑流萤。天阶夜色凉如水，卧看牵牛织女星。”唐圭璋《唐宋词简释》评之云：“‘宝帘’一句，唤醒全篇。盖有此一句，则帘外之愁境及帘内之愁人，皆分明矣。”

这首词所有的修饰语（轻寒、晓阴、画屏幽、宝帘闲挂、小银钩），没有一处重笔，没有任何的力度，从中透露出词人极其纤柔、幽微的敏锐感受。王国维《人间词话》评价秦观词“淡语皆有味，浅语皆有致”，秦观的词所给予我们的正是这种淡语有味、浅语有致的纤柔婉约之美，因此他成为后代词人顶礼膜拜的婉约词的代表作家。

【拓展阅读】

缪钺《论词》评语

缪钺在《论词》中评价秦观《浣溪沙》：

此词情景交融，珠明玉润，为秦观精品。今观其所写之境，有“小楼”，楼内有“画屏”，屏上所绘者为“淡烟流水”，又有“宝帘”，挂于“小银钩”之上，居室器物均精美细巧者矣。时则“晓阴无赖”，“轻寒漠漠”，阴曰“晓阴”，寒曰“轻寒”，复用“无赖”“漠漠”等词形容之。楼外有“飞花”，有“丝雨”，飞花自在，而其轻似梦，丝雨无边，而其细如愁。取材运意，一句一字，均极幽细精美之能事。古人谓五言律诗四十字，譬如士大夫延客，着一个屠沽儿不得。余谓此词如名姝淑女，雅集园亭，非但不能着屠沽儿，即处士山人，间厕其中，犹嫌粗疏。惟其如此，故能达人生芬馨要眇不能自言之情。吾人读秦观此作，似置身于另一清超幽迥之境界，而有凄迷怅惘难以为怀之感。虽李商隐诗，意味亦无此灵隽。此则词之特殊功能。盖词取资微物，造成一种特殊之境，借以表达情思，言近旨远，以小喻大，使读者骤遇之如在耳目之前，久诵之而得隽永之趣也。

【阅读思考】

理解此词轻柔婉约的艺术魅力。

鹧鸪天

半死桐

贺铸

重过阊门万事非，同来何事不同归？梧桐半死清霜后，头白鸳鸯失伴飞。

原上草，露初晞。旧栖新垅两依依。空床卧听南窗雨，谁复挑灯夜补衣！

贺铸(1052—1125),字方回,自号北宗狂客,晚号庆湖遗老,祖籍会稽山阴(今浙江绍兴),长于卫州共城(今河南辉县)。宋太祖孝惠皇后的五代族孙。神宗熙宁初,因门荫入仕,担任低级侍卫武官。哲宗元祐年间,由苏轼等荐举,改为文官。历事神宗、哲宗、徽宗三朝,曾任徐州宝丰监钱官、和州(今安徽和县)管界巡检、通判泗州(今江苏盱眙一带)、太平州(今安徽当涂)等差遣。徽宗大观三年(1109)以承议郎致仕。晚年退居苏州,宣和七年(1125)卒于常州。

贺铸为人豪爽精悍,个性耿直傲岸,铁青色的面庞上常常英气勃发,炯炯的双眼更是精光四射,“少时侠气盖一座,驰马走狗,饮酒如长鲸”(《贺方回诗集序》)。《宋史・贺铸传》称他“喜谈当世事,可否不少假借,虽贵要权倾一时,小不中意,极口诋之无遗辞。人以为近侠。……竟以尚气使酒,不得美官,悒悒不得志”。他七岁学诗,酷爱读书,每当办完公事后,就回到书斋,弃剑握笔,作牛毛小楷,整日笔不离手,变成了俯首北窗下的寒苦书生。一生藏书,手自校勘,既勤且精。其词题材丰富,风格多样,刚柔相济,张耒称其“盛丽如游金、张之堂,而妖冶如揽嫱、施之祛,幽洁如屈、宋,悲壮如苏、李”(《贺方回乐府序》)。陈廷焯也说“方回词,儿女、英雄兼而有之”(《云韶集》卷三)。著有《东山寓声乐府》(一名《东山词》)。

贺铸一生困顿,虽相貌丑陋,但是富有文学才华,皇家宗室济良恪公赵克彰的女儿爱慕其才情,毅然嫁给他,并且不辞辛劳、勤俭持家,夫妻之间情深意笃。元丰四年(1081)贺铸罢官滏阳时,家境十分贫寒:“日俸才百钱,盐齑犹不供”“出门欲贷乞,羞汗难为容”,但是,妻儿却能与他同甘共苦:“稚子课樵汲,壮妻兼织舂。”(《除夜叹》)可惜赵氏夫人很早就病逝在苏州,贺铸为了悼念亡妻创作了著名的词作《半死桐》。半死桐,西汉枚乘《七发》里记载:“龙门之桐,高百尺而无枝,……其根半死半生。”用它来凿制古琴,弹奏出来的是天下最悲凉的声音。白居易《为薛台悼亡》诗即云:“半死梧桐老病身,重泉一念一伤神。”贺铸以“半死桐”为词题,本身就表达出一种深切的悼亡之情。

上片开头抒写词人重返苏州时孤独痛楚的心境:“重过阊门万事非,同来何事不同归?”“阊门”是苏州城的西门。贺铸回到苏州,一想到与自己相濡以沫的妻子已经长眠于地下,不禁悲从中来,只觉得一切都不顺心,于是发出了怨叹。接下来用比喻:“梧桐半死清霜后,头白鸳鸯失伴飞。”暗用了枚乘《七发》以及孟郊《烈女操》“梧桐相待老,鸳鸯会双死”的典故,以半死桐和失去伴侣的鸳鸯来比喻自己的丧偶之悲。而且“清霜后”“头白鸳鸯”也都喻示着自己因为思念而“尘满面,鬓如霜”,刻画出词人的孤独和凄凉。据五代孙光宪《北梦琐言》记载,江淮间名妓徐月英送别情人的诗歌咏道:“惆怅人间万事违,两人同去一人归。生憎平望亭前水,忍照鸳鸯相背飞?”另据宋人赵令畤《侯鲭录》卷二记载,北宋丞相蔡确当年贬官到新州,带着一个侍妾,善于弹琵琶,深得蔡确的宠爱。蔡确还养了一只会说话的鹦鹉。他每次使唤侍妾,都要“叩响板”,鹦鹉一听响板声,就条件反射地叫唤那个侍妾的名字。后来侍妾不幸去世了。有一天,蔡确无意中叩了一下响板,鹦鹉就叫起了侍妾的名字。蔡确陡然一听,极其悲痛,大病不起,还写了一首诗:“鹦鹉言犹在,琵琶事已非。伤心瘴江水,同渡不同归。”贺铸词的上片可能受到徐月英和蔡确诗作的影响,但是却表达了更为感人的深情。“同来何事不同归”,在简单的重复当中透露出悲伤、凄凉的感情。

下片开头化用汉乐府丧歌《薤露》:“薤上露,何易晞!露晞明朝更复落,人死一去何时归?”生命短暂犹如草上的露水,太阳一出便晒干了,但是,等到明天早晨还会再次降露,而人的生命却永远不再回还,由此表达出沉痛的丧妻之悲。而且更让人伤心的,是“旧栖新垅两依依”,睹物思人,词人时时处处都会勾起对往事的回忆。“两依依”不仅描写他们旧日共筑的爱巢与新砌的妻子坟茔离得是那么近,又表明自己与亡妻两情依依、难以割舍。

空床卧听南窗雨,谁复挑灯夜补衣!

在这寂静凄凉的漫漫长夜里,词人彻夜难眠,一个人躺在空荡荡的床上,卧听着窗外淅淅沥沥的雨声,“一叶叶,一声声,空阶滴到明”(温庭筠《更漏子》),追忆往昔爱妻含辛茹苦地为自己“挑灯夜补衣”的感人形象。只有在人生的磨难中,方才更能显现出爱情的纯洁和可贵;然而“谁复”两字既是声泪俱下的怅问,也是低回欲绝的叹息,由此点出了往事如烟、旧情不再的凄楚,体现出词人的内心失落和无限悲绪。这样的结尾,语极凄怆,情极自然,怀念的思绪感人肺腑。

俞陛云《唐五代两宋词选释》评析曰:“此在悼亡词中,情文相生,等于孙楚(注:晋人孙楚之文以情景交融著称于世)。‘鸳鸯’句与潘安仁诗‘如彼翰林鸟,双飞一朝只’正同。下阕从‘新垅’‘旧栖’见意。‘原上草’二句悲‘新垅’也,‘空床’二句悲‘旧栖’也。郭频伽词‘挑灯影里,还认那人无睡’,宜其抚寒衣而陨涕矣。”该作与苏轼的《江城子》(十年生死两茫茫)词都表达了对亡妻的深切思念和痛失亲人的悲苦,都具有催人泪下的文学魅力,成为宋代悼亡词中的“双璧”。

【拓展阅读】

贺铸很丑很温柔

北宋词人贺铸状貌奇丑，身高七尺，眉毛耸拔，“色青黑而有英气，俗谓之贺鬼头”（陆游《老学庵笔记》卷八）。然而，他却是一位英雄豪气与儿女柔情兼而有之的杰出词人。贺铸常将真挚凄婉的浓情倾注于词，情致温柔缱绻，风格雍容妙丽；并且善于融化中晚唐人诗句，恰如他自己所称：“吾笔端驱使李商隐、温庭筠，常奔命不暇。”（叶梦得《建康集》卷八《贺铸传》）由此形成了深婉密丽的创作风格。

【阅读思考】

分析此词融情入景、情文兼胜的艺术特点。

踏莎行

贺　铸

杨柳回塘，鸳鸯别浦，绿萍涨断莲舟路。断无蜂蝶慕幽香，红衣脱尽芳心苦。　　返照迎潮，行云带雨，依依似与骚人语。当年不肯嫁春风，无端却被秋风误。

贺铸的幽洁之词多继承屈原、宋玉以来香草美人、比兴寄托的传统，于描形绘景之中暗含着自己的身世之感。例如他的咏物词名作《踏莎行》。这首词借咏莲花，倾吐词人一腔怀才不遇的愤懑，物与我、花与人打成一片，比兴蕴藉，寄托遥深，堪称整个宋代咏物词中风流高雅的佳作。

上片开头两句“杨柳回塘，鸳鸯别浦”，介绍莲花生长的环境。“回塘”是弯曲回环的堤岸；“别浦”是幽寂偏远的水滨。堤上有婀娜多姿的杨柳相互掩映，水中有娴雅多情的鸳鸯作为衬托，莲花自然显得芳香高洁。但是，生长在人迹罕至的堤畔水边，它的秀美姿态注定无人赏识。更何况“绿萍涨断莲舟路”，采莲之舟更被涨满的绿萍所阻隔，致使无路可通，更增添了一份孤独寂寞的愁绪。

◎ （宋）佚名 《寒塘凫侣图》 故宫博物院藏

断无蜂蝶慕幽香，红衣脱尽芳心苦。

接下来更进一步，“断无蜂蝶慕幽香”，即便水上的莲舟不能到达，空中的蜂蝶总可以飞到莲花之上吧。孰料这班轻薄之徒只知追逐浓艳的俗媚之香，断断不肯欣慕并前来觅取莲花的幽香清气，即如唐人崔涂《残花》诗所云：“蜂蝶无情极，残香更不寻。”兰舟不至，蜂蝶不赏，这孤独的莲花只得自开自落，秋江空老，于是便有了“红衣脱尽芳心苦”的怨叹。“红衣”，指红莲的花瓣。莲花落后，莲蓬长成，莲子有心，纤细而色碧，闻起来有淡淡的香味，尝起来则非常苦涩。而且这里的“芳心苦”又是一语双关，以莲心之苦暗喻人心之情苦。到这里，我们不难看出，词人笔下的莲花，正是他自己人格与人生经历的形象写照。具体地说，回塘别浦，是指他遭受冷遇的武官出身或沉沦下僚的社会地位；清气幽香，是指词人高洁芬芳的气质品格；萍舟蜂蝶，路断媒疏，表明自己不合流俗、无人赏识导致仕途多阻。红衣脱尽，芳心自苦，则表达出年华逝去、壮志难酬而精神极为痛楚。

下片开头两句则又宕开一笔：“返照迎潮，流云带雨。”夕阳的余晖映照在浦口的水波上，闪耀着粼粼的波光，像是在迎接傍晚的潮水；流动的云彩，似乎还带着厚重的雨意，偶尔有几滴溅落在荷塘之上。这里暮色苍茫的景象，烘托着郁闷萧瑟的情感氛围，以及“红衣脱尽”的莲花黯淡苦闷的心境，所以它“依依似与骚人语”。

“骚人”一词，始见于南朝梁代萧统《文选序》：“楚人屈原，含忠履洁。君匪从流，臣进逆耳。深思远虑，遂放湘南。耿介之意既伤，抑郁之怀靡诉。临渊有怀沙之志，吟泽有憔悴之容。骚人之文，自兹而作。”所以“骚人”本来指赋咏《离骚》的屈原，后代也用来泛指诗人，尤其是忧愁失意的诗人。这里的“依依似与骚人语”，既可理解为词人的化身（莲花）向词人的正身（骚人）倾诉愁苦；也可理解为词人向屈原倾诉愁苦。

当年不肯嫁春风，无端却被秋风误。

最后两句，便是代莲花表白愁苦之辞。嫁春风，语本晚唐诗人韩偓《寄恨》：“莲花不肯嫁春风”。桃花、杏花竞相在春天开放，而莲花却飘香于夏秋之季，“不肯嫁春风”，正可折射它不愿趋附世俗的幽洁坚贞的品性。然而“等到秋风尽，秋叶落成堆”，红衣落尽，芳华消逝，只能遭受无穷的愁苦和困顿。“无端”和“却”，都含有始料未及的意思。这里有对“秋风”的埋怨，也有自怨自艾的感情，言外之意又隐含着遭受命运捉弄的嗟叹。联系当时的创作背景，我们更加可以挖掘出其中所深含的现实寓意。陈廷焯在《云韶集》卷三中指出：“此词必有所指，特借荷寓言耳，通首如怨如慕，如泣如诉，有多少惋惜，有多少慨叹，淋漓顿挫，一唱三叹，真能压倒古今。”沈祖棻《宋词赏析》中说得更加直接：“以美女之不肯轻易嫁人比贤士之不肯随便出仕，所以也往往以美女之因择夫过严而迟迟不能结婚以致耽误了青春年少的悲哀，比贤士之因择主、择官过严而迟迟不能任职以致耽误了建功立业的机会的痛苦。”贺铸为人正直，在新旧党争的政治形势下，他不肯加入任何一派；而且在两派交替执政的不同时期，他都写过抨击时弊的诗歌，两派人士当然都不会将他视作自己阵营里的人而加以提携。因此这两句的实际意思是说：词人青年时期开始步入仕途，正值新党大权在握，自己不肯阿附新党权贵来谋取富贵；等到了中年经历旧党复辟，自己又不愿曲意趋奉旧党，来求得加官晋爵，最终只落得蹉跎岁月、壮志成空的不幸命运。

这首词继承了屈原《离骚》香草美人的传统，形成了“香草—美人—君子”三重架构，通过对莲花物象的描写，渲染她不与春芳争妍取媚的高洁品质，以及无人赏识、自开自落、芳心独苦的不幸遭遇，由此寄托词人不肯附势阿俗，以致落拓江湖的人生感慨。作品在对莲花的咏叹中，俨然寄寓着作者的灵魂与人格，真正是学习屈原《橘颂》并且得到了其中的神髓。因此清人陈廷焯评论道：“方回词，胸中眼中，另有一

种伤心说不出处，全得力于楚骚，而运以变化，允推神品。”（《白雨斋词话》卷一）

【拓展阅读】

贺铸的豪放词风

贺铸的悲壮、豪放之词，气度豪迈，奇思壮采。例如《六州歌头》：“少年侠气，交结五都雄。肝胆洞，毛发耸，立谈中，死生同。一诺千金重”，《行路难》：“缚虎手，悬河口，车如鸡栖马如狗。白纶巾，扑黄尘，不知我辈、可是蓬蒿人”，等等，都是豪健奔放之句，尽显少年侠客的勃发英气；然而综观全词，则又充斥着词人壮志难酬的抑郁悲愤。这是对北宋元祐年间保守派把持朝政的愤懑和谴责，从而开启了南宋爱国词派的先声，正如夏敬观所说：“细读《东山词》，知其为稼轩所师也。世但言苏、辛为一派，不知方回，亦不知稼轩。”（《手批东山词》）

【阅读思考】

分析此词咏物以寄托的艺术特点。

青玉案

贺 铸

凌波不过横塘路，但目送、芳尘去。锦瑟华年谁与度？月桥花院，琐窗朱户，只有春知处。　　飞云冉冉蘅皋暮，彩笔新题断肠句。若问闲情都几许？一川烟草，满城风絮，梅子黄时雨。

《青玉案》的调名，出自东汉张衡《四愁诗》“美人赠我锦绣缎，何以报之青玉案”。这首词创作于贺铸晚年隐居在苏州期间。他当时在横塘附近修筑了“企鸿居”，这个名称得自曹植《洛神赋》，这首作品也基本化用了曹植赋里的词，例如“凌波”“芳尘”“蘅皋”。关于曹植的《洛神赋》，历来被认为是为“感甄”而作，而贺铸所企盼的“鸿”，应该是理想当中“美人”的代称。

这篇词作运用香草美人之辞，流露对意中情人的思念、倾慕之意，以及愿望难以实现的绵绵幽绪，并且由此抒发出壮志难酬、孤寂失落的愁绪。

上片开头三句“凌波不过横塘路，但目送、芳尘去”。凌波，形容美人步履轻盈。芳尘，美人经过时扬起的尘土，这里代指美人。横塘，地名，故址在吴县西南十三里处，风景优美，贺铸退居苏州时，曾卜筑于此。这里化用了曹植《洛神赋》中的“凌波微步，罗袜生尘”，是说理想的美人可望而不可即，她不到横塘这边来，自己只能目送她远去。显然这不是纪实，而纯属虚造的情境。

“锦瑟年华谁与度？月桥花院，琐窗朱户，只有春知处。”这四句化用了李商隐《锦瑟》中的“锦瑟无端五十弦，一弦一柱思华年”。《周礼·乐器图》曰：“雅瑟二十三弦，颂瑟二十五弦，饰以宝玉者曰宝瑟，绘文如锦者曰锦瑟。”锦瑟华年，美好的青春岁月。琐窗，刻有连琐形花纹的窗子。这几句想象这美人儿住在一个人迹罕至的神仙洞府，“只有春知处”，就是无人知其处的委婉说法。显然这也不是纪实，而有志趣高洁、落拓孤寂的内在寓意。

过片“飞云冉冉蘅皋暮，彩笔新题断肠句”两句，承接前面的“凌波不过横塘路”，是说等待美人而终至失望，于是写出感伤断肠的诗句。冉冉，指碧云在空中流动的样子。蘅皋，长有杜蘅香草的水边高地。“彩笔”化用了江淹梦中得到郭璞五色彩笔的故事。《南史·江淹传》记载：“淹少以文章显，晚节才思微退。……尝宿于冶亭，梦一丈夫自称郭璞，谓淹曰：‘吾有笔在卿处多年，可以见还。’淹乃探怀中，得五色笔一以授之。尔后为诗，绝无美句，时人谓之才尽。”以上“凌波”“芳尘”“锦瑟”“月桥”“花院”“琐窗”“朱户”“飞云”“蘅皋”“彩笔”多用华美绮丽的辞藻，正所谓“其志洁，故其称物芳”（《史记·屈原列传》）。陈廷焯评价说：“此词骚情雅意，哀怨无端，读者亦不自知何以心醉，何以泪堕。”（《白雨斋词话》卷一）

若问闲情都几许？一川烟草，满城风絮，梅子黄时雨。

结尾几句以博喻的修辞手法形容“闲愁”：“一川烟草”是俯视，表现愁绪之多；“满城风絮”是平视，表现愁思之乱；“梅子黄时雨”是仰视，表现愁绪的绵绵不断。由此写出了闲愁的长度、广度和密度，似乎天地之间都充斥着惆怅的情愫，构思奇妙，堪称绝唱。古人在形容愁苦时，有的是以山来比喻愁，例如杜甫诗句“忧端齐终南，澒洞不可掇”（《自京赴奉先县咏怀五百字》）、寇准诗句“夕阳楼上山重叠，未抵春愁一倍多”（《长安春日》）；有的是以水来比喻愁，例如李煜《虞美人》词中“问君能有几多愁？恰似一江春水向东流”，秦观词句“便作春江都是泪，流不尽、许多愁”

(《江城子》)、“春去也,飞红万点愁如海”(《千秋岁》)。但是贺铸这里却一口气用了三个比喻,从俯视到平视,再到仰视,形容愁绪无处不在,笔法更加奇特,意味更加深长。因此,黄庭坚《寄方回诗》称:“解道江南断肠句,只今惟有贺方回。”贺铸也因此赢得了“贺梅子”的雅号。

清人黄苏《蓼园词选》评析此词:“所居横塘,断无宓妃到。然波光清幽,亦常目送芳尘;第孤寂自守,无与为欢,惟有春风相慰藉而已。次阕言幽居肠断,不尽穷愁,惟见烟草风絮,梅雨如雾,共此旦晚,无非写其景之郁勃岑寂也。”贺铸的词作确实蕴含着幽远的寄托、抑郁的愁绪,正如张耒所称“幽洁如屈宋”(《东山词序》)。王灼也说:“世间有《离骚》,惟贺方回、周美成时时得之。”(《碧鸡漫志》卷二)

【拓展阅读】

博　喻

用多种事物比喻一物,在修辞学上称作“博喻”。苏轼的《百步洪》中采用了博喻的手法来形容水势的汹涌磅礴:“长洪斗落生跳波,轻舟南下如投梭。水师绝叫凫雁起,乱石一线争磋磨。有如兔走鹰隼落,骏马下注千丈坡。断弦离柱箭脱手,飞电过隙珠翻荷。四山眩转风掠耳,但见流沫生千涡。”奔腾的急流从高高的围堰上陡然下落,激起万丈波涛,轻舟像梭子一样向南驶去,两岸乱石嶙峋,只留下一条窄窄的水路,吓得船夫失声大叫,叫声惊起凫雁高飞。这里水流湍急,令人怵目惊心,舟行水上,快如奔兔,疾若雄鹰,像骏马从高坡上狂奔而下,像琴弦在不经意间戛然崩断,像飞箭离弦,像闪电过隙,又像颗颗水珠滑过荷叶。人在船中,只觉得四周的山峰仿佛在转动,风从耳边飕飕地掠过,层层巨浪卷起千万个漩涡。……在这里,苏轼一连用了七种形象来表现轻舟行驶的迅捷,淋漓尽致地描摹出百步洪惊心动魄的水势,给人留下了极其深刻的印象。

沈祖棻《宋词赏析》中更注意到民间文学当中此类手法的运用,将汉乐府《上邪》与敦煌曲子词《菩萨蛮》(枕前发尽千般愿)加以比较,指出:

> 前者以高山变平、江水变干、冬天打雷、夏天落雪、天地合并等五种绝对不可能发生的事情,后者以青山烂坏、秤锤浮水、黄河干枯、参辰昼见、北斗南回、三更见日等六种绝对不可能发生的事情来比譬爱情之不可能“绝”和“休”,其联想之丰富,比拟之奇特,感情之深沉,风格之浑厚、纯朴、刚健,又把贺铸这三句比下去了。虽然这三句更其工巧,而且仍不失为佳作。

【阅读思考】

分析此词结尾用博喻写愁的艺术效果。

兰陵王

柳

周邦彦

柳阴直，烟里丝丝弄碧。隋堤上、曾见几番，拂水飘绵送行色。登临望故国，谁识京华倦客？长亭路、年去岁来，应折柔条过千尺。　　闲寻旧踪迹，又酒趁哀弦，灯照离席。梨花榆火催寒食。愁一箭风快，半篙波暖，回头迢递便数驿，望人在天北。　　凄恻，恨堆积。渐别浦萦回，津堠岑寂。斜阳冉冉春无极。念月榭携手，露桥闻笛。沉思前事，似梦里，泪暗滴。

周邦彦(1057—1121)，字美成，号清真居士，钱塘(今浙江杭州)人。早年"疏隽少检，不为州里推重，而博涉百家之书"(《宋史·周邦彦传》)。神宗元丰二年(1079)入京为太学生。六年(1083)因献《汴都赋》称颂新政而得到神宗赏识，擢升为太学正，一时声名鹊起。哲宗元祐二年(1087)出为庐州(今安徽合肥)教授；八年(1093)知溧水县(今属江苏)。绍圣四年(1097)还朝，任国子主簿，还担任过秘书省正字、校书郎、考功员外郎等职。徽宗时期，曾知隆德府(今山西长治)、明州(今浙江宁波)，并曾在朝中任秘书监、提举大晟府。后出知顺昌府(今安徽阜阳)，又提举南京(今河南商丘)鸿庆宫。

周邦彦博学多才，是北宋后期的著名词家，一向被视作北宋词坛的集大成者。著有词集《片玉集》(又名《清真集》)。他的词被后人称为"清真体"或"周美成体"，展现出"富艳精工"(刘熙载《艺概·词曲概》)的独特风格，在结构、技巧、词调、辞藻、用典等各个方面对南宋的姜夔、吴文英诸家产生了重大影响。清人陈廷焯评述道："词至美成，乃有大宗。前收苏、秦之终，复开姜、史之始。自有词人以来，不得不推为巨擘，后之为词者，亦难出其范围。"(《白雨斋词话》卷一)陈匪石《宋词举》也指出:"周邦彦集词学之大成,前无古人,后无来者,凡两宋之千门万户,《清真》一集几擅其全,世间早有定论矣。"

这首著名的咏物词,直到南宋初年仍然在杭州广为传唱。据毛幵《樵隐笔录》记载:"绍兴初,都下盛行周清真咏柳《兰陵王慢》,西楼南瓦皆歌之,谓之'渭城三叠'。"这首词是借咏柳来抒写离愁别绪。"柳者,留也",《三辅黄图·桥》云:"霸桥在长安东,跨水作桥,汉人送客至此桥,折柳赠别。"后来形成了习俗,例如隋朝无名氏《送别诗》云:"杨柳青青着地垂,杨花漫漫搅天飞。柳条折尽花飞尽,借问行人归不归。"李白《忆秦娥》亦曰:"箫声咽,秦娥梦断秦楼月。秦楼月,年年柳色,灞陵伤别。"这首词从隋堤之柳写起,由此渲染出离人心中袅袅如同柳丝的依依别情。

第一叠借隋堤柳树烘托了离别的气氛,具体可以分成两层。开头五句描写汴京城外隋堤上苍老的柳树,简直就是"历史的见证人",目睹过许许多多恋人难分难舍的伤别场景。

◎ (明)沈周 《京江送别图》(局部)

柳阴直,烟里丝丝弄碧。

据宋人孟元老《东京梦华录》卷一记载:"东都外城方圆四十余里,城濠曰护龙河,阔十余丈,濠之内外,皆植杨柳。"第一叠开头即描写堤边杨柳景致。柳阴直,一道长堤,两行垂柳,远远望去柳荫连缀成直线,这里点出了柳树的茂密成荫。如果从绘画的角度来看,这一句的描写属于整体纵向的透视。"烟里丝丝弄碧"转而写柳丝,则属于细部的精雕细琢。烟,形容柳丝浓密如烟。弄碧,柳丝飞舞,闪弄它娇嫩的碧色,由此可见柳丝的姿态婀娜。清新细嫩的柳丝笼罩在青绿如烟的氛围之中,这样就营造出一种朦胧的美。而且这里着一"弄"字,似乎又在表明柳色弄人:它自己漫不经心地随风飘拂,却惹得许多离别之人触目伤情、黯然销魂。"隋堤上"三句表明词人多次在这里送别友人。隋堤,这里是指北宋首都汴梁附近的汴堤。飘绵,指柳絮飘飞。"拂水飘绵"四个字锤炼得十分精致,生动地描摹出柳丝柔婉的情态。

登临望故国，谁识京华倦客？

后面六句接着展现今日离别的情景：自己，一个离别故乡多年而在京华作客的游子，却又将在异乡送别友人（恋人），这就是所谓的“客中送客”。故国，指故乡。京华倦客，作者自指。词人登上高坡，眺望故乡，别人的回归触动了自己的思乡之情。这个厌倦了京城生活的客子的凄凉和忧愁有谁能够理解呢？隋堤上的柳丝只管向行人拂水飘绵表示惜别之情，却从未顾及为人送行的京华倦客。其实，那有家难回、欲归不得的倦客，他的心情才是更加悲怆的！长亭路，代指送别的地点，古人经常在长亭送别。折柔条，即折柳条。古人送别，经常折柳相赠。作者曾经多少次在隋堤上折柳送别，所以大致算起来，自己所折的柳枝的总长度应当远远超过上千尺。一句“应折柔条过千尺”，看似淡淡的一笔，其实包含着无限的辛酸和凄楚。

第二叠抒写词人的离别之情，也具体分成两层。前面四句回忆往事。“闲寻旧踪迹”，是说词人在船开了之后，独自坐在船上，心绪渐渐平定下来，于是很自然地回忆起京华生活的旧事。

“又酒趁哀弦，灯照离席。梨花榆火催寒食”三句，追忆在寒食节前的一个晚上，情人为他送别。趁，追随，伴和。哀弦，哀怨的乐曲声。在送别的宴席上，灯烛闪烁摇曳，伴着哀伤的乐曲痛饮离别之酒，内心的酸楚难以表达。而且前面一个“又”字，表明自从那场离别宴会以后，词人已不止一次地深情回忆，如今坐在船上又不由自主地回想起那番情景。榆火，寒食节这一天禁火禁烟，过完节后另取新火。唐宋时朝廷在清明节这一天取榆树之火以赐百官，因此有“榆火”的说法。“梨花榆火催寒食”点明那次饯行酒宴的时间。一个“催”字又有岁月匆匆、欢情匆匆的无奈和怨叹。

愁一箭风快，半篙波暖，回头迢递便数驿，望人在天北。

这四句描写词人自己从船上回望岸边的所见所感。“一箭风快”，顺风行船，快得像箭一样。“半篙波暖”，竹篙没入水中，因为时节已经接近暮春，水波已暖。船在顺风中行驶得很快，本来应该是令人高兴的事情，但是这里却用了一个“愁”字，这是因为词人不忍离开，他仍然留恋着送别的朋友。回头望去，那人已远在天边。“望人在天北”五个字，包含着无限的怅惘和凄婉。

第三叠进一步抒写渐行渐远之后，不断加深的离愁别绪，同样分成两层。前五句写旅途中所见孤寂凄凉的景象。“凄恻，恨堆积”直接抒情：船行愈远，愁绪愈重，一层一层地堆积在心里难以排遣。

渐别浦萦回，津堠岑寂。斜阳冉冉春无极。

别浦萦回，送别的水滨，水波还在回旋。津堠，码头上用来瞭望的哨所。岑寂，寂静。无极，无边，无际。现在时间已经到了傍晚，渡口冷冷清清，只有瞭望的哨所孤零零地立在那里；再加上斜阳冉冉西下，春色一望无边，空阔寂寥的景象越发衬托出词人内心的孤单。清人谭献对此极为推赏，评析道：“微吟千百遍，当入三昧，出三昧。”（《谭评词辨》）梁启超也说：“绮丽中带悲壮，全首精神提起。”（《艺蘅馆词选》）

念月榭携手，露桥闻笛。沉思前事，似梦里，泪暗滴。

最后五句，词人不禁又想起当初两人“携手”“闻笛”的美好温馨的往事。月榭、露桥，泛指两人昔日夜游的幽美场所。月榭之中、露桥之上度过的那些缠绵的夜晚，都给他留下了难忘的记忆，宛如梦境一般，一一浮现在眼前。想到这里，不知不觉滴下了泪水。“暗滴”是背着人独自滴泪，自己的心事和感情无法使别人理解，也不愿跟别人分享，只好暗自悲伤，孤独地体味这一份刻骨铭心的思念。清人陈廷焯《词则·大雅集》卷二指出：“一则曰‘登临望故国’，再则曰‘闲寻旧踪迹’，至收笔‘沉思前事，似梦里，泪暗滴’，遥遥挽合，妙，有许多说不出处。欲语复咽，是为沉郁。”

整首词作的结构腾挪跳荡、纵横对应、时空交叉，唐圭璋评价为“极吞吐之妙”（《唐宋词简释》）；但是“寒食”“别浦”“津堠”“斜阳”“月榭”“露桥”这些精心组织起来的意象群，又处处都扣应着柳树的形象，以及柳树下友人之间深浓的离愁别绪：也就是“留”的意绪。作品萦回曲折，似浅而深，有吐诉不尽的心事流荡其中，含蓄蕴藉，耐人寻味，大大开拓和深化了情景交融的意境。

【拓展阅读】

周邦彦《兰陵王》词本事

周邦彦博学多才，风流倜傥，宋人陈郁称："贵人、学士、市儇、妓女，皆知美成词为可爱。"(《藏一话腴》)。据称他跟京城名妓李师师关系亲密，曾作《洛阳春》词赠与师师，倾吐倾慕的爱意："眉共春山争秀，可怜长皱。莫将清泪湿花枝，恐花也、如人瘦。　　清润玉箫闲久，知音稀有。欲知日日倚栏愁，但问取、亭前柳。"李师师曾想嫁给周邦彦，清人沈雄《古今词话》引陈鹄《耆旧续闻》说："师师欲委身而未能也。"但是周邦彦却遇到了强劲的"情敌"——宋徽宗赵佶。据宋人张端义《贵耳集》记载，周邦彦有一天来到李师师家，正与她把酒唱词、兴致盎然。突然宋徽宗前来，周邦彦赶紧躲到李师师的床下。宋徽宗随身带了江南刚刚进贡的橙子，拿来与李师师品尝。皇帝与李师师私下的亲昵和调情，都被床底下的周邦彦听在耳里，于是一首描摹他们两人调情场景的词作便酝酿成熟，这就是《少年游》："并刀如水，吴盐胜雪，纤手破新橙。锦幄初温，兽烟不断，相对坐调笙。　　低声问，向谁行宿？城上已三更，马滑霜浓，不如休去，直自少人行。"这首词很快传遍京城，并且传入宫中。宋徽宗听到后龙颜大怒，就把周邦彦贬官到了外地。等到宋徽宗再到李师师那里，恰巧她不在。等了半天，李师师才回来，而且是愁容满面，泪痕交错。宋徽宗问起原因，原来是去为周邦彦饯行送别。宋徽宗听罢此言，顿生醋意。李师师说起周邦彦临行前作了一首慢词《兰陵王》，徽宗便让师师当即唱给他听。于是李师师含着眼泪，声情并茂地演唱了这首词作。宋徽宗听完之后，也是心动神摇，一片爱惜人才之意油然而生，于是便命令让周邦彦官复原职。《贵耳集》关于《少年游》词的本事似乎有凭有据，实际上，却犯了许多常识性的错误。宋徽宗宣和年间，周邦彦已经六十多岁，而且早已离开京城，在外地任职，不久就死在河南商丘。所以王国维写作《清真先生遗事》，在通过周密考证之后，推翻了以上关于周邦彦的"不实之辞"，强调其"立身颇有本末"，并且发誓要将此类玷污古代作家的历史灰尘一概"廓而清之"。

【阅读思考】

分析此词时空交错的结构特点。

蝶恋花

秋　思

周邦彦

月皎惊乌栖不定，更漏将残，辘轳牵金井。唤起两眸清炯炯，泪花落枕红绵冷。　　执手霜风吹鬓影，去意徊徨，别语愁难听。楼上阑干横斗柄，露寒人远鸡相应。

这是一个凄冷的清晨。彻夜未眠的情郎在枕上辗转反侧，他的耳畔传来了外面错杂的声音：鸦啼咿咿呀呀，残漏滴滴答答，辘轳吱吱轧轧。这些声音在离人的心中勾起了无穷的惆怅。在中国古代诗歌里，乌鸦、清漏、梧桐、辘轳等发出的声音，是表现夜晚凄凉、抒发怀人愁绪的典型意象，例如“乌栖不定枝条弱，城头夜半声哑哑”（杨巨源《乌夜啼》）、“熏笼玉枕无颜色，卧听南宫清漏长”（王昌龄《长信秋词》）、“梧桐叶上三更雨，叶叶声声是别离”（周紫芝《鹧鸪天》）、“柳堤芳草径，梦断辘轳金井”（李璟《应天长》）等。仔细品味这首词上片开头三句，则别有一番深意：“月皎惊乌”化用曹操《短歌行》“月明星稀，乌鹊南飞”句意，暗示自己将要远行；“更漏将残”点出长夜已尽、离别在即的特定时刻；“辘轳牵金井”更是催促行人早起，因此都是以清冷的情境表现内心的凄楚。除了这三种声音之外，还有金井里面淅淅沥沥的滴水声。这淅淅沥沥的水声也与离人辛酸苦楚的心灵形成了共鸣，引逗出不忍分别的伤情之泪。所以，乌啼、残漏、辘轳、水声等种种听觉意象与人物的内在情感世界形成了微妙的同构关系，达到了物我契合、主客交融的境界，使得这一切声响“皆著我之色彩”（王国维《人间词话》）。

接下来两句描绘女子将起身而未起身的情态。王世贞《艺苑卮言》称赏此处“形容睡起之妙，真能动人”。然而历来评注家对它的解释却多有分歧。“清炯炯”，泪光盈盈的样子，与花间词人牛希济《生查子》“残月脸边明，别泪临清晓”同出机杼。红泪夺眶而出，落在绵枕之上。“红绵冷”寓示其流泪之久、泪水之多、伤心之极，由此我们也可以想见其离别话语的缠绵、离别情感的深切。

过片由室内转到室外，刻画临别时的情致。“执手霜风吹鬓影”，鬓发飘飘，心旌缈缈，摇曳的青丝隐喻着动荡的愁情，也展现出一种飘荡之美，即如唐人李端《拜新月》所云："开帘见新月，即便下阶拜。细语人不闻，北风吹裙带。""多情自古伤离别"，历来情人分别，有的是"执手相看泪眼，竟无语凝咽"（柳永《雨霖铃》），含不尽之意见于言外；有的是未登程先问归期："此去何时见也，襟袖上，空惹啼痕。"（秦观《满庭芳》）而王实甫的《西厢记·长亭送别》则更是絮絮叨叨，千叮万嘱。这里"别语愁难听"，什么话也听不进，暗示着什么话也说不出，就把"去意徊徨"的愁情渲染得沉郁而激越、真挚而凄婉。

最后，人走远了，痴情的女子依然伫立在高楼之上，看到的是北斗西斜，感到的是寒露袭人，听到的是远处传来的阵阵鸡鸣。鸡声在中国诗歌里也是一种独特的意象。"鸡声茅店月，人迹板桥霜"（温庭筠《商山早行》）、"孤馆灯青，野店鸡号，旅枕梦残"（苏轼《沁园春》）、"马蹄浓露，鸡声淡月，寂历荒村路"（张榘《青玉案》）等，都是借荒寒、凄厉的鸡声，来衬托羁旅行役的悲凉。这首词的末句不仅渲染了多情伤别的痛楚，而且同"离恨恰如春草，更行更远还生"（李煜《清平乐》）、"离愁渐远渐无穷，迢迢不断如春水"（欧阳修《踏莎行》）等以景结情、翻进一层的抒情手法一样，通过路长、人远、鸡声相应，不断地传递出更为深致、绵邈的离愁别恨，这也使得诗歌的情感表达具备了向外延展的张力，创造出含蕴深长、凄迷幽怨的审美境界。同时我们还必须注意到，这鸡声与上片乌啼、残漏、辘轳等声响又遥相连接成一个完整的听觉意象圈，将离人的情感包融在内，最终收到了以声传情、声情并茂的艺术效果。所以清人黄苏评价道："首一阕，言未行前，闻乌惊漏残，辘轳响而惊醒泪落。次阕言别时情况凄楚，玉人远而惟鸡相应，更觉凄婉矣。"（《蓼园词选》）

陈廷焯《白雨斋词话》卷一指出："美成小令，以警动胜，视飞卿色泽较淡，意态却浓，温、韦之外，别有独至处。"这首词写别前、别时、别后的情景，非常形象感人。从室外写到室内，又由室内转到室外，直至路长、人远，层次清晰井然。环境的凄清、心境的凄恻表现得沉郁之至。作品意态的浓厚、气韵的浑成、音节的清雅、笔触的细腻，都显示出作者周邦彦"最为词家之正宗"（戈载《宋七家词选》）的本色。

【拓展阅读】

周邦彦精通音律

周邦彦常常自比为三国时期的周瑜。周瑜是多才多艺的风流人物，不但精通军事，而且是一位高明的音乐家。他对音乐的感觉极其灵敏，纵然是喝了三爵（升）酒之后，只要别人演奏乐曲出现错误，他都能立刻听出来，并马上回眸而视，给对方及时指正。当时就有民谣流传："曲有误，周郎顾。"周邦彦同周瑜一样精通音律，他干脆也自称为“周郎”或“顾曲周郎”，并把自家住宅命名为“顾曲堂”。宋人楼钥《清真先生文集序》也说他“性好音律，如古之妙解，‘顾曲’名堂，不能自已”。周邦彦在提举大晟府官任上自度新曲五十多调。张炎《词源》卷下记载：“迄于崇宁，立大晟府，命周美成诸人讨论古音，审定古调，……由此八十四调之声稍传。……又复增演慢曲、引、近，或移宫换羽，为三犯、四犯之曲，按月律为之，其曲遂繁。”如《瑞龙吟》《六丑》等新调的创制，为宋词的发展开辟了更为广阔的天地。周邦彦在填词时，尤其能够将汉语四声的安排与所配音乐有机结合，从而产生和婉动听的表达效果。王国维《清真先生遗事》称：“读其词者，犹觉拗怒之中，自饶和婉，曼声促节，繁会相宜，清浊抑扬，辘轳交往。两宋之间，一人而已。”

【阅读思考】

理解此词以声传情、声情并沛的艺术特点。

苏幕遮

周邦彦

燎沉香，消溽暑。鸟雀呼晴，侵晓窥檐语。叶上初阳干宿雨，水面清圆，一一风荷举。　　故乡遥，何日去？家住吴门，久作长安旅。五月渔郎相忆否？小楫轻舟，梦入芙蓉浦。

这首词创作于汴京，描写夏日雨后观赏荷花，并且由此引发对于江南故乡的思念。

燎沉香，消溽暑。鸟雀呼晴，侵晓窥檐语。

上片开头四句描写夏日雨后的清晨。因为雨后天气潮湿，所以室内点燃起沉香，来驱除溽暑带来的闷湿气味。“鸟雀呼晴”两句，写天晴以后的早晨景色，“呼”字写活了鸟雀的欢快，“窥”字写活了它们在屋檐下探头探脑、东张西望的活泼神态。

叶上初阳干宿雨，水面清圆，一一风荷举。

这三句是全词的中心，写太阳升起来后的荷塘景色，被王国维赞誉为“真能得荷之神理者”(《人间词话》)。那么所谓的“神理”表现在什么地方呢？水面荷叶一张张是“清圆”的，而叶上还没有全被风吹干的晶莹透明的雨珠也是“清圆”的，亭亭玉立的荷花、荷叶随风轻轻起伏摇摆，碧绿荷叶上的晶莹水珠也随之轻轻滚动，并且在朝阳的照射下闪动着点点的光亮，这种光与色的组合极为柔和恬美。荷花与荷叶的姿态是“一一”挺拔向上的——一个“举”字更加显示出荷花、荷叶的袅娜姿态和旺盛的生命力。同时，清风吹拂，清淡芬芳的荷花的香味扑面而来，使人全然忘却了周围的溽暑，仿佛置身于一片远离尘嚣的清凉世界。词人寥寥几笔素描，就为荷花传神写照，不但表现了荷花的神清骨秀、摇曳生姿，而且营造出一个活泼清远、明洁恬静的优美境界。

◎ （宋）佚名 《出水芙蓉图》 故宫博物院藏

过片“故乡遥”四句直接抒发思乡之情。周邦彦是钱塘人，而钱塘隶属于吴郡，因此称“吴门”，“长安”代指京城汴梁。

五月渔郎相忆否？小楫轻舟，梦入芙蓉浦。

最后三句写思乡之极，由思而入梦。“小楫轻舟，梦入芙蓉浦”，与上片的写景构成微妙的因果联系：因为江南水乡，尤其是词人的故乡杭州西湖，荷花最具地方特色。例如汉乐府民歌《江南》："江南可采莲，莲叶何田田。"唐人白居易《余杭形胜》诗："绕郭荷花三十里，拂城松树一千株。"柳永《望海潮》词："重湖叠巘清嘉，有三秋桂子，十里荷花。"杨万里《晓出净慈寺送林子方》诗："接天莲叶无穷碧，映日荷花别样红。"至今杭州还有"西湖十景"之一"曲院风荷"。作者目睹眼前的荷花，不由得思念起开满荷花的江南故乡。"五月渔郎相忆否"是一句提问，完全是自作多情，字里行间包含着作者深切的思念。这芙蓉浦中的美景和温情，时刻都在令远离家乡的游子魂牵梦绕、无限感怀。在他的美梦之中，与早年的伴侣（五月渔郎）乘舟穿行在江南碧波潋滟的荷花深处，"争渡，争渡，惊起一滩鸥鹭"（李清照《如梦令》）。于是，我们读者也被带进了那一片令人神往、朦胧空灵的艺术境界。

整首词作触景生情，又融情入景，一切都丝毫不露痕迹，真正做到了妙手天成。因此清人周济在《宋四家词选》眉批中评说这篇作品："若有意，若无意，使人神眩。"

【拓展阅读】

周邦彦梦词成谶

据宋人王明清《玉照新志》记载：周邦彦自杭州迁居睦州（在今杭州淳安），梦中作了一首《瑞鹤仙》词，词曰：

悄郊原带郭，行路永、客去车尘漠漠。斜阳映山落，敛余红、犹恋孤城阑角。凌波步弱，过短亭、何用素约？有流莺劝我，重解绣鞍，缓引春酌。　不记归时早暮，上马谁扶，醒眠朱阁。惊飙动幕。扶残醉，绕红药。叹西园、已是花深无地，东风何事又恶？任流光过却，犹喜洞天自乐。

词人醒后犹能全部记诵，只是不知所指为何。过了不久，正当他返回杭州的时候，忽逢方腊起义，这才一一应验了词中所写之事：当时他刚刚进入杭州钱塘门，只见杭州人纷纷四处逃散，而落日正斜挂在鼓楼的檐间，这就应验了词中的"斜阳映山落，敛余红、犹恋孤城阑角"。到了城中，准备回到旧屋居住，却听旁人齐说"不可前往"，只得东奔西跑，一天下来竟没能吃上一口饭。忽然从人群中听得有人呼唤自己，原来是位过去熟悉的歌妓，遂被她邀请到路旁一个小店内饮酒吃饭，此则应验了词中所写的"凌波步弱（形容这位歌妓步态轻盈），过短亭、何用素约？有流莺（指歌妓）劝我，重解绣鞍，缓引春酌"。用过餐后，词人微有醉意，出城来到一座小寺院，见无人住，便栖宿其中，这又应验了“上马谁扶，醒眠朱阁”的词句。此后，他打算投奔扬州，怎奈听说方腊将过江占据江淮之地，于是决定举家迁居到商丘（当时称作“南京”）的鸿庆宫（作者此前曾做过“鸿庆宫提举”），这就是词中所说的“叹西园、已是花深无地，东风何事又恶（指方腊的军队不让人安居）”。而到了商丘鸿庆宫不久，周邦彦就因病亡故。这又应验了词作的最后两句：“任流光过却，犹喜洞天（指鸿庆宫）自乐。”《玉照新志》的作者王明清在记述完此事后又说，周邦彦与他非常要好，抵达商丘后，还特意将这首《瑞鹤仙》托人寄来，却不知此词中所言之事，竟然一直应验到他的死亡，确实让人惊奇不已。

【阅读思考】

理解此词清新淡远的艺术风格。

南宋词导读

一、南宋前期词

公元1127年，宋代历史上爆发了靖康之难，广大士大夫文人的生活和创作环境都发生了很大的变化。他们的前半生，是在北宋末期徽宗朝畸形的和平繁华的环境里度过的，生活比较安逸，大多数作家都歌咏花前月下的风流情事。靖康之难后，人们从缠绵的绮梦中猛然惊醒，民族的屈辱、山河的破碎和广大人民的苦难，都促使他们直面惨痛的现实，去表现战乱时代民族、社会的苦难和忧患，他们的文学作品中也就带上了深重的历史沧桑之感。

南宋初期的词坛呈现出两种倾向。有的词人用慷慨激昂的情调抒发收复中原、救亡图存的豪情壮志。例如抗金英雄岳飞的《满江红》："壮志饥餐胡虏肉，笑谈渴饮匈奴血。待从头、收拾旧山河，朝天阙。"充满着保家卫国、荡平敌寇的必胜信念。陈廷焯在《云韶集》卷四中称此词"何等气概，何等志向，千载下读之，凛凛有生气焉"。他的《小重山》"欲将心事付瑶琴，知音少，弦断有谁听？"则真切地反映了朝廷中投降派的倒行逆施，词人的英雄壮志难以实现，流露出忧深思远、无可诉告的深沉悲郁。

张元幹不畏秦桧淫威，毅然为忠臣志士胡铨送行，并且填制了《贺新郎》（梦绕神州路），既寄寓着国土遭受敌人践踏的满腔悲愤，又表示了对胡铨的大力支持和对投降派的切齿痛恨；"天意从来高难问"，更将批判的锋芒直指决策议和的高宗皇帝，沉郁顿挫，爱憎分明，激愤之情令人感奋至极，"慷慨悲凉，数百年后，尚想其抑塞磊落之气"（纪昀《四库全书总目提要》）。

张孝祥词学苏轼，"骏发蹈厉，寓以诗人句法者也"（汤衡《紫微雅词序》）。他的《六州歌头》（长淮望断）描述中原沦陷后横遭金人践踏的凄凉景象和遗民渴望王师收复失地的心情，谴责当权者对敌人的一味妥协投降，倾吐出词人的满腔忠愤，声情激越顿挫，风格慷慨沉雄，“淋漓痛快，笔饱墨酣，读之令人起舞”（陈廷焯《白雨斋词话》卷六）。《念奴娇》（洞庭青草）通过自然景色的描绘，展露开阔的胸襟、洒脱的情怀，营造出远离尘嚣、遗世独立的妙境。所以说，张孝祥既富清旷雅逸之情，又有雄壮报国之志，他是从苏轼到辛弃疾词风演变进程中关键性的过渡人物。

另一类词人则经历了靖康之难后，词风转向低沉悲怨，表达出凄苦失落的愁绪。宋徽宗赵佶以帝王之尊，降为阶下囚，金人将他与其子钦宗赵桓掳往北方五国城。他在北行途中见到杏花盛开，百感交集，遂作《燕山亭》（裁剪冰绡）词，通过杏花的盛衰巨变，感发人事沧桑，直抒亡国之悲，无限凄怆，千回百折。

词坛才女李清照早年曾写作《词论》，提出了词“别是一家”的主张，强调词体在音律、语言、审美格调等方面有别于诗体的特性，具有重要的价值，“不徒俯视巾帼，直欲压倒须眉”（李调元《雨村词话》卷三）。她的词作给我们留下了如梦幻般活泼灵动的少女的欢乐，留下了清雅高洁的万般缠绵的柔情，留下了关怀现实、豪健奔放的慷慨意气和爱国激情，更留下了历经人生坎坷、家国之痛后悲凉凄婉的情韵。她最终在这“冷冷清清”的社会现实中，“凄凄惨惨戚戚”地走到生命的尽头。我们通过这个活生生的富有个性和气质的杰出女性词人的解读，可以观照南北宋之交的社会现实和世态人心；由个体命运的悲剧，看到整个时代共同的悲剧。

朱敦儒南渡前隐居洛阳，追求清狂放逸的人生境界，早期词作既有沉湎酒色的生活吟唱，又有逍遥隐逸的情怀写照。靖康之难打破了他潇洒自在的水云之梦，他在携家南逃中尝尽了颠沛流离之苦，词的基调也由香艳、闲适、疏放一变而为凄苦、悲怆和激愤，通过苍茫冷落的景象，渲染出悲凉凄苦的情感氛围，抒发了“辞乡去国人”国破家亡的沉痛愁绪。

南宋伟大的爱国诗人陆游同样擅长填词，刘克庄《后村诗话续集》称其词“激昂慷慨者，稼轩不能过；飘逸高妙者，与陈简斋、朱希真相颉颃；流丽绵密者，欲出晏叔原、贺方回之上”。他的不少词作都抒发出自己的报国之志、爱国之情。《诉衷情》（当年万里觅封侯）即是他晚年闲居在山阴故乡时的作品，表达了自己渴望收复中原、重整山河的雄心壮志，以及遭到打击后的痛苦、悲愤的心情。

二、南宋中期词

南宋中期的词坛以辛弃疾的爱国词作成就最高，并形成了规模颇大的辛派词人群体；与此同时，以姜夔为代表的清空骚雅之词，则受到广大文士的推崇，他们都显现出诗意与词体的有机结合。

辛弃疾是南宋最伟大的爱国词人，被陈廷焯赞誉为“词中之龙”（《白雨斋词话》卷一）。他的门生范开在《稼轩词序》中指出：“公一世之豪，以气节自负，以功业自许，方将敛藏其用以事清旷，果何意于歌词哉？直陶写之具耳。”正因为如此，辛弃疾的词作当中充满着英雄的豪情壮气，以及伟大理想与冷酷现实之间剧烈矛盾的深沉感叹。他以“英雄之才，忠义之心，刚大之气”写词，充满了英雄主义色彩，正如陈廷焯《白雨斋词话》卷一所说：“稼轩词仿佛魏武诗，自是有大本领、大作用人语。”在这些作品中，他总是以英雄自许，立志要收复中原，如“我最怜君中宵舞，道男儿、到死心如铁。看试手，补天裂”（《贺新郎》）、“万里功名莫放休，君王三百州”（《破阵子》）、“要挽银河仙浪，西北洗胡沙”（《水调歌头》）等；同时也抒发出怀才不遇、壮志成灰的忧愤。例如《破阵子》（醉里挑灯看剑），词人在梦中重回当年北方英勇抗金的战场，渲染出豪情万丈的英雄气概。“了却君王天下事，赢得生前身后名”，道出了英雄壮士的最高人生理想以及大功告成之后的极度喜悦。然而结尾一句“可怜白发生”，笔锋陡然一转，无情的现实碾碎了词人恢复河山的远大抱负，意绪极其沉痛，充满了无可奈何的悲愤之慨。

在艺术方面，辛弃疾对词体做了很大的改造，采用“以文为词”的手段，进一步促进了词体的散文化，打破了诗、词、文甚至小说的界限，达到了融会贯通、运用自如的境界。他的词能够托古喻今，成功地运用大量的典故，为词作情感增加了历史的厚度；还具备高超的驾驭语言的才能，经常运用古近体诗的句法点化前人诗句，或吸取和融化骚赋、散文、小说、民间口语等入词；又打破了词体固有的格律和韵味，给人以特殊的阅读感受。例如《沁园春》（杯汝来前）采取人与酒杯对话的方式，手法奇特，笔调诙谐。

概括地讲，辛弃疾的词风以豪放为主，悲壮而苍凉，雄奇而沉郁；同时又能刚柔相济，亦庄亦谐，风格多样。辛弃疾狂放不羁的性格、积极进取的爱国精神，形成了他愤世嫉俗的情绪，体现在词里，就是英雄主义的基调。在两宋词史上，辛弃疾的词无论是内容境界、表现方法，还是语言的丰富性、深刻性和开拓性，都可以说是空前绝后的。在开辟和发展豪放词风方面，苏轼、辛弃疾具有精神共通和历史传承的关系；而就词作的艺术个性而言，苏词雅正，辛词的张狂和悲怨则是对以婉约柔厚为正体的传统词学观念的反动，属于变风、变雅之作。

辛弃疾的爱国豪放词风在南宋中期影响巨大，并且成为词坛创作的主流。在他之前，即有陆游、张孝祥等著名词人出现；与他同时的一批词人竞相追慕、模仿稼轩词风，抒发浓郁的爱国激情，风格豪放悲壮，故而形成了风格相近的辛派词人群体，主要人物有陈亮、刘过等。

陈亮是一位喜谈兵事、胸怀大志的奇男子，曾经说自己是“人中之龙，文中之虎”。他的词不作一妖媚之语，爽朗磊落，快言壮语，狂情豪气胜于辛氏。例如《水调歌头》（不见南师久）力斥南宋朝廷的不思恢复、屈辱求和，也表达出抗战必胜的坚定信念，风格奔放直率，粗犷有力。他将填词作为自己发表政治见解的有效途径，“每一章就，辄自叹曰：平生经济之怀，略已陈矣”（叶适《书龙川集后》）。如果说辛弃疾是以文为词，那么，陈亮几乎可以说是“以词为文”。强烈的现实针对性、鲜明的政治功利性和纵横捭阖的议论性，构成了陈亮词最突出的特点；不过这也导致其词存在直露粗豪之弊，有失深蕴之致；但觉剑拔弩张，而缺乏荡气回肠的沉郁厚度。

刘过是倾心崇拜辛弃疾的布衣狂侠，有一腔爱国热情和满身雄豪之气。他的词多豪言壮语，是刻意追步稼轩的表现；但是缺乏深婉沉着之致，开启了叫嚣粗豪之风。其《沁园春》（斗酒彘肩）词突发奇想，思接古今，通过对话的形式，将白居易、林逋、苏轼歌咏西湖的佳句巧妙地嵌入词中，充满着奇丽诡谲的浪漫主义色彩，被岳珂戏称为“白日见鬼”（《桯史》卷二）。

南宋中期以后，恢复中原无望，宋金对峙已成事实，政治形势稍有缓和，城市经济很快发展了起来，苟安享乐之风再度兴起。广大文人面对如此的偏安残局，无可奈何，情绪低迷，士气大大衰落，民风复归柔靡。时代的阴影又促使文人雅士无复柳永般狂游恣纵，他们纷纷结社订谱，分题酬唱，所作更以清雅精致为旨归。在这种词学风尚的背景下，姜夔清空骚雅的词风受到了普遍的推崇。

姜夔词的题材以感时伤世、咏物言志及追述旧日恋情为主。《扬州慢》（淮左名都）感叹历史文化名城扬州遭受金人蹂躏后满目疮痍的残破景象，今昔对照，触目伤怀，通过清冷、孤寂景物的描绘，抒发出刻骨铭心的黍离之悲。他有许多托事咏物的作品，最负盛名的是《暗香》（旧时月色）和《疏影》（苔枝缀玉），皆为借梅托意，表达身世飘零之恨，以及对时世衰微的忧患，写得空灵蕴藉，寄托遥深，真正做到了咏物而不凝滞于物，给读者留下了极为广阔的想象空间，成为千古咏梅文学的杰作。

姜夔的恋情词往往过滤、省略掉缠绵温馨的爱恋细节，只表现离别后的苦恋相思，并且用一种独特的冷色调来处理炽热的柔情，从而将恋情典雅化，赋予柔思艳情以高雅的趣尚和超尘脱俗的韵味。所以清人刘熙载评价“姜白石词幽韵冷香，令人挹之无尽，拟诸形容，在乐则琴，在花则梅也”(《艺概·词曲概》)。

南宋末年词论家张炎极其推崇姜夔词的地位，并以“清空”“骚雅”概括他的词风：“词要清空，不要质实。清空则古雅峭拔，质实则凝涩晦昧。姜白石词如野云孤飞，去留无迹。吴梦窗词如七宝楼台，眩人眼目，碎拆下来，不成片段。此清空质实之说。……白石词如《疏影》《暗香》《扬州慢》《一萼红》《琵琶仙》《探春》《八归》《淡黄柳》等曲，不惟清空，又且骚雅，读之使人神观飞越。”(《词源》卷下)“清空”和“骚雅”就成为姜夔词独特风格的代称。具体而言，“清空”属于词体形式技巧的概括，包括字法的清刚瘦硬、句法的淡雅疏宕、章法的峭拔空灵和意境创造的超逸淡远，由此体现出“骚雅”的意旨，透露出淳雅才士的洒脱人格。

姜夔精通音律，曾经自度曲调为词，每每为一字的音调而反复推敲，以求达到声情吻合的标准。他有十七首旁标工尺谱的歌词流传至今，这是八百年前传承下来的唯一的宋代词乐，在我国音乐文学史上有着极其重要的价值。因此，《四库全书总目提要》说他的词“精深华妙，尤善自度新腔，故音节文采并冠绝一时”。姜夔的词在艺术方面深受周邦彦的影响，同时又能自觉剔除周词软俗柔媚的成分，在内在精神上与辛弃疾词具有共通之处。其词既不同于婉约词的偏于阴柔，又有别于豪放词的过于阳刚，而是以洗练空明的语言、清新刚健的笔调，抒写低回不尽的心境，从而开创了别立一宗的清雅词风，即如清人蒋兆兰所说：“南渡以后，尧章崛起，清劲逋峭，于美成外别树一帜。”(《词说》)陈廷焯《白雨斋词话》卷二也指出：“姜尧章词，清虚骚雅，每于伊郁中饶蕴藉，清真之劲敌，南宋一大家也。”姜夔与辛弃疾，在南宋中期分别是才士之词与豪杰之词的代表，展现出不同的艺术风貌和风格特征。姜词影响非常深远，一直到清代，朱彝尊的浙西词派还掀起了学姜的热潮，形成了“家白石而户玉田”的盛况。

三、南宋后期词

辛弃疾和姜夔这两家词风，在南宋后期都有所继承和发展，形成了词坛上的两大阵营。

辛派词人群体在南宋后期的代表人物是刘克庄和刘辰翁。刘克庄的词，如《贺新郎》(北望神州路)、《玉楼春》(年年跃马长安市)等，都是关怀国家大事，抒发收复中原的激情，谴责南宋朝廷的苟且偷安，风格豪迈奔放、雄健疏宕，“大率与辛稼轩相类”(毛晋《后村别调跋》)。而且由于身处国势衰颓、复兴无望的南宋末期，刘克庄更多忧愤悲凉之音。他以解放的态度看待词体，采取以诗作词的方法，着重发展了词的散文化、议论化手法，说理、叙事运用得非常自由；不过也存在着粗豪有余而深婉不足的弱点。

刘辰翁经历了南宋灭亡的痛苦，更多沧海桑田、黍离麦秀的遗民凄苦之音。其词有辛弃疾的真率而无其超逸，有辛之蕴藉而无其豪迈。如其《柳梢青》(铁马蒙毡)，无限沉郁的遗民之悲充溢在字里行间；另如《兰陵王·丙子送春》《沁园春·送春》，又通过春光消逝的感伤寄寓对南宋王朝灭亡的深切哀悼，“题是送春，词是悲宋，曲折说来，有多少眼泪”(陈廷焯《云韶集》卷九)。

南宋后期的姜派词人规模很大，主要作家有史达祖、吴文英、蒋捷、周密、王沂孙、张炎等。他们的词作都或深或浅地受到姜夔的影响，表现了对于音律、格调、词法的共同关注。不过在具体创作当中，各家风格又自具特色，尤其是吴文英独树一帜，显示出质实密丽的独特词风。

吴文英词学周邦彦，多写男女缠绵情事，表现词人落魄失意的心绪，风格深隐含蓄、浓艳密丽，一般读者难以直接读懂，故而招致颇多非议。沈义父《乐府指迷》说：“其失在用事下语太晦处，人不可晓。”王国维《人间词话》也认为“梦窗诸家写景之病，皆在一‘隔’字”。张炎《词源》卷下更指出其“质实”之病：“吴梦窗词如七宝楼台，眩人眼目，碎拆下来，不成片段。”其实，“词家之有文英，亦如诗家之有李商隐也”(纪昀《四库全书总目提要》)，吴文英词运用多种艺术手法，造成了朦胧绵邈、包蕴层深的表达效果。在字面上，他好用许多华丽鲜艳的字眼，显得五彩缤纷，令人眼花缭乱，使其作品呈现出秾艳绵丽的色泽。在句法上，吴词多排比藻绘，将丽景浓情堆叠并置，生发出抒情的张力和浑厚的意旨，正如况周颐所说：“梦窗密处能令无数丽字一一生动飞舞，如万花为春。”(《蕙风词话》卷二)在章法结构上，吴词少用虚字和连接词提顿，而是以微妙的心绪波动和感情变化为构思线索，打碎人物、事件、景物的完整形象和原有顺序，使之成为自己表情的工具与符号。意脉的连接似断实续，深藏不露，潜气内转，荡气回肠，由此也就创造出了绵密婉曲、凄迷朦胧的艺术境界。

他有一些借古咏今的词作，写得相当成功。例如《八声甘州》(渺空烟四远)，把深秋之景、怀古之叹、伤今之情，以及个人的身世之感融为一体，真幻结合，境界空灵，气骨甚遒，感慨遥深。有些表现恋情之作，感情深挚、格调清朗。例如《风入松》(听风听雨过清明)，词人于苏州西园追怀往事，触目伤怀，因情生幻：“黄蜂频扑秋千索，有当时、纤手香凝。”陈洵《海绡说词》评之曰：“纯是痴望神理。”谭献也评述

道："此是梦窗极经意词，有五季遗响。'黄蜂'二句，西子衾裾拂过来，是痴语，是深语。结句温厚。"（《谭评词辨》）

周密词与吴文英风格接近，作品以写个人身世之感和离情别绪者居多，而且往往融入黍离之悲，所以能尽洗靡曼，独标清丽。代表作为《一萼红》（步深幽），堪称南宋亡国前夕的一曲时代悲歌，陈廷焯评述道："苍茫感慨，情见乎词。虽使清真、白石为之，亦无以过，当为《草窗集》中压卷。"（《词则·大雅集》卷三）

张炎撰有《词源》二卷，对词乐，词体的字面、句法、章法、用事、咏物等技巧问题均做了深入细致的论述，为宋代最具系统性的词学理论著作，奠定了后代词学理论研究的诸多规范和基础。张炎论词极力推崇姜夔的"清空""骚雅"，作词也颇得白石神韵，因而与姜夔并称为"姜张""双白"。张炎词擅长咏物，因其代表作《南浦·春水》和《解连环·孤雁》而博得"张春水"和"张孤雁"的美名。特别是《解连环·孤雁》，乃南宋灭亡之后所作，写尽孤雁的飘零和凄凉；同时作者以失群的孤雁自比，既表露出身遭流离潦倒之苦，也寄托了失去故国家园的沉痛哀思。《四库全书总目提要·山中白云词》指出其"所作往往苍凉激楚，即景抒情，备写其身世盛衰之感，非徒以剪红刻翠为工。至其研究声律，尤得神解，以之接武姜夔，居然后劲。宋元之间，亦可谓江东独秀矣"，对张炎词的精神内蕴和艺术特征做了准确的概括。

王沂孙最擅长咏物词，往往有故国之思、身世之慨的寄托。如其《水龙吟·落叶》《眉妩·新月》通过落叶和新月之喻，隐晦地表露出亡国遗民的无可奈何之境与吞吐难言之苦；《齐天乐·咏蝉》则以凄咽的寒蝉象征宋室的衰亡，也寓托着亡国遗民的凄苦、悲恸。陈廷焯《白雨斋词话》卷二评价道："词法之密，无过清真。词格之高，无过白石。词味之厚，无过碧山，词坛三绝也。"并且称："王碧山词，品最高，味最厚，意境最深，力量最重；感时伤世之言，而出以缠绵忠爱。诗中之曹子建、杜子美也。词人有此，庶几无憾。"

蒋捷词自辟蹊径，斟酌于周、姜与苏、辛之间，往往能融合姜、辛的长处，含蓄而又明快，典雅而不晦涩。例如《虞美人·听雨》通过"听雨"这一生活琐事，分别概括少年、壮年、晚年三个阶段的人生状态，在身世之感的倾诉之中，不难看出时移世换、宋元易代给作者带来的悲痛，却又含而不露、余味无穷。又如《一剪梅·舟过吴江》抒发倦客思归、流光易逝的主旨，但是全篇逐句押韵，读来音韵谐婉悦耳，饶有洒脱之致。整首词如同一支悠扬动听的乐曲，在优雅、舒徐的旋律当中传达出貌似潇洒实复感伤，即便爽洁明丽却又深寓悲凉的独特意韵。蒋捷在宋末词人中卓然自成一家，被刘熙载《艺概·词曲概》称誉为"长短句之长城"。

南宋词作选讲

鹧鸪天

朱敦儒

我是清都山水郎，天教分付与疏狂。曾批给雨支风券，累上留云借月章。

诗万首，酒千觞。几曾着眼看侯王？玉楼金阙慵归去，且插梅花醉洛阳。

朱敦儒(1081—1159)，字希真，号岩壑，人称伊水老人、洛川先生、少室山人等，河南洛阳人。早年自乐闲旷，隐居故里，有朝野之望，屡被征召，但均予辞却。高宗绍兴年间，经故人力劝，始赴临安(今浙江杭州)，赐进士出身，担任秘书省正字、兵部郎官、两浙提点刑狱，后被弹劾罢官，退居嘉禾(今浙江嘉兴一带)。晚年畏惧秦桧的权势，受其笼络，出任鸿胪寺少卿。秦桧死后，再度罢官。

朱敦儒擅长诗词，词名尤著。他的词作多反映遁世隐逸生活，风格清旷明洁；南渡初期，也写过一些感时伤世的词篇，格调沉郁悲凉。著有词集《樵歌》三卷。

《宋史·朱敦儒传》记载："敦儒志行高洁，虽为布衣而有朝野之望。靖康中，召至京师，将处以学官。敦儒辞曰：'麋鹿之性，自乐闲旷，爵禄非所愿也。'固辞还山。"这首词就是他北宋末年从京师返回洛阳后所作，因此题名"西都作"。

词作一开始就直截了当地宣称："我是清都山水郎，天教分付与疏狂。"清都，神话传说中天帝的宫阙。山水郎，为天帝管理山水的郎官。分付，付托。疏狂，不受世间礼法约束。这两句是说：我的天性是爱好山水，是疏狂不羁的。紧接着，"曾批给雨支风券，累上留云借月章"两句是说：自己热爱隐居生活，享有上苍赋予的充分享受大自然的权利，是天帝批准我管理雨、风、云、月的。这实际上概括了朱敦儒在北宋灭亡之前的生活状态。这个时期的朱敦儒，有过"金鞭柘弹趁芳尘"的少年冶游生活，而更多的时间则过着“挑月担花”“旗亭问酒”“萧寺寻茶”（《朝中措》）、“花间相过酒家眠，乘风游二室，弄雪过三川”（《临江仙》）的隐逸生活。但这只是一个方面，它还包含有另外一层意思：我只管大自然的风云、山水，不问人世间的一切事务。这又是词人玩世不恭、愤世嫉俗的一种表现。

诗万首，酒千觞。几曾着眼看侯王？

下片进一步抒写自己的生活和思想感情。“诗万首”三句意思是说：我醉酒吟诗，自得其乐，从来不把王侯将相放在眼里，这就尽显出词人的狂态。杜甫在《饮中八仙歌》中曾经展现李白这样一个“谪仙人”的狂态：“李白一斗诗百篇，长安市上酒家眠。天子呼来不上船，自称臣是酒中仙。”李白在《梦游天姥吟留别》中也宣称：“安能摧眉折腰事权贵，使我不得开心颜！”朱敦儒在这里与李白引为知己，形成精神的相通。

玉楼金阙慵归去，且插梅花醉洛阳。

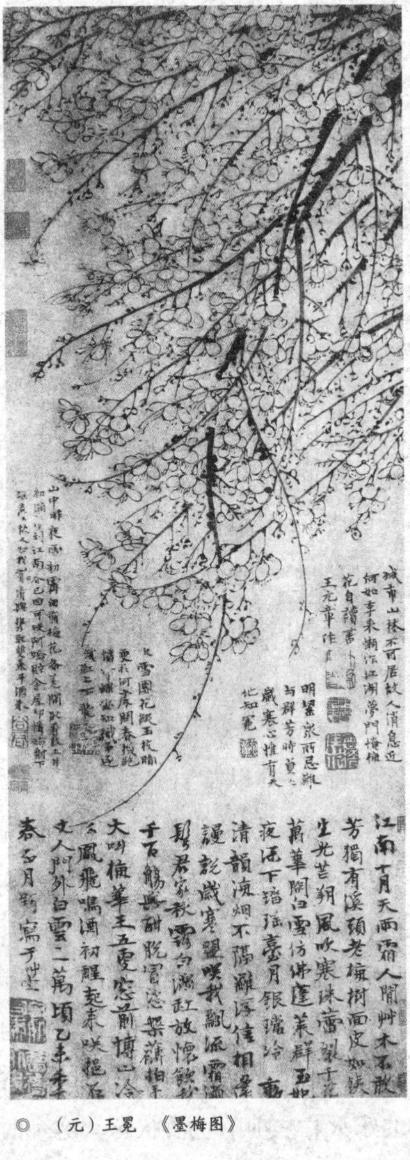
◎ （元）王冕 《墨梅图》

最后，再次展现自己执意归隐的心愿和疏懒狂放的形象。“玉楼金阙”，说的是天上宫殿，实际是指朝廷。这两句字面意思是说：我不愿做官，只愿在洛阳过着诗酒疏狂、隐逸终老的生活。实际上就是表白自己对功名利禄、王侯权贵毫不在意。众所周知，洛阳以牡丹最为知名，词人既然流连于洛阳，为什么不说“且插牡丹醉洛阳”呢？其实是含有深意的。宋人周敦颐《爱莲说》有云：“牡丹，花之富贵者也。”词人既然“志意修则骄富贵矣，道义重则轻王公矣”（《荀子·修身》），当然不肯垂青于象征富贵的牡丹，而宁愿选择独傲霜雪的梅花，例如其《念奴娇》词所咏“千林无伴，淡然独傲霜雪”，这也从一个侧面表现出词人内在高洁的精神追求。因此，清人黄苏《蓼园词选》指出：“希真作梅词最多，以其性之所近也。”

作者以“清都山水郎”自居，萧散疏狂，笑傲王侯，“天资旷逸，有神仙风致”（黄昇《花庵词选》）。

【拓展阅读】

朱敦儒的晚年污点

朱敦儒晚年屈事秦桧、再度出仕的经历，成为其人生的一大污点。宋人邓椿《画继》卷三载：“秦桧当国，有携希真画山水谒桧，桧荐于上，颇被眷遇。与米元晖对御辄画，而希真耻以画名，辄退避不居也。故常告亲友曰：‘吾非善画者，所画多出钱端回之手。’其实非也。”朱敦儒之所以竭力否认画作出自己手，主要是撇清与权臣秦桧有任何关系。然而另一条文献则暴露出其对秦桧心怀畏惧甚至有意吹捧的态度。王明清《挥麈后录》卷十一记载，绍兴十七年(1147)，王明清请求朱敦儒为其父王铚的文集作序。朱氏记载王铚受知于秦桧之事，王明清表示异议。朱解释道：“敦儒与先丈皆秦桧之所不喜。此文传播，达其闻听，无此等语，至掇祸。”王明清不以为然，即举欧阳修《与王深父书》所云“吾徒作事，岂为一时？当要之后世，为如何也”加以反驳，终于使朱氏删除了上述吹捧秦桧的文字。正是在畏祸心理的驱使下，朱敦儒最终慑于秦桧威势而再度出仕。“时秦桧当国，喜奖用骚人墨客以文太平，桧子熺亦好诗，于是先用敦儒子为删定官，复除敦儒鸿胪少卿。”（《宋史·朱敦儒传》）秦桧以敦儒子为要挟，诱迫他再投官场，《宋史·朱敦儒传》称其“老怀舐犊之爱”，周必大则评之曰：“希真老爱其子，而畏避窜逐，不敢不起，识者怜之。”（《二老堂诗话》）绍兴二十五年(1155)十月，七十五岁高龄的朱敦儒来到临安就任新职。岂料仅过半月，秦桧病死，谏官们纷纷上疏揭发秦氏父子的罪行，晚节不终的朱敦儒也遭到朝廷清流的一致讥讽斥责，遂致仕，返回嘉禾。蜀人武横作诗云：“少室山人久挂冠，不知何事上长安。如今纵插梅花醉，未必王侯着眼看。”（缪荃孙《艺风堂文集》卷七）

【阅读思考】

理解此词所流露出来的词人疏狂清旷的个性气质。

燕山亭

北行见杏花

赵 佶

裁剪冰绡，轻叠数重，淡著胭脂匀注。新样靓妆，艳溢香融，羞杀蕊珠宫女。易得凋零，更多少、无情风雨？愁苦。问院落凄凉，几番春暮？　凭寄离恨重重，这双燕，何曾会人言语？天遥地远，万水千山，知他故宫何处？怎不思量？除梦里、有时曾去。无据。和梦也、新来不做。

赵佶（1082—1135），即宋徽宗。宋神宗第十一子。元丰八年（1085）封遂宁郡王。绍圣三年（1096）封端王。元符三年（1100），哲宗死，无嗣，佶以弟继位。初号建中靖国，调和熙宁、元丰与元祐间的党争。不久改元崇宁，任蔡京为相，以绍述神宗为名，立元祐党人碑，变乱新法，国政日非。宣和二年（1120），遣使约金攻辽，成为导致北宋灭亡的祸因。宣和七年（1125），金灭辽后乘势南下，进逼汴京。赵佶传位赵桓，自称太上皇。靖康二年（1127）北宋沦亡后，赵佶、赵桓父子俱被掳北迁。绍兴五年（1135），赵佶卒于五国城（今黑龙江依兰），年五十四。

赵佶崇奉道教，自称教主道君皇帝。擅书法，创“瘦金体”。工花鸟，能诗词。宋人吴曾《能改斋漫录》卷十六称：“徽宗天才甚高，于诗文之外，尤工长短句。”

公元 1127 年北宋灭亡后，宋徽宗赵佶被掳往北方五国城，北行途中见杏花，托物兴感而作这首《燕山亭》词。清人徐釚《词苑丛谈》卷六云：“徽宗北辕后，赋《燕山亭・杏花》一阕，哀情哽咽，仿佛南唐李主，令人不忍多听。”王国维《人间词话》也称李后主词“真所谓以血书者也。宋道君皇帝《燕山亭》词，亦略似之”。

裁剪冰绡，轻叠数重，淡著胭脂匀注。

赵佶是北宋著名的工笔花鸟画家，所绘花鸟生动逼真、细致入微。此词上片即以工笔花鸟写生的绘画技巧，细腻描摹杏花的优美姿态和独特风神。开头六句采用拟人手法，将杏花写成一位美女，表现其无比妍丽，笔触轻灵传神。“裁剪冰绡，轻叠数重”，她穿着的衣裙，是巧手剪裁冰清玉洁的丝绸，再层层打叠而成，由此描绘出杏花花瓣重叠的状貌质地。“淡著胭脂匀注”，在她的脸上，匀称地涂抹上一层淡淡的胭脂，更显得风姿绰约。“新样靓妆，艳溢香融，羞杀蕊珠宫女”，她的发式妆束新颖时尚，明艳照人，香气四溢，就连天上蕊珠宫的仙女，见了也会自惭形秽。这里不仅写出了杏花的色泽、气味，而且通过比较、夸张的手法，渲染出其美艳绝伦的风采。

◎ （宋）赵佶 《腊梅山禽图》 台北故宫博物院藏

接下来五句“易得凋零，更多少、无情风雨？愁苦。问院落凄凉，几番春暮”，仍然写杏花，但是笔意急转直下，哀叹其凄楚凋零之悲。美好的事物总是转瞬即逝，杏花本自娇弱，又遭遇几多风雨的无情摧残，满怀愁苦，如今在这冷寂凄凉的院落里，还有谁来过问这些美丽的杏花，又经历过几番春暮？至此，词人由工笔细描转为虚拟想象，在对于杏花的咏叹当中，寄寓着词人自身的悲慨。这“凋零”的杏花既是作者自喻，也是北宋故国的写照。“无情风雨”，以大自然的现象喻指时代的政治风暴、金兵入侵的战争烽火。

下片抒写故国之思和离恨哀情，层层深入，愈转愈深，愈深愈痛。“凭寄离恨重重，这双燕，何曾会人言语”，词人先把“离恨”托给“双燕”传达，但“双燕”不通人语，无法表达；即使它们能够传达，但“天遥地远，万水千山”，它们也很难飞到，难以寻觅那故国宫殿。由此隐含着江山易主、物是人非，悲情无处倾诉的凄楚。恰如李煜《虞美人》词中所咏叹的那样：“雕栏玉砌应犹在，只是朱颜改。”

在令人绝望的无可奈何之际，词人只得寄情于梦，希望在梦里能够回归故国：“怎不思量？除梦里、有时曾去。”

无据。和梦也、新来不做。

然而可悲的是，近来连梦都做不成了，梦魂归国的希望也完全破灭。清人贺裳《皱水轩词筌》中把此词与李煜《浪淘沙》“梦里不知身是客”相比较，认为这里的结拍两句“其情更惨”。

词人用纡徐曲折之笔，层层深入地抒写委婉凄恻之情。赵佶身为亡国之君，一位饱受凌辱的阶下囚，在苦寒的北地抒写出欲死不能、盼归不得的凄楚心绪，感人肺腑，读之令人荡气回肠。明人杨慎《词品》卷五说：“词极凄惋，亦可怜矣。”沈际飞说得更为形象：“猿鸣三声，征马踟蹰，寒鸟不飞。”（《草堂诗余正集》）

【拓展阅读】

宋徽宗崇道亡国

宋徽宗赵佶喜欢道教，奸相蔡京便撺掇他大兴道观。政和七年（1117）二月，诏令天下大小州县一律要建“神霄玉清万寿宫”。徽宗还自封为“教主道君皇帝”。其间又铸九鼎，建明堂（帝王宣明政教之所），修方泽（古代夏至祭地祇的方坛），设置大晟乐府（整理制作乐曲的机构）、书院、画院。蔡京为此取了一个特别响亮的口号，叫作“丰亨豫大”（《周易》中的词语，本指富饶安乐之象，自从蔡京用过之后，便成了奢侈挥霍的代称）。蔡京摸准了徽宗脾性，投其所好：徽宗喜欢书画，他就尽力四处搜罗；徽宗喜欢花石，他就在汴京主持修建“艮岳”，把南方的奇花异石辇运到京城。当年运送花石的船队叫“花石纲”，使得无数人倾家荡产、丢了性命。当时的朝廷处在乌烟瘴气的状态中。陆游《老学庵笔记》卷四说：“蔡京为太师，赐印文曰‘公相之印’，因自称‘公相’。童贯亦官至太师，都下人谓之‘媪相’。”正是君臣昏聩、文恬武嬉，最终导致北宋于靖康二年（1127）被金国所灭。

【阅读思考】

理解此词层层深入抒写亡国之悲的结构艺术。

渔家傲

李清照

天接云涛连晓雾，星河欲转千帆舞。仿佛梦魂归帝所。闻天语，殷勤问我归何处？　我报路长嗟日暮，学诗漫有惊人句。九万里风鹏正举，风休住，蓬舟吹取三山去！

李清照(1084—1155?)，号易安居士，齐州章丘(今属山东济南)人。少年时即有才名。徽宗建中靖国元年(1101)，嫁太学生赵明诚。明诚以门荫入仕，历任知州，是著名的文物收藏家和金石考古学家。靖康之变发生后，明诚仕宦于南宋高宗政权，清照载书相从。建炎三年(1129)，明诚在建康(今江苏南京)病卒。清照晚年孤苦无依，转徙浙东、浙西各地，寄人篱下，郁郁而终。

李清照少有才藻，雅擅诗文，能书画，尤以词闻名于世，号称"易安体"。前期词多写闺情，不乏清新优美之作；南渡后所作多故国之思与身世之感，风格一变为低回婉转、凄苦深沉。著有《漱玉词》。在词学理论上，所撰《词论》是一篇重要的词学批评文章，历评盛唐至北宋诸公歌词，创立了词"别是一家"之说，在中国文学批评史上具有特殊的地位和意义。

李清照的词以婉约著称，但是也有风格豪放的一面。这首《渔家傲》词"用《离骚》《远游》的感情来写小令，不但是五代词中所没有的，就是北宋词中也很少见"(夏承焘《李清照的豪放词〈渔家傲〉》)。

天接云涛连晓雾，星河欲转千帆舞。

这首词词题一作"记梦"，整篇都是描写梦境，想象非常奇特。上片开头就描写梦境:苍天连接着白浪翻飞的波涛,整个画面又都弥漫着浓密的晨雾。银河即将转动,里面有上千只帆船在翩翩起舞。这样的梦境富有奇思妙想,神幻莫测。

“仿佛梦魂归帝所。闻天语,殷勤问我归何处?”天,指天帝。李白《飞龙引》即云:“造天关,闻天语,屯云河车载玉女。”梦魂在壮阔的海景中飘荡,最后竟飘向了天帝的居所,而且亲耳聆听到天帝的殷殷垂问。这三句写梦中的联想,显得惝恍迷离。

下片以“我报”二字接引上文。“我报路长嗟日暮,学诗漫有惊人句。”“我”回答天帝,自己学习写诗,尽管也有令人叹服的佳词丽句,但在人生道路上却屡遭挫折,前途渺茫。“路长”“日暮”都是化用了屈原《离骚》“欲少留此灵琐兮,日忽忽其将暮”“路曼曼其修远兮,吾将上下而求索”。李清照的个性当中自有女性少有的豪迈清雄之气,也曾经创作过“生当作人杰,死亦为鬼雄。至今思项羽,不肯过江东”(《乌江》)、“南渡衣冠少王导,北来消息欠刘琨”“南来尚怯吴江冷,北狩应悲易水寒”这样的“惊人”诗句,却始终难以实现自己的人生理想。在这落日黄昏,词人顿感岁月匆匆流逝的悲哀,故而发出如此沉痛的惆怅嗟叹。

九万里风鹏正举,风休住,蓬舟吹取三山去!

鹏,古代神话传说中善于远飞高举的大鸟。《庄子·逍遥游》云:“穷发之北,有冥海者,天池也。……有鸟焉,其名为鹏,背若泰山,翼若垂天之云,抟扶摇羊角而上者九万里。”李白《上李邕》诗亦云:“大鹏一日同风起,抟摇直上九万里。”蓬舟,像蓬草一样的轻舟。三山,古代传说中在渤海上的蓬莱、方丈、瀛洲三座仙山。《史记·封禅书》曰:“自威、宣、燕昭使人入海,求蓬莱、方丈、瀛洲。此三神山者,其传在渤海中,去人不远,患且至则船风引而去。盖尝有至者,诸仙人及不死之药皆在焉。其物禽兽尽白,而黄金银为宫阙。未至,望之如云;及到,三神山反居水下。”最后她要那强劲的风势不要停歇,好让它把自己的小船一直吹到神奇美丽的三山仙境,字里行间都流露出作者摆脱狭小、寂寞的现实生活樊笼,渴求更为壮丽、广阔的精神世界的强烈愿望。

这首词托梦述志,融屈原“上下求索”与李白“梦游天姥”的深邃,意境阔大雄健,风格豪迈奔放。词人所写的梦境不仅丰富奇丽,而且富有层次,视听结合,浮想联翩,呈现出立体梦境的特殊韵味。梁启超认为这首词“绝似苏辛派,不类《漱玉集》中语”(梁令娴《艺蘅馆词选》乙卷)。因此沈曾植指出,李清照的词给人以不同的审美感受:“自明以来,堕情者醉其芬馨,飞想者赏其神骏。易安有灵,后者当许为知己。”(《菌阁琐谈》)李清照这首《渔家傲》正是其“神骏”词风的代表作。

【拓展阅读】

李清照的《词论》

李清照是一位超凡脱俗、独标个性的“花中第一流”。她创作了一篇著名的词学理论文章《词论》,在词学史上具有崇高的地位。在这篇论文里,她强调词体有别于诗体的音乐特性,提出词“别是一家”的论断,点评北宋诸多词人,指出柳永、晏殊、欧阳修等人词作当中的种种毛病,并且认为苏轼的词只是“句读不葺之诗耳”。此论一出,舆论哗然。广大文士对于一个女子公然批评当代名公大家感到既惊诧又恼怒,纷纷对她进行责难,有的骂她“蚍蜉撼大树,可笑不自量”,有的说她“自恃其才,藐视一切”,有的不满她竟然“以一妇人能开此大口”。王灼在《碧鸡漫志》卷二中首先承认李清照文学创作的成就:“若本朝妇人,当推词采第一。”但是接着就对她进行大肆攻击:“(李清照)作长短句能曲折尽人意,轻巧尖新,姿态百出,闾巷荒淫之语,肆意落笔。自古缙绅之家能文妇女,未见如此无顾藉也。”客观地讲,李清照这种批判一切、否定一切的姿态,虽然不尽科学合理,但是也显示了非常高超的艺术判断能力。

【阅读思考】

理解此词通过梦境表现“神骏”词风的艺术特征。

醉花阴

李清照

薄雾浓云愁永昼,瑞脑销金兽。佳节又重阳,玉枕纱厨,半夜凉初透。
东篱把酒黄昏后,有暗香盈袖。莫道不销魂,帘卷西风,人比黄花瘦。

恩格斯说过:“痛苦中最高尚的、最强烈的和最个人的——乃是爱情的痛苦。”闺中思妇独守空房,忍受着丈夫远别的孤寂,变得身形憔悴、黯然神伤。李清照与丈夫赵明诚情深意笃。后来赵明诚外出做官，给夫妻琴瑟相和、美满和谐的生活插进了几分离别相思的痛苦，促使李清照写下了一首首优美动人的离别闺怨词作。这首《醉花阴》词即描写重阳节怀念远在他乡的丈夫。

上片描写这一天从早到晚天空中都布满着“薄雾浓云”，这种阴沉沉的天气最使人感到抑郁愁闷。思妇独守空闺，呆呆地凝视着香炉中瑞脑香飘散出的袅袅青烟，这是一种百无聊赖的情态。重阳节的晚上，秋气渐凉，李清照在与丈夫欢聚的时候，曾经觉得这是最适宜安眠的时节，例如其《丑奴儿》词所咏：“绛绡缕薄冰肌莹，雪腻酥香，笑语檀郎，今夜纱厨枕簟凉。”然而如今她独守空房，难以入睡，感受到如白玉般的瓷枕和纱帐在半夜时分给人带来丝丝凉意。这里极其细腻地描写思妇身体肤觉上的寒冷，同时也隐含着她内心的孤独凄凉。

下片写思妇为了排遣愁绪，黄昏后独自饮酒赏菊。她行走在菊花丛中，袖子里沾满了菊花的清香。这里化用了陶渊明的诗句“采菊东篱下，悠然见南山”（《饮酒》），显示出李清照不同流俗的高雅情趣；同时也隐含了“馨香盈怀袖，路远莫致之”（《古诗十九首·庭中有奇树》）的夫妻暌隔之憾。

莫道不销魂，帘卷西风，人比黄花瘦。

◎ （宋）姚月华 《胆瓶花卉图》

最后三句是千古名句。江淹《别赋》中说："黯然销魂者，惟别而已矣！"李清照饮酒赏菊，然而借酒浇愁愁更愁，她的心中真是愁深似海！唐人元稹《菊花》诗云："秋丛绕舍似陶家，遍绕篱边日渐斜。不是花中偏爱菊，此花开尽更无花。"虽然承接陶渊明诗歌的传统，但是增添了萧瑟衰残的意蕴。李词这里也将词人与菊花做了直接的感情联络：瑟瑟西风掀起了珠帘，珠帘中的李清照更是"人似黄花瘦"。李长之《论李清照》分析道："先是已经忘了自己，同情于菊花之瘦，次又发现自己之瘦，最后才见出自己之瘦还有过于菊花者，她的生命似早已与菊花化而为一了。"这里通过清丽的画面、新颖的比喻，格外形象地展现出痴情思妇高雅的格调、深浓的情致。清人许宝善《自怡轩词选》卷二评之曰："幽细凄清，声情双绝。"

据元人伊世珍《瑯嬛记》卷中记载，李清照将这首词寄给丈夫赵明诚后，赵明诚颇不服气，于是闭门谢客，废寝忘食三天三夜，终于仿作了五十首《醉花阴》，再将妻子的这首《醉花阴》混杂在其中，请好友陆德夫品评。陆德夫玩味再三，说："只三句绝佳。"赵明诚连忙问是哪三句。陆德夫答道："莫道不销魂，帘卷西风，人比黄花瘦。"至此，赵明诚不得不叹服妻子李清照的创作才华。

【拓展阅读】

李清照与赵明诚志同道合

李清照和赵明诚因缘巧合，一见钟情，志趣相投，婚后生活非常美满。大观元年（1107），李清照和赵明诚夫妻隐居在青州（今山东益都）乡下，长逾十年。为了淡泊明志，便取陶渊明《归去来兮辞》中"归去来兮"和"审容膝之易安"的意思，把书房称为归来堂，将居室叫作易安室。在这个时期，他们沉湎于金石书籍的整理研究之中，感到其乐无穷。赵明诚在妻子的协助下，根据多年来搜集到的钟鼎彝器及石刻碑文，编成了学术价值很高的金石学著作《金石录》三十卷。李清照后来在《金石录后序》中追忆自己跟丈夫在一起鉴赏金石书画时融洽的夫妻感情：每天晚饭后，夫妻两人点一支蜡烛，共同端坐在归来堂里煮茶，指着任何一本书籍，互相比赛记忆力："言某事在某书某卷，第几叶第几行。以中否胜负为饮茶先后。中则举杯大笑，或至茶覆怀中，不得饮而起。"在如此志同道合的美满生活中，产生了许多优美而深情的爱情词作。

【阅读思考】

理解此词名句"莫道不销魂，帘卷西风，人比黄花瘦"的艺术魅力。

永 遇 乐

李清照

落日熔金，暮云合璧，人在何处？染柳烟浓，吹梅笛怨，春意知几许！元宵佳节，融和天气，次第岂无风雨？来相召、香车宝马，谢他酒朋诗侣。　中州盛日，闺门多暇，记得偏重三五。铺翠冠儿，捻金雪柳，簇带争济楚。如今憔悴，风鬟雾鬓，怕见夜间出去。不如向、帘儿底下，听人笑语。

永遇乐，又名消息，始见柳永《乐章集》。据宋人张端义《贵耳集》卷上记载：李清照“南渡以来，常怀京洛旧事，晚年赋元宵《永遇乐》词”。此词作于南宋高宗绍兴九年(1139)。作品通过南渡前后元宵佳节的对照，展现了词人晚年落寞凄凉的心境，既包含深沉的故国之思，也融有哀婉的华年之忆。

上片开篇“落日熔金，暮云合璧”二句描写夕阳带着一抹金黄，那耀眼的光芒就像正在熔解的金子一样；黄昏时的云彩连成一片，就像是一块块璧玉连缀成的。这里化用了唐人杜牧《金陵》“日落水浮金”、宋人廖世美《好事近》“落日水熔金”，以及南朝梁代江淹《休上人怨别》诗“日暮碧云合，佳人殊未来”。“熔金”“合璧”色彩浓淡相映，极具美感。但接以“人在何处”的怅问，却见出其情怀与眼前的美景良辰并不相洽。

染柳烟浓，吹梅笛怨，春意知几许！

此三句描写初春景色，寄寓感慨：浓烟染柳是写视觉，显示出一派迷蒙景象；传来笛曲《梅花落》的悲凄之音，这是写听觉，暗用了李白《听黄鹤楼上吹笛》“一为迁客去长沙，西望长安不见家。黄鹤楼中吹玉笛，江城五月落梅花”的诗意，渲染出一股深浓的悲怨，由此引逗出词人的身世感慨；“春意知几许”，不仅哀叹春意阑珊，更流露出国家沦亡、家庭破碎、身世沦落种种凄楚之情。

“元宵佳节，融和天气”，似稍有欢庆之意。元宵佳节，天气很好，但是“次第岂无风雨？”这是受尽人生磨难和种种不幸刺激的人所特有的战战兢兢、多疑多虑的精神状态的形象写照，而造成这种心态的正是国破、家亡、夫死的巨大生活变故。唯因沉湎在国家与个人的双重不幸中，景色愈美，便愈能勾起她对昔日大好时光的眷怀，而结果又必然是倍感今日之孤苦无依。“来相召、香车宝马，谢他酒朋诗侣”，她谢绝酒朋诗侣的邀请，也就不是一种乖张行为，而是因意兴阑珊、情绪落寞，不愿强迫自己去适应那欢乐的场面。

下片开头“中州盛日”以下六句抚今思昔，追忆当年欢度元宵的情形。那时节，社会富庶繁荣，自己也生活悠闲，对每年的元宵佳节十分重视。头上戴着翡翠冠子，还插上应景的首饰，穿戴起来十分漂亮。词人着意描述当日自己与女伴是如何盛妆出游，各存媲美斗艳之意，尽显女性骄傲自矜的心性，并且用来与下片所写离群索居的生活现状加以鲜明对照。词人以“中州盛日”领起，说明她所深切怀念的不只是早已逝去的一己幸福生活，而且包括整个北宋承平时代。作品主题的深刻性，正体现在这里。

如今憔悴，风鬟雾鬓，怕见夜间出去。不如向、帘儿底下，听人笑语。

最后五句转回眼前情景，侧重写自己的憔悴容颜和散乱鬓发。过去她曾经欢天喜地地外出游玩，穿戴得非常时髦，但是如今容颜憔悴，头发像乱草一样松散、枯黄，所以她害怕夜间出来，与别人共度元宵佳节，“不如向、帘儿底下，听人笑语”，最后，默默无言地听人笑语，反映了词人处境的孤独悲凉，所有的眼泪只往肚里咽。这样的痛苦其实比长歌当哭还要郁闷，还要深沉。唐圭璋评析说：“从听人笑语，反映一己之孤独悲哀，默默无言，吞声饮泣，实甚于放声痛哭。”（《读李清照词札记》）

过了一个半世纪之后，南宋末年的词人刘辰翁创作了这首《永遇乐》的和作，他的词前小序写道：“余自乙亥(1275)上元诵李易安《永遇乐》，为之涕下。今三年矣，每闻此词，辄不自堪。遂依其声，又托之易安自喻。虽辞情不及，而悲苦过之。”刘辰翁通过李清照词中在元宵佳节抒发出来的今昔对照的悲凉，看到了国家的灭亡和广大人民的痛苦，从而引发出强烈的感情共鸣。

【拓展阅读】

李清照的晚年生活

北宋的灭亡，彻底改变了李清照的生活与命运。靖康二年(1127)三月，赵明诚到金陵（今江苏南京）为母亲奔丧，八月被南宋朝廷任命为建康知府。李清照随即载运十五车珍贵的金石书画文物南下，从此步入漂泊江南的苦难历程。建炎三年(1129)，明诚在建康不幸病卒。李清照更加孤苦伶仃，过着颠沛流离的生活，饱尝了人间的苦难。先是害了一场大病，奄奄一息。而此时正值金兵南下，战争形势十分危急。李清照不得不强撑着病弱的身体，继续向南避难。这时又有趁火打劫的歹徒，盯上了李清照珍贵的金石文物，于是制造了“玉壶颁金”的诽谤之词。当初，赵明诚生病的时候，有一个名叫张飞卿的学士拿了一把玉壶请赵明诚鉴定，后来传言这把玉壶是赵明诚的，卖给了金人，因此有通敌卖国的嫌疑。李清照为了替丈夫辩白，便携带着这些金石文物，日夜兼程地追赶在东南沿海逃命的宋高宗，打算把这些宝贝都献给朝廷。她不畏艰险，跑遍了浙江各地，都没能赶上高宗皇帝，只好客居到越州(今浙江绍兴)一个姓钟的农民家里，不料所剩无几的金石书画再次遭到盗窃。孤苦无依的李清照，转徙浙东、浙西各地，寄人篱下，历尽风波，孤苦伶仃地度过她寂寞不幸的晚年。

【阅读思考】

理解此词情景反衬、今昔对照的艺术表达效果。

声声慢

李清照

寻寻觅觅，冷冷清清，凄凄惨惨戚戚。乍暖还寒时候，最难将息。三杯两盏淡酒，怎敌他、晚来风急？雁过也，正伤心，却是旧时相识。　满地黄花堆积，憔悴损、如今有谁堪摘？守着窗儿独自，怎生得黑！梧桐更兼细雨，到黄昏、点点滴滴。这次第，怎一个愁字了得！

这首词借秋景渲染愁情，抒写词人寡居江南的孤苦凄凉，是李清照晚年的代表作。

寻寻觅觅，冷冷清清，凄凄惨惨戚戚。

上片一开头，直接铺叙自己遭到不幸以后的精神状态。“寻寻觅觅”，侧重写动作。她心神不定，好像丢掉了什么似的，在这百无聊赖的时候，竭力去寻找精神上的寄托和安慰。事实上，她失去的东西太多了——昔日幽静的后花园没有了，素雅的书房不见了，金石书画丢失了，诗词文稿散佚了；更重要的是，终生相濡以沫的伴侣又离开了自己。在这空荡荡的屋子里，她孑然一身，寻来觅去，一无所获，拿什么来慰藉自己的孤魂呢？因此，这"寻寻觅觅"四字虽然仅仅是一个动作的描绘，却又蕴含着国破家亡和失去亲人的深痛悲哀。

"冷冷清清"侧重写外在的环境。作者从"寻觅"往事开始，又被"冷冷清清"的现实环境弹了回来，终于落进了一种无法自拔的痛苦心境中。

所以最后的"凄凄惨惨戚戚"也就是由上面的动作、环境而引发出来的主观心理上的悲哀。这是一种更加深痛的悲哀！一开头的十四个叠字都是舌尖音和齿音，它们连在一起读，形成交错摩擦，突出了幽咽的声情效果，流露出女性词人欲说还休的复杂心态。宋人张端义将这十四个叠字比喻为"公孙大娘舞剑手"（《贵耳集》卷上），清人徐釚也将它比喻为"大珠小珠落玉盘"（《词苑丛谈》卷三）。元人乔吉想跟李清照比赛，创作了《天净沙》："莺莺燕燕春春，花花柳柳真真。事事风风韵韵，娇娇嫩嫩，停停当当人人。"却被陈廷焯嘲讽为"丑态百出"（《白雨斋词话》卷七），仅仅是文字游戏而已；李清照却运用这些叠字准确地表达出自己的失落和惆怅。

李清照这一首《声声慢》是慢词，她所慢慢写来的是自己深沉的悲哀，就像是春蚕吐丝一样，将这种悲哀的情绪慢慢地表达了出来。梁启超评价说："此词最得咽字诀，清真不及也。"（梁令娴《艺蘅馆词选》乙卷）所说的"咽"，是指笼罩全词的悲愁而凄厉的情感氛围。他还分析指出："这词是写从早到晚一天的实感，那种茕独凄惶的景况，非本人不能领略。所以一字一泪，都是咬着牙根咽下。"（《中国韵文里所表现的情感》）

首先写自己的健康状况："乍暖还寒时候，最难将息。"气候冷暖不定的时候最难调养好身体，这里明写气候多变，身体不好，暗写心情痛苦。正因为她心情痛苦，所以对气候的细微冷暖特别敏感。

"三杯两盏淡酒，怎敌他、晚来风急？"上一句是借酒浇愁，下一句写秋风萧瑟。喝那么一点点味道很淡的薄酒，怎能抵挡住寒风呢？其实是借酒浇愁愁更愁，秋风袭人愁更愁。

"雁过也，正伤心，却是旧时相识。"正在她寻觅寄托，愁绪难以排遣的伤心时刻，一群鸿雁飞来。鸿雁传书，是爱情的美好象征。但是大雁的飞翔，却勾起了李清照对于过去生活的无限回忆；而这些回忆中的快乐又跟眼前孤身独处的寂寞相对照，就更加使她伤心。“旧时相识”是在痛苦的心境里产生的一种错觉。这种错觉使她回想起当初与丈夫两地寄书、情意绵绵的情形。例如其《一剪梅》词所云：“云中谁寄锦书来？雁字回时、月满西楼。”那是一种甜蜜的闲愁；而今非昔比，物是人非，于是她的心更加破碎了。

接下来，作者由抬头仰望转为低头俯视：“满地黄花堆积，憔悴损，如今有谁堪摘？”黄花（菊花）满地，是深秋的败落景象。这里明写凋落的黄花，实际是把自己比喻为黄花。李清照过去也曾借“人比黄花瘦”来表示自己高雅、端庄的人品；而现在时代不同了，心境也都改变了。“憔悴损，如今有谁堪摘？”李清照已经容颜憔悴、心灰意懒了，还有谁有那番兴致去摘取它、玩赏它呢！国破家亡，无限凄凉，“如今有谁堪摘？”这句反问之中满含着对自己不幸的命运绝望的情感。

“守着窗儿独自，怎生得黑！”怎生，怎么。孤单单地一个人守在窗前，怎么才能熬到天黑呢！这是一个特写镜头，集中流露出李清照的孤身一人、形影相吊。“怎生得黑！”是一声叹息，体现出自己苦熬岁月、度日如年的孤独心境。词人善用千锤百炼的口语度入音律，使得每一个字的感情抒写无不从肺腑流出。正如清人彭孙遹《金粟词话》所云：“李易安‘被冷香销新梦觉，不许愁人不起’‘守着窗儿独自，怎生得黑’，皆用浅俗之语，发清新之思，词意并工，闺情绝调。”刘永济更说：“后人论词，每喜把李清照同李煜并称为二李，原因是他们所遭遇的时代都是由盛而衰，都是经过国破家亡的惨痛，又都是能用寻常的语言表达深婉的情感。”（《唐五代两宋词简析》）

梧桐更兼细雨，到黄昏、点点滴滴。

这三句写景，渲染悲凉气氛。这是撩人伤感的典型景象。俗话说：“前不种杨，后不种柳，当院里不种鬼拍手。”所谓“鬼拍手”，就是指梧桐。落叶象征飘零，细雨惹人心烦。白天苦熬着日子，好不容易挨到了黄昏，想不到又添上了这梧桐细雨。这点点滴滴的雨声，仿佛不是落在地上，而是敲击在词人破碎的心上！即如李清照《添字丑奴儿》词云：“窗前谁种芭蕉树，阴满中庭。阴满中庭。叶叶心心，舒卷有馀清。　伤心枕上三更雨，点滴霖霪。点滴霖霪。愁损北人，不惯起来听。”花间词人温庭筠《更漏子》亦云：“梧桐树，三更雨，不道离情正苦。一叶叶，一声声，空阶滴到明。”元人白朴《梧桐雨》又写道：“这雨一阵阵打梧桐叶凋，一点点滴人心碎了。”

这样的环境，这样的心境，怎样才能挨过这漫漫长夜呢？

通过以上种种愁苦景致的描写，李清照精神上的痛苦已经无以复加、不能自已了。终于在最后抒发了出来："这次第，怎一个愁字了得！"这般光景，怎么能用一个"愁"字包括得尽呢！作者用反问句，强调愁情的深刻。特别是用一个"愁"字来概括，更具有画龙点睛的效果。

【拓展阅读】

易安体

宋代女词人李清照，号易安居士，其词每"以寻常语度入音律"（张端义《贵耳集》卷上），造语明白流畅而情思委婉深曲，所谓"用浅俗之语，发清新之思"（彭孙遹《金粟词话》），时人称为"易安体"。后代词家时有仿效，如南宋辛弃疾的《丑奴儿近》词自注："博山道中效易安体。"侯寘《眼儿媚》词自注："效易安体。"

【阅读思考】

理解此词名句"寻寻觅觅，冷冷清清，凄凄惨惨戚戚"的声情表达效果。

临江仙

夜登小阁忆洛中旧游

陈与义

忆昔午桥桥上饮，坐中多是豪英。长沟流月去无声。杏花疏影里，吹笛到天明。　　二十余年如一梦，此身虽在堪惊。闲登小阁看新晴。古今多少事，渔唱起三更。

陈与义（1090—1138），字去非，号简斋，洛阳（今属河南）人。徽宗政和三年（1113）登上舍甲科，授文林郎，旋充开德府（今河南濮阳）教授。累迁太学博士、符宝郎。靖康南渡后，于高宗绍兴元年（1131）抵达当时朝廷所在地绍兴府（今浙江绍兴）。累官礼部侍郎、知湖州（今属浙江）、翰林学士等。七年（1137）拜参知政事。

次年以疾辞，是年冬卒。

陈与义长于诗，元人方回《瀛奎律髓》将他与黄庭坚、陈师道并称为江西诗派的“三宗”。亦能词，风格清新明快，造语自然奇丽。其感时念乱之作寄慨深远，悲凉旷迈。宋人黄昇《中兴以来绝妙词选》卷一评曰：“词虽不多，语意超绝，识者谓其可摩坡仙之垒也。”著有《无住词》一卷。

陈与义身罹靖康之难，遍尝流离之苦。这首《临江仙》词创作于高宗绍兴五年(1135)或六年(1136)，作者时年四十六七岁，奉祠退居湖州青墩镇僧舍。词题小序云：“夜登小阁，忆洛中旧游。”作品抒写其抚今追昔、感时伤世的深沉感慨。明人张綖《草堂诗余别录》卷二评之云：“简斋此词，豪放而不至于肆，蕴藉而不流于弱，高古而不失于朴，感慨而不过于伤。其意度所在，如独立千仞之冈，高视万物之表，视区区弄粉吹朱之子，微乎藐矣。”

上片紧扣“忆昔”二字，追忆二十余年前在洛阳午桥与朋友豪酣欢饮的生活画面。午桥，在洛阳城南十里，即唐代宰相裴度所居的绿野堂，修筑有风亭、水榭、凉台等优美建筑。裴度与白居易、刘禹锡经常游宴于此，那都是令人神往的前代风流。二十多年前，作者正值青春年少，自是风流潇洒，豪情万丈；时逢徽宗政和年间，天下承平无事，游宴之风日炽。作者与洛中旧游欢饮之际，得意非凡，畅快淋漓。

长沟流月去无声。杏花疏影里，吹笛到天明。

皎洁的月亮升上了夜空，柔静的月光映照着桥下的流水，长长的流水簇拥着一轮明月，脉脉地向远方流去。“长沟”一句很值得玩味。谁都知道，月影是不会随水漂流的，但是这样写却营造出一种动态美，并且使月光与流水和谐地融合在一起，清晰而又美丽地描绘出环境的清幽和情趣的雅逸。这里又以“长沟流月”暗示时间的悄悄流逝，更加烘托出豪杰酣饮竭尽欢娱的情态。

文人才士酒宴之后，欣赏起美妙的音乐。月光斜照在杏花之上，落下了稀疏斑驳的影子。就在这春风沉醉的晚上，在这带着杏花清香的疏影里，朋友吹起了竹笛，悠扬的笛声弥漫在如此静谧的夜空中，陶醉着每个人的心田，在笛声中度过了幽雅、温馨的夜晚，共同迎来了朝日霞光。沈际飞《草堂诗余正集》评析曰：“‘流月无声’巧语也，‘吹笛天明’爽语也。”的确，坐中豪英、长沟流月、杏花疏影、笛声悠扬，共同构成了一幅境界优美、情韵幽雅的高士夜饮图，静与动、光与影、色与香融为一片,“真是自然而然”(张炎《词源》卷下)。

然而,一切的美好都属于昔日,都是二十余年前的如烟往事。往事越是美好,就越发转跌出此刻的孤寂凄凉,“二十余年如一梦,此身虽在堪惊”一下子即将上片的所有画面刷上了一层浓重的凄迷色调。

二十余年来,自己经历了无数风风雨雨,国事的衰颓、人生的起落,颠沛流离的种种情状,真是恍如一梦。如今退隐湖州,旧时的豪情壮志、理想抱负都已灰飞烟灭,往日的满座高朋也纷纷风流云散。同样在这月华如水的静夜里,词人独自登上小楼,观赏着雨后初晴的月色。这里的新晴之景回应着上片的长沟流月,只是人事已改,今非昔比。一个“闲”字含蕴深厚,透露出无限沧桑之感。

古今多少事,渔唱起三更。

词人的情绪似乎就此闲淡了下来,其实不然。结尾两句又在初愈的心灵创口上撞击出更深的痛楚:古往今来多少兴亡故事啊,尽付诸渔歌樵唱!如此的慨叹类于明代杨慎所感发的“古今多少事,都付笑谈中”(《临江仙》),但是此词则另具深意。子夜时分,苍茫的江面上传来一阵阵渔夫的歌唱,这样的声调低沉而衰飒,营构出无限凄凉的情境。“渔唱”又与上片悠扬、恬雅的笛声形成了鲜明的对照,使得全词的意蕴愈加深广、厚重,透射出历久不衰的艺术感染力。

【拓展阅读】

陈与义的咏花诗

陈与义是一位擅写咏花诗的诗人。早年曾作《墨梅》诗见赏于宋徽宗:“自读西湖处士诗,年年临水看幽姿。晴窗画出横斜影,绝胜前村夜雪时。”高宗又爱他的名联:“客子光阴诗卷里,杏花消息雨声中。”(《怀天经智老因访之》)他在咏花时,往往借花抒情和托物言志。例如其《牡丹》诗“一自胡尘入汉关,十年伊洛路漫漫。青墩溪畔龙钟客,独立东风看牡丹”就以他乡(浙江湖州青墩镇)看牡丹,来追忆南渡前在家乡洛阳观赏牡丹的美好日子,寄托了国家沦亡的无限痛悼之情。他在《临江仙》词中同样通过对于昔日在洛阳与友朋“杏花疏影里,吹笛到天明”的深情追忆,蕴含今昔对照、往事成空的怅恨。

【阅读思考】

理解此词中“长沟流月去无声。杏花疏影里,吹笛到天明”的意境之美。

贺新郎

送胡邦衡谪新州

张元幹

梦绕神州路。怅秋风、连营画角，故宫离黍。底事昆仑倾砥柱，九地黄流乱注？聚万落千村狐兔。天意从来高难问，况人情老易悲难诉！更南浦，送君去！　凉生岸柳销残暑。耿斜河、疏星淡月，断云微度。万里江山知何处？回首对床夜语。雁不到、书成谁与？目尽青天怀今古，肯儿曹恩怨相尔汝？举大白，听《金缕》。

张元幹(1091—1161)，字仲宗，号芦川居士、真隐山人，福州永福(今福建永泰)人。徽宗政和初，为太学上舍生。宣和七年(1125)任陈留县(在今河南开封)丞。钦宗靖康元年(1126)入李纲行营使幕府为僚属，积极参加保卫汴京(今河南开封)的抗金斗争。汴京沦陷后，在临安、湖州等地避乱。高宗建炎年间，官至将作监。绍兴元年(1131)愤于奸佞当道，国事不可为，遂致仕归隐。

张元幹诗、文、词成就皆高，而尤以词擅一时之名。其词在南渡前多咏花间尊前，风格妩媚绮秀；南渡后词风转为慷慨激昂，充满抑塞磊落之气。著有《芦川词》。

高宗绍兴八年(1138)十一月，金使臣到临安，宰相秦桧力主和议，枢密院编修胡铨冒死上奏，认为“此膝一屈，不可复伸，国势凌夷，不可复振”(《上高宗封事》)，并请斩秦桧、王伦、孙近三奸臣头颅以谢天下，其烈火肝胆曾使金国使臣为之失色。胡铨遂以“狂妄凶悖，鼓众劫持”(《宋史·胡铨传》)的罪名，被贬至福州。张元幹当时已致仕寓居福州，二人都是坚定的抗战派，志同道合，遂交游酬唱，成为挚友。十二年(1142)秋，胡铨遭秦桧等人变本加厉的迫害，被除名编管新州(今广东新兴)。“一时士大夫畏罪箝舌，莫敢与立谈”(岳珂《桯史》卷十二)，“平生亲党，避嫌畏祸，唯恐去之不速”(蔡戡《芦川居士词序》)，张元幹则不畏秦桧淫威，毅然挺身而出，亲自为胡铨饯行，并且填制了《贺新郎》词。后来，他也因此招致秦桧等人的构陷，一度被司法部门传讯，最终削籍为民。

词中既寄寓着国土遭受敌人践踏的满腔悲愤，又表示了对胡铨的大力支持和对投降派的切齿痛恨。上片叙写时事，悲悼中州沦丧、志士流放。开头一句“梦绕神州路”，《史记·孟子荀卿列传》载，战国时齐国人邹衍说中国名为“赤县神州”，这里指被金人侵占的中原地区。词人深切怀念中原故土，梦里都是关于中原一路的情形。接下来五句铺写路途中所见所闻："怅秋风、连营画角，故宫离黍。底事昆仑倾砥柱，九地黄流乱注？聚万落千村狐兔。"故宫离黍，《诗·王风》中有《黍离》篇，小序云："《黍离》，闵宗周也。周大夫行役至于宗周，过故宗庙宫室，尽为禾黍。闵周室之颠覆，彷徨不忍去，而作是诗也。"诗共三章，首句都是"彼黍离离"。后世多用这一典故感慨故国兴亡。底事，为什么。倾，倒塌。砥柱，天柱。《神异经》云："昆仑有铜柱焉。其高入天，所谓天柱也。"这里以"倾砥柱"比喻宋王朝的颠覆。九地，九州之地，即遍地之意。黄流：黄河泛滥的水流。注，灌。这五句的字面意思是说：秋风萧瑟，触目生愁；连营画角，引人悲怆。当年北宋的宫殿早已荒草丛生，到处都是一派衰颓景象。为什么昆仑山天柱都倒塌了，塞满了黄河，使得河水四溢，到处乱流？这里其实是喻指北宋朝廷大厦倾颓之后，金兵在北方各地横行，如同黄河泛滥成灾。金兵洗劫之后，中原无数村落荒无人烟，成为狐兔聚集的场所。这里的所谓"狐兔"，也是喻指金兵。为何造成这种历史惨象？词人没有正面表白，但其郁积内心的悲愤已在《建炎感事》诗中吐露："议和其祸胎，割地亦覆辙。"词人在这里接连使用了三个比喻：以昆仑山天柱倾覆比喻北宋灭亡，以黄河水泛滥比喻金兵猖獗，以狐兔聚集比喻金兵侵占中原的荒凉景象，字里行间充溢着作者的满腔悲愤。于是他发出了深沉的怨叹：

天意从来高难问，况人情老易悲难诉！

这两句嵌用了杜甫《暮春江陵送马大卿公恩命追赴阙下》诗中"天意高难问，人情老易悲"。字面意思是：苍天高高在上，它的意旨从来就难以询问；况且人到老来心情容易悲伤。其实这里是将批判的矛头直接指向了与金人苟安求和中起到决定性作用的宋高宗。宋高宗对自己的主和政策从不讳言，面对民众反对秦桧的浪潮，颁下诏书曰："是以断自朕志，决讲和之策。故相秦桧，但能赞朕而已。"（毕沅《续资治通鉴》卷一百三十一）词人由此表达了对统治者的愤慨之情。陈廷焯评之曰："情见乎词，即'悠悠苍天'之意。流连感慨，字字是血。"（《云韶集》卷五）"更南浦，送君去！"天高难问，人老易悲，已经够让人悲愁了，再加上送您远谪蛮荒，就更令我伤心！由此切入送别的话题，引出下片的离情抒写。

下片抒写离情别意。换头三句点明送别的季节时令："凉生岸柳销残暑。耿斜河、疏星淡月，断云微度。"耿，明亮。斜河，银河。银河斜转，表示深夜。断云，片断云彩。秋风乍起，送来凉意，催促着夏日残留的暑气退去。深夜的天空当中闪烁着稀疏的星星，淡月朦胧，断云微度。这样的景致营造了清肃凄寂的环境氛围。“万里江山知何处？回首对床夜语。”张元幹为胡铨即将远谪万里而倍感牵挂和忧虑，担心他再遭秦桧的迫害。胡铨自绍兴九年(1139)被贬福州，至十二年(1142)编管新州，在福州生活了三年时间，与张元幹结下了深厚的情谊。他们曾经同睡在一间屋内，床对着床，一直谈心到深夜。从此以后，他只好靠回忆对床夜语的往事来聊慰相思了。“雁不到、书成谁与?”旧传大雁南飞，至衡阳为止，范仲淹《渔家傲》即云：“塞下秋来风景异，衡阳雁去无留意。”新州更在衡阳的南面，故称“雁不到”。书信写好了，交给谁代为传递呢？就算有人前往荒僻的新州，谁又敢替在那里受管制的罪人送信呢？这里以书信无法传递，预示着两人生离死别后，将来一定会是音信渺茫，渲染了更为深切的悲怨。

目尽青天怀今古，肯儿曹恩怨相尔汝？举大白，听《金缕》。

最后数句语气转为豪壮。“肯儿曹恩怨相尔汝”，肯，是反问语气，即“岂肯……”，表示否定。儿曹，儿辈，年轻人。恩怨相尔汝，化用了韩愈《听颖师弹琴》诗：“昵昵儿女语，恩怨相尔汝。”尔、汝，都是第二人称“你”，放在一起表示亲密。这句意思是说：不愿像儿女们为私情恩怨而耿耿于怀。大白，本是古代用来罚酒的大杯子，这里“举大白”是大杯豪饮的意思。《金缕》，即《金缕曲》，《贺新郎》词调的别名。这四句大意是说：我们都是眼界远大、胸怀宽广的爱国志士，关心的是古今兴亡，岂肯在分别之际像小儿女那样软语缠绵？还是举杯喝他个一醉方休，听我唱这首悲凉慷慨的《金缕曲》吧！

陈廷焯《白雨斋词话》卷六云：“二帝蒙尘，偷安南渡，苟有人心者，未有不拔剑斫地也。南渡后词……张仲宗《贺新郎》云……此类皆慷慨激烈，发欲上指，词境虽不高，然足以使懦夫有立志。”全词沉郁顿挫，爱憎分明，激愤之情令人感奋至极，“慷慨悲凉，数百年后，尚想其抑塞磊落之气”(纪昀《四库全书总目提要》)。南宋词人杨冠卿秋日乘船过吴江垂虹桥时，“旁有溪童，具能歌张仲宗‘目尽青天’等句，音韵洪畅，听之慨然”(《客亭类稿》卷十四)。

【拓展阅读】

张元幹的爱国情怀

高宗建炎三年(1129),金兵南侵,江北地区全部失守,张元幹曾愤作《石州慢》词,充塞着复仇的情绪。如其下片写道:"心折。长庚光怒,群盗纵横,逆胡猖獗。欲挽天河,一洗中原膏血。两宫何处?塞垣只隔长江,唾壶空击悲歌缺。万里想龙沙,泣孤臣吴越。"面对金兵猖獗、生灵涂炭的悲惨现实,词人发愿要挽天河之水去冲刷干净敌寇杀戮中原人民的血污,倾吐出极其悲慨激愤的胸怀。在他所写的另一首《水调歌头》词中,又抒写了词人年岁虽老而念念不忘收复大业的壮志:"梦中原,挥老泪,遍南州。元龙湖海豪气,百尺卧高楼。短发霜黏两鬓,清夜盆倾一雨,喜听瓦鸣沟。犹有壮心在,付与百川流。"当时他已入两鬓斑白的老境,伤悼故国之念却未尝一日断绝,故而梦中时常飞回中原;在这风雨交加的夜晚,如同陆游所写的"夜阑卧听风吹雨,铁马冰河入梦来"(《十一月四日风雨大作》)一样,依然深怀着抗金复国的宏愿。他的壮怀心潮正像百川归海那样奔涌澎湃!

【阅读思考】

理解此词使事用典与比喻象征相结合的表现手法。

满江红

写怀

岳飞

怒发冲冠,凭栏处、潇潇雨歇。抬望眼、仰天长啸,壮怀激烈。三十功名尘与土,八千里路云和月。莫等闲、白了少年头,空悲切! 靖康耻,犹未雪。臣子恨,何时灭?驾长车踏破、贺兰山缺。壮志饥餐胡虏肉,笑谈渴饮匈奴血。待从头、收拾旧山河,朝天阙。

岳飞(1103—1142),字鹏举,相州汤阴(今属河南)人。世代务农,家贫而好学。

北宋末，应募投军，因战功升任军官。高宗建炎元年（1127）至绍兴十年（1140），率部下将士南征北战，屡败金兵，收复建康、汴京、洛阳等地，令金人有“撼山易，撼岳家军难”之叹。累官至河南北诸路招讨使。因力主北伐，反对和议，为推行投降政策的高宗、秦桧集团所忌，于绍兴十一年（1141）被解除兵权，授予徒有空名的枢密副使。不久被秦桧以“莫须有”的罪名害死在狱中。孝宗时，为其平反昭雪，追谥武穆。宁宗时，追封鄂王。理宗时，改谥忠武。岳飞不仅以武功著称，亦能文。著有《岳武穆集》。

高宗绍兴四年（1134）八月，三十二岁的岳飞因赫赫战功升任清远军节度使、湖北荆襄潭州制置使。这首《满江红》词大约创作于此后不久，倾诉了词人精忠报国、收复山河的壮阔情怀。明人沈际飞称其“胆量、意见、文章悉无今古”（《草堂诗余正集》）。

上片侧重抒写壮怀。“怒发冲冠，凭栏处、潇潇雨歇。抬望眼、仰天长啸，壮怀激烈。”怒发冲冠，语出《史记·廉颇蔺相如列传》：“怒发上冲冠。”形容怒气冲天。一场急雨刚刚止息，词人伫立高楼，凭栏远眺，心潮澎湃，久久不能平静。开头四句点明了地点、天气与人物的动作、心情，充满了悲壮之气。

三十功名尘与土，八千里路云和月。

三十功名，岳飞三十二岁时因率兵收复六座州郡之功，升任清远军节度使，成为中兴名将。八千里路，泛指多年南北转战中走过的漫长路程。词人回顾多年来千里转战的艰苦历程，将所取得的功名看得像尘土一样微不足道；展望前面的人生之路，他对自己所坚持的抗金大业充满了必胜的信念。所以他引以自诫，也是告诫他人：“莫等闲、白了少年头，空悲切！”不要虚度年华，错过建功立业的大好时机；否则就会空自悲切，悔之晚矣。陈廷焯《云韶集》卷四评述道：“何等气概，何等志向，千载下读之，凛凛有生气焉。‘莫等闲’语，当为千古箴铭。”

下片感情越发激动，利用短句连缀的形式，抒写出词人对国家沦亡的悲慨和雪洗国耻的热望：“靖康耻，犹未雪。臣子恨，何时灭？”钦宗靖康二年（1127），金人灭北宋，掳走徽宗、钦宗、后妃宫女、百官工匠以及大批文物珍宝、国库积蓄，给汉民族造成了巨大耻辱。每每想到这些凄惨的事实，词人感到万分悲痛，同时也激发起为国雪耻的忠愤之气。“驾长车踏破、贺兰山缺。”长车，古代兵车。贺兰山，在今宁夏与内蒙古交界处，这里借指宋金交界的西北边境。词人要趁年富力强的时候，率军杀破敌人的重重防线，直捣敌人的巢穴，雪洗故国横遭蹂躏的耻辱。

壮志饥餐胡虏肉，笑谈渴饮匈奴血。

餐，吃。胡虏，对金兵的蔑称。匈奴，古代北方少数民族之一，两汉时曾多次入侵，成为汉王朝的心腹之患，这里用来借指金人侵略者。《汉书·王莽传》载，王莽篡权改称新朝期间，校尉韩威自请率军抗击匈奴，并说不用带一斗军粮，“饥食虏肉，渴饮其血”。词人化用这个典故，以愤激之语表达对侵略者的切齿痛恨，同时也流露出英雄的昂扬斗志和必胜信念。结拍“待从头、收拾旧山河，朝天阙”，以收复山河、统一祖国为己任，字里行间充满着词人精忠报国的豪情壮气。

【拓展阅读】

“莫须有”之罪

莫须有，意为或许有，形容无中生有、罗织罪名。《宋史·岳飞传》记载，绍兴和议后，秦桧唆使其同党万俟卨，向宋高宗呈上一道捏造岳飞抗金时拥兵不救、放弃阵地等许多“罪名”的奏章。此后，秦桧再收买张俊、王贵、王俊，诬告岳飞之子岳云曾写信给张宪，欲与之共同发动兵变。绍兴十一年（1141）九月，张宪被捕入狱；十月，岳飞、岳云父子也被骗入狱。已经辞官在家、明哲保身的老将韩世忠忍无可忍，责问秦桧岳飞所犯何罪，秦桧含糊地回答：“飞子云与张宪书虽不明，其事体莫须有？”韩世忠气愤地说：“‘莫须有’三字，何以服天下！”是年十二月，高宗赐死岳飞。

【阅读思考】

分析此词中悲壮慷慨的抒情主人公形象。

谒金门

朱淑真

春已半，触目此情无限。十二阑干闲倚遍，愁来天不管。　好是风和日暖，输与莺莺燕燕。满院落花帘不卷，断肠芳草远。

朱淑真(生卒年不详),号幽栖居士,钱塘(今浙江杭州)人。据其作品加以推测,当活动于南北宋之交。天资聪慧,雅善读书,又工于绘事,通晓音律。其词格调温婉,富于才士清丽之风,陈廷焯《词坛丛话》云:“朱淑真词,风致之佳,情词之妙,真可亚于易安。宋妇人能诗词者不少,易安为冠,次则朱淑真,次则魏夫人也。”相传朱氏才色冠绝一时,然所适非偶,归宁于家,抑郁怨恨之情,往往寄寓词中,故后人题其词稿曰《断肠词》。

朱淑真是一位才高命薄的女子,曾经有过纯真而又热烈的恋情。她的《清平乐》词就形象描绘出当年与情郎雨中约会的娇痴缠绵:“恼烟撩露,留我须臾住。携手藕花湖上路,一霎黄梅细雨。　　娇痴不怕人猜,和衣倒在人怀。最是分携时候,归来懒傍妆台。”因此清人吴衡照评述道:“易安‘眼波才动被人猜’,矜持得妙;淑真‘娇痴不怕人猜’,放诞得妙,均善于言情。”(《莲子居词话》卷二)但是迫于父母之命,她嫁给了一个俗吏;终因情趣不合,愤而归宁,抑郁而卒。“其死也,不能葬骨于地下,如青冢之可吊,并其诗为父母一火焚之”(魏仲恭《断肠集序》)。

这首伤春小词,抒发出词人佳偶难寻、年华空逝的幽怨寂寞之情。上片开头两句“春已半,触目此情无限”,交代春天已经度过一半,如此春光令多愁善感的词人触目伤怀。这两句化用了李煜《清平乐》词中的“别来春半,触目愁肠断”,点明了作者的伤春意绪。

十二阑干闲倚遍,愁来天不管。

接下来两句刻画词人凭栏远眺、怀旧念远的情态。早在南朝乐府民歌《西洲曲》中就曾描摹过江南少女“鸿飞满西洲,望郎上青楼。楼高望不见,尽日阑干头。阑干十二曲,垂手明如玉”的痴迷之状,李商隐《碧城三首》其一亦云:“碧城十二曲阑干。”朱淑真本人在《元夜遇雨》诗中也咏道:“危楼十二阑干曲,一曲阑干一曲愁。”词人倚遍阑干,愁绪难消,以致从心底里迸发出“愁来天不管”的无限悲恸。她责怨老天不顾惜自己的忧愁,实则流露出自身的不幸命运无人宽解、无处倾吐的无奈和绝望。

下片将大好春光与自身的身世之愁加以对照,进一步抒写出深浓的断肠凄楚。“好是风和日暖,输与莺莺燕燕”,大好春光,风和日丽,莺歌燕舞,双双对对。词人面对这样的明媚景致,感叹春光虽好,自己却不能像“莺莺燕燕”那样与情人比翼双飞、自由来往,更加引发出形单影只的徒自嗟伤。清人沈雄《古今词话·词评》卷上引《女红志余》云："钱塘朱淑真自以所适非偶，词多幽怨。每到春时，下帏趺坐，人询之，则云：'我不忍见春光也。'"此种情态恰如其《恨春》诗所云："莺莺燕燕休相笑，试与单栖各自知。"

满院落花帘不卷，断肠芳草远。

词人垂下帘幕，不忍观看庭院中的落花，将其幽微的伤春意绪表现得极为真切自然。结句"断肠芳草远"，画龙点睛，直揭题旨，流露出对于远方情郎的深切思念。她在《晚春有感》诗中也写道："却扇羞花春已空，扫红吹白任颠风。断肠芳草连天碧，春不归来梦不通。"

整首词作抒写伤春之悲、孤寂之感，以及青春易逝、情人远别的凄楚，语言浅近而情调哀婉，显得格外自然真切、感人至深。因此，陈廷焯评之曰："凄婉。得五代人神髓。"(《词则·大雅集》卷四)。

【拓展阅读】

朱淑真的咏春词

不同于李清照多咏秋景、秋花，朱淑真的《断肠集》则多咏春景、春花，寄托闺中思妇的寂寞愁绪。例如《生查子》"寒食不多时，几日东风恶""不忍卷帘看，寂寞梨花落"，渲染风雨交加之中春花凋零的凄怆。《减字木兰花·春怨》"独行独坐。独倡独酬还独卧。伫立伤神。无奈春寒著摸人"，通过"独"字的反复使用，展现闺中思妇的孤独清寂，抒写她"愁病相仍"的无限悲苦。《蝶恋花·送春》"把酒送春春不语，黄昏却下潇潇雨"，则又寄托了作者深浓的伤春惜春的愁绪。

【阅读思考】

分析此词中渗透的伤春断肠之悲。

卜算子

咏 梅

陆 游

驿外断桥边，寂寞开无主。已是黄昏独自愁，更著风和雨。　　无意苦争春，一任群芳妒。零落成泥碾作尘，只有香如故。

陆游(1125—1210)，字务观，号放翁，越州山阴(今浙江绍兴)人。高宗绍兴二十三年(1153)赴临安应考，获省试第一。次年礼部复试，名在前列，以语忤秦桧，被黜。孝宗即位，赐进士出身。历官镇江(今属江苏)、隆兴(今江西南昌)、夔州(今重庆奉节)通判，入王炎、范成大幕府，提举福建常平茶盐公事，知严州(治今浙江建德东)。淳熙十六年(1189)遭人弹劾而罢职，归老故乡。

陆游生当偏安局面相对稳定的南宋中期，性格豪放，积极主张北伐、收复中原，却遭到苟安投降派的排挤、打击，但是一腔报国热情始终不渝。他是南宋著名的爱国诗人，自称"六十年间万首诗"。"凡一草一木，一鱼一鸟，无不裁剪入诗"(赵翼《瓯北诗话》卷六)，题材极其广泛，与尤袤、杨万里、范成大并称为"中兴四大诗人"。其词风格多样，不拘一格，宋人刘克庄《后村诗话续编》云："其激昂慷慨者，稼轩不能过；飘逸高妙者，与陈简斋、朱希真相颉颃；流丽绵密者，欲出晏叔原、贺方回之上。"著有《渭南词》，一名《放翁词》。

陆游酷爱梅花，因为它象征着高洁的品节。他在《落梅》诗中说："雪虐风饕愈凛然，花中气节最高坚。过时自合飘零去，耻向东君更乞怜。"梅花开放时不畏严寒，飘落时不恋春光，来得光明，去得磊落。陆游所追求的正是梅花的这种高洁品格。他甚至幻想"何方可化身千亿，一树梅花一放翁"(《梅花绝句》)，希望终身与梅花为伴。此词咏梅，实际上是借梅花的品格表明心迹，自抒怀抱。

上片主要描写梅花的生存环境和恶劣遭遇，在自然物象中隐寓着词人自身在险恶政坛中的孤寂处境。"驿外断桥边，寂寞开无主。"无主，无依无靠，引申为无人观赏之意。杜甫《江畔独步寻花七绝》其五云："桃花一簇开无主。"李群玉《山驿梅花》诗云："生在幽崖独无主。"驿外、断桥，都是人迹罕至之处，梅花独处一隅，无人观赏，无人怜惜，独自品尝着遭受抛弃的寂寞，仍要不屈地绽放。因此，钱仲联《唐宋词谭》曾评说陆游笔下的梅花，充满着异趣，那就是"战斗的性格"。

"已是黄昏独自愁,更著风和雨。"更著,又遇到。这两句描写梅花备受寒冬黄昏的孤愁笼罩和凄风冷雨的肆意摧残,由此更加突显出其所处环境的残酷和艰辛,隐喻着词人所遭受到的种种命运打击和人生不幸。

下片歌咏梅花高洁而坚毅的品格。以它的悲惨遭遇作为衬托,表现作者纵然遭受谗言诋毁仍旧坚贞自守的品质节操。"无意苦争春,一任群芳妒。"表明梅花本性高洁,不为争春而来;"无意""一任"这两个词透露出一股强烈的孤傲之气。"群芳妒",宋人扬无咎《蓦山溪·和婺州晏倅酴醾》词云:"天姿雅素,不管群芳妒。"喻指朝中奸佞小人的嫉恨。

零落成泥碾作尘,只有香如故。

碾作尘,反用了王安石《北陂杏花》诗句"纵被春风吹作雪,绝胜南陌碾成尘"。这里的"香"字点出了野梅的灵魂。杜甫《西郊》诗即云:"江路野梅香。"范成大《梅谱序》也载:"野生不经栽接者,又名直脚梅,或谓之野梅,凡山间水滨荒寒清绝之趣,皆此本也。花稍小而疏瘦有韵,香最清,实小而硬。"这清香不散的野梅,正是词人身世和人格的象征。结拍两句宛然有屈原《离骚》"不吾知其亦已兮,苟余情其信芳""虽体解吾犹未变兮,岂余心之可惩"的不屈精神。梅花似乎是在宣誓:即使飘零坠落,碾成尘土,也要保持那一份独特的清香。从中我们不难感受到作者历尽磨难而能坚忍不拔、清高自守的精神品格。

◎ (明)王谦 《卓冠群芳图》(局部) 上海博物馆藏

陆游早年因为爱国言论触犯秦桧而被贬黜,后来又因"力说张浚用兵"而遭免职。他在南宋苟且偷安的整体政治环境中一直遭受打击,但是爱国壮志始终不改，甚至老而弥坚。此词是他晚年所作，借咏梅来表达其坚定不移的爱国立场和政治节操。虽然不免有自悼自伤的消极成分和孤芳自赏的意味，但主要精神是积极的。他在词中对周围污浊的环境、“群芳”嫉恨的卑劣行径以及自身遭受的种种迫害所表现出来的高度蔑视，也是令人感佩的。因此，陈廷焯《云韶集》卷六云：“沉沦不遇者读之一叹。寓意深长，有色有骨，盖先生自道也。”

咏物词贵在托物寄意，物我相融。此词“桥边驿外、黄昏风雨的背景，无意争春、俯视群芳的标格，切定梅花，移用于他花不得。通首不出现梅花字面，却不脱不粘地传出了梅花之神”（钱仲联《唐宋词谭》）。它不雕镂梅花的外在形貌，而着重表现其内在神韵，借以自我写照，是咏梅的上乘之作。

【拓展阅读】

宋人爱咏梅

爱梅、咏梅，是宋人的风尚。《四库全书总目提要·梅花字字香》说：“《离骚》遍撷香草，独不及梅。六代及唐，渐有赋咏，而偶然寄意，视之亦与诸花等。自北宋林逋诸人递相矜重‘暗香’‘疏影’‘半树’‘横枝’之句，作者始别立品题。南宋以来，遂以咏梅为诗家一大公案。江湖诗人，无论爱梅与否，无不借梅以自重。凡别号及斋馆之名，多带‘梅’字，以求附于雅人。”单看《宋史·艺文志》所录咏梅的书名，就有《梅花百咏》《玉壶梅花三百咏》《宋初梅花千咏》等若干种。而陆游这首《卜算子》词所塑造的孤芳自赏的生动形象，无疑具有独特的思想价值。夏承焘《唐宋词欣赏》指出：“唐宋文人尊重梅花的品格，与六朝文人不同。但是像林和靖所写的‘暗香、疏影’等名句，都只是高人、隐士的情怀；虽然也有一些作家借梅花自写品格的，但也只能说：‘原没春风情性，如何共，海棠说。’（南宋萧泰来《霜天晓角·咏梅》）这只是陆游词‘无意苦争春，一任群芳妒’的一面。陆游的友人陈亮有四句梅花诗说：‘一朵忽先变，百花皆后香。欲传春信息，不怕雪埋藏。’写出他自己对政治有先见，不怕打击，坚持正义的精神，是陈亮自己整个人格的体现。陆游这首词则是写失意的英雄志士的兀傲形象。我认为在宋代，这是写梅花诗词中最突出的两首好作品。”

【阅读思考】

分析此词中梅花意象的象征意义。

诉衷情

陆 游

当年万里觅封侯，匹马戍梁州。关河梦断何处？尘暗旧貂裘。 胡未灭，鬓先秋，泪空流。此生谁料？心在天山，身老沧洲。

这首《诉衷情》是陆游晚年闲居在山阴故乡时的作品，表达出自己渴望收复中原、重整山河的雄心壮志，以及遭到打击后的痛苦、悲愤的心情。夏承焘评之曰："许国千篇百涕零，孤村僵卧若为情。放翁梦境我能说，大散关头铁骑声。"（《瞿髯论词绝句》）

上片开头两句"当年万里觅封侯，匹马戍梁州"，回忆当年往事。觅封侯，寻找立功封侯的机会。这里暗用了东汉班超投笔从戎的典故。《通志·班超传》记载，班超少有大志，曾经投笔叹息说："大丈夫无他志略，犹当效傅介子、张骞立功异域，以取封侯，安能久事笔砚间乎？"后来投笔从戎，在西域立了大功，封定远侯。这里是词人借以表达自己要像当年班超那样为国平定外患，建立不朽功勋。"匹马戍梁州"，指词人四十八岁时在南郑川陕宣抚使王炎手下任"干办公事"时的生活。他参与谋划军务，经常单枪匹马，往来于边防前线。当时词人意气风发，积极准备收复中原。他的《谢池春》词"壮岁从戎，曾是气吞残虏"、《诉衷情》词"青衫初入九重城，结友尽豪英"等，也都表现了词人当年的英姿飒爽、豪情壮气。梁州，古代九州之一，此处指陕西南郑一带地区，治所在今陕西汉中。陆游当年从军戍守边城，并且在《平戎策》中谋划收复中原的雄图大略。可惜这些计划终究未能实现。

"关河梦断何处？尘暗旧貂裘。"关河，边塞。当年想要立功封侯的豪情壮志，如今只落得一场梦幻而已。貂裘，用貂皮制成的衣袍，这里指战袍。现在灰尘已经落满了过去的战袍，隐喻自己的远大志向终究没有实现。这里化用了战国时期苏秦游说秦国不被重用，以致衣服破旧、精神颓丧的典故。陆游同样借眼前衣物的破旧来表现自己长期遭受投降派排挤、打击而被迫投闲置散的处境，当年的豪情壮气与如今的落魄潦倒构成鲜明的对比，抒发了壮志难酬的愤慨。

下片直接抒发词人报国无门的急切悲愤。"胡未灭，鬓先秋，泪空流。"三个三字句形成排比，语短音促，显出作者心情的激动。"胡未灭"是说目前战争形势依然十分严峻。"鬓先秋"感叹自己已经年老多病，过去的万丈豪情，只落得壮志未酬。

所以他“泪空流”，白白地流泪，显示出无限的悲痛。

此生谁料？心在天山，身老沧洲。

天山，在今新疆维吾尔自治区境内，词中盖指古战场祁连山，借指边防前线，用了薛仁贵三箭定天山的典故。心在天山，是说自己一直都念念不忘收复失地、平定中原。如其《新年》诗云：“稽山剡曲虽堪乐，终忆祁连古战场”，《秋思》诗云：“慨然此夕江湖梦，犹绕天山古战场”，《老马行》诗云：“一闻战鼓意气生，犹能为国平燕赵”，《十一月四日风雨大作》诗云：“夜阑卧听风吹雨，铁马冰河入梦来”。然而终究“身老沧洲”，沧洲，水边之地，古代隐士多选择水边泽畔来隐居。这里则是词人感喟晚年只能终老于故乡，哀叹自己一生的碌碌无为。“此生谁料？”哪里会料到自己的一生竟然是如此落寞、惆怅。词人的悲剧是怎么造成的呢？反问的用意是对南宋小朝廷妥协投降政策的揭露和控诉。

整首词作通过抚今追昔的结构对照，揭示出作者理想与现实的种种矛盾，尤为深切地抒写了其耿耿报国之心以及壮志成灰的无限悲怆。陆游另有一首自叹身世之悲的爱国名诗《书愤》，与这首词具有异曲同工之妙：“早岁那知世事艰，中原北望气如山。楼船夜雪瓜洲渡，铁马秋风大散关。塞上长城空自许，镜中衰鬓已先斑。出师一表真名世，千载谁堪伯仲间！”

【拓展阅读】

陆游的英雄壮气

陆游是南宋最伟大的爱国诗人，爱国精神贯穿其诗歌创作的始终。清朝《唐宋诗醇》卷四十二指出：“其感激悲愤、忠君爱国之诚，一寓于诗，酒酣耳热，跌荡淋漓。至于渔舟樵径，茶碗炉熏，或雨或晴，一草一木，莫不著为咏歌，以寄其意。”钱锺书《宋诗选注》对此更有非常精彩的评述：“爱国情绪饱和在陆游的整个生命里，洋溢在他的全部作品里；他看到一幅画马，碰见几朵鲜花，听了一声雁唳，喝几杯酒，写几行草书，都会惹起报国仇、雪国耻的心事，血液沸腾起来，而且这股热潮冲出了他的白天清醒生活的边界，还泛滥到他的梦境里去。”陆游总是以英雄自许，有不少诗作即塑造出豪气干云的自我英雄形象，表达出立志收复中原的豪迈气概。他还特别喜爱采用记梦诗的形式，表达自己的报国情怀。清人赵翼《瓯北诗话》卷六指出：“核计全集共九十九首，人生安得有如许梦，此必有诗无题，遂托之于梦耳。”其实，陆游涉及梦境的诗作共有一百五十七首之多，堪称中国古代诗坛梦诗之最。他大多借助梦境来表达现实当中不可实现的理想，例如“壮心自笑何时豁，梦绕祁连古战场”（《秋思》）、“征行忽入夜来梦，意气尚如年少时”（《记梦》）、“三更抚枕忽大叫，梦中夺得松亭关”（《楼上醉书》）等等。到了晚年闲居山阴小村时，他还创作了《十一月四日风雨大作》，抒发浪漫的爱国激情：“僵卧孤村不自哀，尚思为国戍轮台。夜阑卧听风吹雨，铁马冰河入梦来。”

【阅读思考】

分析此词运用对比手法的抒情效果。

忆秦娥

范成大

楼阴缺，阑干影卧东厢月。东厢月。一天风露，杏花如雪。　　隔烟催漏金虬咽，罗帏暗淡灯花结。灯花结。片时春梦，江南天阔。

范成大（1126—1193），字致能，少年时号此山居士，后号石湖居士，平江吴县（今江苏苏州）人。高宗绍兴二十四年（1154）进士。历任徽州（今安徽歙县）司户参军、枢密院编修官、秘书省正字、著作佐郎、吏部员外郎、知处州（今浙江丽水）、国史院编修、起居舍人等职。孝宗乾道六年（1170）出使金国，要求收还巩洛祖宗陵寝地和变更宋帝收书礼，不辱使命，全节而归，迁中书舍人。此后历知静江府（今广西桂林）、成都府（今四川成都）、明州（今浙江宁波）、建康府（今江苏南京）。淳熙五年（1178）拜参知政事。晚年致仕退居故乡石湖。谥“文穆”。范成大作诗初学江西诗派，后来摆脱束缚，显出个性，与陆游、杨万里、尤袤并称为“中兴四大诗人”。晚年所作《四时田园杂兴》，熔自然风景、农事乡俗、文人闲适为一炉，于陶渊明、韦应物外别立一宗，影响很大。其词题材丰富，格调清新，著有《石湖词》。

范成大的《忆秦娥》（又作《秦楼月》）共有五首，都是描写闺中怀人的怨情。前四首分写一天当中朝、昼、暮、夜四个时段闺中女子的所见、所感和所思，第五首则总写

“轻雷隐隐”的惊蛰时节女子的情思。此词描写的是女子月夜怀人念远的内心感受。

上片先从月夜写起，描绘闺房外的景致。“楼阴缺，阑干影卧东厢月。”因为有树荫，天上的月光并没有完全照进闺房之内；但是树荫并没有把月亮完全遮挡住，月照东厢，栏杆的影子从树荫的缝隙中静静地投射到地面上。如此静谧的夜色，透露出闺中女子内心的孤寂。“东厢月。一天风露，杏花如雪。”妇女通过窗户向外张望，只见月色朗照下，满天露气飘散，杏花看起来就像白雪一样清冷、晶莹。唐人张若虚《春江花月夜》曾经描写月色的美景：“江流宛转绕芳甸，月照花林皆似霰。空里流霜不觉飞，汀上白沙看不见。”这里似乎具有张诗的意境，但是整个画面又带上了格外清冷的色调，映衬着闺中女子内心的落寞。

◎ （宋）黄居寀 《杏花鹦鹉图》 波士顿美术馆藏

下片转而描写闺房内的物象。“隔烟催漏金虬咽，罗帏黯淡灯花结。”古人用铜龙漏水来计时，“金虬”就是指铜制的漏器。夜气迷茫中传来更漏的声音，听起来犹如人的悲戚呜咽。女子夜不能寐，蜡烛快要烧尽时结出了灯花。古时常将灯烛结花与喜鹊盈门、蜘蛛结网三种现象，当成某种吉兆，痴情的女子当然希望情郎能够归来，但是这样的奢望终究无法实现，故而有“兰灯空结花”（王筠《杂曲》）的意味。这时罗帏变得黯淡起来，又是一夜无奈的等候！这黯淡的色调犹如女子内心的失落。

灯花结。片时春梦，江南天阔。

最后三句从写景转到写人，点出了女主人公的内心期盼和失望。这里化用了唐人岑参《春梦》诗“枕上片时春梦中，行尽江南数千里”句意，在这漫漫长夜中，女子日夜思念的情郎终究未能归来，于是她寄情于梦，希望在梦中跨越“江南天阔”的距离，实现与情郎“片时”相会的幸福。然而梦境毕竟是虚幻而短暂的，梦醒时分一切又将归于空寂。全词至此戛然而止，音韵幽咽，余味无穷，由此也就越发深切地表达出闺中女子沉重而缠绵的愁怨和悲苦。俞陛云《唐五代两宋词选释》评之云：“上阕言室外之景，月斜花影，境极幽俏。下阕言室内之人，灯昏攲枕，梦更迷茫，善用空露之笔，不言愁而愁随梦远矣。”

【拓展阅读】

范成大的田园诗

范成大晚年退居石湖，以诗酒自娱，于淳熙十三年(1186)创作了《四时田园杂兴》达六十首之多。这一组诗在相当广阔的范围内反映了江南水乡农民的劳动场景、日常生活和他们的哀乐之情，在古代田园诗中别具一格。范成大的田园诗既学习陶渊明、王维、孟浩然描摹纯真的田园自然风光和浑朴的乡土民情，同时又接受杜甫以及元、白新乐府悯农思想的影响，能体察到农民的真实生活状态，在一定程度上触及了他们所遭受的压迫剥削的苦难，从而赋予以平淡闲适为特征的传统田园诗更深刻、更广阔的内容，堪称古代田园诗的集大成之作。钱锺书《宋诗选注》评述道：“西洋文学里牧歌的传统老是形容草多么又绿又软，羊多么既肥且驯，天真快乐的牧童牧女怎样在尘世的干净土里谈情说爱；有人读得腻了，就说这种诗里漏掉了一件东西——狼。我们看中国传统的田园诗，也常常觉得遗漏了一件东西——狗，地保公差这一类统治阶级的走狗以及他们所代表的剥削和压迫农民的制度”，“(范诗)使脱离现实的田园诗有了泥土和血汗的气息，根据他的亲切的观感，把一年四季的农村劳动和生活鲜明地刻划出一个比较完全的面貌。田园诗又获得了生命，扩大了境地，范成大就可以跟陶潜相提并称，甚至比他后来居上”。

【阅读思考】

理解此词融情于景的表达方式。

六州歌头

张孝祥

长淮望断，关塞莽然平。征尘暗，霜风劲，悄边声。黯销凝。追想当年事，殆天数，非人力，洙泗上，弦歌地，亦膻腥。隔水毡乡，落日牛羊下，区脱纵横。看名王宵猎，骑火一川明。笳鼓悲鸣，遣人惊。　　念腰间箭，匣中剑，空埃蠹，竟何成！时易失，心徒壮，岁将零。渺神京。干羽方怀远，静烽燧，且休兵。冠盖使，纷驰骛，若为情！闻道中原遗老，常南望、翠葆霓旌。使行人到此，忠愤气填膺，有泪如倾。

张孝祥(1132—1169)，字安国，号于湖居士，和州乌江(今安徽和县乌江镇)人。幼年随父寓居芜湖(今属安徽)。高宗绍兴二十四年(1154)进士，殿试第一。因与秦桧之子秦埙同榜而张列名在前，遂与秦桧结怨。后上书为岳飞鸣冤，秦桧公报私仇，将其囚入狱中。秦桧死后，始出任官职，累官至中书舍人直学士院并先后六守外郡。他积极支持张浚收复中原的主张，反对朝廷的妥协和议政策，为此两度遭主和派弹劾罢官，年仅三十八岁即去世。

张孝祥少年时即英气逼人，诗文、书法皆有名声，而尤长于词。张孝祥的气质与东坡比较接近，同属于天才型的文人，写诗填词也都以苏轼为典范。他“每作为诗文，必问门人曰：‘比东坡何如?’”(叶绍翁《四朝闻见录》乙集)。其作品乃“骏发蹈厉，寓以诗人句法者也”(汤衡《紫微雅词序》)，著有《于湖词》。

这首《六州歌头》是张孝祥爱国词的代表作，创作于作者入张浚幕府参赞军事期间。孝宗隆兴元年(1163)，主战派张浚出师江淮，收复宿州。这是南渡三十余年来首次振奋人心的北伐。孝宗手书慰劳张浚说：“近日边报，中外鼓舞，十年来无此克捷。”(《宋史·张浚传》)但由于将领失和，宋军竟溃败于符离。主和派借机排斥主战派，向金人求和。此词即描述中原沦陷后横遭金人践踏的凄凉景象和遗民渴望王师收复失地的心情，谴责当权者对敌人的一味妥协投降，倾吐出词人的满腔忠愤。

上片描写作者北望中原所见到的景象，景中含情，意绪悲怆。“长淮望断，关塞莽然平。”长淮，指淮河。高宗绍兴十一年(1141)，宋、金双方约定两国以淮河为界。这两句总写沦陷区的荒凉景象，“望断”二字是说极目远望，足显词人对收复中原的急切、焦虑。

“征尘暗，霜风劲，悄边声。”这三句虽然都是作者“望断”的所见所闻，但又含义迥异：“征尘暗”是写敌骑猖獗，烟尘腾飞，远远望去，天地间一片昏暗；“霜风劲”是写季候，秋高马肥，正是敌人发兵南侵的时候；“悄边声”写南宋王朝战备松弛。这三个三字句构成了尖锐的对照，引发出词人对于满目疮痍的悲叹：“黯销凝。”他黯然神伤，忧思无限，对于国家的前途充满着深深的焦虑。正是由于秦桧等投降派妥协和议、倒行逆施，致使国势难为，抗金事业遭到很大挫折。

接下来，转入对于往事的追思：“追想当年事，殆天数，非人力。”靖康二年(1127)，金兵侵犯中原，汴京沦陷，宋室南渡，也许是天意，非人力所能挽回吧。这三句似乎是无可奈何的叹息，实则蕴含着作者对于国家沦亡的无比愤激。“洙泗上，弦歌地，亦膻腥。”洙泗，即洙水与泗水，古代鲁国境内的两条河流，流经当年孔子聚徒讲学的山东曲阜。弦歌地，礼乐文化兴盛之地。弹琴唱歌，是孔门教学内容之一。膻腥，原指牛羊身上的难闻气味，这里代指金人。词人慨叹昔日礼乐文化圣地遭到敌人野蛮的践踏和玷污。

“隔水毡乡，落日牛羊下，区脱纵横。”毡，毡制帐篷。金人为游牧民族，以毡帐为居，所以称其住地为毡乡。区脱，金人在边境所筑的供瞭望用的土室。这两句再度描写远望淮河对岸的景象：到处都是金人的毡帐和用以侦察用的土室；夕阳西下，牛羊一群群归来，这可是农耕民族的大好河山啊！非但如此，“看名王宵猎，骑火一川明。笳鼓悲鸣，遣人惊”。夜晚时分，骄纵的金兵将帅出营掳掠，骑兵的火把照亮整个淮河，一阵阵笳鼓传来紧促而又凄厉的声音。原本汉人生活的美好家园，如今变成了异族聚居、游牧、寻欢作乐之场所，此情此景，令人无限凄楚！

下片以抒情为主，但融情入景。换头八句“念腰间箭，匣中剑，空埃蠹，竟何成！时易失，心徒壮，岁将零。渺神京”，由一个“念”字领起。空埃蠹，指宝剑长期不用，徒然沾满灰尘，剑鞘也被蠹虫蛀蚀。神京，指北宋都城汴京。词人触目惊心，因为久无战事，兵器被闲置一旁，随着岁月的流逝，光复汴京的希望越来越渺茫。词人时刻在复国的等待和焦虑中苦熬着岁月，感情十分沉痛。

“干羽方怀远，静烽燧，且休兵。冠盖使，纷驰骛，若为情！”干，盾牌。羽，雉羽。干羽是禹时文舞之具，传说禹曾以舞干羽使有苗降服。怀远，怀柔远人。干羽怀远，不用打仗而以礼乐感化外族归顺。这里其实是讽刺南宋统治集团借口以德服人，放弃抗金而与敌屈辱媾和。静烽燧，烽火不举，表示前线无战事。烽燧，古代边防用以报警的两种信号，黑夜举火叫烽，白天升烟叫燧。冠盖使，指与金议和的使者。驰骛，奔走。词人目睹南宋议和的使臣乘车奔走于淮河两岸，把国家的前途和利益拱手奉送给北方侵略者，再也压抑不住郁积的怒火，用严厉而带有嘲讽的口吻质问："若为情！"难道你们就不觉得难为情吗？由此揭露了投降派的丑恶嘴脸。

"闻道中原遗老，常南望、翠葆霓旌。"翠葆霓旌，指皇帝的车驾仪仗。翠葆，以翠鸟羽毛装饰的车盖。霓旌，皇帝出行时的彩旗仪仗。这是以中原沦陷区人民渴望王师北伐，进一步讽刺了南宋朝廷的苟合政策。这样的意绪在南宋以来的诗歌中时常出现，例如"遗民泪尽胡尘里，南望王师又一年"（陆游《秋夜将晓出篱门迎凉有感二首》其二）、"州桥南北是天街，父老年年等驾回。忍泪失声询使者：'几时真有六军来？'"（范成大《州桥》）、"南渡君臣轻社稷，中原父老望旌旗"（赵孟頫《岳鄂王墓》）等等。

使行人到此，忠愤气填膺，有泪如倾。

结尾三句则由作者个人感情扩大到行经淮河边的行人，想象他们面对当前的局势，都会跟词人一样忠愤气填膺，泪如雨下。

全篇声情激越顿挫，风格慷慨沉雄，"淋漓痛快，笔饱墨酣，读之令人起舞"（陈廷焯《白雨斋词话》卷六）。据宋无名氏《朝野遗记》所载："安国（张孝祥字安国）在建康留守席上赋此，歌阙，魏公（指张浚）为罢席而入。"张浚是当时抗金名将，听了这首词后，竟激动得食不下咽，可见其感人至深。读张孝祥骏发踔厉的英雄之词，"使人奋然有擒灭仇虏，扫清中原之意"（朱熹《书张伯和诗词后》），词坛面貌遂为之一变。

【拓展阅读】

隆兴北伐

隆兴北伐指南宋孝宗隆兴年间以北上中原、收复北宋故地为目的的军事行动，始于隆兴元年（1163）四月，南宋方面不宣而战，至次年十二月，以隆兴和议的签订为结束标志。

南宋孝宗即位后，积极主张北伐，任命张浚为枢密使，都督江淮军马，向其下达了北伐诏令。张浚率军攻克宿州，但前线两将李显忠、邵宏渊的矛盾却趋于激化，军心涣散，缺乏斗志，结果导致宋军在符离的溃败。南宋君臣对战和展开了激烈争论，孝宗在主和派的鼓动下，最终与金国签订了隆兴和议。投降派重新掌权，支持北伐的陆游等人接连被贬。

【阅读思考】

理解此词情景交融的艺术特色。

念奴娇

过洞庭

张孝祥

洞庭青草，近中秋、更无一点风色。玉鉴琼田三万顷，着我扁舟一叶。素月分辉，明河共影，表里俱澄澈。悠然心会，妙处难与君说。　应念岭海经年，孤光自照，肝胆皆冰雪。短发萧疏襟袖冷，稳泛沧溟空阔。尽吸西江，细斟北斗，万象为宾客。扣舷独啸，不知今夕何夕。

宋孝宗乾道元年(1165)，张孝祥出知静江府(今广西桂林)并兼广南西路安抚使。由于朝中政敌谗言攻击，次年便被罢官。北归途中，他于仲秋时节经过湖南境内的洞庭湖，作此词记游述志。张孝祥自入仕以来，先因支持张浚北伐被劾罢官，此次再度落职，不免意兴阑珊而参透人生荣辱。这首《念奴娇》词描写时近中秋的月光水色，境界空阔，展露开阔的胸襟、洒脱的情怀，达到了远离尘嚣、遗世独立的妙境。

上片侧重描写物境，展现水月交辉、表里澄澈的空灵境界。开头三句“洞庭青草，近中秋、更无一点风色”，点明地点、节令和气候特征。洞庭，洞庭湖，在今湖南北部、长江南岸，与长江相通。青草，青草湖，在洞庭湖南，水涨时则与洞庭相接。杜甫《宿青草湖》诗有云：“洞庭犹在目，青草续为名。”更无，绝没有。风色，风的迹象，如树枝摇动、水波荡漾之类。秋夜湖上，风浪不兴，波平如镜，营造出辽阔而静谧的环境氛围。

“玉鉴琼田三万顷，着我扁舟一叶。”鉴，镜。着，点缀、安置。扁舟一叶，唐人虞世南《北堂书钞·舟部一》引《湘州记》云：“绕川行舟，遥望若一树叶。”在这宁静广袤的湖面上，词人驾着一叶扁舟，漂荡其间。这里是以自然的浩瀚博大反衬出个体生命的渺小，作者畅游湖面，既享受到自然辽阔苍茫的意境，也油然触发了深刻的人生感悟。

素月分辉，明河共影，表里俱澄澈。

这三句遥应“更无一点风色”，进一步描写洞庭湖的夜色之美。分辉，月亮倒映水中，光辉分身为二，故云。明河，银河。共影，银河与它在水中的倒影共存并见，故云。明月的清辉照彻了天上的银河和地下的湖水，不论天上地下、湖水内外，完全成为了纯净透明、清幽绝俗的“水晶世界”。词人面对如此美景，悠然独悟之情摇曳笔端，让人无限遐想：“悠然心会，妙处难与君说。”悠然：形容闲适。心会，心领神会。这两句意思是说：洞庭仲秋夜色的美妙以及其所包含的玄机，我已领悟于心，却难以用语言来向别人诉说。这对于历经政治挫折的词人来说，在得到自然美景精神抚慰的同时，也滋生出远离尘嚣、超尘脱俗的哲理思索。

◎ （宋）夏圭 《松溪泛月图》 故宫博物院藏

下片侧重表达心迹，刻画词人冰肝雪胆的自我形象。“应念岭表经年，孤光自照，肝胆皆冰雪”，岭表，五岭的南边，即今广东、广西一带。五岭，指大庾、始安、临贺、桂阳、揭阳。孤光，月光，这里是自喻。换头三句追忆词人知静江府一年来的经历，自觉冰清玉洁、光明磊落，无愧于心。据《宋史·张孝祥传》记载，词人在任职广西期间为政简易，“治有声绩”。古代诗词中，常以冰雪来比喻诗人孤傲、高洁的品性，例如鲍照《代白头吟》“直如朱丝绳，清如玉壶冰”、王昌龄《芙蓉楼送辛渐》“洛阳亲友如相问，一片冰心在玉壶”等。张孝祥同样以此自喻，表露自己的精神追求。

“短发萧疏襟袖冷，稳泛沧溟空阔。”短发，自言衰老，长头发多已脱落。萧疏，形容稀疏。沧溟，形容水色青苍。这两句意在表明，词人虽然饱经仕途坎坷、人世沧桑，却能始终襟怀坦荡、问心无愧。他依旧稳泛扁舟，曾无芥蒂之怀。

尽吸西江，细斟北斗，万象为宾客。

尽吸西江，典出《景德传灯录》卷八，襄州居士庞蕴至江西参问马祖云：“不与万法为侣者是什么人?”马祖答曰：“待汝一口吸尽西江水，即向汝道。”庞蕴当即顿悟玄机。这里借禅宗话头表明自己胸襟豪迈开阔。西江，指长江。细斟北斗，语出《诗·小雅·大东》：“维北有斗，不可以挹酒浆。”《楚辞·九歌·少司命》亦有“援北斗兮酌桂浆”之句。这里是把天上的北斗当作人间的酒具，极言豪放之意。北斗，星座名，七星相连，状如长柄酒勺。万象，泛指宇宙间的一切物象。词人要舀来西江的水作酒浆，拿来北斗星作酒勺，把酒斟满，以自然界的一切物象为宾客，由此表达内心的豪情壮怀。这样的想象非常奇特，气魄精爽逼人。李白《陪侍郎叔游洞庭醉后》其三诗云：“划却君山好，平铺湘水流。巴陵无限酒，醉杀洞庭秋。”想象也颇为奇特，但气势与境界终究不如张词这三句。无怪乎宋人魏了翁评述道：“张于湖有英姿奇气，著之湖湘间，未为不遇。洞庭所赋，在集中最为杰特。方其吸江酌斗、宾客万象时，讵知世间有紫微青琐（注：官署衙门）哉！”（《跋张于湖念奴娇词真迹》）

最后两句“扣舷独啸，不知今夕何夕”。《诗·唐风·绸缪》云：“今夕何夕？见此良人！”此为新婚之词。诗人赞美新娘：不知今夜是什么好日子，我竟见到了这样的佳人！苏轼《念奴娇·中秋》词亦曰：“起舞徘徊风露下，今夕不知何夕！”张词与苏词一样，都表达出极度陶醉之意。

全词想象浪漫，表里澄澈的湖光月色与冰清玉洁的人格境界水乳交融，堪与苏轼《赤壁赋》神韵相通。清人查礼说：“此皆神来之句，非思议所能及。”（《铜鼓书堂词话》）王闿运则说此词“飘飘有凌云之气，觉东坡《水调》犹有尘心”（《湘绮楼词选》）。所以说，张孝祥既富清旷雅逸之情，又有雄壮报国之志，他是从苏轼到辛弃疾词风演变进程中关键性的过渡人物。

【拓展阅读】

张孝祥仰慕东坡

张孝祥一生仰慕苏轼，每作诗词文章，必问门人说："比苏东坡何如？"他还曾经与门人谢尧仁议论自己的诗像不像苏轼，说："假如我再读书十年，将会如何？"谢尧仁恭维他说："别人再读百年书，也未必梦见东坡。以先生如此来势可畏，怕不要十年，超越东坡有余矣。"门人汤衡后来为他的词集作序，叹息说："自从东坡去世后，能继其传统者，除了先生还有谁呢？"他的词作善于通过自然景色的描绘，表达旷达的胸臆和洒脱的人生态度，风格绝似苏轼。

【阅读思考】

比较此词与苏轼《水调歌头》(明月几时有)在写景抒情上的异同。

水龙吟

登建康赏心亭

辛弃疾

楚天千里清秋，水随天去秋无际。遥岑远目，献愁供恨，玉簪螺髻。落日楼头，断鸿声里，江南游子。把吴钩看了，阑干拍遍，无人会，登临意。 休说鲈鱼堪脍，尽西风，季鹰归未？求田问舍，怕应羞见，刘郎才气。可惜流年，忧愁风雨，树犹如此！倩何人、唤取红巾翠袖，揾英雄泪！

辛弃疾(1140—1207)，初字坦夫，后改字幼安，号稼轩居士，历城(今山东济南历城区)人。出生时，北方已在金人统治下。少时受祖父辛赞影响，抗金复国之心尤为强烈。高宗绍兴三十一年(1161)，聚众二千，参加耿京领导的山东抗金义军，为掌书记。次年，受耿京之命奉表归宋。高宗于建康(今江苏南京)亲自召见，授右承务郎。北归复命时，得知叛徒张安国已谋杀了耿京，率部投降金兵，当即带领五十名骑兵突袭金营，生擒张安国，缚之南归，斩杀于市。这一机智果敢的壮举灭退了金人凶焰，伸张了抗战正气，辛弃疾也由此名重一时，“壮声英概，儒士为之兴起，圣天子一见三叹息”（洪迈《稼轩记》）。入宋后，历事高宗、孝宗、光宗、理宗四朝，先后为江陵（今属湖北）、隆兴（今江西南昌）、潭州（今湖南长沙）、福州（今属福建）、绍兴（今属浙江）、镇江（今属江苏）等知府、知州，并曾兼任湖北、江西、湖南、福建、浙东等路安抚使。他是当世难得的文武全才，南归后曾向朝廷呈上政论奏章《美芹十论》《九议》等，全面精辟地阐述当前的政治、军事形势，提出了正确的治国、作战方略，但是南宋朝廷妥协投降的政策，却令其收复中原、重整山河的政治理想难以实现。在地方官任上，他勉力整顿经济，储备粮草，组建抗金武装，旨在积蓄力量，以应北伐之需，然而却一再遭到排斥打击，先后数次受谏官弹劾而降职罢官，退居带湖（在今江西上饶）、瓢泉（在今江西铅山）乡里，投闲置散达二十余年。至宁宗开禧年间（1205—1207），韩侂胄当政，主张北伐，辛弃疾复被起用，但因在战略上与韩不合，又被弹劾落职，重回铅山瓢泉，最终因病抱恨辞世，临终前还“大呼杀贼数声”（《济南府志》）。

清人周在浚评论说：“辛稼轩当弱宋末造，负管、乐之才，不能尽展其用。一腔忠愤，无处发泄。观其与陈同父抵掌谈论，是何等人物！故其悲歌慷慨、抑郁无聊之气，一寄之于词。今乃欲与搔头傅粉者比，是岂知稼轩者。……予谓有稼轩之心胸，始可为稼轩之词。”（徐釚《词苑丛谈》卷四）辛弃疾是南宋最伟大的爱国词人，著有《稼轩长短句》。他的词风以豪放为主，悲壮而苍凉，雄奇而沉郁；同时又能刚柔相济，亦庄亦谐，风格多样。辛弃疾狂放不羁的性格、积极进取的爱国精神，形成了他愤世嫉俗的情绪，体现在词里，就是英雄主义的基调。在两宋词史上，辛弃疾的词无论内容境界、表现方法，抑或语言的丰富性、深刻性和开拓性，都可以说是空前绝后的。刘克庄称誉辛词“大声鞺鞳，小声铿鍧，横绝六合，扫空万古，自有苍生以来所无”（《辛稼轩集序》）。

这首《水龙吟》词创作于孝宗淳熙元年（1174）秋，作者时任建康留守叶衡幕府参议官。辛弃疾有热切报国之志、安邦定国之才，但是自从绍兴三十二年（1162）率众南归至今，已有十三个年头了。其间作者长期沉沦下僚、壮志难酬，而朝中的重臣却只顾求田问舍、争名逐利，置国家危亡于不顾，故此他登上建康赏心亭，北望神州，抒发出强烈的家国之恨和身世之悲。赏心亭，故址在今江苏南京，临秦淮河而建，与白鹭亭相连，以扼淮口，乃金陵设险之地。宋僧文莹《湘山野录》卷上云：“金陵赏心亭，丁晋公出镇日重建也。秦淮绝致，清在轩槛。”

上片由景到人。“楚天千里清秋，水随天去秋无际。”楚天，江南一带古属楚国，故称。开头描写词人在赏心亭上所见的江景，气象阔大，笔力雄健，非常形象地展现出江南清秋的地理环境和季节特征。接下来三句描写作者极目远眺，所见北方山川的景象：“遥岑远目，献愁供恨，玉簪螺髻。”“遥岑远目”是“远目遥岑”的倒装句式，语本韩愈《城南联句》：“遥岑出寸碧，远目增双明。”岑，小而高的山。目，作动词，望。玉簪螺髻，比喻山。这在古诗词中颇为常见，如韩愈《送桂州严大夫》诗：“水作青罗带，山如碧玉簪”、周邦彦《西河》词：“山围故国绕清江，髻鬟对起”。这里是比喻远处连绵重叠的山峰，有的山势尖耸如同玉簪，有的山势低缓如同螺形的发髻。但是不管是什么形状的山，都似乎在向作者流露出无限愁恨之意。这是词人移情于景，借助眼前景物的描摹，寄寓自己对中原父老悲惨命运的忧愤和同情。

落日楼头，断鸿声里，江南游子。

词人由对中原父老的关切，转而联系到自己，同样抒写出浪迹江南、孤苦无依的悲愤。落日楼头，虽然是描写眼前黄昏实景，其实又隐喻着南宋国运的衰微，就像李商隐所慨叹的那样：“夕阳无限好，只是近黄昏。”（《登乐游原》）断鸿，离群的孤雁。江南游子，辛弃疾以北方人客居南方，如同天上的断鸿那样漂泊于江南大地，感受到莫大的失落和孤独。

“把吴钩看了，阑干拍遍，无人会，登临意。”吴钩，兵器，似剑而刃弯，因出于吴地而得名。《吴越春秋·阖闾内传》载：“阖闾既宝莫耶，复命于国中作金钩，令曰：‘能为善钩者，赏之百金。’吴作钩者甚众。”作者看吴钩是表达自己建功立业的热望。阑干拍遍，宋人王辟之《渑水燕谈录》卷四载：“刘孟节先生……少时多寓居龙兴僧舍之西轩，往往凭栏静立，怀想世事，吁唏独语，或以手拍栏干。尝有诗曰：‘读书误我四十年，几回醉把栏干拍。’”辛弃疾由于满怀报国之志，却身处苟且偷安的南宋朝廷，壮志难酬的愤慨全都体现在这阑干拍遍的举动当中；而且他的满腔忠贞情怀却无人理解，这就使其感到越发寂寞和凄怆！

下片直抒胸臆，接连化用了三个历史典故，表露自己的忠肝义胆和身世感慨。

“休说鲈鱼堪脍，尽西风，季鹰归未？”典出《世说新语·识鉴》：“张季鹰辟齐王东曹掾，在洛见秋风起，因思吴中菰菜羹、鲈鱼脍，曰：‘人生贵得适意耳，何能羁宦数千里以要名爵？’遂命驾便归。”脍，将肉切细。季鹰，张翰，字季鹰，晋吴郡（今江苏苏州)人。词人化用此典故,意在表明自己不愿学张翰弃官归隐。

"求田问舍,怕应羞见,刘郎才气"典出《三国志·魏书·张邈传》:刘备与许汜在刘表处共论天下人,许汜说"陈元龙(登)湖海之士,豪气不除",而且曾经轻侮怠慢自己,并言及自己昔日见面时,陈登"无客主之意,久不相与语,自上大床卧,使客卧下床"。刘备答曰:"君有国士之名,今天下大乱,帝王失所,望君忧国忘家,有救世之意。而君求田问舍,言无可采,是元龙所讳也,何缘当与君语!如小人(注:刘备自称),欲卧百尺楼上,卧君于地,何但上下床之间邪?"求田问舍,添置家产。词人化用此典故,意在表明自己不愿学许汜只知添置田舍。以上两个典故,都是作者意在嘲讽当时不少南宋官员只知贪图享乐,捞取个人利益,却罔顾国家危亡。

可惜流年,忧愁风雨,树犹如此!

此三句典出《世说新语·言语》:"桓公(温)北征,经金城,见前为琅邪时种柳,皆已十围,慨然曰:'木犹如此,人何以堪!'攀枝执条,泫然流泪。"词人化用这个典故,其实是以桓温自比,流露出时光易逝、人事变迁而自己功业无成的感慨。

最后又将悲苦递进一层:"倩何人、唤取红巾翠袖,揾英雄泪!"红巾翠袖,古代女子的装束打扮,这里当指歌女。请谁去把歌女叫过来,揩拭这英雄失意的热泪?这位英雄词人是孤独的,他的彻骨伤心无人宽慰。

唐圭璋《唐宋词简释》评述此词"豪气浓情,一时并集,如闻垓下之歌",并且认为王粲的《登楼赋》也"无此慷慨也"。整首词作结构大开大合,潜气内转,正如陈洵《海绡说词》所云:"稼轩纵横豪宕,而笔笔能留,字字有脉络。"

【拓展阅读】

开禧北伐

开禧北伐指南宋宁宗朝时首相韩侂胄主持的北伐金朝的战争。宋宁宗时,韩侂胄渐掌大权,力主抗金,得到辛弃疾、陆游、叶适等人的支持。宋宁宗对南宋的屈辱地位不满,也支持韩侂胄的抗金政策。

开禧二年(1206),身任平章军国事的韩侂胄未做充分准备,便贸然发动北伐。金军方面早有准备,故宋军各路进攻皆以失败告终。金军乘胜分路南下。四川宣抚副使吴曦叛宋降金,割让关外四郡,金封吴曦为蜀王。面临这种不利局势,韩侂胄只好向金朝求和,但因金人提出要斩韩侂胄等人而未果。次年,吴曦之叛被平定，淮南形势也渐趋平稳，金大将仆散揆又病死军中，形势对宋有利。但宋廷内主和派开始阴谋活动，礼部侍郎史弥远与杨皇后、杨次山等勾结，杀死韩侂胄，宋、金罢兵议和。嘉定元年(1208)，宋、金订立嘉定和议。

【阅读思考】

分析此词使事用典对于意旨表达的作用。

永遇乐

京口北固亭怀古

辛弃疾

千古江山，英雄无觅，孙仲谋处。舞榭歌台，风流总被，雨打风吹去。斜阳草树，寻常巷陌，人道寄奴曾住。想当年，金戈铁马，气吞万里如虎。　元嘉草草，封狼居胥，赢得仓皇北顾。四十三年，望中犹记，烽火扬州路。可堪回首，佛狸祠下，一片神鸦社鼓。凭谁问，廉颇老矣，尚能饭否？

京口，在今江苏镇江。汉献帝建安十四年(209)，孙权在此建都，至十六年(211)迁都建业(今江苏南京)后，改此地为京口镇。南宋时为镇江府。北固亭，又名北固楼，在今镇江北面、长江南岸的北固山上，晋代蔡谟始建，下临长江，三面滨水。

南宋宁宗时期，外戚韩侂胄执政，谋划北伐以建千秋功业，起用了一批被闲置的抗战派官员。辛弃疾在罢官隐居九年之后，复出知绍兴府(今浙江绍兴)兼浙东安抚使，旋又改知镇江府。他到任后，立即投入紧张的备战工作。此词创作于开禧元年(1205)，时作者在镇江知府任上。韩侂胄志大才疏，寡谋躁进，不等条件成熟，就急于用兵伐金，又并不重用像辛弃疾这样有经验的老将。词人对此感慨良多，于是在这首词中登楼咏史，借古喻今，表达出对于国家前途的深深忧患以及壮志难酬的无奈悲愤。

上片追怀镇江历史，歌咏孙权、刘裕的英雄往事，以表明自己的报国之志。

“千古江山，英雄无觅，孙仲谋处。”孙仲谋，孙权，字仲谋，三国时继父兄之业，为吴国的开国君主，称霸江东，是一时风流人物。辛弃疾另一首北固亭怀古词《南乡子》中即歌咏其少年英武之气：“年少万兜鍪，坐断东南战未休。天下英雄谁敌手？曹刘，生子当如孙仲谋！”

开头三句触景而怀古，以千古江山的永恒反衬人间英雄的泯灭，境界雄阔，意绪沉郁苍凉，较之苏轼《念奴娇》词中的“大江东去，浪淘尽、千古风流人物”，更多悲慨沉雄之气。

舞榭歌台，风流总被，雨打风吹去。

舞榭歌台，泛指古代帝王及权贵宴会、娱乐的场所。这三句是说：自孙权之后，统治江东的六朝君王大多醉生梦死，政权都不长久，作为他们风流生活象征的舞榭歌台，总被历史的风雨摧为陈迹；孙权英雄事业的风流余韵，现已荡然无存。唐人刘希夷《代悲白头吟》诗“但看古来歌舞地，惟有黄昏鸟雀悲”、《洛川怀古》诗“昔时歌舞台，今成狐兔穴”，都表达出今昔盛衰之叹，曹雪芹《红楼梦》第一回中甄士隐注《好了歌》也说：“陋室空堂，当年笏满床。衰草枯杨，曾为歌舞场。”但是他们只是咏叹个人、家世之悲，不像辛词那样蕴含着更为深致的家国兴亡之悲。唐人李山甫《上元怀古》诗“南朝天子爱风流，尽守江山不到头。总是战争收拾得，却因歌舞破除休”、宋人刘一止《踏莎行·游凤凰台》词“六代豪华，一时燕乐，从教雨打风吹却”，则与之堪称同调。

“斜阳草树，寻常巷陌，人道寄奴曾住。”寄奴，刘裕，小名寄奴。曾居住在丹徒（今属江苏镇江）京口里，家贫而有大志。初为东晋将领，后掌握实权。晋安帝义熙年间（405—418）先后两次北伐，攻灭南燕鲜卑族慕容氏政权和后秦羌族姚氏政权，收复洛阳、长安；后代晋称帝，国号宋，史称宋武帝。在这荒寂的景物面前，词人转而追怀曾经居住于此、建立了北伐伟业的宋武帝刘裕。

想当年，金戈铁马，气吞万里如虎。

金戈铁马，后唐李袭吉《谕梁文》云：“金戈铁马，蹂践于明时。”金戈，泛指精良的兵器。铁马，身披铁甲的战马。气吞万里如虎，形容刘裕两次北伐时的磅礴气势。以上六句承上而转折，说六朝历史上固然很多是庸碌的君主，但也还有一位起家于镇江、从寻常巷陌里走上政治舞台的英雄，他当年北伐的赫赫声威令人神往。孙权与刘裕，一个称雄江左，一个北定中原，都是锐意国家统一的英雄人物，作者追怀他们的丰功伟绩，同时也隐约表达出自己抗金救国、收复中原的理想和信念。

下片则急转直下，慨叹眼前的政治形势，抒发出深沉的感叹。

“元嘉草草，封狼居胥，赢得仓皇北顾。”元嘉，南朝宋文帝刘义隆的年号。草草，这里形容仓促。封，聚土为坛而祭天。狼居胥，古代山名，在今内蒙古境内。《史记·卫将军骠骑列传》载，汉武帝时，骠骑将军霍去病曾率五万骑兵远征匈奴，大胜，“封狼居胥山”而还。《宋书·王玄谟传》载，王玄谟屡向宋文帝陈说讨伐北魏的方略。文帝曾对人说：“闻王玄谟陈说，使人有封狼居胥意。”仓皇，形容慌张。北顾，北望。《宋书·索虏传》载，元嘉二十七年(450)，宋文帝命王玄谟等分水陆数路大举北伐。北魏太武帝拓跋焘亲率大军渡黄河迎战，宋军败走。北魏军乘胜追击，直到长江北岸的瓜步(在今江苏六合境内)，扬言要渡江攻取宋的都城建康。因宋军沿江防守严密，乃于次年退兵。这三句是说：宋文帝当年草率北伐，意图侥幸一战功成，结果大败而归。《宋书·索虏传》又载，元嘉八年(431)宋军在滑台(故城在今河南滑县东)与北魏军作战失利后，文帝赋诗有“北顾涕交流”句。这里移用来刻画十九年后文帝隔江面对北魏骄兵时慌乱痛惜的神情。

辛弃疾化用这个历史典故，实际是借古喻今，影射南宋隆兴北伐的失利。孝宗隆兴元年(1163)，张浚主持北伐，亦因准备仓促，加之前线将领不和，军心涣散，招致溃败，金人反而乘机胁迫宋廷签订“隆兴和议”，割地称侄。“四十三年，望中犹记，烽火扬州路。”自隆兴北伐失利至词人作此词时，共四十三个年头(1163—1205)。扬州路，指淮南东路，治所在扬州。自从隆兴北伐失败后，淮南东路报警的烽火至今还历历在目、记忆犹新。当时词人正在江阴军(今江苏江阴)任签判，江阴与扬州地区隔江相望。

“可堪回首，佛狸祠下，一片神鸦社鼓。”可堪，哪堪。佛狸祠，拓跋焘小字佛狸。当年他挥师追击宋军至长江边，曾在瓜步山顶建行宫，后人就将此行宫遗址改建为祠庙。神鸦，栖息在祠庙内以啄食祭品为生的乌鸦。社鼓，民间祭祀土神时的乐鼓声。词人写此三句，表示了自己的隐忧：拓跋焘是北方少数民族侵略军的首领，在历史上以残杀汉族人民而恶名昭著，如今其祠庙内却香火旺盛，足见出“隆兴和议”之后，朝廷的苟安政策已造成了严重的后果，宋室臣民已经安于异族统治，淡漠甚至忘却了家国之痛。正如陆游在《北望》诗中所云：“中原堕沙尘，北望但莽莽。耆年死已尽，童稚日夜长。往来多异服，宁复记畴曩。”

凭谁问，廉颇老矣，尚能饭否？

廉颇，战国时赵国的老将。《史记·廉颇蔺相如列传》载，赵悼襄王时不得志，流亡魏国。后赵国屡遭秦国侵略，赵王想重新起用他，就派使者前去探望。他当着使者的面一顿吃了一斗米的饭、十斤肉，又披甲上马，显示自己还能征战。但使者收了廉颇仇人的贿赂，回去报告赵王，说他还能吃饭，不过一会儿就拉了三次屎。赵王以为他老而无用，于是便不再召他回国。尚能饭否，还能吃饭吗？这里是词人以廉颇自比，表示自己不服老、希望为国效力的耿耿忠心。无情的现实是：由于韩侂胄心胸狭隘，听不进辛弃疾的忠言劝告，就在这年秋天，词人又遭罢免。次年夏，韩氏贸然下令出师，终于重蹈了隆兴北伐惨败的覆辙。

整首词沉郁顿挫，是稼轩词中的重要之作。明人李濂《评点稼轩长短句》卷五云：“无限感慨悲凉之意，而词足以发之，妙，妙！”清人先著、程洪《词洁》卷五亦称：“发端即欲涕落，后段一气奔注，笔不得遏。廉颇自拟，慷慨壮怀，如闻其声。”词中化用了大量典故，因此有人说辛弃疾的词好“掉书袋”。岳飞的孙子岳珂所著《桯史》卷三载，辛弃疾对此词十分偏爱，“特置酒召数客，使妓迭歌，益自击节，遍问客，必使摘其疵，逊谢不可”。岳珂乃以“新作微觉用事多耳”评之，辛弃疾引为知己，“乃味改其语，日数十易，累月犹未竟”，由此可见其创作态度的严谨。但就此词而言，作者用典非常贴切，借古言今，表达出丰富而深刻的思想内涵，并非徒逞博学者可比。所以陈廷焯《云韶集》卷五指出：“此词拉杂使事，而以浩气行之，如猊之怒，如龙之飞，不嫌其堆垛。岳倦翁谓此作微觉用事多，非也。句句有金石声，吾怖其神力。”

【拓展阅读】

辛弃疾与韩侂胄的关系

南宋宁宗嘉泰三年（1203），六十四岁的辛弃疾在被迫退居江西十多年后，被召起知绍兴府兼浙东安抚使，起用他的是以外戚身份执掌朝政的韩侂胄。因为当时蒙古已经在金国的后方崛起，金政权日益衰败，并且屡起内乱，韩侂胄要想立一场伐金的大功以巩固自己的地位，于是以起用辛弃疾作为号召北伐的旗帜。次年，他任命辛弃疾前往当时濒临抗战前线的镇江担任知府。辛弃疾初到镇江，积极支持韩侂胄的北伐大计，并且做好各项准备工作。同时他也清醒地认识到：南宋要想取得对金作战的胜利，必须认真积蓄力量，假以时日，在条件尚未成熟之前切不可盲目冒进。但是韩侂胄急于通过北伐来巩固自身权位，既过低估计对方的实力，又盲目自信，以为北伐胜利已是唾手可得的事情，再也不愿辛弃疾这班元老大臣来分享自己的“胜利”果实。于是，韩侂胄在辛弃疾就任镇江知府的第二年，借故将其调离镇江，不许他参加北伐大计，辛弃疾施展雄才大略来为国效力的愿望再度落空。一年多以后，宋廷匆忙下诏伐金，很快便一败涂地，再次重演了辛弃疾《永遇乐》词中“赢得仓皇北顾”的历史悲剧！

【阅读思考】

分析此词化用历史典故的深刻内涵。

西江月

遣兴

辛弃疾

醉里且贪欢笑，要愁那得工夫。近来始觉古人书，信着全无是处。　昨夜松边醉倒，问松我醉何如。只疑松动要来扶，以手推松曰去！

本词从题目和字面看，好像是抒写一时的兴致，但骨子里却透露出作者不满现实的郁闷和倔强的性格特征。

上片开头两句写饮酒：“醉里且贪欢笑，要愁那得工夫。”意思是说：自己饮酒寻乐还忙不及呢，哪来闲工夫去发愁？其实暗示词人平时极其苦闷，只得借酒醉后的欢笑来忘却平日的忧愁。“近来始觉古人书，信着全无是处。”意思是说：自己近来才发现，古书统统信不得。这里并非否定古人，而是有慨于古代的圣贤之道在当今腐败的政治环境中无法施行。这是作者在现实社会中遵照古代圣贤道理为人处世，却处处碰壁，遂于愤激之余发出牢骚之语。上片通过正话反说，曲折流露出词人身处乱世的悲愁和愤懑。

下片追述自己昨日酒后的醉态：“昨夜松边醉倒，问松我醉何如。”醉酒后竟然跟松树对话，问松“我醉得怎样”，这是醉态之一；“只疑松动要来扶”，明明是自己身形摇晃，却以为是松树在动，还要来搀扶自己，这是醉态之二；“以手推松曰去!”最后他毅然用手推开松树，喝令它走开，表现出自己的倔强个性，这是醉态之三。下片所写构成了剧本的片段，体现出作者“以文为词”的鲜明专长，形象展现出词人醉态中的真性情。特别是末句化用《汉书·龚胜传》：“胜以手推常（注：夏侯常）曰：‘去!’”最后那一个“去”字用重音重口喷出，显得格外遒劲豪迈。

这首词短短八句，有动作，有对话，有描写，有议论，把作者包藏在醉态之下的狂放精神和悲愤情绪酣畅淋漓地宣泄了出来。

◎ （宋）佚名 《松月图》

【拓展阅读】

苏轼与辛弃疾词风异同

苏轼与辛弃疾的词在题材的开拓、意境的壮大、风格的豪放诸方面固然有其相近之处，不过他们的区别也是非常明显的。王国维《人间词话》说：“东坡之词旷，稼轩之词豪。”相比而言，苏轼是文人，是达士，其词重在表达人生意义上的清旷超远；辛弃疾则为战士，为英雄豪杰，其词重在彰显社会意义上的忠肝义胆。清人陈廷焯曾经比较苏轼、辛弃疾两家的性情与其词作的艺术个性，指出：“东坡心地光明磊落，忠爱根于性生，故词极超旷，而意极和平。稼轩有吞吐八荒之概，而机会不来。正则可以为郭、李，为岳、韩，变则即桓温之流亚。故词极豪雄，而意极悲郁。苏、辛两家，各自不同。”（《白雨斋词话》卷六）在开辟和发展豪放词风方面，苏、辛有精神共同和历史传承的关系；而就词作的艺术个性而言，苏词“雅正”，辛弃疾词作的张狂和悲怨则是对以婉约柔厚为正体的传统词学观念的反动，属于变风、变雅之作。周济《宋四家词选目录序论》则指出辛弃疾比苏轼对南宋词坛的影响更大：“苏、辛并称。东坡天趣独到处，殆成绝诣，而苦不经意，完璧甚少。稼轩则沉着痛快，有辙可循。南宋诸公，无不传其衣钵。”

【阅读思考】

分析此词正话反说、以文为词的艺术特征。

青玉案

元夕

辛弃疾

东风夜放花千树。更吹落、星如雨。宝马雕车香满路。凤箫声动，玉壶光转，一夜鱼龙舞。　　蛾儿雪柳黄金缕，笑语盈盈暗香去。众里寻他千百度。蓦然回首，那人却在，灯火阑珊处。

“青玉案”调名取自汉代张衡《四愁诗》中的“美人赠我锦绣缎，何以报之青玉案”。

这首词描绘了元宵佳节满城灯火、游人如织、彻夜歌舞的热闹场景，记叙了一对意中人街头邂逅的故事。正月十五元宵节，又称上元灯节，是传统喜庆节日。唐人苏味道《正月十五夜》诗歌写道：“火树银花合，星桥铁锁开。暗尘随马去，明月逐人来。游妓皆秾李，行歌尽落梅。金吾不禁夜，玉漏莫相催。”形象地描绘出元宵灯节的热闹场面。辛弃疾的这首“元夕”词也用大部分的篇幅描绘灯节的热闹场景，展现出一幅南宋社会风俗画。

上片开头一句“东风夜放花千树”，放，吹开。花千树，喻指满城到处是簇簇彩灯，如同千树繁花。唐人张鷟《朝野佥载》记载唐睿宗时元夕，京城有灯轮高二十丈，燃五万盏灯，“簇之如花树”。此句暗用岑参“忽如一夜春风来，千树万树梨花开”（《白雪歌送武判官归京》）的诗意，写火树银花一般的灯彩，给冬天带来了春的气息。

“更吹落、星如雨。”《春秋·庄公七年》云：“星陨如雨。”这里描写节日夜晚的焰火，五彩缤纷，如天雨流星。

“宝马雕车香满路。凤箫声动，玉壶光转，一夜鱼龙舞。”宝马雕车，富贵人家装饰华丽的车马。凤箫，箫的美称。汉代刘向《列仙传》中有弄玉吹箫引凤的故事。

玉壶，花灯的一种。宋人周密《武林旧事·元夕》谓"灯之品极多"，"福州所进，则纯用白玉，晃耀夺目，如清冰玉壶，爽彻心目"。一说喻指明月。唐人李华《海上生明月》诗云："轮抱玉壶清。"鱼龙舞，古代的一种杂戏，据《汉书·西域传》唐颜师古注，其所表演的是鱼龙变化，这里泛指各种舞蹈、杂耍演出。这四句描写了元宵佳节香车宝马的游览、凤箫鼓吹的音乐、民间艺人的载歌载舞和鱼龙舞动的社火百戏。

上片所写充分调动视觉、听觉、嗅觉感官，综合运用了"放""吹""落""动""转""舞"等一系列动词，以及"宝""雕""香""玉""花""星""凤"等一系列美好的修饰词，展示出元宵灯节的繁华热闹、绚丽多彩，令人目不暇接。

下片将视线集中在赏灯的一群女子身上。据宋人周密《武林旧事·元夕》记载，"元夕节物，妇人皆带珠翠、闹蛾、玉梅、雪柳、菩提叶"，李清照《永遇乐》词中的回忆是："中州盛日，闺门多暇，记得偏重三五。铺翠冠儿，捻金雪柳，簇带争济楚。"可见元宵节不但不进行宵禁，就连闺中女子也可放风暂得自由。"蛾儿雪柳黄金缕，笑语盈盈暗香去。"据《宣和遗事》前集记载，北宋汴京元夕，"京师民有似云浪，尽头上戴着玉梅、雪柳、闹蛾儿，直到鳌山下看灯。"这里描写观赏灯节的女性人群：她们头戴蛾儿、雪柳等华贵的饰物，一路散发幽幽的香气，结伴成群地从词人身边飘然走过。这些如花似玉、如雨后春笋般出现在街上楼头的女子，也构成了节日的动人景观。

众里寻他千百度。蓦然回首，那人却在，灯火阑珊处。

然而这首词作为历代推崇，并不在于它善于描绘火树银花、车水马龙的节日景观及风俗图画，而在于词人在这样的背景上杜撰了一个小小情事，却拓开一番深邃的境界。在看热闹赏花灯的人群中，有人在苦苦寻觅一个对象。游女如云，人海茫茫，却始终寻觅不到意中的情人。正可谓踏破铁鞋无觅处，就在他偶尔回头之际，惊喜地发现那人并不在人群拥挤的场合，却站在灯火稀疏冷落的地方，真是得来全不费功夫，惊喜之情溢于言表。此番情事的妙处，在于能够超越情事本身，具有象征意蕴。词中那位独立在"灯火阑珊处"的女子，也许并非实有其人，不过是作者理想的幻象，类似《诗·郑风·出其东门》中"缟衣綦巾"、格调高雅的少女，或如曹植《美女篇》中明眸皓齿、吐气若兰却因不合时俗而盛年不嫁的美女，或如杜甫《佳人》诗中幽居空谷、"日暮倚修竹"的绝代佳人，甚至就是执着于理想与追求的词人自己的化身。因此梁启超评之曰："自怜幽独，伤心人别有怀抱。"（梁令娴《艺蘅馆词选》）

同时，这结末三句也让人想到对学问的苦苦追求，有时突发灵感，豁然开朗。王国维《人间词话》指出："古今之成大事业、大学问者，必经过三种之境界：'昨夜西风凋碧树。独上高楼，望尽天涯路。'此第一境也。'衣带渐宽终不悔，为伊消得人憔悴。'此第二境也。'众里寻他千百度。回头蓦见，那人正在，灯火阑珊处。'此第三境也。"第一种境界："昨夜西风凋碧树。独上高楼，望尽天涯路"(晏殊《鹊踏枝》)，就是特立独行，有所立志；第二种境界："衣带渐宽终不悔，为伊消得人憔悴"(柳永《蝶恋花》)，就是艰苦求索，必须专心致志；第三种境界："众里寻他千百度。蓦然回首，那人却在，灯火阑珊处"，也就是成功的喜悦，往往不期然而然。顾随《稼轩词说》则这样解说这三种境界："若依衲僧参禅工夫论之，则一是发心，二是行脚，三是顿悟。"境界之妙，正在于作者未必然，而读者何必不然。

【拓展阅读】

缪钺论稼轩词心

缪钺在《论辛稼轩词》中，深刻揭示出稼轩词心：

> 稼轩虽雄姿英发，虎视龙骧，而其内心则蕴含一种细美之情感，此其天禀特异之处。盖无细美之情感，则不能深得词体之妙，而无英发之雄姿，则又不能具碧海掣鲸之力量以开拓词之境域。二者相合，遂成奇迹。稼轩喜作壮词，而常能蕴含凄美之境者，其故在此。吾国自魏晋以降，老庄思想大兴，其后与儒家思想混合，于是以积极入世之精神，而参以超旷出世之襟怀，为人生最高之境界。故居庙堂而有江湖之思，则异乎贪禄恋权之巧宦，处山林而怀用世之志，则异乎颓废疏懒之名士。稼轩平日盖有此种修养，虽怀立功之雄心，而无热中躁进之弊，及退居林泉，欣赏自然，写闲适之趣，而壮志亦并不消沉。稼轩作闲适之词所以能蕴含郁勃之致者，其故在此。

【阅读思考】

理解此词名句"众里寻他千百度。蓦然回首，那人却在，灯火阑珊处"的深刻内涵。

水调歌头

送章德茂大卿使虏

陈　亮

不见南师久，漫说北群空。当场只手，毕竟还我万夫雄。自笑堂堂汉使，得似洋洋河水，依旧只流东！且复穹庐拜，会向藁街逢。　尧之都，舜之壤，禹之封。于中应有，一个半个耻臣戎！万里腥膻如许，千古英灵安在，磅礴几时通？胡运何须问，赫日自当中。

陈亮（1143—1194），字同甫，号龙川，婺州永康（今属浙江）人。为人才气超迈，喜谈兵，指陈天下大势，下笔数千言立就。隆兴初，宋金议和，陈亮上《中兴五论》，极言议和之非，痛斥秦桧之流，遭当权者嫉恨，先后三次被诬下狱。绍熙四年（1193）策进士第一，授签书建康府判官公事，未及赴任而卒。陈亮是一位喜谈兵事、胸怀大志的奇男子，曾经称自己是“人中之龙，文中之虎”。他与辛弃疾多有诗词唱和，其词不作一妖媚之语，爽朗磊落，快言壮语，狂情豪气甚于辛氏。陈亮又是浙东学派的代表人物，以收复失地为己任，以功业自许。他将填词作为自己发表政治见解的有效途径，“每一章就，辄自叹曰：平生经济之怀，略已陈矣”（叶适《书龙川集后》）。如果说辛弃疾是以文为词，那么陈亮几乎可以说是“以词为文”。强烈的现实针对性、鲜明的政治功利性和纵横开阖的议论性，构成了陈亮词最突出的特点。著有《龙川词》。

这首《水调歌头》词创作于孝宗淳熙十二年（1185）十一月，是为送章森（字德茂）奉诏使金祝贺金世宗完颜雍生辰（人称“万春节”）之作。因他此次出使假户部尚书衔，故称之为“大卿”。隆兴和议后，宋、金约为叔侄之国。每年金主生辰，都得卑辞厚币向“叔大皇帝”祝寿。此词为友人章森（字德茂）出使壮行，同时对南宋朝廷长期形成的妥协投降政策表达出极度不满，情绪激昂慷慨，恰似一篇鼓舞人心的战斗檄文。

上片承题，叙述送章森使金，心潮起伏，无限感慨。

“不见南师久，漫说北群空。”南师，指南宋军队。漫说，休说、莫说。北群空，传说伯乐善相马，他一过冀北，所有的良马全被挑选一空。这里以良马喻良才。这两句意即：久久不见南宋军队北伐，并不意味着宋室就没有人才，隐谓友人章森就是中兴宋室的良才。

“当场只手，毕竟还我万夫雄。”当场只手，当场大事，只手可了。这里夸赞章森临危受命，在外交场合富有临事处置的卓越才能，确实是我大宋拥有万夫之雄的人物。陈亮曾在书信中称许章森“英雄磊落，不独班行第一，于今大抵罕其比矣”。

“自笑堂堂汉使，得似洋洋河水，依旧只流东！”得似，岂得似，怎能似。这三句意即：我堂堂大宋时节怎能像那洋洋河水东流那样，长期向金国卑躬屈膝，由此流露出词人对于宋廷软弱媚敌行径的切齿悲愤。

“且复穹庐拜，会向藁街逢。”穹庐，北方少数民族居住的圆形篷帐，这里指金廷。藁街，西汉都城长安的街名，当时是外国使臣居住的地方。《汉书·陈汤传》载，陈汤出使西域，发兵斩郅支单于，奏请“悬头藁街蛮夷邸间，以示万里，明犯强汉者，虽远必诛”。词人借此典故，劝勉友人：今日权且忍辱使金，总有一天我们会雪耻报仇，将敌酋押至京城示众。

下片直抒胸臆，更加酣畅淋漓地抒发出词人的英雄壮志和政治豪情。“尧之都，舜之壤，禹之封。”壤，土地。封，疆界。这里都是指如今金人所占领的中原大地，向来都是中华文明的孕育之地，也就是陈亮在《上孝宗皇帝第一书》中所称“二帝三王之所都”。作品连续用了三个三字句，造成紧凑的节奏，扣合着词人情绪的激动。“于中应有，一个半个耻臣戎！”即使在北方沦陷区，也有一些耻于向敌称臣的忠义之士吧！作者这么写，目的是唤醒国人的民族自尊，激起国人同仇敌忾的意志。陈廷焯评之曰：“精警奇肆，几于握拳透爪，可作中兴露布读。”(《白雨斋词话》卷一)紧接着，词人直面现实，正视危机，大声地为民族精神招魂：

万里腥膻如许，千古英灵安在，磅礴几时通？

千古英灵，指尧、舜、禹等以来的汉民族的英雄。词人感慨：万里江山，一片腥膻，正遭受着金人的蹂躏，千古英灵那气贯长虹的爱国精神何在？民族正气何时才能畅通无阻地充斥在天地之间？何时才能实现祖国的统一？这是词人内心强烈的愿望，也是对眼前可悲现实的无比悲愤！陈亮《上孝宗皇帝第一书》中表达了同样的意旨：“南师之不出，于今几年矣。天地之正气抑郁而不得泄。岂以堂堂中国，而五十年之间无一豪杰之能自奋哉！其势必有时而发泄矣。”

“胡运何须问，赫日自当中。”最后两句以掷地有声的乐观预言结束：金人的好日子快要到头了，而我们国家统一的前途正如红日当空，无限光明。

此词是宋词中大发议论的典型作品，词人骨鲠在喉，一吐为快，力斥南宋朝廷的不思恢复、屈辱求和，也表达出抗战必胜的坚定信念，风格奔放直率，粗犷有力，取得了“读之令人神往”（李调元《雨村词话》卷三）的艺术效果。

【拓展阅读】

鹅湖之会

鹅湖是江西铅山境内的一座名山，山顶积水成湖，晋朝隐士龚氏曾养鹅于此，故名鹅湖。南宋历史上的“鹅湖之会”指的是两件事情：

一是南宋淳熙二年（1175）六月，吕祖谦为了调和朱熹“理学”和陆九渊“心学”之间的理论分歧，使两人的哲学观点“会归于一”，于是出面邀请陆九龄、陆九渊兄弟前来与朱熹见面。六月初，陆氏兄弟应约来到信州（今江西省上饶市铅山县）鹅湖寺，双方就各自的哲学观点展开了激烈的辩论，这就是中国思想史上著名的“鹅湖之会”。后比喻具有开创性的辩论会。

二是宋孝宗淳熙十五年（1188），陈亮前往上饶拜访辛弃疾，二人于鹅湖寺相聚数日。两位词人共商恢复大计，畅谈英雄理想，并相互激励，写出五首相互酬答的唱和词。

【阅读思考】

理解此词大发议论的创作特点。

沁园春

刘　过

斗酒彘肩，风雨渡江，岂不快哉？被香山居士，约林和靖，与坡仙老，驾勒吾回。坡谓西湖，正如西子，浓抹淡妆临镜台。二公者，皆掉头不顾，只管衔杯。　　白云天竺去来，图画里、峥嵘楼阁开。爱东西双涧，纵横水绕；两峰南北，高下云堆。逋曰不然，暗香浮动，争似孤山先探梅。须晴去，访稼轩未晚，且此徘徊。

刘过(1154—1206),字改之,自号龙洲道人,吉州太和(今江西泰和)人。屡试不第,以布衣终老。曾上书朝廷,陈述恢复中原大计,未被采纳。长期流浪江湖,慷慨重气,好谈兵略,与陆游、陈亮、辛弃疾等抗金志士过往甚密,尤受辛弃疾赏识,成为座上宾。平生经济之怀,发为诗词,充满爱国激情和雄壮之气,多豪言壮语。著有《龙洲词》。

这首《沁园春》词创作于宁宗嘉泰三年(1203),词人时在临安(今浙江杭州)。当时,辛弃疾担任绍兴知府兼浙东安抚使,听闻刘过的大名,派人来请他前去作客。刘过因事不能即刻前往,便以游戏笔墨写下这首词作为答复。

上片开头三句破空而起,写出他受到盛情邀约的兴奋心情:“斗酒彘肩,风雨渡江,岂不快哉?”斗酒彘肩,《史记·项羽本纪》载,刘邦部下猛将樊哙护卫刘邦出席项羽设下的鸿门宴,项羽赐他“斗卮酒”(容量约一斗的一大杯酒),他站着一饮而尽;又赐他“一生彘肩”(一条生猪腿),他放在盾牌上用剑切了吃下去。词人用此典故形容自己的豪放。他想象自己冒着风雨,从临安渡江前往绍兴,内心极度豪爽畅快。这是对辛弃疾邀约的热情回报,表明自己急不可耐地想要与他见面。

“被香山居士,约林和靖,与坡仙老,驾勒吾回。”香山居士,唐代诗人白居易晚年自号香山居士,曾任杭州刺史。林和靖,北宋诗人林逋。他性情恬淡,不趋荣利,隐居杭州西湖孤山。死后,宋仁宗赐谥“和靖先生”。坡仙老,苏轼自号东坡居士,后人称之为坡仙。他曾先后在杭州任通判、知州。驾勒,以驾车勒马比喻强拖硬拽。正当他准备前往绍兴赴宴之时,突然被古代与西湖息息相关的三位大诗人强行扣留。其实,这里正是刘过的狡黠之处,明明是他迷恋杭州湖山景色之美,却又不好直说,于是就以这三位大诗人来做暂不赴约的挡箭牌。

“坡谓西湖,正如西子,浓抹淡妆临镜台。”首先出来劝说挽留他的是苏轼。这里化用了苏轼《饮湖上初晴后雨》的诗句:“水光潋滟晴方好,山色空濛雨亦奇。欲把西湖比西子,淡妆浓抹总相宜。”就在苏轼向词人热情推荐西湖美景的时候,林逋和白居易这两位高士却掉头不顾,只管举杯畅饮:“二公者,皆掉头不顾,只管衔杯。”衔杯,喝酒。由此展现出二人闲适雅逸的情怀。

下片紧密衔接,继续描述三人对话。白居易豪气满怀地说道:“白云天竺去来,图画里、峥嵘楼阁开。爱东西双涧,纵横水绕;两峰南北,高下云堆。”天竺,山名,在西湖灵隐寺飞来峰之南,分上、中、下三个天竺,各建有寺庙。白居易在杭期间,对天竺怀有特殊的感情,入游天竺就流连不返,其《留题天竺、灵隐两寺》诗即云:“在郡六百日,入山十二回。宿因月桂落,醉为海榴开。”峥嵘楼阁开:形容楼阁高峻、气象万千。“爱东西双涧”四句化用了白居易《寄韬光禅师》诗：“东涧水流西涧水，南山云起北山云。”两峰，指南高峰、北高峰，隔灵隐寺而遥相对峙。云堆，云彩堆叠。这里化用了白居易歌咏杭州美景的不少诗句，展现出天竺胜迹、如画楼阁、涧水纵横、两峰插云的优美景致。

“逋曰不然，暗香浮动，争似孤山先探梅。”争似，怎比得上。孤山，在西湖的里湖与外湖之间，孤峙湖中，故名。探梅，探赏初开的梅花。这时候，林逋也站出来讲话。他一下子就否定了白居易对天竺美景的赞美，又将视线拉回到对于西湖的欣赏。林逋长期隐居在西湖孤山，二十年足不入城市，以植梅养鹤自伴，有“梅妻鹤子”之称。其组诗《山园小梅》中有云：“疏影横斜水清浅，暗香浮动月黄昏。”极其形象地展现出西湖梅花的幽洁、孤傲，这又从更深的层面揭示出西湖美景所蕴含的精神品质。

◎ （宋）马远 《林和靖图》 东京国立博物院藏

“须晴去，访稼轩未晚，且此徘徊。”最后三句是刘过在三位古人的劝说和诱惑下所产生的心理活动：等天晴了再到绍兴去拜访辛弃疾也不晚，我就暂且在临安多逗留几天罢。

此词突发奇想，思接古今，充满着奇丽诡谲的浪漫主义色彩，被岳珂戏称为“白日见鬼”（《桯史》卷二）。作品通过对话的形式，将白居易、林逋、苏轼歌咏西湖的佳句巧妙地嵌入词中，编排了一番互相争执杭州哪处景致最值得游玩的精彩对白，显得妙趣横生。

据说刘过将此词寄给辛弃疾后，“辛得词大喜，竟邀之去，馆燕弥月，酬赠千缗。改之竟荡于酒，不问也。尝以此词语岳侍郎倦翁，掀髯有得色”（王奕清《历代词话》卷八）。

【拓展阅读】

辛稼轩诗试刘过

刘过对辛弃疾十分崇拜，在诗中说：“只欲稼轩一题品，春风侠骨死犹香。”（《呈辛稼轩五首》其五）。宁宗嘉泰三年（1203），辛弃疾担任绍兴知府兼浙东安抚使，邀约刘过前来。可是过了很久，刘过才到浙东。辛弃疾颇不高兴，以为刘过过于狂傲，传令下去拒不相见。刘过知道自己得罪了辛弃疾，便请其手下两位属官帮忙，得知辛弃疾将于某日设宴。于是在当日前去拜访，门卒不让进去，刘过便在门外吵闹，嚷着要拜见辛弃疾。辛弃疾听了很是生气，那两位属官劝解说：“刘过是位豪杰之士，虽然狂放，对您还是非常敬重的。何不让他进来，您可以借机试一试他的诗才。”辛弃疾听了点头称许。刘过来到席前，深深地向辛弃疾作了一揖。辛弃疾佯不理睬。这时恰好上来一道用羊的腰肾做成的羹，辛弃疾便让刘过以此为题、以“流”字为韵作一首诗。刘过朗声吟诗道：

拔毫已付管城子，烂胃曾封关内侯。死后不知身外物，也随樽俎伴风流。

“管城子”是笔管的戏称，第一句是说，羊毛被拔去做毛笔。“关内侯”化用了东汉童谣“烂羊头，关内侯”的典故，意思是说：如今都不如东汉了，像烂羊肚一样的庸才也能封侯，有讥讽奸臣当道之意。后面两句，以羊腰、羊肾这些属于“身外物”的下脚料自喻，谦恭地表示自己得见辛弃疾实在是三生有幸。辛弃疾听了之后，误会顿消，非常兴奋，连忙请刘过入席，共尝羊腰肾羹，极尽欢娱。

【阅读思考】

理解此词“白日见鬼”的想象艺术。

唐多令

刘过

芦叶满汀洲，寒沙带浅流。二十年、重过南楼。柳下系船犹未稳，能几日、又中秋。　　黄鹤断矶头，故人今在不？旧江山、浑是新愁。欲买桂花同载酒，终不似、少年游。

刘过作为南宋辛派词人的代表，人们多评其仿效辛弃疾。陈模在《论稼轩词》中评之"虽颇似其豪，而未免于粗"，即是批评他的词缺乏深婉沉着之致，开启了叫嚣粗豪之风。不过，他也创作了像《唐多令》这样饶富沉郁宛转格调的佳作。

这首词前有序，具体交代了创作缘由和背景："安远楼小集，侑觞歌板之姬黄其姓者，乞词于龙洲道人，为赋此《唐多令》。同柳阜之、刘去非、石民瞻、周嘉仲、陈孟参、孟容。时八月五日也。"安远楼，又名南楼，在武昌的黄鹄山（又名黄鹤山，即今之蛇山）。淳熙十三年（1186）冬，姜夔、刘过等人都参加了此楼的落成典礼，姜夔曾自度《翠楼吟》词纪之。刘过此词原属应酬之作，词人却寄寓着登临怀古、抚今追昔的深意，故而传唱一时。

芦叶满汀洲，寒沙带浅流。

上片开头两句描绘登楼所见的衰飒秋景：风吹芦叶，遍地枯槁，岸平沙远，浅水脉脉，整个画面都渲染出一派荒寒萧瑟之意。此时正处韩侂胄北伐失败不久，投降议和的声浪甚嚣尘上，这使得满怀报国之志的词人感到无比愤恨。故此面对眼前的秋景，更增一份悲凉。他追怀往事，不由感叹道："二十年、重过南楼。"二十年前，刘过曾经过此楼，在这里度过了一段豪放不羁的生活："醉捶黄鹤楼，一掷赌百万"（《湖学别苏召叟》）、"黄鹤楼前识楚卿，彩云重叠拥娉婷"（《浣溪沙·赠妓徐楚楚》）。当时他踌躇满志、意气飞扬，可是经过二十年的人生闯荡，却落魄江湖、壮志难酬、一事无成。如今故地重游，抚今追昔，无限感慨。清人黄苏《蓼园词选》又从政治形势的角度，揭示出更深的意涵："按宋当南渡，武昌系与敌分争之地，重过能无今昔之感？词旨清越，亦见含蓄不尽之致。"

“柳下系船犹未稳，能几日、又中秋。”这里点出了词人江湖漂泊、颠沛流离、身心俱疲的生活状态，暗寓着流光易逝、晚景无多的悲叹。

黄鹤楼在黄鹄矶江边，始建于三国东吴时期，与安远楼同在一山，而为两楼。下片开头两句“黄鹤断矶头，故人今在不？”实际是巧妙化用了唐人崔颢《黄鹤楼》的诗典：“故人已乘黄鹤去，此地空余黄鹤楼。”这里的“故人”则是流露出对二十年前与自己同游此楼的朋友的深切怀念。他们在这乱世当中，也同作者一样飘蓬他乡、沦落不偶。词人由此抒发出对于时世变幻、江山兴亡的无限浩叹：“旧江山、浑是新愁。”江山依旧，而人事已非，新与旧的鲜明对照，宣泄出词人对于风流云散、故国陆沉的深沉忧愤。

“欲买桂花同载酒，终不似、少年游。”这里扣合时近中秋、桂子飘香的季节特点，也承接上片的“又中秋”之句，表明尽管很想在中秋佳节置酒同游，却再也没有少年时的豪情逸兴了，字里行间渗透出人生失落之悲、历史沧桑之感。全词于此戛然而止，韵味深长。

此词感时伤怀，情致宛曲蕴蓄，笔调轻灵俊爽，堪称“小令中工品”（李佳《左庵词话》卷上）。清人先著、程洪所著《词洁》卷二认为此词“与陈去非‘杏花疏影里，吹笛到天明’，并数百年来绝作，使人不复敢以《花间》眉目限之”。

【拓展阅读】

辛派词人

南宋以辛弃疾为代表的爱国词人，主要有与辛弃疾同时的陈亮、刘过及其后之刘克庄、文及翁、刘辰翁、文天祥等，后世词家统称为“辛派词人”。《四库全书总目》“东坡词”条云：“（东坡）遂开南宋辛弃疾等一派。”陈亮、刘过、刘克庄等词人继承辛弃疾的豪放词风，意象宏大肆意、风格雄豪悲壮、意境慷慨激昂，以抗敌爱国、感抚时事为主要创作内容，使词更加散文化、议论化，但不如辛词蕴藉。

【阅读思考】

理解此词抚今追昔的抒情方式。

扬州慢

姜夔

淮左名都，竹西佳处，解鞍少驻初程。过春风十里，尽荠麦青青。自胡马窥江去后，废池乔木，犹厌言兵。渐黄昏，清角吹寒，都在空城。　杜郎俊赏，算而今、重到须惊。纵豆蔻词工，青楼梦好，难赋深情。二十四桥仍在，波心荡、冷月无声。念桥边红药，年年知为谁生！

姜夔（1155—1221?），字尧章，号白石道人，饶州鄱阳（今属江西）人。少时随父宦游汉阳（今属湖北）。淳熙间客居湖南，为著名诗人萧德藻所赏识，将侄女嫁给他。遂同寓湖州（今属浙江），卜居苕溪之上，与弁山之白石洞天为邻，因以白石为号。绍熙四年（1190）结识贵胄张鉴，依之十年。庆元二年（1196）移居杭州。曾上书论雅乐，进献《大乐议》《琴瑟考古图》，因与太常议不合而罢。五年（1199），复上《圣宋铙歌鼓吹》十二章，诏免解，与试礼部，不第。遂以布衣终身。

姜夔少有文名，诗、词、骈文为时所称，兼善书法，通晓音律。尤以词著称，著有词集《白石道人歌曲》。能自度曲，初率意为长短句，然后协以律。集中有十七首词，自注工尺旁谱，是流传至今唯一完整的宋代词乐文献。词作内容多为感慨时事，追怀旧游，咏叹身世及状物写景等，风格清空骚雅，时人拟之"如野云孤飞，去留无迹"（张炎《词源》卷下），对后世词风影响深远。

姜夔虽然一生未涉足官场，但是对国家形势的孤危仍然忧心忡忡，由此创作了一些感时伤世的词作。他早在青年时期就写下了名作《扬州慢》（淮左名都），面对往日歌舞喧阗的扬州遭受金人洗劫一空的惨状，词人触目伤怀、抚今追昔，用凄冷、伤情的词句抒发出深沉的家国之痛。

清人万树《词律》云："《扬州慢》，白石因游扬州而作，创为新调，即以词意名题，其所言即扬州之事。"词前小序比较详细地介绍了创作时间、背景和作者的感伤情绪："淳熙丙申至日，予过维扬。夜雪初霁，荠麦弥望。入其城，则四顾萧条，寒水自碧，暮色渐起，戍角悲吟。予怀怆然，感慨今昔，因自度此曲。千岩老人以为有《黍离》之悲也。"淳熙丙申，指宋孝宗淳熙三年（1176）。至日，冬至日，一般在农历十一月中。维扬，扬州的别称。荠麦，一种野麦。弥望，满眼。戍角，戍守扬州的军队吹起的号角声。千岩老人，萧德藻，南宋著名诗人，晚年居湖州，因喜爱其地弁山千岩竞秀，自号千岩老人。《黍离》，《诗·王风》中有《黍离》篇，小序云："《黍离》，闵宗周也。周大夫行役至于宗周，过故宗庙宫室，尽为禾黍。闵周室之颠覆，彷徨不忍去，而作是诗也。"诗共三章，首句都是"彼黍离离"。后世多用这一典故感慨故国兴亡。姜夔于淳熙三年冬至日，从汉阳沿江东下经过扬州，距最近一次遭受金人兵燹，已有十六年，然而却没有任何恢复迹象，荒凉破败，满目萧条，词人感慨今昔，无限凄怆，因赋此词，表达出黍离麦秀之悲。

上片通过对昔日扬州繁盛景致的追怀，突显眼前的一片萧条惨象。

开头三句"淮左名都，竹西佳处，解鞍少驻初程。"淮左名都，指扬州。宋代于淮扬一带设淮南东路，亦称淮左，扬州即为淮南东路的治所。竹西，唐人杜牧《题扬州禅智寺》诗云："谁知竹西路，歌吹是扬州。"后人因此在当时州城北门外五里处建竹西亭。宋人阮阅《诗话总龟》云："蜀冈之南，有竹西亭，修竹疏翠。"少驻，稍稍停留。初程，旅途刚开始的一段路。这是交代自己久慕扬州是昔日的大都市，拥有许多风景名胜，故此千里迢迢前来游历。但是眼前所见，却令其触目惊心。

"过春风十里，尽荠麦青青。""春风十里"化用了杜牧《赠别》诗："春风十里扬州路，卷上珠帘总不如。""尽荠麦青青"扣合词序所云"夜雪初霁，荠麦弥望"，与杜甫《春望》"城春草木深"用意相近。当年风情旖旎之地，如今却长满了野麦子，今昔盛衰之感油然而生。

自胡马窥江去后，废池乔木，犹厌言兵。

胡马窥江，这里指金人的骑兵侵扰扬州。宋高宗建炎三年(1129)，金兵初犯扬州，劫掠一空。绍兴三十一年(1161)，就在姜夔创作此词的前十多年，扬州再被侵凌。"废池乔木，犹厌言兵"两句是说：就连废池边的老树也不愿再提起金人南侵的惨状。说无情的乔木"犹厌言兵"，则当地人民的惨痛心情自然可想而知。唐人钱珝《江行无题》组诗有云："翳日多乔木，维舟取束薪。静听江叟语，俱是厌兵人。"姜词由此化出，蕴含着无限沉痛之意。清人陈廷焯指出："'自胡马窥江去后，废池乔木，犹厌言兵。渐黄昏，清角吹寒，都在空城'数语，写兵燹后情景逼真；'犹厌言兵'四字，包括无限伤乱语，他人累千百言，亦无此韵味。"(《白雨斋词话》卷二)陈匪石《宋词举》也认为"写被兵之地寂寞无人，鲍照之赋、杜陵之诗，亦不是过"。因此这首词的小序最后指出："千岩老人以为有《黍离》之悲。"

"渐黄昏，清角吹寒，都在空城。"扣合词序所云"入其城，则四顾萧条，寒水自碧，暮色渐起，戍角悲吟”。空城：极言战乱后的扬州城衰颓破败，人烟稀落。黄昏这一特定时分，本已惹人愁绪；凄凉的戍角声又传送一阵阵寒意；更何况所有的景致都是在这空荡荡的荒颓城池。如此的孤寂清寒，使人凄怆悲怨；字面之外又渗透着对于金人残暴的无声控诉。

下片侧重对于扬州昔日风情往事的追忆，寄寓着繁华消歇的悲慨。

“杜郎俊赏，算而今、重到须惊。纵豆蔻词工，青楼梦好，难赋深情。”杜郎，指晚唐诗人杜牧。他年轻时曾在扬州任淮南节度府推官、掌书记，狎妓游冶，颇多风流韵事，并且创作了不少记述扬州艳情的诗作。俊赏，这里指对美人有特殊的鉴赏力。算，料想。豆蔻，花名，在古代诗歌中有时用来比喻少女之美。杜牧《赠别》诗即云：“娉娉袅袅十三余，豆蔻梢头二月初。”青楼梦，杜牧《遣怀》诗云：“十年一觉扬州梦，赢得青楼薄倖名。”青楼，指妓院。这几句意即：杜牧当年在扬州风流快活，如果故地重游，必定会触目惊心；他当年在此留下了风流浪漫的情事，写下了许多风情旖旎的赠妓佳篇，如今恐怕再也无法表达他的一往深情了。如今的扬州城早已是风流云散、风情不再、破败不堪。

二十四桥仍在，波心荡、冷月无声。

杜牧《寄扬州韩绰判官》诗云：“二十四桥明月夜，玉人何处教吹箫？”扬州在唐代最为繁富，有“扬一益二”的美誉。诗人徐凝《忆扬州》诗云：“天下三分明月夜，二分无赖是扬州。”相传曾有二十四位美人在桥上吹箫，故以“二十四”名桥。清人李斗《扬州画舫录》卷十五云：“廿四桥即吴家砖桥，一名红药桥，在熙春台后。……桥跨西门街东西两岸。”一说二十四桥是当时扬州有二十四座著名的桥梁。宋人沈括《梦溪补笔谈》卷三云：“扬州在唐时最为富盛，旧城南北十五里一百一十步，东西七里三十步，可纪者有二十四桥。”五代时，后周与南唐争夺淮南之地，扬州旧城毁于兵火。周世宗命大将韩令坤别筑新城，二十四桥或存或废，宋时已不可考。这里写“二十四桥仍在”，并非全指，而是由其中的某一座桥来“以偏概全”，怀想昔日的风情往事。这里的“冷”，既是波心荡漾中月色的清冷，更是词人心境的凄寒孤冷。清人先著、程洪《词洁》卷四指出：“‘二十四桥仍在，波心荡、冷月无声’，是‘荡’字著力。所谓一字得力，通首光采。”唐圭璋也认为此句“笔力千钧，哀澈心腑”(《姜白石评传》)。

“念桥边红药，年年知为谁生！”红药，红芍药花。宋人彭乘《墨客挥犀》卷一说：“扬州芍药，名著天下郡国。”《(嘉庆)大清一统志》卷九十七载：“(扬州府)开明桥，在甘泉县东北，旧传桥左右春月芍药花市最盛。”秦观《满庭芳》词有云：“问篱边黄菊，知为谁开？”姜词当由此化出。早在春秋时期，《诗·郑风·溱洧》中已有士、女相谑，“赠之以芍药”的描写。然而如今扬州残破，美人流散，风流邂逅已无从发生，红药虽生于桥边，也无从摘来相赠。花开依旧，人事已非！这样的写法愈工致，则愈惨淡，可谓惊心动魄、冷隽沉痛。杜牧是晚唐时期的风流诗人，他所抒写的扬州艳情诗自然为扬州文化增添了冶艳风情。姜夔通过咏叹昔日风月繁华与风流俊赏，来反衬如今扬州的荒寂凄凉，当然起到了荡气回肠的伤情效果。不过，他大量化用杜牧的事典和语典，又为这首歌咏时代沧桑的词作涂抹上一层风情旖旎的情味。

【拓展阅读】

扬州城的兴废歌咏

扬州是一座历史文化名城，历代文人都不断歌咏其繁华富庶的景象。但是它也曾经多次遭受战争劫难，见证了中国历史的沧桑变幻。南朝宋孝武帝大明三年(459)，扬州在一场内战中被荡为废墟，当时的著名文人鲍照为此撰写了《芜城赋》，将扬州山川胜势和昔日歌吹沸天、热闹繁华的景象与眼前荒草离离、河梁圮毁的破败景象进行对比，在对历史的回顾和思索中，表现了作者对屠城暴行的谴责和对统治者的警告，寓有今昔兴亡之感。此后，由于隋朝开凿运河而扬州恰在运河与长江的十字交叉点上，得天独厚的地理位置又使它重新崛起。发展到唐代，成为全国最繁荣的商业都市之一。宋人洪迈《容斋随笔》卷九“唐扬州之盛”条云：“唐世盐铁转运使在扬州，尽斡利权，判官多至数十人，商贾如织，故谚称‘扬一益二’，谓天下之盛，扬为一而蜀次之也。杜牧之有‘春风十里珠帘’之句，张祜诗云‘十里长街市井连，月明桥上看神仙。人生只合扬州死，禅智山光好墓田’，王建诗云‘夜市千灯照碧云，高楼红袖客纷纷。如今不似时平日，犹自笙歌彻晓闻’，徐凝诗云‘天下三分明月夜，二分无赖是扬州’。其盛可知矣。”虽然五代十国时期的战乱对它有所破坏，但在北宋一百多年的和平环境里，扬州再次焕发了往昔的勃勃生机，成为东南地区的雄藩大邑。可是，南宋高宗建炎三年(1129)和绍兴三十一年(1161)，扬州因金人两度南侵劫掠而元气大伤，在相当长的时间内未能恢复。姜夔这首《扬州慢》创作于金人第二次洗劫扬州的十六年后，是用词写成的另一篇《芜城赋》。它首先将遭受兵燹后的扬州城荒凉破败的景象以及自己的黍离麦秀之悲直接抒写出来，然后别具匠心地请出当年亲历扬州繁华的唐代诗人杜牧作为见证，设想他如今重游故地会作何感想，由此反衬出盛衰兴废之悲。这种表现技巧复杂而新奇，与鲍照朴质平正的《芜城赋》相比，别具一番艺术魅力。

【阅读思考】

理解此词以景现情、化景为情的艺术手法。

点绛唇

姜　夔

燕雁无心，太湖西畔随云去。数峰清苦，商略黄昏雨。　　第四桥边，拟共天随住。今何许？凭栏怀古，残柳参差舞。

姜夔一生都过着"野云孤飞"般的游士生活，形成了洒脱不羁的性情和清雅高洁的品格。范成大对他非常推赏，"以为翰墨人品皆似晋宋之雅士"（周密《齐东野语》卷十二）。姜夔平生好学、好客、好藏书，宋人陈郁《藏一话腴》甲集卷下说："白石道人姜尧章，气貌若不胜衣，而笔力足以扛百斛之鼎。家无立锥，而一饭未尝无食客。图史翰墨之藏，汗牛充栋。襟期洒落，如晋宋间人。"可以想见他的为人。尽管姜夔一生布衣，最终贫病交加而亡，但是他始终保持着孤高狷介的品性。贵胄张鉴同情他生活清贫，想把无锡的一块好田赠送给他，姜夔却坚决辞谢。他特别仰慕晚唐自号"天随子"的诗人陆龟蒙，曾以"三生定是陆天随，又向吴淞作客归"（《除夜自石湖归苕溪》）、"沉思只羡天随子，蓑笠寒江过一生"（《三高祠》）等诗句表达这种感情，在词中则有脍炙人口的佳作《点绛唇》。

姜夔同陆龟蒙的身世遭遇颇有相似之处：两人都是终身布衣；陆龟蒙隐居在松江甫里（今江苏苏州角直），姜夔来往于苏州、杭州之间，屡次经过此地。所以在词中，作者表示要追随这位潇洒旷达的前辈诗人，并在凭栏远眺之际表达了深沉的怀念之情。丁未，宋孝宗淳熙十四年（1187），姜夔自湖州前往苏州谒见范成大，途经吴淞，创作了这首著名的小令。

上片是凭栏所见的景致。"燕雁无心，太湖西畔随云去。"燕雁，从北方飞过来的大雁。词人凭栏远眺，看到一队从北方飞过来的大雁，在太湖西畔随着浮云飞去，它们无忧无虑，自由自在。无心，无机心，原本是表现听任自然、随缘自适的精神状态。陆龟蒙诗中常见此意："云似无心水似闲"(《秋赋有期因寄袭美》)、"心似孤云任所之，世尘中更有谁知"(《和袭美新秋既事》)等。姜夔非常向往这样的闲适情调，故此陈匪石评述道："燕春来秋去，雁秋来春去，'随云'来往，无所容心，开口便饶闲适之味，谓为白石自况，亦无不可。"(《宋词举》)但是如果联系其生活处境，姜夔则又很难做到心无挂碍。因此，这里表面写大雁，实则暗含着词人的身世之悲。他觉得自己也像雁随浮云一样，四处奔波，浪迹天涯。不同的是，鸿雁无心，而自己却是富有性情的敏锐文人，如何能够承受这种来来往往寄人篱下的辛酸生活呢？无限的怅惘悲苦之情渗透在字里行间。

数峰清苦，商略黄昏雨。

紧接着，词人追随着鸿雁的目光又看到了白云之下的远山，在灰暗的天色中，几座山峰寂寞地矗立着，显得那样清冷凄苦。商略，商量，筹划，酝酿，这里是写傍晚时分，天空当中正酝酿着一番雨意。这两句既写出雨意渐浓的江南烟雨图景，而且也写出了数峰寂寞寥落、无可奈何的难堪情态。在这黄昏迷蒙、风雨将至的惨淡境界中，身处漂泊旅途的词人内心的凄苦自然可想而知。

下片抒发怀古之情，表达对于隐居松江的陆龟蒙的仰慕。

"第四桥边，拟共天随住。"第四桥，在吴江城外。范成大《(绍定)吴郡志》卷二十九记载："松江水在水品第六，世传第四桥下水是也。桥今名甘泉桥，好事者往往以小舟汲之。"清人冯桂芬《(同治)苏州府志》卷三十四也说："甘泉桥，一名第四桥，以泉品居第四也。"天随，晚唐诗人、隐士陆龟蒙，自号天随子。辛文房《唐才子传》谓其时放扁舟，挂篷席，安置束书、茶灶、笔床、钓具，优游于江湖间。其家距离第四桥不足百里。他嗜饮茶，其《甫里先生传》自述，高僧、逸人经常送给他吴淞第四桥水等煎茶的好水。

今何许？凭栏怀古，残柳参差舞。

词人原本打算在第四桥附近住下来，与陆龟蒙做邻居。可是，如今他在哪里呢？词作最后又从怀古中回到现实，面对着凄冷风中参差飘摆的残枝衰柳，词人更加渲染出漂泊天涯、知音难求的万般无奈和凄凉。这里的以景结情，通过勾勒烟水迷离的景象，抒发出深挚浓厚的身世感慨以及沧海桑田的时代悲叹。唐圭璋《唐宋词简释》评曰："捉住残柳一点言之，已见古今沧桑之异。"在这首词创作的九年之前，辛弃疾填了《摸鱼儿》词，最后写道："休去倚危栏，斜阳正在、烟柳断肠处。"和姜词这里的意境非常相似，都在苍茫之中蕴含着无限悲凉。清人陈廷焯非常推赏这首词作，他在《白雨斋词话》卷二中指出："白石长调之妙，冠绝南宋。短章亦有不可及者，如《点绛唇》一阕，通首只写眼前景物，至结处云：'今何许？凭栏怀古，残柳参差舞。'感时伤事，只用'今何许'三字提唱，'凭栏怀古'下，仅以'残柳'五字咏叹了之，无穷哀感，都在虚处，令读者吊古伤今，不能自止，洵推绝调。"此外，姜夔的《湘月》（五湖旧约）、《惜红衣》（簟枕邀凉）、《念奴娇》（闹红一舸）等词作，都体现了作者在长期漂泊之中仍然保持着孤云野鹤般的个性特色。因此陈廷焯指出："气体之超妙，则白石独有千古，美成亦不能至"，"词格之高，无过白石。"（《白雨斋词话》卷二）

【拓展阅读】

宋季文人的精神追求

宋人陈郁《藏一话腴》内编卷下描述姜夔神态，曰："白石道人姜尧章，气貌若不胜衣，而笔力足以扛百斛之鼎。家无立锥，而一饭未尝无食客。图史翰墨之藏，汗牛充栋。襟期洒落，如晋宋间人，意到语工，不期于高远而自高远。"陈郁将他比之"晋宋间人"，赞赏高远洒落的气质神韵。何为"晋宋间人"？宗白华在《论〈世说新语〉和晋人之美》一文中认为晋代是士大夫"精神上的大解放，人格上思想上的大自由"，"晋人以虚灵的胸襟、玄学的意味体会自然，乃能表里澄澈，一片空明，建立最高的晶莹的美的意境"。宋代文官制度的建立，重文轻武的政治取向，引导雅逸文化风尚的兴起和繁盛。广大士大夫文人追求精神的自由放达，审美意趣的闲适洒脱，于是纷纷追慕晋人之风，而且将"晋宋间人"作为褒誉清雅萧散人品的用语。靖康南渡后，时代情势更加类同于永嘉东渡后晋宋人物的生存状态，国破家亡之痛、放逸山林之思，都达成了精神契合。文人墨客自比为晋宋间人，辛弃疾即常以陶渊明自比，刘过亦"自谓晋、宋间人物"（张世南《游宦纪闻》卷一）；而且常将知交好友誉为晋宋人，杨万里推许范成大，曰："公风神英迈，意气倾倒，拔新领异之谈，登峰造极之理，萧然如晋宋间人物。"（《石湖先生大资参政范公文集序》）范成大则称赞姜夔翰墨人品，"皆似晋宋之雅士"（姜夔《姜尧章自叙》）。这些称谓，统统表现出宋季文人清雅闲逸的精神意趣和追求。

【阅读思考】

理解此词托物起兴、意境清空的创作特色。

暗香

姜夔

旧时月色，算几番照我，梅边吹笛？唤起玉人，不管清寒与攀摘。何逊而今渐老，都忘却、春风词笔。但怪得、竹外疏花，香冷入瑶席。　江国，正寂寂。叹寄与路遥，夜雪初积。翠尊易泣，红萼无言耿相忆。长记曾携手处，千树压、西湖寒碧。又片片吹尽也，几时见得？

姜夔的自度曲《暗香》和《疏影》，是他和南宋著名文士范成大友情的见证。词前小序交代了创作背景和过程：“辛亥之冬，予载雪诣石湖。止既月，授简索句，且征新声，作此两曲。石湖把玩不已，使工妓肄习之，音节谐婉，乃名之曰《暗香》《疏影》。”

姜夔与范成大初识于淳熙十四年(1187)，姜夔以杨万里诗介往谒范成大于苏州，并作《石湖仙》寿石湖居士，内有“须信石湖仙，似鸱夷翩然引去”之句，写其隐逸之志。绍熙二年(1191)冬天，姜夔从湖州苕溪出发，冒雪乘船去苏州石湖再度拜访范成大，在那里居住了一个多月。两人饮酒填词，非常畅快。一天，他们在范村(范成大家花园)赏梅，范成大请他谱新曲作词。姜夔观赏雪中的红梅，悠然心会，文思泉涌，接连填制了两首咏梅词《暗香》和《疏影》。写成之后，范成大极为赞赏，把玩不已，命令家中的歌妓学习演唱，音节和婉动人。歌女当中有一个名叫小红的，尤其喜爱演唱这两首新词，当然也非常仰慕和敬佩词人姜夔的风雅才情。除夕那天姜夔告辞范成大，离开苏州，返回湖州苕溪时，范成大便将歌女小红赠送给他。这一夜正赶上大雪纷飞，姜夔携得美人归，心情自然十分兴奋，他乘坐的小船行进在苏州窄小的河道当中，经过垂虹桥时，他即景生情，写下了一首小诗：“自作新词韵最娇，小红低唱我吹箫。曲终过尽松陵路，回首烟波十四桥。”(《过垂虹》)感觉就像神仙伴侣一般的风流倜傥、潇洒飘逸。

◎ （明）吴伟 《武陵春图》 故宫博物院藏

关于这两首为姜夔赢得无数赞誉的咏物词，到底其中有什么寓意？历来词学界众说纷纭，有的说是伤时，表达出对于现实时代的感伤；有的说是专门咏叹被金人掳掠到北方的徽、钦二帝及其众多后妃；有的说是抒写对往日情人的怀念；有的说是对一幅梅花图画的描摹和歌咏。不过多数人还是认为这是姜夔怀念情人之作。姜夔在这两首词里巧妙地运用了一些与梅花有关的历史掌故，并且化用了前人的佳词丽句，从不同的角度来描写梅花的特色，从而寄托自己对情人的怀念。姜夔一生都喜欢咏梅，而且他清雅幽淡的人品、情趣，都处处体现着梅花的气韵。因此清人刘熙载在《艺概·词曲概》中指出："姜白石词幽韵冷香，令人挹之无尽；拟诸形容，在乐则琴，在花则梅也。"在姜夔的心目中，梅花又典型地具有幽韵冷香的气质。幽韵，是指幽静的神韵；冷香，是指清冷的香味。如果借用刘熙载的语言来分析这两首词，也可以说《暗香》着重写"清冷"的气质，《疏影》着重写"幽静"的气质。

《暗香》词上片"旧时月色，算几番照我，梅边吹笛？"一开头就旧梦重温，追忆当年的皎洁月色下梅边吹笛的清雅生活。"唤起玉人，不管清寒与攀摘"，他还有美人相伴，在瑟瑟的清寒之中与美人一起攀摘梅花。这两句从贺铸《减字浣溪沙》"玉人和月摘梅花"脱化而来，但意味更深长，情韵更饱满。孤冷的月色、幽淡的梅花，更加烘托出超尘脱俗的清冷意境。但是这样相聚的日子并不太长，词人就与情人凄然相别，劳燕分飞。这一段情事令他黯然神伤，终生遗憾。

"何逊而今渐老，都忘却、春风词笔。"南朝梁代诗人何逊有《咏春风》诗："可闻不可见，能重复能轻。镜前飘落粉，琴上响余声。"又有《咏早梅诗》："衔霜当路发，映雪拟寒开""应知早飘落，故逐上春来"。他善于描写景物，刻画离情别绪。杜甫在《和裴迪》诗中就写道："东阁官梅动诗兴，还如何逊在扬州。"姜夔在这里自比为何逊，但由于年岁老大，抑郁寡欢，赏梅的兴致已经十分淡薄，也不再有往日赞美春风寒梅的生花妙笔。这是感叹自己垂垂老矣，风情不再。沈祖棻《宋词赏析》分析道："'唤起'两句，承上，仍是旧时情事。梅边月下，笛声悠扬，当斯时也，复唤起玉人，犯寒摘花，月色笛声，花光人影，融成一片，试思此何等境界、何等情致；而'何逊'两句，笔锋陡落，折入现状，又何等衰飒。"

"但怪得、竹外疏花，香冷入瑶席。"无奈竹林之外稀疏的梅花的芳香，却偏偏随着春风吹送进幽雅的座席，再度触动起词人对于往事痛苦的追忆，生发出无限惆怅之情。这里的用笔类似于他在《扬州慢》下片中所写的"杜郎俊赏，算而今、重到须惊。纵豆蔻词工，青楼梦好，难赋深情"。但更使作者悲伤的，是南北阻隔、音信难寄的咫尺天涯之感。

下片开头"江国，正寂寂。叹寄与路遥，夜雪初积。"江国，指江南水乡。雪下得正紧，一片沉寂。这是草木刚刚萌动、只有梅花独自怒放的时节。"寄与路遥"，《荆州记》："吴陆凯与范晔善，自江南寄梅花诣长安与晔，并赠诗曰：'折梅逢驿使，寄与陇头人。江南无所有，聊赠一枝春。'"词人希望折一枝梅花给远方的情人，但那里夜雪又开始聚积，音信难以传递。这里的"江国"指南国水乡，"夜雪聚积"则是设想北国的景象，隐含着对北方沦陷、音讯难通的忧愁。

"翠尊易泣，红萼无言耿相忆。"翠尊，指翡翠酒杯；红萼，指红色的梅花。词人对着酒杯，忍不住流下了眼泪；红色的梅花也默默无言，这是融情入景，就像是杜甫《春望》诗中的"感时花溅泪，恨别鸟惊心"。当年和情人离别的那番情景，这时又浮现在词人的回忆之中。其情深至，其音凄厉。

长记曾携手处，千树压、西湖寒碧。

这一句写得极其精美雅致。宋代杭州西湖的孤山上有一片梅林，梅花盛开时，千树的梅枝笼罩着清寒碧绿的湖水。碧波荡漾，瑟瑟的寒风吹送着梅花的幽香，千树梅花斜枝侧出，随风摇动，仿佛就要倾压到水面之上。此种情态恰如当年隐居孤山、"梅妻鹤子"的林逋所歌咏的那样："疏影横斜水清浅，暗香浮动月黄昏。"（《山园小梅》）

"又片片吹尽也，几时见得？"梅花的花瓣一片一片地凋零、吹落，言外之意是和情人终于分离了。词人刚刚写到"千树压、西湖寒碧"的繁花盛景，紧接着描摹"片片吹尽"的衰败凄凉，实际上是由往事的美好陡然又想到与情人彼此的黯然别离，触景伤情，不由得感叹：不知道什么时候才能再和情人携手赏梅！沈祖棻评之曰：

"'又片片'句,谓一片一片,吹之不已,终至于尽。'几时见得',斩钉截铁之言,实千回百转而后出之,如瓶落井,一去不回,意极沉痛。"(《宋词赏析》)

姜夔的这首咏梅词确实做到了咏物与写人、叙事、抒情的完美结合,非常富有清雅的格调,得到了后代词论家的一致推赏。

【拓展阅读】

姜白石词幽韵冷香

姜夔善于运用联觉思维,通过艺术的通感将不同的生理感受连缀在一起,表现特定的心理感受。钱锺书在《通感》一文中指出:"在日常经验里,视觉、听觉、触觉、嗅觉、味觉往往可以彼此打通或交通,眼、耳、舌、鼻、身各个官能的领域可以不分界限。颜色似乎会有温度,声音似乎会有形象,冷暖似乎会有重量,气味似乎会有体质。"姜夔词中类似的例证不胜枚举,例如《踏莎行》"淮南皓月冷千山,冥冥归去无人管",视觉意象结合肤觉感受,真切流露出念远伤别的萧索凄怆之感。另如《忆王孙》"冷红叶叶下塘秋"、《惜红衣》"并刀破甘碧"、《江梅引》"湿红恨墨浅封题"、《石湖仙》"绿香红舞"等等词句,也都运用通感手法,收到了丰富的表情效果。而其《念奴娇》词开首句"闹红一舸",即如同"红杏枝头春意闹"一样,既写出荷花盛开的红艳,也见出一舸游人的兴致。"翠叶吹凉,玉容销酒",极其细腻传神地描摹荷花的艳冶之态:水波荡漾,翠绿的荷叶翻飞,散发出阵阵清凉。那鲜艳的荷花好像美人面颊,醉意才消,还残留着浅淡的红晕。"嫣然飞动,冷香飞上诗句",则更显精妙。它首先采用拟人之法,把荷花写成一位冰清玉洁、亭亭玉立的美人,她嫣然含笑,身上洋溢着清香幽韵,"诗意与花香俱摇漾于水烟渺霭中","通首如仙人行空,足不履地,宜叔夏读之,神观飞越也"(俞陛云《唐五代两宋词选释》)。其次是想象新颖奇特。本来是作者感受到荷花之美而写出诗句,却说是荷花嫣然含笑,把冷香送入诗句;而且"冷香"竟然能"飞上"诗句,就更加是奇思妙想了,显得极其灵动活泼、精美雅致。因此冯煦《蒿庵论词》评之曰:"超脱蹊径,天籁人力,两臻绝顶,笔之所至,神韵俱到。"另如《角招》(为春瘦)词抒写忆念旧游之情。下片有云"伤春似旧,荡一点、春心如酒",运用独特的感受,表达伤怀之情,俞陛云《唐五代两宋词选释》评之曰:"旧欢则甘如蜀荔,新愁则酸若江梅,两味相荡,浑如中酒。后主所谓'别有一般滋味在心头'也。"这样的写法确实体现出白石清空冷峭的词风。

【阅读思考】

分析此词托物寄怀的清空词境。

踏莎行

姜夔

燕燕轻盈，莺莺娇软，分明又向华胥见。夜长争得薄情知？春初早被相思染。　　别后书辞，别时针线，离魂暗逐郎行远。淮南皓月冷千山，冥冥归去无人管。

在姜夔表达内心辛酸苦楚的词作中，有许多是对于情爱往事的深情追忆和感伤。他在二十多岁的时候曾经客居合肥，在赤阑桥一带的歌楼中偶然结识了一对姐妹。她们色艺双全，一个擅长弹奏古筝，一个擅长弹琵琶，姜夔沉迷于这两位姐妹的婀娜体态和妩媚声情，把她们比作当年三国时期的两大美女大乔和小乔。他在《解连环》词中分别歌咏两人的非凡技艺："大乔能拨春风，小乔妙移筝。"在姜夔的精心辅导下，两姐妹的演奏技艺突飞猛进，一曲《淡黄柳》引起了不小的轰动，人们竞称她们一个是"柳淡黄"，一个是"柳嫩绿"。尽管与两个红颜知己相伴的日子像神仙一般快乐，但是后来宋金交战，姜夔在两姐妹的劝说下依依不舍地离开了合肥。战乱之中，他曾经回到合肥看望过两姐妹；但是过了不久，再度漂泊江湖。在彼此分离的日子里，姜夔创作了大量咏物伤怀的词作，大多通过梅花和杨柳这两个意象，流露出自己绵绵不尽的思念之情。淳熙十四年(1187)元旦，姜夔途经金陵，夜里做梦又梦见了远别的合肥恋人。梦醒之后，他填制了这首满含深情的词作《踏莎行》。词前小序云："自沔东来，丁未元日，至金陵，江上感梦而作。"

上片开头"燕燕轻盈，莺莺娇软"，化用了北宋张先的故事。他八十五岁还买了十几岁的小妾，苏轼就写诗与他调侃："诗人老去莺莺在，公子归来燕燕忙。"(《张子野年八十五尚闻买妾述古令作诗》)这里就是指合肥这两位婀娜娇媚的恋人，字里行间充满着卿卿我我的缠绵情意。她们轻盈、娇软的形象在词人的梦里出现。

"分明又向华胥见"，《列子・黄帝》中记载："黄帝昼寝而梦，游于华胥之国。"后来多以"华胥"代指梦境；而且这里用"又"字表明他的梦里经常出现两位恋人的身影，所谓日有所思，夜有所梦，也就流露出对她们绵绵不尽的思念。

◎ （宋）马远 《楼台春望图》

“夜长争得薄情知？春初早被相思染。”这两句是梦境之中情人对自己含情脉脉所说的话，表达出一片相思之情。正常的语序应该是：初春长夜，薄情争得知（我）早被相思染？薄情，即“薄幸”，是对所爱之人的昵称，正所谓爱之深而恨之切。这两句意思是说：在这漫长的春夜中，薄情人啊，你又怎能知晓我相思的深重呢？这样的情态就像是五代花间词人顾夐《诉衷情》词里所咏叹的那样：“换我心，为你心，始知相忆深”，他在《荷叶杯》里也说：“忍教成病忆佳期，知么知，知么知。”

下片开头两句写分别之后睹物思人，旧情难忘。“别时针线”一句写合肥情人在离别远行之际为我赶制行装，更可见出一片温情细致的体贴。

“离魂暗逐郎行远。”郎行，当时的熟语，情郎那边。这一句再度以梦中恋人的口吻抒写出极度相思的感情：她们甚至灵魂出窍，追逐我来到远方。中国从六朝开始就出现了女子为了追求爱情而灵魂出窍的离魂故事，从志怪小说《庞阿》到唐传奇小说陈玄祐的《离魂记》到元朝郑光祖的杂剧《倩女离魂》，乃至蒲松龄《聊斋志异》里的小说《阿宝》，一直都在表现这样的文学母题，它的意义在于歌颂青春浪漫的爱情冲破了灵与肉的界限，达到自由幸福的美好境界。这里也是运用了离魂的说法，尽显出合肥情人对作者的一往痴情。

淮南皓月冷千山，冥冥归去无人管。

如此深婉却没有结果的苦情，令姜夔既感动不已，又无限感伤。最后写他梦醒之后，深情地想象情人的魂魄孤独归去的情状：天上一轮明月静静地映照着淮南的千山，涂抹上一层幽淡、阴郁、清冷的色泽。这里化用了杜甫《梦李白》“魂来枫林青，魂返关塞黑”的意境，想象情人的离魂就这样独自归去，无人照管。自己多么想陪伴着她们一起回家，让那冰冷的合肥老屋重新飘荡起沉寂已久的欢声笑语！一种怜香惜玉之情，一片深切的负疚之感，都渗透在最后这凄凉、冷落的景象之中。沈祖棻《宋词赏析》评价道：“因己之相思，而有人之入梦，因人之入梦，又怜其离魂远行，冷月千山，踽踽独归之伶俜可念。上片是怨，下片是转怨为怜，有不知如何是好之意，温厚之至。”王国维一向不太欣赏姜夔的词，批评他“如雾里看花，终隔一层”；但是在这里，他也不由得感叹道：“白石之词，余所最爱者，亦仅二语，曰：‘淮南皓月冷千山，冥冥归去无人管。’”（《人间词话》）

【拓展阅读】

姜白石以健笔写柔情

清人戈载在《白石道人歌曲跋》中指出：“白石之词，清气盘空，如野云孤飞，去留无迹。其高远峭拔之致，前无古人，后无来者，真词中之圣也。”蒋兆兰《词说》亦云：“南渡以后，尧章崛起，清劲逋峭，于美成外别树一帜。”姜夔的词法，远承韦庄“遏响入云”的疏朗风格，又受到同时代辛弃疾豪放词风的影响，“变雄健为清刚，变驰骤为疏宕”（周济《宋四家词选目录序论》）。他秉承南宋文士总体的理性文化追求，以及江西派瘦硬峭拔的诗歌风格，使其词作带有清刚顿挫的气势，以峭劲救软媚，以含蓄救粗犷，富于理性创作精神。他擅长书法，笔锋瘦硬，其词作亦富清逸劲健、清高疏淡的“风神”。其《长亭怨慢》（渐吹尽）词以硬笔写柔情，于笔势的起落缓急的变换中，尽显沉雄顿挫之气；恰似一幅侧锋运笔、刚柔间出、节奏起伏的行草佳作，非常真切地展现出野逸词人的内在气骨和神韵。沈义父《乐府指迷》曾经评价姜夔词“清劲知音，亦未免有生硬处”。其实，所谓“生硬”正是姜夔借鉴江西诗派，融入江湖寒士清高自守的气骨，在词体创作中自然流露出来的清刚瘦硬的格调和个性特色。诚如詹安泰所言：“（姜词）极意创新，力扫浮艳，运质实于清空，以健笔写柔情，自成一种风格，仿佛诗中的江西诗派。”（《宋词风格流派略谈》）

【阅读思考】

分析此词名句“淮南皓月冷千山，冥冥归去无人管”的清冷词境。

双双燕

咏 燕

史达祖

过春社了，度帘幕中间，去年尘冷。差池欲住，试入旧巢相并。还相雕梁藻井，又软语、商量不定。飘然快拂花梢，翠尾分开红影。　芳径，芹泥雨润。爱贴地争飞，竞夸轻俊。红楼归晚，看足柳昏花暝。应自栖香正稳，便忘了、天涯芳信。愁损翠黛双蛾，日日画阑独凭。

史达祖（生卒年不详），字邦卿，号梅溪，汴京（今河南开封）人。宁宗开禧元年（1205）曾随使臣出使金国，往返途中多有题咏。宋人叶绍翁《四朝闻见录》卷五说他为权相韩侂胄堂吏，“拟帖撰旨，俱出其手”，一时为权炙缙绅。开禧北伐失败后，韩侂胄被诛，他亦受黥刑而遭逐，死于贬所。

史达祖精通音律，能自度新曲。其词精于描写刻画，用典贴切，辞藻工丽，风格清新闲婉、圆转柔媚。著有《梅溪词》。

这首《双双燕》词是史达祖的自度曲，刻画春燕的体态，形神毕肖，栩栩如生。

上片描写双燕归来，寻觅旧巢。“过春社了，度帘幕中间，去年尘冷。”春社，古时于春分前后祭祀土神，称春社，一般在立春后的第五个戊日。尘冷：指旧日筑巢之处冷落，布满灰尘。开头两句描写双燕于春社过后翩然飞来，穿过帘幕，寻找旧巢，然而见到的旧巢早已落满了灰尘，由此就隐现出今昔落寞之感。

“差池欲住，试入旧巢相并。还相雕梁藻井，又软语、商量不定。”差池，形容燕子飞翔时羽翼张开的样子。《诗·邶风·燕燕》即云：“燕燕于飞，差池其羽。”郑玄笺云：“差池其羽，谓张舒其尾翼。”“还相雕梁藻井”，这里的“相”是动词，仔细观察的意思。藻井，雕绘有文彩、状如井字的天花板。软语，这里是指燕子软媚的呢喃之声。这几句精细地刻画双燕打算重归旧巢，但是又顾虑重重，反复端详，还彼此呢喃商量，由此展现出它们犹豫不决的神态，被明人王世贞评价为“可谓极形容之妙”（《弇州山人词评》）。

飘然快拂花梢，翠尾分开红影。

快拂，轻快地掠过。红影，花影。这两句描写燕子飞翔的轻盈姿态。它们商量初定，不再犹豫彷徨，而是飘然飞起。上片采用拟人手法，将双燕重归旧巢的试探、准备、确认、协商、定居等一系列过程及其心理，刻画得细致入微、活灵活现。清人吴衡照《莲子居词话》卷一指出："数语刻画精巧，运用生动，所谓空前绝后矣。"陈匪石也评述道："入幕出幕，层次井然，且形容尽致，不啻一幅飞燕寻巢图，真所谓'瞭然在目'者。"（《宋词举》）

"芳径，芹泥雨润。爱贴地争飞，竞夸轻俊。"芳径，长有花草的小径。芹泥，指燕子为了修筑旧巢衔来带有芹草的泥土。这里化用了杜甫《徐步》"芹泥随燕嘴，花蕊上蜂须"的诗意。竞夸轻俊，争着显露出轻盈俊俏。换头四句承上，描写燕子飞翔的路径和轻灵优美的姿态，充溢着盎然生机。

"红楼归晚，看足柳昏花暝。"红楼，富贵人家的楼宇，这里指燕子巢居之处。柳昏花暝，形容傍晚时分暮霭笼罩花柳的景象。燕子在和暖的春风中轻盈飞翔，竟然忘却了傍晚归巢，由此渲染出双燕初归旧巢时的喜悦、兴奋之情。

"应自栖香正稳，便忘了、天涯芳信。"应自，该是。栖香正稳，指燕子经过一天劳顿与嬉戏后，夜晚正在巢内睡得香甜安稳。然而它们却忘了为人传递从远方带来的书信。江淹《李都尉从军》云："袖中有短书，愿寄双飞燕。"谓燕子能传书信。五代王仁裕《开元天宝遗事》载：长安女子绍兰，其夫任宗经商湘中，数年不归，杳无音信。绍兰遂细书其诗一首，系燕尾，竟达其夫。其夫深受感动而归来。这里则是闺中思妇责怪燕子只顾自己快乐、安睡而耽误了传递书信，即如晏几道《蝶恋花》词所云："远信还因归燕误。"由此就从咏燕宕开，引出了儿女相思的情思。

"愁损翠黛双蛾，日日画阑独凭。"翠黛双蛾，经过修饰的青黑色的细长而弯曲的双眉。最后两句突显出日夜盼望远方来信的闺中少妇形象，她愁绪满怀，整日凭栏眺望，思念远方的情郎。这就与双燕自由飞翔、相亲相爱的美满快乐构成了强烈对比，点出了闺中少妇的孤寂愁苦，"一段意思全在结句"（张炎《词源》卷下）。

此词采用拟人化的笔墨，赋予双燕以人的灵性，体物精工，形神皆备；同时十分成功地运用了多重对比的手法，既有燕子犹豫不决与商量确定后不同形态的对比，也有双燕和美轻俊、栖香正稳与闺中少妇愁损翠黛、画阑独凭的对比，由此产生了深厚而多元的情感内涵和艺术效果。

【拓展阅读】

史达祖《双双燕》词寓意歧见

学术界关于史达祖《双双燕》词的寓意颇多分析。不少学者联系史达祖的人品和仕宦经历，认为此词蕴含着丰富的政治隐喻。清人邓廷桢《双砚斋词话》即云："大抵写怨铜驼，寄怀毳幕，非止流连光景、浪作艳歌也。"陈匪石《宋词举》也认为"红楼归晚"以下六句，"讥不思恢复、宴安鸩毒之非，喻中原父老望眼欲穿之苦"。然而，邓乔彬《宋词与人生》中则认为不必过于坐实政治寓意，而对其进行人生意义的阐析："反观双燕栖息地的红楼，尽管有重重帘幕，有雕梁藻井，显然是富贵者之家，但是这个家不仅'尘冷'，而且红楼上的女主人是'愁损翠黛双蛾，日日画阑独凭'，与双双燕相比，她是形只影单，孤苦寂寞。很显然，燕子的生活是自由、幸福、无忧无虑的，而红楼贵妇却没有幸福可言。这又告诉人们，人生的幸福不在于物质享受，即使有朱楼碧瓦、锦衣玉食的物质享受，如果没有志同道合的伴侣，那么在精神上可能还是痛苦的。"

【阅读思考】

分析此词多重对比的艺术手法。

贺新郎

送陈子华赴真州

刘克庄

北望神州路。试平章、这场公事，怎生分付？记得太行兵百万，曾入宗爷驾驭。今把作、握蛇骑虎。君去京东豪杰喜，想投戈、下拜真吾父。谈笑里，定齐鲁。　两河萧瑟惟狐兔。问当年、祖生去后，有人来否？多少新亭挥泪客，谁梦中原块土？算事业、须由人做。应笑书生心胆怯，向车中、闭置如新妇。空目送，塞鸿去。

刘克庄(1187—1269),本名灼,字潜夫,号后村居士,莆田(今属福建)人。早年以门荫补将仕郎。宝庆元年(1225)任建阳县令。因所作《落梅》诗有“东风谬掌花权柄,却忌孤高不主张”之句,被指为讪谤而卷入江湖诗案,免官废弃多年。淳祐六年(1246)被赐同进士出身,除秘书少监兼国史院编修官、实录院检讨官等。景定五年(1264)致仕。为政有直声,晚年趋奉贾似道,颇为时论所讥。

刘克庄是南宋后期的重要文学家。诗歌数量宏富,内容开阔,多讥弹时政、反映民生之作。词深受辛弃疾影响,多豪放之作,散文化、议论化的倾向也较突出,说理、叙事运用得非常自由,不过也存在着粗豪有余而深婉不足的弱点。清人冯煦《蒿庵论词》对其评价较高:“后村词,与放翁、稼轩,犹鼎三足。其生丁南渡,拳拳君国,似放翁。志在有为,不欲以词人自域,似稼轩。”著有《后村词》。

此词创作于宝庆二年(1226),词人的好友陈子华知真州,而刘克庄正在建阳县令的官任上。陈子华赴任途中途经建阳与刘克庄会面话别,词中所写的正是作者的临别赠言。

上片集中表达作者对陈子华的热切期望和坚定信心。

“北望神州路。试平章、这场公事,怎生分付?”神州,古称中国为赤县神州,这里指中原地区。平章,评论。公事,指收复中原失地之事。怎生分付,怎么处置。作者一开头就将如何收复中原失地这样一个难题抛给了陈子华,这也是长期深藏在作者心中、念兹在兹的核心问题,所以他们在临别之际没有离别的酸楚,也没有世俗的客套,而是开门见山,一下子就切入主题。

“记得太行兵百万,曾入宗爷驾驭。今把作、握蛇骑虎。”太行,即今之太行山。北宋覆灭后,许多抗金义军都聚集在太行山一带。熊克《中兴小纪》卷十九记载:“自靖康以来,中原之民不从金者,于太行山相保聚。”宗爷,指宗泽,字汝霖,北宋末年抗金名将,建炎初为东京留守,曾募集军队抗击金人,并屡败金兵,从此威名远播。太行山一带的抗金义士曾统归宗泽指挥。陆游《老学庵笔记》卷一载:“建炎初,宗汝霖留守东京,群盗(注:指抗金义军)降附者百余万,皆谓汝霖曰‘宗爷爷’。”把作,当作。握蛇骑虎,原本比喻处境险恶。典出自《魏书·献文六王传·彭城王勰》:“兄识高年长,故知有夷险。彦和握蛇骑虎,不觉艰难。”这里则意谓南宋统治者对各路抗金义军不予信任,如握蛇在手、骑虎难下。词人将历史与现实加以对比,既对宗泽领导下的抗金事业满怀钦慕,又对当今统治者的昏聩无能表示愤慨。

“君去京东豪杰喜,想投戈、下拜真吾父。谈笑里,定齐鲁。”京东,宋代路名,辖今山东、河南东部、江苏北部。投戈，放下武器，指归顺。真吾父，《新唐书·郭子仪传》记载：唐代宗时，仆固怀恩勾结回纥等入侵，郭子仪曾受命率数十骑，免胄入回纥军营，责备他们背信弃义。回纥士兵纷纷投戈，下马拜曰："果吾父也。"南宋初，张用在江西作乱，岳飞以书晓以利害，张得书亦云："真吾父也。"这里谓陈子华受到众豪杰爱戴，甘心服从其统领。齐鲁，指今山东省，春秋时为齐、鲁等国，故称。作者勉励陈子华效法当年的宗泽，积极联络北方义士，共同实现收复中原的夙愿；并且对他到任后即将收复齐鲁大地充满必胜的信心。

下片感怀百年历史，抒写深沉悲愤。

"两河萧瑟惟狐兔。问当年、祖生去后，有人来否？"两河，指河北路，北宋时曾分为东、西两路。狐兔，借喻女真侵略者。祖生，即祖逖，晋元帝时曾统兵北伐，击破石勒，收复黄河以南地区。这里借指宗泽、岳飞等曾威震中原的抗金名将。词人追怀昔日抗金事业如火如荼，越发痛感如今现实的可悲，字里行间渗透着对于南宋小朝廷长期妥协投降政策的谴责。

"多少新亭挥泪客，谁梦中原块土？"新亭挥泪客，指在新亭对泣的东晋南渡文士。刘义庆《世说新语·言语》记载："过江诸人，每至美日，辄相邀新亭，藉卉饮宴。周侯中坐而叹曰：'风景不殊，正自有山河之异。'皆相视流泪。唯王丞相愀然变色曰：'当共勠力王室，克复神州，何至作楚囚相对！'"新亭，三国吴时所建，在今江苏南京市南。此两句借用典指出：那些只知道空谈、一味感伤而没有实际行动的文人，谁还真正思念中原故土？由此对南宋诸多文人苟且偷安、不思进取的人生态度提出了尖锐的批评。

"算事业、须由人做。"这句话斩钉截铁，是爱国志士对知音同道的热切希冀和勉励，期盼友人做出一番惊天动地的抗金事业。

"应笑书生心胆怯，向车中、闭置如新妇。空目送，塞鸿去。"《梁书·曹景宗传》云："今来扬州作贵人，动转不得。路行开车幔，小人辄言不可，闭置车中如三日新妇。"塞鸿，北方的鸿雁，这里比喻陈子华北行。最后几句联系自身，自嘲为一介书生，不能亲自到前方抗敌，犹如闭置在车内的新嫁娘，只能目送友人北上抗金。但是他的内心是激情澎湃的，无限悲慨之中又充满着豪壮之气。

整首词作抚今追昔，议论滔滔，化典用事，意绪苍凉，始终充满着一股梗概之气，令人读后血脉贲张，因此杨慎《词品》卷五称之"庄语亦可起懦"。

【拓展阅读】

刘克庄的疏狂个性

南宋中后期，由于封建礼法对个性的压抑非常严重，许多不甘平庸者就采取种种疏狂的行为方式对此进行反抗。刘克庄的《一剪梅》词就是这方面的典型例子：

束缊宵行十里强，挑得诗囊，抛了衣囊。天寒路滑马蹄僵，元是王郎，来送刘郎。　　酒酣耳热说文章，惊倒邻墙，推倒胡床。旁观拍手笑疏狂，疏又何妨，狂又何妨！

词人与挚友王迈都是饱受压抑而不甘屈服的狂士。他们在困顿的人生道路中凄然相别，始为愁苦，继而激愤，酒酣耳热之际评说文章，又是热情奋发、意兴飞扬；“惊倒邻墙，推倒胡床”，更以手舞足蹈、不顾一切的狂放举动宣泄出慷慨奔放的豪情。他们以疏狂自傲，展现出不屑媚俗从众的内心世界，表达了冲决束缚、纵情任性的精神意志。

【阅读思考】

理解此词散文化、议论化的创作特点。

风入松

吴文英

听风听雨过清明，愁草瘗花铭。楼前绿暗分携路，一丝柳、一寸柔情。料峭春寒中酒，交加晓梦啼莺。　　西园日日扫林亭，依旧赏新晴。黄蜂频扑秋千索，有当时、纤手香凝。惆怅双鸳不到，幽阶一夜苔生。

吴文英(1200？—1260?)，字君特，号梦窗，晚号觉翁，四明(今浙江宁波)人。

一生辗转流寓于平江（今江苏苏州）、临安（今浙江杭州）、绍兴等地，客游达官显贵之门。曾任浙西提举常平司、浙东安抚使司幕府僚属，以布衣终身。精通音律，能自度曲，以词名世。尝论词云："盖音律欲其协，不协则成长短之诗。下字欲其雅，不雅则近乎缠令之体。用字不可太露，露则直突而无深长之味。发意不可太高，高则狂怪而失柔婉之意。"（沈义父《乐府指迷》引）。其自作词，以绵丽为尚，字句精研。著有《梦窗词稿》和《梦窗词集》。

吴文英曾于苏州、杭州各娶一妾，后一遣一死，故其词集颇多追忆往日情事的作品。这首《风入松》词描写作者在苏州的西园追怀往事，痴心地盼望伊人能够归来。谭献说："此是梦窗极经意词，有五季遗响。"（《谭评词辨》）吴文英三十多岁入苏州仓幕供职，流连吴会十二年，幕中纳姬，同居于阊门西之西园。淳祐三年(1243)卸去幕职，离苏返杭，携姬同行，然次年暮春，姬去归苏州，自此梦窗词便多怀人之作。吴词涉及西园者，大都与这段恩怨有关，如"西园有分，断柳凄花，似曾相识"（《瑞鹤仙》）、"残蝉度曲，唱彻西园，也感红怨翠"（《莺啼序》）、"往事一潸然，莫过西园，凌波香断绿苔钱"（《浪淘沙》）等。

上片渲染春天的风雨飘摇，渗透着落寞愁绪。

"听风听雨过清明，愁草瘗花铭。"首句点明季节和天气特征。面对暮春时节风雨交加中的衰残景象，词人内心无限郁苦。瘗花铭，即葬花词。瘗，埋葬。铭，古代一种文体，多刻于墓碑，内容以赞颂墓主功德、表示哀悼为主。北周文人庾信曾作有《瘗花铭》，曹雪芹《红楼梦》中林黛玉的《葬花吟》也慨叹道："尔今死去侬收葬，未卜侬身何日丧？侬今葬花人笑痴，他年葬侬知是谁？试看春残花渐落，便是红颜老死时；一朝春尽红颜老，花落人亡两不知！"这里，春花在风雨中凋残，词人为哀悼落花的命运而草拟"瘗花铭"，表达伤春之意。

"楼前绿暗分携路，一丝柳、一寸柔情。"接下来转写别情。楼前柳荫之路既见证了往日的温情缱绻，也目睹了他们的黯然分手，正如晏几道《清平乐》词所写："渡头杨柳青青，枝枝叶叶离情。"渗透着物是人非、旧情不再的惆怅。

"料峭春寒中酒，交加晓梦啼莺。"词人借酒消愁，醉入梦乡，可恼清晨的莺啼之声却又搅乱了春梦，迫使自己再度面对寂寞凄凉的景致，由此就更加突显出独居故地的无聊凄苦。

"西园日日扫林亭，依旧赏新晴。"换头两句写风雨过后，词人优游于西园之内，独自观赏幽静的景物。

黄蜂频扑秋千索，有当时、纤手香凝。

他一看到西园内的秋千索，立刻勾起了当年与伊人在此嬉戏游乐的美好回忆。伊人曾经轻荡秋千，欢声笑语，情意绵绵，其纤细素手的余香至今尚未散尽，蜜蜂频频扑向残留香气的秋千绳索。这完全是因情生幻、无理而妙，更加显现出词人深挚的情意。其《祝英台近》“玉纤曾擘黄柑，柔香系幽素”、《莺啼序》“记琅玕新诗细掐，早陈迹香痕纤指”、《西子妆慢》“燕归来，问彩绳纤手，如今何许”等句，也都深情追忆伊人的纤手柔香，流露出痴迷神往之情。因此，陈洵说：“见秋千而思纤手，因蜂扑而念香凝，纯是痴望神理。”（《海绡说词》）谭献《谭评词辨》也说：“‘黄蜂’二句，西子衾裾拂过来，是痴语，是深语。结句温厚。”

“惆怅双鸳不到，幽阶一夜苔生。”双鸳，绣有鸳鸯图案的鞋子，这里借指去姬。最后作者慨叹伊人的踪迹早已消逝，门前台阶之上一夜之间生满了苍苔，隔断了来往的路径，伴随孤独词人的只剩下满怀的愁绪。结尾两句似从李白《长干行》“门前旧行迹，一一生苍苔”和庾肩吾《咏长信宫中草》“全由履迹少，并欲上阶生”化出，且冠以“一夜”，顿见情深意厚。

整首词作写故地重游，物是人非，无限伤怀；因情生幻，情极而痴，字里行间充溢着空灵幽渺的情韵。

【拓展阅读】

吴文英的爱情悲剧

吴文英一生深于情、痴于情、苦于情，曾经眷恋过杭州、苏州的两位女子。他先与杭州女子相恋，“千丝怨碧，渐路入、仙坞迷津”（《渡江云·西湖清明》），有过一段不平常的艳遇。特别令词人难忘的是灯火夜船上的欢会：“西湖旧日，画舸频移，叹几萦梦寐”（《莺啼序》）。后来，他因生活漂泊，不得不与这位女子分手，造成了无穷遗恨。到苏州以后，仍然念念不忘。杭州女子后来死去，词人重到杭州，沉痛悼祭，感怀今昔，抒写物是人非、天人永隔的悲哀。回到苏州后，在“露蓼香径”中与苏州女子邂逅，西园成了他们同居共游的处所。此后又因事分手。词人每到西园，园中的一切都令他触目伤情：“往事一潸然，莫过西园。”（《浪淘沙》）平居独处，更加引发他对旧情的眷怀。他时常回味、咀嚼与杭州、苏州情人相聚时的点点滴滴，这些都令其魂牵梦绕。在他字数最多的《莺啼序》（残寒正欺病酒）词中，详细叙述了自己一生难忘的艳事哀情：意外的相遇，春江灯影的同宿，悲惨的分离，以及美人逝去后的悼怀，过程曲折起伏，情感缠绵悱恻，形象展现出痴情公子为情所困的无限凄怆和悲楚。

【阅读思考】

理解此词名句“黄蜂频扑秋千索，有当时、纤手香凝”因情生幻的独特情韵。

八声甘州

陪庾幕诸公游灵岩

吴文英

渺空烟四远，是何年、青天坠长星？幻苍崖云树，名娃金屋，残霸宫城。箭径酸风射眼，腻水染花腥。时靸双鸳响，廊叶秋声。　　宫里吴王沉醉，倩五湖倦客，独钓醒醒。问苍波无语，华发奈山青。水涵空、阑干高处，送乱鸦、斜日落渔汀。连呼酒，上琴台去，秋与云平。

八声甘州，简称甘州，源自唐边塞曲。因全词前后片共八韵，故名八声。“陪庾幕诸公游灵岩”，庾，露天的谷仓，泛指粮库。庾幕，指提举常平司幕府。提举常平司是职掌各路役钱、义仓、赈济、水利、茶盐等事的机构。吴文英曾经在苏州担任仓台幕僚。此词当是作者绍定年间（1228—1233）在苏州陪提举常平仓司的幕僚游览灵岩山的酬唱之作。灵岩山在江苏吴县西南三十里，山多灵秀之石，故名。上有吴王夫差专为美女西施游憩而修建的馆娃宫、响屧廊、琴台和采香径（即箭径）等古迹，所以被历代文人骚客所咏唱，并借以抒发兴亡的感慨。

此词通过对灵岩山自然景物与历史古迹的生动描绘，抒发兴亡沧桑的怀古之思以及自身沦落不偶的慨叹，低回抑郁中不乏疏狂恣肆的豪气。

渺空烟四远，是何年、青天坠长星？

作品开头气魄雄旷，面对苍茫古老、灵秀雄伟的灵岩山，提出了一个具有浪漫想象而又令人难解的问题：四周空阔缥缈的云烟里，不知什么时候从天上坠落下一颗光辉灿烂的“长星”？长星，彗星。

于是词人猜想：“幻苍崖云树，名娃金屋，残霸宫城。”幻，幻化成。名娃，有名的美女。吴楚间称美女为娃，这里指西施。金屋，旧题汉班固《汉武故事》载，汉武帝年幼时，姑妈长公主问他愿不愿意娶她的女儿阿娇。他答道：“若得阿娇作妇，当作金屋贮之。”这里借指吴王夫差在灵岩山上为西施建造的馆娃宫。残霸，夫差为王时，吴国一度强盛，南败越国，北与齐、晋争霸中原；后被越王勾践乘虚而入，国破身亡，霸业有始无终。宫城，夫差在灵岩山上不但建有馆娃宫，还建有石城。以上几句是说：古老的山崖和树木、著名的馆娃宫、当年吴王的宫城遗址，都是这颗长星幻变而成的，这样的写法显得神奇莫测。

箭径酸风射眼，腻水染花腥。

◎ （宋）佚名 《高阁凌空图》

接下来，词人随着想象而产生了丰富的联想与幻觉：“箭径酸风射眼，腻水染花腥。”从灵岩山上可以看见箭径（采香径）。传说吴王夫差曾令宫女泛舟于香山采香，远远看见溪水笔直地流下来，就像射箭一般，因此称为“箭径”。唐代诗人李贺《金铜仙人辞汉歌》中就有“东关酸风射眸子”的诗句，酸风，阴冷的风。腻水，混合有脂粉油腻的溪水。杜牧《阿房宫赋》云："渭流涨腻，弃脂水也。"腥，形容香气浓郁。冷风刺目，见到箭径之水，似乎当年吴王宫女丢弃的脂粉使流水为之涨腻，使至今溪边的花朵都带这浓郁的香气。

时靸双鸳响，廊叶秋声。

然后，词人转而描写响屧廊的景象。时，当时。靸，拖着没有后跟的鞋行走。元人陶宗仪《南村辍耕录》卷十八载："西浙之人，以草为履，而无跟，名曰靸鞋。"双鸳，鸳鸯履，指女子的鞋。廊，指响屧廊。范成大《吴郡志》卷八云："响屧廊在灵岩山寺。相传吴王令西施辈步屧，廊虚而响，故名。"屧，木底鞋。这两句是说：冷清荒凉的馆娃宫遗址的响屧廊上忽然传出女人靸着绣鞋的声响，不知是人是鬼，令人不寒而栗。词人仔细辨识，却原来是秋日落叶之声。在作者的幻觉里，古今的时间距离消失了，犹如在奇异的梦境之中。这侧面地写出了故宫遗址的荒凉给人造成的恐怖之感。上片的景观纯粹从主体的特殊感受来间接描写，充满了具有浪漫色彩的想象和纤细的感觉，最能体现梦窗词的艺术特色。

词的下片着重抒发怀古之情。

"宫里吴王沉醉，倩五湖倦客，独钓醒醒。""宫里吴王沉醉"化用了李白《乌栖曲》"吴王宫里醉西施"。春秋后期越国被吴国所灭，越王勾践卧薪尝胆、奋发图强，并且将越溪美女西施献给吴王夫差。吴王沉迷于酒色，荒废了国事。越王采用文种、范蠡的计策，终于报仇雪耻，灭了吴国。范蠡辅佐勾践灭吴后，看清勾践可共患难不可共富贵，"遂乘轻舟以浮于五湖，莫知其所终极"（《国语・越语下》）。五湖，太湖的别名，因周围尚有四个小湖（胥湖、蠡湖、洮湖、滆湖），故称；五湖倦客，指范蠡；醒醒，清醒。词的过片三句以凝练之笔概括了这一段吴越故事，虽然是怀古，却曲折地对南宋后期的社会现实给予批判和警告，指出了吴国灭亡的深刻历史教训。

词人很清楚地知道，个人对现实是无能为力的。这种无可奈何的灰暗心情在"问苍波无语"里得到表现，于是由怀古而转向现实的抒情："问苍波无语，华发奈山青。"灵岩山千古以来都是青绿如此，而词人将近中年即产生人生衰残之感，已有星星华发了。青山不老，人生有限，令人无限慨叹。

水涵空、阑干高处，送乱鸦、斜日落渔汀。

现实的景象也引起了词人的许多遐想。水涵空，指浩渺的太湖涵纳了广阔的天空，即天空倒映在太湖之中。渔汀：渔人捕鱼的水边汀洲。词人登临凭栏，极目眺望，远处水天相接，有无限苍茫之感；目送乱鸦飞去，秋日的斜阳渐渐落下汀洲。这苍茫而悲凉的景象，与词人另一首词作《齐天乐·与冯深居登禹陵》开头所咏“三千年事残鸦外，无言倦凭秋树”，都表达出了历史兴亡的沧桑之感。吴王、西施、范蠡、馆娃宫、采香径、响屧廊以及一切豪奢、争斗、情爱、隐逸等等，都淹没在历史的洪流当中，现实只留下依稀的遗迹与不太真实的传说。刘永济认为此数句“以为国乱将亡之象征，谅不为过”（《微睇室说词》）。

词人写到这里，沉重的心情已到极致，却又以淡淡的景语表达出来。结尾处为了缓和沉重的心情，故作自我排解：“连呼酒，上琴台去，秋与云平。”作者与同游诸公呼僮送酒，登上灵岩山最高之处的古琴台，要在这里痛饮沉醉，以此来忘却古代的历史和眼前的现实。上得琴台高处却有另一番景象：天高气爽，满眼秋色，与杜牧《长安秋望》“南山与秋色，气势两相高”堪称同调。这富有诗意的结尾与词作开头的景象遥相呼应，使词意更加疏朗空灵。

这首词把高秋之景、怀古之叹、伤今之情，以及作者个人的身世之感融为一体，真幻结合，境界空灵，气骨甚遒，感慨遥深，不愧为梦窗词的名篇佳作。

【拓展阅读】

吴文英的密丽词风

吴文英词远承温庭筠，近师周邦彦，以密丽深曲为主要特征，注重音律，工于字面，讲究雕琢，体现出与同时代姜夔清空一派迥异的词风。宋人尹焕在《梦窗词序》中说：“求词于吾宋者，前有清真（周邦彦），后有梦窗。”但因过于追求辞藻格律，喜欢使事用典，造成词作意旨模糊、晦涩难懂，以致被称为“如诗家之有李商隐”（《四库全书总目提要》）。所以宋末元初词论家张炎评论说：“吴梦窗词如七宝楼台，眩人眼目。碎拆下来，不成片段。”（《词源》卷下）王国维也在《人间词话》中批评道：“梦窗之词，余得取其词中之一语以评之，曰‘映梦窗，凌乱碧’。”此后的评论家更对梦窗词深加贬抑。如胡适在《词选》中说：“《梦窗四稿》中的词，几乎无一首不是靠古典与套语堆砌起来的。”胡云翼《宋词研究》也说：“梦窗词有最大的一个缺点，就是太讲究用事，太讲求字面了……纵然字面修饰得很好看，字句运用得很巧妙，也还不过是一些破碎的美丽辞句。”然而，实事求是地分析，吴文英固然有雕琢太过、词意晦涩的缺点，但是他在虚实结合的词境创造，时空变换的结构艺术，富有色彩感、装饰性、象征性的语言体系构建等方面，都彰显出独特的艺术魅力，为后世词史的发展做出了不可磨灭的贡献。因此，清人周济称赞他“奇思壮采，腾天潜渊，返南宋之清泚，为北宋之秾挚”(《宋四家词选目录序论》)。

【阅读思考】

理解此词古今交错、真幻结合的创作特征。

浣溪沙

吴文英

门隔花深梦旧游，夕阳无语燕归愁。玉纤香动小帘钩。　落絮无声春堕泪，行云有影月含羞。东风临夜冷于秋。

这是一首感梦怀人的小词，通过对缠绵往事的深情追忆，流露出旧梦成空的无限怅惘。陈洵《海绡说词》称此词全从晚唐张泌《寄人》诗化出。张诗云：“别梦依依到谢家，小廊回合曲栏斜。多情只有春庭月，犹为离人照落花。”但诗人的梦魂是入其家而徘徊于“小廊曲栏”，词人则因“门隔”而不得入，更添一番无缘相见的惆怅。

上片首句“门隔花深梦旧游”，这是描写所梦旧游之地。词人寄情于梦，来到伊人所居，但是为门所阻；虽然感受到院内花径通幽、春意浓郁，但是无缘得见，内心充满了惆怅。

“夕阳无语燕归愁。”夕阳寂寂，燕子归来，而人迹杳然，更加令人黯然无语，相对生愁。夕阳本自缄默，词人却故意强调其“无语”，便使其俨然蕴含着“竟无语凝噎”(柳永《雨霖铃》)的惜别情味；归燕本自无愁，而词人将自己的愁绪投射到它的身上，令其也包裹在愁云恨雾当中。这样的拟人化描写，不仅使得所见景物富有情味，而且越发深致、含蓄地表现出词人的离愁别绪。

玉纤香动小帘钩。

就在这时，他仿佛听到伊人纤手轻轻触动帘钩之声，甚至连她身上那熟悉的芳香也缕缕透出帘来。如此幽渺的听觉和嗅觉感受，其实是词人因为入情太深而产生的幻觉，他最终并没有得见伊人的芳容。这样的写法，如同其《风入松》词里的“黄蜂频扑秋千索，有当时、纤手香凝”，都是情极而痴，因痴而生幻。这里所写原本就是词人的梦魂想象，同时又能幻中生幻，显得更加扑朔迷离，渗透着词人对梦中情人的深情眷恋。

落絮无声春堕泪，行云有影月含羞。

下片转而融情于景。开头两句描写柳絮在空中飘落，好像在替人无声堕泪；行云遮月，地上落下影子，好像月亮也带着羞涩。刘熙载指出：“词之妙，莫妙于以不言言之，非不言也，寄言也。”(《艺概·词曲概》)陈洵《海绡说词》点出这里写景所寄之情：“‘春堕泪’为怀人，‘月含羞’因隔面，义兼比兴。”词人采用拟人的修辞手法，移情于物，使得周围的景物都带上了人的感情。这里以“春堕泪”比喻词人自己的怀人之悲，以“月含羞”追想伊人当年惜别时的动人情态，同时也喻示着花深门隔、无缘相见的惆怅。整个画面情思隽永，意境空灵澄澈，富有烟水迷离的韵致。

“东风临夜冷于秋。”最后词人因景而抒情：在如此骀荡的春风中，词人丝毫没有感受到春意的温煦，而是觉得临夜的东风彻人心骨，比起秋天来还要萧瑟清冷。陈廷焯《白雨斋词话》卷一云：“《浣溪沙》结句贵情余言外，含蓄不尽，如吴梦窗之‘东风临夜冷于秋’，贺方回之‘行云可是渡江难’，皆耐人玩味。”这里的“冷”并非来自临夜的东风，实是来自词人内心难以遏止的凄然感伤，“冷”字也成为整首作品的“词眼”。

【拓展阅读】

吴文英的朦胧词境

吴文英词特别注重精研字句，雕琢词语，喜用代字，如用“艳锦”代指天上的云彩，将女子的肌肤、嘴唇、手指比喻为“润玉”“檀樱”“柔葱蘸雪”等，着意追求含蓄。他的作品色调偏冷，如寒绿、荒翠、淡墨等等，尤其偏爱使用天青色的绀色以及蓝色，由此反映出词人心态的沉郁。其词的境界，多半表现为凄迷朦胧，有的则表现为幽邃奇幻。例如“掩庭扉，蛛网粘花，细草静摇春碧”(《瑞鹤仙》)。落花坠网，是无可奈何的陨落；细草摇绿，则是难以遏止的盎然生意，两者截然相反，却被组合在一起，构成寂寥幽微的独特意境。“午梦千山，窗阴一箭，香瘢新褪红丝腕。隔江人在雨声中，晚风菰叶生秋怨。”（《踏莎行》）梦中飞越千山，醒后窗阴一霎，红色圈绕的美人臂影，和着眼前的雨声与晚风吹拂菰叶的秋声，将浓淡远近不同层次的有声有色的景象重映叠合，渗透着幽渺凄清的怨思。这些词句均以迷离恍惚取胜，反映了词人独特的审美情趣和幽微心境。

【阅读思考】

理解此词感梦怀人的艺术魅力。

贺新郎

游西湖有感

文及翁

一勺西湖水。渡江来、百年歌舞，百年酣醉。回首洛阳花石尽，烟渺黍离之地。更不复、新亭堕泪。簇乐红妆摇画舫，问中流、击楫何人是？千古恨，几时洗？　　余生自负澄清志。更有谁、磻溪未遇，傅岩未起？国事如今谁倚仗？衣带一江而已！便都道、江神堪恃。借问孤山林处士，但掉头、笑指梅花蕊。天下事，可知矣！

文及翁（生卒年不详），字时学，号本心，绵州（今四川绵阳）人，徙居吴兴（今浙江湖州）。宝祐元年（1253）中一甲第二名进士，为昭庆军节度使掌书记。景定三年（1262）以太学录召试馆职，除秘书省正字，历校书郎、秘书郎、著作佐郎、著作郎。咸淳元年（1265）六月，出知漳州。四年（1268），以国子司业为礼部郎官兼学士院权直，兼国史院编修官、实录院检讨官。年末，以直华文阁知袁州。德祐初，官至资政殿学士、签书枢密院事。元兵将至，弃官遁去。入元，累征不起。有文集二十卷，不传。《全宋词》据《钱塘遗事》卷一辑其词一首。

据《古杭杂记》记载，文及翁及第后与同年游集西湖，有人问：“西蜀有此景乎？”

由此引发他的感触，当即赋此词作答。作者以酣畅恣肆之笔，直言抨击朝政，表现出对于国事的深刻危机感和政治预见性。

上片开头以“一勺西湖水”点题，隐喻南宋小朝廷偏安于东南一隅，沉湎于西湖歌舞的享乐，流露出无限悲愤之气。

渡江来、百年歌舞，百年酣醉。

回忆宋室南渡以来经历了百年历史，却是歌舞喧阗、欢饮酣醉，根本不思进取、无心振作。这里两个“百年”和开头的“一勺”加以对照，更加突显出南宋君臣醉生梦死、苟且偏安的昏聩本质。

“回首洛阳花石尽，烟渺黍离之地。”洛阳花石，洛阳是北宋时的西京，城市繁华，多名花奇石、园林胜景，它的兴废象征着天下的治乱盛衰。宋人李格非《书洛阳名园记后》云：“天下之治乱，候于洛阳之盛衰而知；洛阳之盛衰，候于园囿之废兴而得。”又云：“高亭大榭，烟火焚燎，化而为灰烬。”这里“回首洛阳花石尽”似化用此语来影射北宋末年的史实。宋徽宗赵佶为建造寿山艮岳，派朱勔到江南搜罗奇花异石，骚扰百姓，直接导致方腊起义，北宋王朝也在风雨飘摇中为金兵所灭。

“更不复、新亭堕泪。”这里化用“新亭堕泪”的典故，意在从反面谴责南渡君臣早已忘却中原故土，甚至连新亭对泣、空发悲慨的人也没有一个。

“簇乐红妆摇画舫，问中流、击楫何人是?”据《晋书·祖逖传》载，东晋初年，祖逖率军北伐，渡江至中流，击楫而誓曰：“祖逖不能清中原而复济者，有如大江!”眼前西湖之上，到处都是笙簧竞奏、寻欢作乐的景象，还有谁能想起当年祖逖中流击楫、矢志北伐的故事？此种情态，正如南宋人林升《题临安邸》诗所写：“山外青山楼外楼，西湖歌舞几时休？暖风熏得游人醉，直把杭州作汴州。”一边是沦陷荒芜的故土，一边是醉生梦死的享乐，词人不由得迸发出“千古恨，几时洗”的悲愤慨叹。

下片直接发表政见，议论时事。

“余生自负澄清志。更有谁、磻溪未遇，傅岩未起?”澄清志，《后汉书·范滂传》载：“滂登车揽辔，慨然有澄清天下之志。”这里是表明词人怀有力挽狂澜、收复中原的远大志向。磻溪，水名，在今陕西宝鸡东南，源出南山兹谷，向北流入渭河。相传周朝开国大臣吕望(姜太公)未遇周文王之前在磻溪隐居垂钓。傅岩，古地名，在今山西平陆东。相传商朝大臣傅说未受重用之前，曾在这里当筑墙的奴隶。这里化用两个典故，意在表明要振兴国运、深谋远虑，就必须大力起用贤才。

然而如今的南宋君臣却无意振作，只顾着眼前的安乐生活。“国事如今谁倚仗？衣带一江而已！”这里一问一答，对朝廷不懂得依靠人力而仅仅倚仗长江天险的盲目懈怠，表示了辛辣的讽刺。“便都道、江神堪恃。”这帮统治者还偏偏迷信江神呵护，对于如此昏君庸臣的亡国论调，词人真是出离愤怒、失望之极！

“借问孤山林处士，但掉头、笑指梅花蕊。”林处士，宋初文士林逋，隐于西湖孤山，酷嗜梅花。词作到此笔锋一转，对士大夫文人一味地风流自赏、不问国事的风气也给予了尖锐的批评。面对国家危亡的局势，朝廷官宦安于享乐、醉生梦死，清雅文人也是自命清高、不问世事，大厦将倾，到底还有谁来挽救呢？“天下事，可知矣！”他似乎已经看到了南宋王朝寿终正寝的那一天，为其提前唱出了无奈而又悲愤的挽歌！

整首词抨击南宋后期苟安之风不遗余力，多用设问句、感叹句，非常直接地表露出作者激愤的意绪；散文化、议论化的倾向十分明显，体现了辛派词人“以文为词”的特点。

【拓展阅读】

贾似道西湖豪园

贾似道是南宋理宗、度宗朝的权臣，官至宰相、枢密使、太师，深得君王倚重。宋理宗在西湖风景区内给贾丞相建造了一座前所未有的庄园，奇花异草、穷极奢华、占尽胜景，然而取名为“后乐园”。北宋范仲淹“先天下之忧而忧，后天下之乐而乐”（《岳阳楼记》）的名句脍炙人口，却被昏君奸臣滥用于此。贾府与皇宫隔湖相对，早晨听到上朝钟声，贾丞相才下湖。船系在一条粗缆绳上，绳端连着一个大绞盘，行走不必划桨撑篙，十几个壮夫拼命推绞盘，船行如飞，一会儿便到宫前。贾似道赶走正直的大臣，把大小朝政都交给自家门客处理，自己每日在园中享乐，娼妓、尼姑、旧宫女都被他弄来，日夜喝酒淫戏，只有年轻时结识的酒朋赌友能进贾府。贾似道的《促织经》是世界上第一部研究蟋蟀的专著，分论赋、论形、论色、决胜、论养、论斗、论病等，对蟋蟀进行了详尽的论述。一天，贾丞相又趴在地上，与群妾斗蟋蟀玩，一个熟悉的赌友拍拍他的肩膀，笑着说：“这就是平章的军国重事吧？”在宋代，平章就是宰相的别称，贾丞相也狂笑起来。因此，当时人说：“朝中无宰相，湖上有平章”（刘一清《钱塘遗事》卷五）。

【阅读思考】

分析此词设问句、感叹句在抒情表意中的作用。

柳梢青

春感

刘辰翁

铁马蒙毡，银花洒泪，春入愁城。笛里番腔，街头戏鼓，不是歌声。　那堪独坐青灯？想故国、高台月明。辇下风光，山中岁月，海上心情。

刘辰翁(1232—1297)，字会孟，号须溪，吉州庐陵(今江西吉安)人。理宗景定元年(1260)补太学生。三年(1262)登进士第。因殿试论及朝廷之失，直言不讳，触犯权奸贾似道，被置于丙等。曾任濂溪书院山长。度宗咸淳元年(1265)任临安府学教授。恭帝德祐元年(1275)，丞相陈宜中荐其任史馆之职，又授太学博士，都坚辞不就。宋亡后，隐居不仕。论词推崇苏轼、辛弃疾，强调词的社会价值，反对以格律束缚性情；有辛弃疾的真率而无其超逸，有辛之蕴藉而无其豪迈。况周颐《蕙风词话》卷二评曰："须溪词风格遒上似稼轩，情辞跌宕似遗山；有时意笔俱化，纯任天倪，竟能略似坡公。"由于他经历了南宋灭亡的痛苦，更多沧海桑田、黍离麦秀的遗民凄苦之音。其感伤亡国之作沉痛悲苦，深切动人，令人"一读则改容，再读则下泪，三读则断肠矣"(谢榛《四溟诗话》卷一)。著有《须溪词》。

这首《柳梢青》词的题目是"春感"，实为元夕抒怀。刘辰翁有元夕词十余首，宋亡后连续几年的元夕，他都作词志哀。

此词上片所展示的，就是宋亡后的元夕景象。

"铁马蒙毡，银花洒泪，春入愁城。"铁马，指元人的骑兵。蒙毡，指战马身上蒙着御寒用的毛毡。银花，指元宵夜的花灯。唐人苏味道《正月十五夜》诗即云："火树银花合，星桥铁锁开。"唐宋时期，京城每当元宵佳节取消宵禁，任由百姓彻夜观灯嬉游。如今江山易帜，风月全非。街道上都是蒙古兵巡逻，汉人的心中早已没有了节日的欢乐，即便是元宵夜的华灯似乎也在向人洒泪，倾吐出无限亡国的愁苦，整座城市都充斥着浓重的悲绪。

“笛里番腔，街头戏鼓，不是歌声。”番腔，指笛中吹出的蒙古族曲调。如果前面三句侧重从视觉形象渲染出凄冷悲绪，那么这三句就从听觉形象来表现亡国之痛：在江南风情旖旎的街道上，到处传遍了北方的番腔和戏鼓，这在对侵略者深怀仇恨的汉族文人耳中，都“不是歌声”，并且为北方音乐充斥故都而倍感凄楚。大好河山皆已断送！无限沉郁的遗民之悲渗透在字里行间。

下片追忆故国往事，直接抒发遗民坚贞的报国孤志。

“那堪独坐青灯？想故国、高台月明。”词人身处乱山之中、青灯之下，百无聊赖，心情极不平静，对于故国往昔风物无限留恋。

辇下风光，山中岁月，海上心情。

辇下，皇帝的车辇所经之处，这里代指京城。山中岁月，临安失陷、南宋灭亡之际，刘辰翁曾为避兵火而隐居故乡山中。海上心情，词人怀念南海一隅抗元君臣的心情。临安沦陷后，大臣陆秀夫、文天祥等先后拥立赵昰、赵昺在福建、广东一带海上继续抗元。一说化用了《汉书·苏武传》中苏武被囚于匈奴，在北海上杖节牧羊的典故，表达自己坚贞不渝的爱国情怀。最后三个四字句，互为对句，在词曲中称为“鼎足对”，分别是眷恋故都风光、表达遗民气节、想念海上君臣，集中反映了作者丰富复杂的思想感情。

整首词作句式整齐，节奏紧凑，遒劲有力，形象展现出故国遗民的悲怆和坚贞自守的意气。

【拓展阅读】

宋代的书院

书院始于盛唐，是中国古代特有的一种教育机构。宋统一全国后，战乱渐平，民生安定，士子纷纷要求就学读书。但经历唐末五代战乱，官学多遭破坏，书院就是在这种历史条件下发展起来的。北宋书院多为民办学馆，建于山林幽僻之所，后经朝廷赐额、赐田、奖书等，逐渐变为半民半官性质的地方教育机构。书院聘请学者讲学，学生分斋习读，书院并供给住宿、饮食，采用积分制考核学生优劣。宋代的书院大都是著名学者讲学聚居之地，有名的书院往往具有相当高的教育水平。两宋时期出现了许多著名书院，白鹿洞、应天、岳麓、嵩阳，世称“北宋四大书院”。南宋著名的四大书院是岳麓、白鹿洞、丽泽、象山。除此之外，石鼓、茅山、华林、雷塘等书院也颇具盛名。

【阅读思考】

分析此词名句“辇下风光，山中岁月，海上心情”表达的复杂感情。

闻鹊喜

吴山观涛

周　密

天水碧，染就一江秋色。鳌戴雪山龙起蛰，快风吹海立。　数点烟鬟青滴，一杼霞绡红湿。白鸟明边帆影直，隔江闻夜笛。

周密(1232—1298)，字公谨，号草窗，又号弁阳啸翁、四水潜夫等。祖籍济南，南渡后迁居吴兴(今浙江湖州)。以门荫入仕。理宗时，曾入浙西安抚司幕府。度宗时，曾任两浙转运司掾官。元军攻占临安，掳走恭帝后，端宗在福州即位，他曾知义乌县(今属浙江)，但为时很短暂。南宋亡后，隐居杭州不仕，与王沂孙、张炎等遗民词人结社唱和，以宋遗民终其身。

周密工诗文，善书画，著述颇丰，曾选辑南宋人词为《绝妙好词》，亦以词名世。早年所作多描写流连山水、纵情诗酒的闲雅生活，风格清丽。晚年则感时伤世，融入黍离之悲，风格转为凄切。他的词与吴文英风格接近，并称“二窗”。著有《草窗词》(又名《蘋洲渔笛谱》)。

《闻鹊喜》，即《谒金门》，唐教坊曲名，后用为词调。南唐冯延巳《谒金门》词中有“终日望君君不至，举头闻鹊喜”之句，故名。杭州钱塘江的仲秋海潮，向来有“天下奇观”之称。这首词题名“吴山观涛”。吴山，在今杭州西湖东南，钱塘江北，宋时为观潮胜地。此词着力描写钱塘江大潮来前、来时、去后的景象，既有雄伟壮观的景色描写，也有优美而令人回味的意境渲染，历来为人们传诵。

上片描写潮来之前的宁静和潮涨之时的壮观景象。

“天水碧，染就一江秋色。”天水碧，南唐李后主时，宫女染衣为浅碧色，夜晾于室外，经露水湿染后颜色更好，故称此色为“天水碧”。“染就一江秋色”套用了晚唐人韦庄《谒金门》词中“春雨足，染就一溪新绿”的句式。开头两句描写潮来之前的钱塘江，满江浅青之色似乎是秋天的风露所染成，由此就渲染出一幅水天一色、浩渺无边的宁静画面。

鳌戴雪山龙起蛰，快风吹海立。

鳌戴雪山，《列子·汤问》载：渤海当中有五座神山漂浮不定，随着潮水上下起伏。天帝怕它们漂走，便令神仙派十五只巨鳌顶起了雪山。龙起蛰，形容潮水翻腾，就像是蛟龙从蛰伏状态中苏醒过来，开始翻江倒海。快风，令人感到胸襟畅快的大风。语本宋玉《风赋》：“快哉此风。”吹海立，吹得海水起立，形容海潮高涌，化用自苏轼《有美堂暴雨》诗：“天外黑风吹海立。”这两句描写潮水由天际涌来，好像是巨鳌驮着雪山由远及近踏水而来，又像是潜伏在深海中的巨龙被猛然惊醒，在水面上扭动身躯，翻江倒海。狂风挟浪，雪涛阵阵，潮头高高涌起，就像整个大海都竖立了起来。由此就将钱塘江潮来时的形态、气势渲染得酣畅淋漓。

下片则以清丽的笔调描写大潮退后的江面景象。

数点烟鬟青滴，一杼霞绡红湿。

烟鬟，形容烟水外的远山如同美人的髻鬟。青滴，青翠欲滴。杼，织机的梭子，这里用作量词。霞绡，如薄绸般的云霞。根据神话传说，天上的云霞是织女用机杼织成的。这两句描写潮水退去之后的远山和晚霞，好像都刚被潮水洗过，显得青翠欲滴、湿气未消。

“白鸟明边帆影直，隔江闻夜笛。”“白鸟明边”化用了杜甫《雨》诗句：“白鸟去边明。”白鸟，白色的水鸟。明，指白鸟的亮色在闪耀。边，处。退潮后渐渐平静的江面上，片片白帆矗立，白鸥在悠悠飞翔。暮色悄然降临，四周一片寂静。词人伫立良久，对岸传来了悠扬的笛声，这袅袅不断的声音犹如天籁，飘荡在幽眇的夜空当中，给人带来无尽的享受。

这首词运用形象的比喻，描摹潮水涌来的雄壮声势；又将“青”“红”“白”等对比鲜明的颜色组合在一起，动静结合，渲染潮水退去后的清新朗润；最后再以幽眇的笛声作结，显得余音袅袅、余韵无穷。清人李调元评之曰："直字字如锦。"(《雨村词话》卷二)陈廷焯《词则·别调集》卷二也说："前半雄肆，后半淡远，山川景物，包括在寥寥数语中。"

【拓展阅读】

周密《观潮》

周密《武林旧事》卷三中有一篇专题介绍钱塘观潮的精彩散文，堪与此词对读。

浙江之潮，天下之伟观也。自既望以至十八日为最盛。方其远出海门，仅如银线，既而渐近，则玉城雪岭，际天而来，大声如雷霆，震撼激射，吞天沃日，势极雄豪。杨诚斋诗云"海阔银为郭，江横玉系腰"者是也。

每岁京尹出浙江亭教阅水军，艨艟数百，分列两岸，既而尽奔腾分合五阵之势，并有乘骑、弄旗、标枪、舞刀于水面者，如履平地。倏尔黄烟四起，人物略不相睹，水爆轰震，声如崩山。烟消波静，则一舸无迹，仅有"敌舟"为火所焚，随波而逝。

吴儿善泅者数百，皆披发文身，手持十幅大彩旗，争先鼓勇，溯迎而上，出没于鲸波万仞中，腾身百变，而旗尾略不沾湿，以此夸能。而豪民贵宦，争赏银彩。

江干上下十余里间，珠翠罗绮溢目，车马塞途，饮食百物皆倍穹常时，而僦赁看幕，虽席地而不容闲也。禁中例观潮于天开图画，高台下瞰，如在指掌。都民遥瞻黄繖雉扇于九霄之上，真若箫台蓬岛也。

【阅读思考】

同样是描写钱塘江潮，此词与潘阆的《酒泉子》(长忆观潮)词有何异同？

眉妩

新月

王沂孙

渐新痕悬柳，淡彩穿花，依约破初暝。便有团圆意，深深拜，相逢谁在香径？画眉未稳，料素娥、犹带离恨。最堪爱、一曲银钩小，宝帘挂秋冷。　千古盈亏休问。叹慢磨玉斧，难补金镜。太液池犹在，凄凉处、何人重赋清景？故山夜永。试待他、窥户端正。看云外山河，还老尽、桂花影。

王沂孙(生卒年不详)，字圣与，号碧山，又号中仙、玉笥山人，会稽(今浙江绍兴)人。南宋亡后，与周密、张炎等遗民词人结社唱和。元世祖至元年间，曾任庆元路(今浙江宁波)儒学学正，不久即归隐。晚年来往于杭州、绍兴一带。以词名世，今存作品多为咏物词，往往有故国之思、身世之慨的寄托，意旨隐晦，辞情哀苦。陈廷焯《白雨斋词话》卷二评价道："词法之密，无过清真。词格之高，无过白石。词味之厚，无过碧山。"并且称："王碧山词，品最高，味最厚，意境最深，力量最重；感时伤世之言，而出以缠绵忠爱。诗中之曹子建、杜子美也。词人有此，庶几无憾。"著有《碧山乐府》(又名《花外集》)。

王沂孙生当宋末元初，作品多以咏物题材来寄托家国悲慨，可谓"亡国之音哀以思"。这首《眉妩》咏新月，以"难补金镜"感叹国土破碎，以盼望月圆，寄托重整河山的热望。

上片主要赞美新月的妩媚之态。

渐新痕悬柳，淡彩穿花，依约破初暝。

新痕，初现的弯月。淡彩，幽淡的月光。依约，依稀，隐约。破初暝，划破了初夜时分的黑暗天幕。开头三句以"渐"字领起，细腻描摹新月初升的情景。先写其形：纤细微曲，高悬于垂柳之上，如同美人脸上淡抹的眉痕。再写其光：清淡柔弱，刚刚划破傍晚的夜空，轻洒花间，仿佛为大地披上了薄薄的柔纱。

"便有团圆意，深深拜，相逢谁在香径？"团圆意：团圆的端倪和迹象。牛希济《生查子》词云："新月曲如眉，未有团圆意。"这里则反用其意。拜，指唐宋时期拜新月的习俗。唐人李端《拜新月》诗云:"开帘见新月,便即下阶拜。细语人不闻,北风吹裙带。"这三句由月写到人,新月虽然纤细微弱,但它必将会成为满月。按照习俗,女郎们应该虔诚祝拜,可是如今香花零落的小路上却空寂无人,由此就隐隐渗透着空虚冷落的时代之悲。

画眉未稳,料素娥、犹带离恨。

画眉,暗用西汉京兆尹张敞为妻画眉的典故,将新月比喻为嫦娥未画就的眉毛。未稳,未妥,未完。素娥,即嫦娥,诗词中常借以喻月。苏轼《水调歌头》词即云:"素娥无赖西去,曾不为人留。"这两句实写新月,绾合传说,带出离恨。以尚未画妥的蛾眉比拟纤纤新月,已见体物工妙;揣度月中嫦娥也正颦眉伤离,更见运思新巧。李商隐《嫦娥》诗有云:"嫦娥应悔偷灵药,碧海青天夜夜心。"嫦娥的慵懒与感伤,实则是拜月人心绪的投射。因此,这里的离恨,不仅是嫦娥的伤离恨别,更是词人对国破家亡的深沉感叹。

"最堪爱、一曲银钩小,宝帘挂秋冷。"银钩,银白色的帘钩,此处喻指新月。这里其实是化用了秦观《浣溪沙》词句"宝帘闲挂小银钩",在这秋天冷寂的季节,一弯银白色的新月挂在沉沉的夜幕中,显得格外幽渺而孤弱。

下片抒发月缺难补的亡国之痛。

"千古盈亏休问。叹慢磨玉斧,难补金镜。"盈亏,指月的满损、圆缺。玉斧,喻指月亮。唐人段成式《酉阳杂俎·天咫》载:"太和中,郑仁本表弟,不记姓名,尝与一王秀才游嵩山,扪萝越涧,境极幽夐,遂迷归路。将暮,不知所之。徙倚间,忽觉丛中鼾睡声,披榛窥之,见一人布衣甚洁白,枕一袱物,方眠熟。即呼之,曰:'某偶入此径,迷路,君知向官道否?'其人举首略视,不应,复寝。又再三呼之,乃起坐,顾曰:'来此!'二人因就之,且问其所自。其人笑曰:'君知月乃七宝合成乎?月势如丸,其影,日烁其凸处也。常有八万二千户修之,予即一数。'因开袱,有斤凿数事,玉屑饭两裹,授与二人,曰:'分食此,虽不足长生,可一生无疾耳。'乃起,与二人指一支径:'但由此,自合官道矣。'言已不见。"金镜,喻指月亮。李贺《七夕》诗即云:"天上分金镜,人间望玉钩。"换头三句从大处落墨,以月之盈亏寓托世之盛衰,以缺月难以修补,喻指国土难以收复,情感深沉而苍凉。

"太液池犹在,凄凉处、何人重赋清景?"太液池,汉唐宫中池名。这里借指宋朝的宫苑池沼。据陈师道《后山诗话》记载:"太祖夜幸后池,对新月置酒,问:'当直学士为谁？’曰：‘卢多逊。’召使赋诗。请韵，曰：‘些子儿。’其诗云：‘太液池边看月时，好风吹动万年枝。谁家玉匣开新镜？露出清光些子儿。’太祖大喜，尽以坐间饮食器赐之。”词人化用北宋时期君臣的赏月雅事，抚今追昔，徒有物是人非的浩叹。

“故山夜永。试待他、窥户端正。看云外山河，还老尽、桂花影。”夜永，夜长。窥户，月光照射进窗户。端正，指圆月。唐人韩愈《和崔舍人咏月二十韵》诗即云：“三秋端正月，今夜出东溟。”云外山河，遥远辽阔的河山，指中原沦陷区。桂花影，月影。段成式《酉阳杂俎·天咫》载：“旧言月中有桂，有蟾蜍，故异书言月桂高五百丈，下有一人常斫之，树创随合。人姓吴名刚，西河人。学仙有过，谪令伐树。”歇拍四句寄情于物，以“故山夜永”表现故国沦亡、暗无天日。他期盼月圆的到来，在那清光朗照之下再去深情眺望中原故土；然而虽然圆月可待，但国土沦丧、桂影老尽，真使人憾恨无穷！“一片热肠，无穷哀感”（陈廷焯《白雨斋词话》卷二）。

整首词作托物寓情，腾挪顿挫，隐晦地表露出亡国遗民的无可奈何之境与吞吐难言之苦。陈廷焯《词则》评之曰：“寓意微而多讽。后半忽用纵笔，却又是虚笔，寄慨无端，别有天地。极龙跳虎卧之奇，海涵地负之观。”

【拓展阅读】

王沂孙咏物词的雅正格调

王沂孙的咏物词继承屈原《橘颂》以来咏物作品的优良传统，将“体物”与“写志”两者完美地结合，同时运用比兴的手法、丰富的联想，使所写的无生命之物化为有形象、有感情之物，与作品中的人、事融为一体，并且通过脉络可寻的章法、转折顿挫的手笔以及“以意贯串，浑化无痕”的事典，构成一幅幅栩栩如生的图画，谱就一曲曲余音袅袅的悲歌。他的词中没有什么特别使人感到惊奇可喜之句，然而大都典雅工致，排除一切游词俚语俗句。因此陈廷焯《白雨斋词话》卷二评曰：“碧山词观其全体，固自高绝，即于一字一句间求之，亦无不工雅。”又云：“词法莫密于清真，词理莫深于少游，词笔莫超于白石，词品莫高于碧山：皆圣于词者。而少游时有俚语，清真、白石间亦不免，至碧山乃一归雅正。”

【阅读思考】

理解此词托物寓怀、使事用典的艺术特征。

齐天乐

蝉

王沂孙

一襟余恨宫魂断，年年翠阴庭树。乍咽凉柯，还移暗叶，重把离愁深诉。西窗过雨。怪瑶珮流空，玉筝调柱。镜暗妆残，为谁娇鬓尚如许？　铜仙铅泪似洗，叹携盘去远，难贮零露。病翼惊秋，枯形阅世，消得斜阳几度？余音更苦。甚独抱清高，顿成凄楚？谩想薰风，柳丝千万缕。

这首《齐天乐》创作于南宋亡国后，通过歌咏凄咽的寒蝉，象征宋室的衰亡，也寓托着亡国遗民的凄苦、悲恸。陈廷焯《白雨斋词话》卷二评曰："碧山《齐天乐》诸阕，哀怨无穷，都归忠厚，是词中最上乘。"

上片化用齐后怨魂化蝉的传说，从齐女化蝉写到蝉声、蝉形、蝉饮、蝉病，形神兼备地铺叙了蝉的一生，借此倾诉遗民的亡国之恸。

"一襟余恨宫魂断，年年翠阴庭树。"一襟，满怀，满腔。余恨，遗恨。宫魂，指蝉。晋崔豹《古今注·问答释义》引汉董仲舒曰："齐王后忿而死，尸变为蝉，登庭树嘒唳而鸣。王悔恨。"庭树，唐人欧阳询《艺文类聚·虫豸部·蝉》引古诗："庭前有奇树，上有悲鸣蝉。"开篇两句介绍蝉乃齐后怨魂所化，年年在翠阴庭树哀鸣不已的传说，叙述它的前世今生，也暗点出词人的亡国忧愤。

"乍咽凉柯，还移暗叶，重把离愁深诉。"蝉刚才还在阴凉的树枝上低声悲鸣，转眼间又迁移到密集的树叶背后，重新深切地诉说着离愁。由此隐隐交代出宋末遗民朝不保夕的危苦遭际和沉痛的故国之悲。

"西窗过雨。怪瑶珮流空，玉筝调柱。镜暗妆残，为谁娇鬓尚如许？"怪，令人感到奇怪。瑶珮流空，指蝉鸣像玉珮叩击之声流布于空中。玉筝调柱，指蝉鸣声好似拨动了宝筝之弦。玉筝，古时一种有玉石装饰的弹拨类弦乐器。调柱，本指移动支弦的立柱以调试音高，这里是弹拨的意思。镜暗妆残，铜镜生锈后变得昏暗，美人的面部化妆已经残褪，这里均暗指美人久不梳妆。娇鬓，《古今注·杂注》载，魏文帝宠爱的宫女莫琼树创制了一种新发型，名曰"蝉鬓"，缥缈如蝉翼。如许，如此。这几句描写秋雨绵绵之中，树上蝉鸣之声清脆悦耳、婉转动听，如玉珮相叩、玉筝试弹；更由蝉之飞动联想到缥缈的蝉翼，反用“蝉鬓”的典故，将蝉翼比作美人的鬓发，设问道：这位美人很久没有心思打扮了，为了谁，她的鬓发还这样娇美呢？作者写蝉，实是写人，透过“凉柯”“暗叶”“镜暗妆残”等意象，刻意渲染一种无处不在、无法回避的凄凉氛围。

下片紧扣蝉餐风饮露的习性，化用金铜仙人辞汉的典故，不仅喻示高雅的情怀，也寄托了深切的亡国之痛。

“铜仙铅泪似洗，叹携盘去远，难贮零露。”汉武帝为了长生不老，在长安建章宫造金铜仙人，手捧通盘，承接露水，供他饮用。汉亡后，魏明帝派人拆取金铜仙人，移置邺城（故址在今河北临漳）魏宫。李贺《金铜仙人辞汉歌》序云：“魏明帝青龙元年八月，诏宫官牵车西取汉孝武捧露盘仙人，欲立置前殿。宫官既拆盘，仙人临载，乃潸然泪下。”李贺诗中有云：“忆君清泪如铅水。”铅熔液为灰白色。似洗，形容泪水满面如洗脸。这三句是说，金铜仙人既被拆走，便不能贮存天上滴落的露水。古人认为蝉靠吸食露水维持生命，这里喻指国家灭亡后，遗民们就衣食无主、难以生存。

病翼惊秋，枯形阅世，消得斜阳几度？

枯形，曹植《蝉赋》云：“状枯槁以丧形。”阅世，阅历世事。消得，消受得。这三句尽显深秋衰残景象，刻画哀蝉面临僵死之地，实为自况，喻指遗民们在恶劣的环境中苟延残喘，流露出词人阅尽时世巨变的无限悲怆。清人吴衡照评之曰：“数语刻画精巧，运用生动，所谓空前绝后矣。”（《莲子居词话》卷一）

“余音更苦。甚独抱清高，顿成凄楚？谩想薰风，柳丝千万缕。”顿，骤然。谩，徒然。薰风，夏天的和风。相传上古贤君虞舜作《南风》诗：“南风之薰兮，可以解吾民之愠兮。”谓夏日的南风可以使百姓从暑热中解脱出来。后来，这成为歌颂太平盛世及帝王恩德的常用典故。歇拍五句是说，在生命行将结束的最后阶段，蝉的鸣声更加哀苦了。为什么它独自怀抱着清高的操守，却骤然变得这样凄凉伤心呢？原来，它枉自回忆起了夏天和风吹拂千万柳条的美好时光。夏日的柳林是蝉最好的生活环境，这里喻指遗民们失去了宋亡前的好光景。词人仍然从蝉的角度回想薰风送暖、柳丝摇曳的季节，大有昨梦前尘不堪回首的感慨。故而，清人周济《宋四家词选》评析此词说：“此家国之恨。”其《宋四家词论目录序论》又云：“碧山胸次恬淡，故‘黍离’‘麦秀’之感，只以唱叹出之，无剑拔弩张习气。咏物最争托意隶事处，以意贯串，浑化无痕，碧山胜场也。”沈祖棻亦精到地指出：此词“处处切着蝉讲，将蝉人格化了，不但描摹其形态神情，并且写出了它的身世之感。情词宛转，一气贯穿，构成了一个很完整的艺术形象。但是，这首词还是明显地使人看得出，它是别有寄托。因为蝉本来不过是一种小动物，到了秋天，渐近死亡，也是自然现象。若非作者别有用意，是不会以这样深沉的悲哀和巨大的痛苦来咏叹它的。同时，如果不是涉及君国之感，词中也就不会使用‘宫魂’‘铜仙’等词和发出‘消得斜阳几度’‘余音更苦’这种哀音。”（《宋词赏析》附录《清代词论家的比兴说》）

【拓展阅读】

《乐府补题》

据夏承焘《周草窗年谱·附〈乐府补题〉考》所载，“元代初年有胡僧杨琏真伽总管江南浮屠，发会稽南宋诸帝后陵，弃骨草间。义士唐珏闻而悲愤，遂集里中少年收诸帝后遗骸共瘗之，且移宋故宫冬青树植其上”。王沂孙、周密、王易简、唐艺孙、李彭老、吕同老、张炎、陈恕可、唐珏、仇远等文人深怀遗民之恸，托物寄情，分咏白莲、蝉、莼、蟹、龙涎香等物，以志家国沦亡之悲，辑录为《乐府补题》。厉鹗《论词绝句》咏道：“头白遗民涕不禁，补题风物在山阴。残蝉身世香莼兴，一片冬青冢畔心。”朱彝尊在《乐府补题序》中说：“诵其词可以观志意所存。虽有山林友朋之娱，而身世之感别有凄然言外者。其骚人《橘颂》之遗音乎？”据载，当时有一村翁曾在孟后陵得一髻，发长六尺余，则髻根尚有短金钗。《乐府补题》中选录诸人于余闲书院所作《齐天乐》赋蝉十首，多用“齐宫怨女”的典故，是亡国遗民的合鸣共奏。

【阅读思考】

理解此词咏物抒怀的艺术特征。

一剪梅

舟过吴江

蒋　捷

一片春愁待酒浇。江上舟摇，楼上帘招。秋娘渡与泰娘桥，风又飘飘，雨又萧萧。　　何日归家洗客袍？银字笙调，心字香烧。流光容易把人抛，红了樱桃，绿了芭蕉。

蒋捷（1245？—1310?），字胜欲，号竹山，阳羡（今江苏宜兴）人。先世为宜兴巨族。度宗咸淳十年（1274）中南宋末科进士。南宋灭亡后，不受元朝官职，隐居太湖竹山，以宋遗民终其身。工词，描写乱离之苦和抒发亡国之痛的作品最为真挚动人；词风斟酌于周邦彦、姜夔与苏轼、辛弃疾之间，往往能融合姜、辛之长，含蓄而又明快，典雅而不晦涩，在宋末词人中卓然自成一家，被刘熙载《艺概·词曲概》称誉为"长短句之长城"。著有《竹山词》。

这首《一剪梅》的词题为"舟过吴江"，描写作者羁旅漂泊之愁。

上片着重描写舟行吴江所见景致。

"一片春愁待酒浇。江上舟摇，楼上帘招。"一片春色在亡国遗民的眼中，则是"一片春愁"。舟行江上，一个"摇"字不仅写出了小舟在波浪中起伏摇摆，更映衬出词人的动荡漂泊之感。楼上酒帘招展，正好对应着"待酒浇"，词人内心无限沉痛，只得借酒浇愁。

"秋娘渡与泰娘桥，风又飘飘，雨又萧萧。"秋娘渡与泰娘桥，都是吴江兰湾的景点。作者《行香子·舟宿兰湾》词中即云："过窈娘堤，秋娘渡，泰娘桥。"而渡口和桥用唐代著名歌妓命名，是江南地区特有的婉媚情调。然而，接下来的"风又飘飘，雨又萧萧"，又渲染了风雨交加之中的一片萧瑟氛围，更流露出作者流离漂泊的人生悲绪。

下片直接抒发思乡念家的感情。

"何日归家洗客袍？银字笙调，心字香烧。"他急于结束这不堪回首的漂泊生涯，早日回到家中，洗涤破旧的客袍，换上新衣，在一家人温馨和谐的氛围中调奏银子笙，烧起心字香，凝视着久别的妻子"软语灯边，笑涡红透"（《贺新郎》）的动人情态。这样的美好想象如同李商隐《夜雨寄北》中的"何当共剪西窗烛，却话巴山夜雨时"，充满着对于夫妻重逢、西窗剪烛的美好憧憬。

流光容易把人抛，红了樱桃，绿了芭蕉。

词作最后抒发深沉的人生感叹：流光易逝，青春难驻，自己却不得不四处漂泊、颠沛流离；在日夜急切的企盼中，眼看着樱桃红了，芭蕉绿了，归家的梦想却遥遥无期。潘游龙《古今诗余醉》卷十一指出："末句两用'了'字，有许多悠悠忽忽意。"

此词抒发倦客思归、流光易逝的主旨。但是通篇逐句押韵，读来音韵谐婉悦耳，饶有洒脱之致；而且词人充分发挥《一剪梅》词牌格式中四组排比句式的特点，加强了作品的表现力和节奏感。整首词作如同一支悠扬动听的乐曲，在优雅、舒徐的旋律当中传达出貌似潇洒实复感伤，即便爽洁明丽却又深寓悲凉的独特意韵。

【拓展阅读】

蒋捷词的生动情趣

蒋捷的《竹山词》擅长从日常生活中挖掘生动的情趣。例如《昭君怨·卖花人》词写道：

担子挑春虽小，白白红红都好。卖过巷东家，巷西家。

帘外一声声叫，帘里鸦鬟入报。问道：买梅花？买桃花？

全词纯用口语，栩栩如生地描写寻常人家买花的琐事，令人仿佛身临其境。较之陆游的"小楼一夜听春雨，深巷明朝卖杏花"(《临安春雨初霁》)，更多江南水乡的生活气息和温婉灵秀之美。再如《霜天晓角》词云：

人影窗纱，是谁来折花？折则从他折去，知折去、向谁家？

檐牙枝最佳，折时高折些。说与折花人道：须插向、鬓边斜。

主人公看到窗外折花人的影子映在纱窗上，他并没有加以制止，而是好奇：这人是哪家人？要把花折到哪里去，做什么用呢？最后他悟出了：这是一个爱花的女性，于是索性好心地告诉她，靠近檐牙的枝条上花开得最漂亮；并且向她叮咛：要把好花斜插在鬓发旁边，才更能衬出芳容的秀美。整首词作语言通俗像口语，气氛活泼轻快，非常真切地表现词人童心未泯、热爱生活的情趣。

【阅读思考】

把握此词的语言特点。

虞美人

听 雨

蒋 捷

少年听雨歌楼上，红烛昏罗帐。壮年听雨客舟中，江阔云低，断雁叫西风。

而今听雨僧庐下，鬓已星星也。悲欢离合总无情，一任阶前，点滴到天明。

蒋捷的一生以南宋灭亡为界，明显分为两个阶段。前期是富家公子逍遥自在的生活，后期则漂泊各地，对于生活的感悟伴随着亡国和流浪的经历而变得越发深沉。这首《虞美人》词创作于南宋亡国之后，是作者晚年抚今追昔、感怀身世之作，可以视为其一生命运和心境的总结。

“少年听雨歌楼上，红烛昏罗帐。”上片开头两句运用“红烛”“罗帐”这些暖色调的绮艳意象，传达出词人少年时期春风骀荡、软玉温香的欢乐情怀，也折射出南宋亡国前的繁华气象。词人年少轻狂，风流倜傥，在歌楼之上、锦幄绣榻拥着娇艳美妓，虚度青春年华。

“壮年听雨客舟中，江阔云低，断雁叫西风。”断雁，失群的孤雁。这两句转而表现词人壮年时期在国势风雨飘摇中流亡江湖的坎坷遭遇和悲慨心境。“江阔”“云低”“断雁”“西风”这些冷色调衰飒意象的叠用，更加渲染出颠沛流离、人生失意的痛苦。陈廷焯《云韶集》卷八云：“‘江阔’九字中有数十层，真神来气来、精金百炼之笔！”

“而今听雨僧庐下，鬓已星星也。”僧庐，寺院僧舍。星星，头发斑白。左思《白发赋》云：“星星白发，生于鬓垂。”谢灵运《游南亭》亦曰：“戚戚感物叹，星星白发垂。”换头转而表现词人头发转白、落寞孤寂、万念俱灰的情态。他寄居僧舍，独自聆听着庐外淅淅沥沥的雨声，较之司空曙的“雨中黄叶树，灯下白头人”（《喜外弟卢纶见宿》）情意愈加凄苦。

悲欢离合总无情，一任阶前，点滴到天明。

一任，任凭。温庭筠《更漏子》词云："梧桐树，三更雨，不道离情正苦。一叶叶，一声声，空阶滴到明。"歇拍两句的字面意思是：自己历尽人世沧桑、悲欢离合，内心已经变得冷漠，任凭阶前彻夜雨滴，也不再有什么感慨。这里似乎表达出词人晚年旷达超脱的情怀，如同苏轼《定风波》词所云："一蓑烟雨任平生。"其实不然！这是故作超脱。他彻夜不眠而听雨，恰恰表明自己对人世沧桑、悲欢离合始终无法释怀，无限悲慨，欲说还休，别有一番滋味在心头。

此词紧扣"听雨"这一生活琐事，通过时空的转换跳跃，分别概括少年、壮年、晚年三个阶段的生活经历、人生况味，抒发出今昔的变化和不堪回首当年的悲哀心情。在身世之感的倾诉之中，不难看出时移世换、宋元易代给作者带来的悲痛，却又含而不露、余味无穷。

【拓展阅读】

唐宋词发展的从"少"到"老"

杨海明《唐宋词史》中运用蒋捷的《虞美人·听雨》词，概括唐宋词从"少"到"老"的演进过程。

他认为，晚唐五代和北宋前期的词，基本可以称得上是为"少男、少女（包括青年男女、佳人情郎）们歌唱"（何其芳诗语）的词。这些作者在写作这些艳词时，或许早入中年，或许已达垂暮之年，但他们所不能忘怀和津津乐道的却仍然是当年那种"少年维特"式的"烦恼"。这说明，晚唐五代和北宋前期的词人，他们的创作心理在爱情意识的抚摩之下，也就变得"年轻化"了。因此，此时的词亦像多情的少年公子一样，老喜欢在风流场中、女儿群里厮混、打转。"少年听雨歌楼上，红烛昏罗帐"，就是它的形象写照。

但是，从苏轼开始，词就开始要步入"中年"了。出现在苏词中的，便大量的是他进入不惑之年的复杂人生况味。词在这时，似乎也提早长出了星星的"华发"。

不过，词真正走入"中年"和"老年"，却是在"靖康之变"以后。"壮年听雨客舟中，江阔云低，断雁叫西风"，虽则蒋捷所写的是南宋覆亡时的情景，但南渡时期的情况也正复相似。北宋灭亡前，朱敦儒虽早已年抵四旬，然而却仍像一个"老少年"那样醉卧在"梅花帐"里、"鸳鸯枕"上，半点都不感到老之将至。但一经"靖康之变"，词人却像伍子胥过昭关那样，一夜之间竟愁白了头发。从此以后，他的词中就充满了一种“老人气”。在李清照以往的词中，多的是作为少女的天真娇憨和作为少妇的痴情伊郁形象，而在南奔以后，就变成了一个“孤舟之嫠妇”的老妇人形象了。

南宋的词多喜作“老年人语”。在南宋忧国忧政、隐逸出世，以及描写艳情的词作当中，出现许多“老人”的形象，都融入了深沉的家国身世之感。对于南宋词而言，“少年”简直已经是属于过去了的年华。

【阅读思考】

理解此词以“听雨”为线索概括人生经历的创作特点。

解连环

孤雁

张炎

楚江空晚，怅离群万里，恍然惊散。自顾影欲下寒塘，正沙净草枯，水平天远。写不成书，只寄得相思一点。料因循误了，残毡拥雪，故人心眼。　谁怜旅愁荏苒？谩长门夜悄，锦筝弹怨。想伴侣、犹宿芦花，也曾念春前，去程应转。暮雨相呼，怕蓦地、玉关重见。未羞他、双燕归来，画帘半卷。

张炎（1248—1319后），字叔夏，号玉田，晚号乐笑翁，先祖凤翔（今属陕西）人，世居临安（今浙江杭州），南宋中兴名将张浚六世孙。曾祖张镃、父张枢均为词家。早年过着富裕优游的贵公子生活。宋亡后，家产被籍没，流离失所，乃至以卖卜为生。元世祖至元二十七年（1290），被征北上大都（今北京）缮写金字佛经，事毕于次年南归。晚年落魄浪游江、浙间，寄人篱下，凄凉而终。

张炎是宋元之际著名的词论家和词人。撰有《词源》二卷，对词乐，词体的字面、句法、章法、用事、咏物等技巧问题均做了深入细致的论述，为宋代最具系统性的词学理论著作，奠定了后代词学理论研究的诸多规范和基础。张炎论词极力推崇姜夔的“清空”“骚雅”，作词也颇得白石神韵，因而与姜夔并称为“姜张”“双白”。其词清畅雅丽，音律协洽；亡国后的作品则交织着故国黍离之悲与身世飘零之叹，凄婉悲凉，沉痛感人。《四库全书总目提要》对张炎词的精神内蕴和艺术特征做了准确的概括："炎生于淳祐戊申，当宋邦沦覆，年已三十有三，犹及见临安全盛之日。故所作往往苍凉激楚，即景抒情，备写其身世盛衰之感，非徒以剪红刻翠为工。至其研究声律，尤得神解，以之接武姜夔，居然后劲。宋元之间，亦可谓江东独秀矣。"著有《山中白云词》。取陶弘景诗句"山中何所有？岭上多白云"的隐逸之意，显示出词人内心有一种"难与俗人谈"的雅趣。

张炎词擅长咏物，因其代表作《南浦・春水》和《解连环・孤雁》而博得"张春水"和"张孤雁"的美名。特别是《解连环・孤雁》乃南宋灭亡之后所作，写尽孤雁的飘零和凄凉；同时作者以失群的孤雁自比，既表露出身遭流离潦倒之苦，也寄托了失去故国家园的沉痛哀思。

上片以寥廓而暗淡的江天为背景，刻画孤雁离群惊散后顾影徘徊、栖止不定的情态。

"楚江空晚，怅离群万里，恍然惊散。"楚江，楚国江天，主要指洞庭湖一带，即今湖北、湖南的部分地区，这一地区古属楚国。恍然，惆怅失意的样子。开头描写楚江空晚寥廓之境，但意在衬托离群惊散的秋雁之孤，"怅""恍然"则传写出孤雁凄恻的心理。

"自顾影欲下寒塘，正沙净草枯，水平天远。"具体描写孤雁恍然惊散后的情境：天空茫茫无边，寒塘四周也是一幅衰飒空旷之景。这里是以风霜之余的秋景渲染其环境气氛，江天萧瑟、四顾苍茫，更令人感到断鸿零雁的凄凉冷落。

写不成书，只寄得相思一点。

写不成书，大雁列队飞行，其行如字，孤雁无从列队，故云。相思一点，孤雁本属于雁阵中的一点，故云。这两句描摹秋雁形态之孤：大雁原本排列成行，如今离群万里，孤处空中，自是只有"一点"。词人以"一点"形容孤雁，显示其在寥廓苍天中的渺小，而缀以"相思"二字，则赋予了其深浓的情感色彩。同时，这里又暗用了《汉书・苏武传》中苏武雁足传书的故事。汉昭帝即位后，匈奴与汉和亲，汉廷要求匈奴释放被其扣押的苏武。匈奴诡称苏武已死，汉使者乃谓单于：天子在上林苑射得一雁，雁足有苏武书，匈奴始还苏武。这里化用苏武故事，喻指北方人民对故国的思念。

"料因循误了，残毡拥雪，故人心眼。"因循，因离群而耽搁。残毡拥雪，化用了苏武不屈匈奴之事。《后汉书・苏武传》载："单于……乃幽武，置大窖中，绝不饮食。天雨雪,武卧啮雪,与毡毛并咽之,数日不死,匈奴以为神。”南宋德祐二年(1276),元兵攻入临安,宋恭帝及谢、全两太后并宗室官吏被掳北行。故而此处当以苏武喻指被掳北行、守节不移的宋朝旧臣。上述五句先后化用了苏武雁足传书和残毡拥雪的典故,说孤雁耽搁了传书,不免愧对故人的托付。而其言外之意,则是表现词人在南宋灭亡后犹如孤雁一般过着四处漂泊的生活,而那些被囚禁在北地而不肯屈服的南宋爱国志士们,他们虽然无法托雁传书带信,其眷恋故国的拳拳深情却是忠贞不渝的。

下片着重刻画孤雁绵绵不断的旅愁。

“谁怜旅愁荏苒?谩长门夜悄,锦筝弹怨。”荏苒,辗转,连绵不断。谩,同“漫”,徒然。长门,汉代宫殿名,汉武帝之陈皇后失宠后,幽居于此。她曾以千金请司马相如作《长门赋》以抒悲愁。唐人杜牧《早雁》诗云:“仙掌月明孤影过,长门灯暗数声来。”锦筝,筝的美称。唐宋时教坊用筝皆十三弦,因音阶递升,弦间筝柱斜列为雁行,故又称雁筝。人的愁闷怨思往往借锦筝诉出,故唐人钱起《归雁》诗又云:“二十五弦弹夜月,不胜清怨却飞来。”这里寄情于乐,渲染孤雁羁旅哀怨之意绪。

“想伴侣、犹宿芦花,也曾念春前,去程应转。暮雨相呼,怕蓦地、玉关重见。”宿芦花,化用了陆游《闻新雁有感》诗:“新雁南来片影孤,冷云深处宿菰芦。”去程应转,意谓应飞回北方。暮雨相呼,化用了唐人崔涂《孤雁》诗:“暮雨相呼失,寒塘欲下迟。”蓦地,忽然。玉关,玉门关,词中泛指北方。这几句采用了拟人手法,描写孤雁遥想“伴侣”的心情:先是想象它们“犹宿芦花”的境况,既而设想它们“也曾念”自己,最后幻想总有一天会“玉关重见”,字里行间渗透着作者对挚友故人的热切思念。

“未羞他、双燕归来,画帘半卷。”最后词人以双燕反衬秋雁之孤,意谓当春天画帘半卷、双燕归来时,孤雁不会因孤独而羞愧。这里的双燕喻指宋亡后屈节依附元朝的汉族新贵。在与“双燕”的对照中,作者“君子固穷”的操守昭然若揭,寄托了南宋遗民坚贞不屈的高傲品节。

整首词作刻画精警,构思缜密,通过对孤雁形态、处境、心性的描摹,曲折地表达了作者的家国身世之感。

【拓展阅读】

张炎的词学渊源

纵观张炎《山中白云词》的词学渊源,诚如刘熙载《艺概·词曲概》所说:“大段瓣香白石,亦未尝不转益多师。”王沂孙之学姜夔,侧重其典雅峭拔的一面,多从姜词的字句上夺胎换骨；张炎之学姜夔，则侧重其疏爽清虚的一面，多从姜词的风神上加以借鉴。所以当时人认为他“可与白石老仙相鼓吹”（仇远《山中白云词序》），后世也往往以“姜、张”并称。张炎与王沂孙的另一个相异之处，在于王词专从婉约一派词风中博采众长，因而风格稍显单调；张炎则兼从豪放一派词风中取精用宏，因而风格较为多样。其词集中有不少效法柳永、贺铸、周邦彦、吴文英、史达祖等人的作品，但如《壶中天》（扬舲万里）、《摸鱼子》（爱吾庐）之类则显然接近苏、辛一派风格。这同姜夔晚年创作转变、接近辛弃疾词风的情况，颇有相似之处。

【阅读思考】

理解此词紧扣“孤”字“以意贯串”的结构特点。

高阳台

西湖春感

张　炎

接叶巢莺，平波卷絮，断桥斜日归船。能几番游？看花又是明年。东风且伴蔷薇住，到蔷薇、春已堪怜。更凄然，万绿西泠，一抹荒烟。　当年燕子知何处？但苔深韦曲，草暗斜川。见说新愁，如今也到鸥边。无心再续笙歌梦，掩重门、浅醉闲眠。莫开帘，怕见飞花，怕听啼鹃。

“高阳台”，调名出自战国楚宋玉《高唐赋》。宋末词人文及翁在其《贺新郎·西湖》词中，对整个南宋时期统治阶级醉生梦死于东南秀山丽水间的偷安状况，曾做过一针见血的概括：“一勺西湖水。渡江来、百年歌舞，百年酣醉。”身为贵公子的张炎，在宋亡前自然也不免“一春长费买花钱，日日醉湖边”（俞国宝《风入松》）。恭帝德祐二年（1276）三月，京城临安沦陷，元军的铁蹄踏碎了他的“笙歌梦”，时代的风暴将他从天堂抛向苦难的人间。国破家亡之后，张炎游览杭州西湖，于是创作了这首借题发挥、抒发亡国之痛的“西湖春感”词。这首作品的主题，用他自己的词句来概括，就是“只有一枝梧叶，不知多少秋声”（《清平乐》）！

上片写暮春，以景带情。

先是扫描式写景："接叶巢莺，平波卷絮，断桥斜日归船。"紧密连接的树叶间有黄莺筑巢栖息，飘落湖面的柳絮被西湖流水卷去，游船先游外湖，午后则经西泠桥入里湖，至日暮始出断桥而归。断桥，西湖中里湖东端与外湖分界线白堤上的一座桥。这里勾勒西湖暮春的景象，首句化用了杜甫《陪郑广文游何将军山林十首》其二："卑枝低结子，接叶暗巢莺。"借暗淡的暮春景象表现出落寞怅惘的心绪。

"能几番游？看花又是明年。"词人慨叹春光短暂，只得将看花的期望寄托于明年。清人许昂霄评之曰："淡淡写来，冷冷自转，此境大不易到。"(《词综偶评》)

东风且伴蔷薇住，到蔷薇、春已堪怜。

蔷薇开花时，春天就快要结束。这里再次描写眼前暮春景象的衰败与荒凉。陈廷焯评之曰："情景兼到，一片身世之感。'东风'二语虽是激迫之词，然音节却婉约。"(《云韶集》卷九)沈祥龙《论词随笔》也称："词贵愈转愈深。……玉田云：'东风且伴蔷薇住，到蔷薇、春已堪怜。'下句即从上句转出，而意更深远。"

"更凄然，万绿西泠，一抹荒烟。"西泠，西湖中连接孤山与湖北岸的一座桥，也是里湖西端与外湖的分界。这里是写西泠桥一带的绿色丛林都蒙上了一层荒寒的暮霭，令人更加感到凄凉。

张炎在《词源》卷下主张词的上、下片之间，"最是过片不要断了曲意"，故而此词换头由上片一再渲染的暮春衰景，引入对于社会人生盛衰巨变的慨叹。

"当年燕子知何处？但苔深韦曲，草暗斜川。""当年燕子知何处"化用了刘禹锡《乌衣巷》诗："旧时王谢堂前燕，飞入寻常百姓家。"韦曲，唐代贵族韦氏聚居之地，在今陕西西安明德门外。斜川，东晋隐士诗人陶渊明曾携伴游览之地，并作有《游斜川》歌咏当地风景，在今江西星子、都昌两县之间。"苔深韦曲，草暗斜川"是说：只见名门望族的住宅区内长满了青苔，寒士隐者的遨游之地也野草丛生。言外之意是：经过元军的洗劫摧残，非但富贵人家门庭荒芜，就连一向安贫乐道的隐士也不能逍遥优游。在此情形下，当年燕子即使想"飞入寻常百姓家"，也无从栖息，由此隐现出故国遗民生活处境的孤危。

"见说新愁，如今也到鸥边。"见说，听说。古人认为鸥是没有机心、无拘无束的鸟，是隐士的伴侣或象征。这里化用了辛弃疾的词句"拍手笑沙鸥，一身都是愁"

(《菩萨蛮》),说从来不知愁为何物的鸥鸟如今也开始愁了,由此就更加曲折深切地流露出亡国遗民的悲哀。

“无心再续笙歌梦,掩重门、浅醉闲眠。”笙歌梦,喻指宋亡之前的豪华生活。笙歌,泛指音乐歌舞。在亡国遗民的悲哀中,词人再也无心纵情欢乐,只得掩起重门,通过浅醉闲眠的举动来自我麻醉,暂时忘却锥心之痛。

莫开帘,怕见飞花,怕听啼鹃。

啼鹃,杜鹃鸟在暮春时啼鸣,据旧题汉扬雄《蜀王本纪》记载,一位失去王位的古蜀国国君杜宇死后魂魄化为杜鹃鸟。师旷《禽经》说杜鹃“夜啼达旦,血渍草木,凡鸣皆北向也”,叫声若“不如归去”,这是一种积淀着亡国之悲的意象。作品最后连用短促的句式,表达急切而沉痛的感情,形象展现出亡国遗民不堪忍受的一腔幽怨。因此,陈廷焯《白雨斋词话》卷二指出:“玉田《高阳台》‘西湖春感’一章,凄凉幽怨,郁之至,厚之至。”俞陛云《唐五代两宋词选释》引夏闰庵语亦云:“此词深婉之至,虚实兼到,集中压卷之作。”

【拓展阅读】

张炎的词学地位

张炎在宋末元初时即颇负词名,他的朋友郑思肖、仇远、邓牧等人都交口称誉。后代,特别是清代推崇他的人更多,尤被浙西词派奉为圭臬。浙西词派领袖朱彝尊在为曹溶《静惕堂词》作序时说:“数十年来,浙西填词者家白石而户玉田。”其《自题词集》中甚至说:“不师秦七,不师黄九,倚新声玉田差近。”曹一士《山中白云词后序》也说:“宋玉田先生词,朱竹垞(朱彝尊号)先生极推之。”其后厉鹗、郑抡元、蒋春霖等人也都尊奉张炎词法。清末词人王鹏运合刻姜、张词,名曰《双白词》,可见他对张炎的推崇。

【阅读思考】

张炎《高阳台·西湖春感》与文及翁《贺新郎·西湖》在创作主旨和艺术风格上有何异同?